A VINTAGE AFFAIR

古董衣情缘

[英]伊莎贝尔·沃尔夫 著　杨肖燕 译

「珍藏版」

中信出版集团 · CHINA**CITIC**PRESS · 北京

图书在版编目（CIP）数据

古董衣情缘：珍藏版/（英）沃尔夫著；杨肖燕译
.—2版.——北京：中信出版社，2016.7
书名原文：A Vintage Affair
ISBN 978-7-5086-6376-0

I.① 古… II.① 沃… ② 杨…Ⅲ.①长篇小说—英
国—现代 Ⅳ.I561.45

中国版本图书馆CIP数据核字 (2016) 第 141153 号

古董衣情缘

著　　者：[英] 伊莎贝尔·沃尔夫
译　　者：杨肖燕
策划推广：中信出版社（China CITIC Press）
出版发行：中信出版集团股份有限公司
　　　　　（北京市朝阳区惠新东街甲 4 号富盛大厦 2 座　邮编　100029）
　　　　　（CITIC Publishing Group）
承 印 者：中国电影出版社印刷厂

开　　本：880mm×1230mm　1/32　　印　张：10.75　　字　数：260 千字
版　　次：2016 年 7 月第 2 版　　　　印　次：2016 年 7 月第 1 次印刷
京权图字：01-2010-8211
书　　号：ISBN 978-7-5086-6376-0
定　　价：39.00 元

A VINTAGE
AFFAIR

目录

A VINTAGE
AFFAIR

引子

布莱克西斯，1983 年

"……17，18，19……20！我来了！"我喊道，"准备好了吗？"我睁开眼睛，开始寻找。我下了楼，期待能够在客厅的沙发后面发现蜷缩的艾玛，或者在深红的窗帘后找到裹得像糖果似的她，或者能够在那架小钢琴下面找到蹲着的她。我已经把她当成了我最要好的朋友，尽管我们彼此认识才 6 个星期。"你们有了一位新同学。"新学期的第一天，格雷小姐宣布道，她的旁边站着一个穿运动衣的女孩，这个女孩拘谨地笑了笑。"她叫艾玛·基茨，全家刚从南非搬来伦敦。"然后格雷小姐把这位新同学带到我旁边的座位。这个女孩看起来比 9 岁的同龄人身材要矮小，胖乎乎的小脸上有一双绿色的大眼睛，脸颊上有些星星点点的雀斑，扎着亮棕色的小辫儿，留着参差不齐的刘海儿。"菲比，你能照看一下艾玛吗？"格雷小姐问道。我点点头。那个叫艾玛的女孩向我投来感激的一笑。

现在我穿过了客厅来到餐厅，我往红木餐桌底下望了望，没有看到艾玛；她也不在厨房里，她家厨房里有一个老式的餐具柜，架子是由交错的蓝白色板子搭成的。我本来想问她的妈妈她会躲到哪里，但是基茨夫人刚才匆匆地出去打网球了，就只剩下我和艾玛在家。

我走进那间宽大凉爽的食品储藏室，拉开低低的碗柜门，这个碗

柜看起来很大，里面却只有几个旧热水瓶；然后我又去杂物间，那儿
洗衣机正抽搐着要停止转动。我甚至还打开了冰柜的柜门，万一艾玛
就躲在那些冰冻豌豆和冰激凌下面呢。现在我又回到了铺着橡木地板
的暖和的客厅，空气中弥漫着灰尘和蜂蜡的味道。客厅的一边有一张
大大的雕刻精美的椅子——据艾玛说，那是斯威士兰的王座—木质椅身
看起来近似于黑色。我在上面坐了一会儿，猜想斯威士兰到底在哪里
呢，它是不是和瑞士有点儿关系①。然后我的视线落在对面墙上的帽子
上：那儿有 12 顶帽子，每个弯弯的黄铜钩上挂着一顶。有粉蓝交织
的非洲头巾，一顶可能是真皮的哥萨克帽，一顶巴拿马草帽，一顶呢
帽，一顶穆斯林头巾，一顶高礼帽，一顶骑士帽，一顶鸭舌帽，一顶
土耳其毡帽，两顶破旧的硬草帽，还有一顶翠绿色的花呢帽，上面还
插着一根野鸡毛。

　　我沿着宽而浅的楼梯拾级而上，来到方形的楼梯平台，放眼望
去有四道门。左手边的第一间是艾玛的卧室。我转动门把手，然后躲
在门后，看看是否能够听到抑住的笑声或是暴露形迹的呼吸声，结果
什么也没听到，但是我知道艾玛善于屏住呼吸——她能在水下潜很长
时间。我掀开亮蓝色的鸭绒被，她不在床上——床底下也没有人。我
只能看到她的秘密盒子，我知道里面放着她的幸运克鲁格金币和日记
本。我又打开那个大大的描绘着狩猎图案的白色转角柜，她也不在里
面。也许她就在隔壁的房间。当我进入这间屋子的时候感觉不妙，这
才意识到这是她父母的卧室。我找了找雕花铁床下面和梳妆台背后，
梳妆台上破裂的镜子已经被取下来放在了一个角落里；然后我打开衣
橱，闻到了一股橙皮和丁香的味道，这让我想起了圣诞节。我看着基
茨夫人那些明艳的印花连衣裙，想象着它们在非洲的烈日下裙裾飘摆

---

　　① 斯威士兰的英文是 Swaziland，而瑞士的英文是 Switzerland，十分相似。所
以年幼的"我"会猜想二者是否有联系。——编者注

的样子，然后突然意识到我是在找人，而不是在窥探隐私。我退了出来，感到有些着愧。现在我不想玩捉迷藏了。我想玩纸牌游戏，或者只是看看电视。

"菲比，我打赌你找不到我！你永远不可能找到我！"

叹了一口气，我穿过楼梯平台来到浴室。我检查了厚厚的白色塑料浴帘后面，掀开了洗衣篮的盖子，里面除了一条看起来褪了色的紫色毛巾什么也没有。我走到窗户边，拉开半合着的活动百叶窗。我瞅了一眼下面阳光灿烂的花园，突然一个激灵。艾玛在那儿——就在草坪尽头一棵巨大的悬铃木后面。她以为我看不见她，但是我看得到，因为她正蹲着，一条腿伸了出来。我迅速冲下楼梯，穿过厨房，进入杂物间，然后猛地打开后门。

"找到你了！"我一边喊着一边冲向那棵树，"找到你了！"我欢快地喊着，自己都惊讶于自己的兴奋。"好了，"我气喘吁吁地说，"现在轮到我躲了。艾玛？"我看向她，她没有蹲着，而是躺着，侧着身子，身体一动不动，眼睛紧闭。"你起来不起来，艾玛？"她没有回答。我注意到她的一条腿呈奇怪的角度别在身后。我心头猛然一跳，恍然大悟。艾玛并不是躲在树后，而是在树上。我抬头看着那些枝丫，绿叶的缝隙间隐隐透出细碎的蓝天。她本来藏在树上，但是摔了下来。

"艾……"我嗫嚅道，弯腰去碰她的肩膀。我轻轻地摇了摇她，但是她没有反应，我才注意到她的嘴巴微张着，一丝口水闪闪发亮地挂在下唇上。"艾玛！"我尖叫道，"醒醒！"但是她没有醒来。我把手放到她的胸口肋骨上，感觉不到它们的起伏。"说话呀，"我喃喃自语，心怦怦地跳着，"拜托了，艾玛！"我试图把她拉起来，但是我做不到。我在她耳边拍手。"艾玛！"我的喉咙发疼，眼泪夺眶而出。我回头望着屋子，迫切地渴望艾玛的母亲能从草坪那端冲过来，让一切都好起来。但是基茨夫人打网球还没有回来，这让我非常生气，因为我们那么小，怎么可以单独被留在家里。对基茨夫人的愤恨立马被恐惧给盖过去了，一想起她可能会说的话——艾玛的意外是我的错，因为是我提议我们玩捉迷藏的。我脑海里响起格雷小姐叫我"照看"艾玛的声音，然后是她失望的唏嘘声。

"醒醒，艾玛，"我哀求她，"拜托了。"但是她还是躺在那里，看起来……皱成一团，就像一个被绊倒的破布洋娃娃。我知道我必须跑出去寻求帮助。但是首先我得给她盖上衣物，因为天气变凉了。我脱下自己的开衫，盖到艾玛的上身，快速地把胸口处抹平，把衣角掖到肩膀下。

"我很快就会回来。不要担心。"我竭力不哭出来。

突然，艾玛直挺挺坐起来，像疯子一样笑起来，眼睛里闪着恶作剧的光芒。

"你上当了！"她唱着歌，拍着手，欢快地扬着头。"我真的骗到你了，是吗？"她一边大声喊，一边努力使自己站起来。"你很担心，菲比，是吗？承认吧！你以为我死了！我可以屏住呼吸很长时间，"她气喘吁吁地拍了拍身上的裙子。"我快要接不上气了……"她脸颊鼓鼓的，刘海儿被一阵风撩起一点，然后对我笑道，"好吧，菲比——菲比——轮到你了。"她递过我的开衫。"如果你愿意的话，我开始数数——数到 25。给，菲比——拿好你的开衫，可以吗？"艾玛看着我，"怎么了？"

我的拳头在两侧握得紧紧的，脸上发热。

"再也不允许那样做了！"

艾玛惊讶地眨了眨眼："只是一个玩笑。"

"讨厌的玩笑！"眼里的泪水止不住流了下来。

"我……对不起。"

"再也不允许那样做了！如果你再犯的话，我就永远不和你说话——永远不！"

"这只是一个游戏,"她辩解道,"你没有必要那么……"她甩了甩手,"愚蠢地……当真。我只是……在玩。"她耸了耸肩。"但是……我再也不会做了——如果让你难过的话。真的。"

我抓过开衫。"发誓,"我盯着她说,"你必须发誓。"

"好——吧,"她小声道,然后深吸一口气,"我,艾玛·曼迪莎·基茨在此发誓,我再也不会那样戏弄你,菲比·简·斯威夫特。我发誓,"她重复了一遍,然后做了一个夸张的剖心的姿势。"若违此誓,"然后,她带着这些年一直萦绕在我记忆中的那个调皮的微笑,补充道,"不……得……好……死!"

CHAPTER 1
"古董衣部落"开张了

　　早晨从家里出门的时候，我想着 9 月至少是一个重新开始的好时机。我总是觉得，9 月之初比新年伊始能给人带来更多新生的感觉。走过宁静谷的时候我想着，或许是因为经历了 8 月的阴湿，9 月给人感觉是那么的秋高气爽。当我经过布莱克西斯书店，看到窗户上贴着"新学期促销"字样时，我忖度着，或许这仅仅是因为新学年的关系。

　　当我上山朝西斯公园方向走去的时候，新漆好的"古董衣部落"招牌进入我的眼帘，我放任自己享受这短暂的乐观，然后打开门，从门垫上捡起信件，为正式开业做准备。

　　我马不停蹄地工作到下午 4 点，从楼上的储藏室挑选出一些衣服，把它们一一挂在横杆上。当我把一件 20 世纪 20 年代的茶会礼裙搭在胳膊上的时候，不禁伸手去抚摸它厚重的丝缎，手指触碰着那些繁复的串珠和完美的手工针脚。我告诉自己，这就是我热爱古董衣的地方。我爱它们漂亮的衣料和精美的做工。我喜欢了解凝聚在其中的高超工艺。

我看了一下表。还有两个小时,派对就要开始了。我想起自己忘了去冰镇香槟。我一边急急忙忙冲进小厨房,打开冰箱,一边估算着待会儿会有多少人过来。我邀请了 100 人左右,所以至少需要准备好 70 个杯子。我把香槟塞进冰箱里,把功能调到"霜冻",然后顺手给自己泡了一杯茶。我一边喝着伯爵红茶,一边四下打量着这家店,让自己暂且享受这美梦就要成真的过程。

店内的装修看起来很现代化,光线也明亮。原先的木质地板被拆除后,重新刷浆了,墙壁刷成略带紫红的浅灰色,上面挂着几面大大的银框镜子。铬合金的架子上搁着绿油油的盆栽植物,白色的天花板上安着闪亮的投射灯,试衣间旁边放着一张巨大的米黄色软垫高背扶手沙发。透过窗户可以看到布莱克西斯的风景在眼前延伸,令人目眩的高远苍穹上点缀着片片白云。教堂外,两只黄色的风筝正在微风中翩翩起舞。远处,金丝雀码头中的栋栋玻璃大厦正在午后的余晖中闪闪发光。

我突然意识到要来采访我的记者已经迟到一个多小时了。我甚至不知道他是哪家报社的。从昨天和他的简短电话交谈中我只得知他名叫丹,他还说今天下午 3 点半过来。我心里的怒火又变成了惊慌,他或许不会来了——我需要宣传报道。想到巨额的贷款,我的心里就一阵发紧。我一边给一只刺绣的晚宴包系上价格标签,一边回忆我是如何努力让银行相信,他们的钱是不会打水漂的。

"所以你本来在苏富比拍卖行工作?"贷款经理一边浏览着我的商业计划书,一边问道。我们所在的那间小小的办公室,每一寸地方,包括天花板,甚至是门后,似乎都蒙着厚厚的一层灰色毛毡。

"是的,我在服装部门工作,"我解释道,"替古董衣估价和负责拍卖。"

"所以对这个行业你很了解。"

"是的。"

她快速地在表格上记着东西，笔尖在光滑的纸张上发出沙沙的声音。"但是你没有零售业工作的经历，是吗？"

"对，"我说道，心里一沉，"是这样。不过我已经在一处环境宜人的繁华地带找到一些不错的店面，那儿还没有一家古董服饰店。"我把介绍蒙彼利埃谷的房地产中介的手册递给她。

"地点不错。"她看了看说道。我的精神振奋了一点儿。"而且位于街角，非常醒目。"我脑海中映出那些精美绝伦的裙子在橱窗里熠熠生辉的样子。"但是租金很贵，"那个女人把册子放到灰色的桌面上，严肃地看着我，"你凭什么相信你能有足够的销售量来支付所有日常开支，暂且不论盈利？"

"因为……"我压抑住沮丧的叹息，"我知道那里有市场需求。古董服饰现在非常流行，几乎是主流的时尚。最近你甚至可以去伦敦的高街[1]，在 Miss Selfridge（塞尔弗里奇小姐）[2] 和 Top Shop（第一商店）[3] 这样的店里都能买到古董衣。"

当她又匆匆写东西的时候，我们之间有短暂的沉默。"我知道，你能行。"她又抬起头，但是这一次她是在微笑。"前两天我在伊瑟服装店买了一件非常棒的 Biba（芘芭）人造革外套——它完美如新，甚至扣子都是原装的。"她把表格推到我面前，又把笔递给我。"你能在下面签个名吗？"

---

[1] 高街（High Street）在英国指主要商业街，其中的商店仿造 T 型台时尚秀上展示的时装，并迅速制作成平价的商品以便人人都能买到，这种时尚文化被称为"高街时尚"。

[2] 塞尔弗里奇小姐，Top Shop 的副品牌，是英国目前销量上升最快的品牌之一，风格偏向少女可爱的设计。

[3] 第一商店（Top Shop），一个典型的"高街时尚"服装品牌，1964 年成立于英国伦敦，后成功发展为全球知名品牌。

此刻，我正整理挂在正装衣架上的一排晚礼服，摆放包包、腰带和鞋子。我把手套搁进手套篮，配饰放在天鹅绒托盘上，然后在角落的架子上，高高的地方，小心地摆上30岁生日时艾玛送给我的帽子。

我退后几步，凝视着这顶金褐色的草帽。它造型十分奇特，帽顶似乎无限向上延伸。

"我想你，艾玛，"我嗫嚅道，"不管你现在身在哪里……"我的心里感到一阵熟悉的刺痛，好像那儿埋了一根针。

身后突然传来轻轻的叩门声。玻璃门外站着一个和我年龄相仿，或许还要年轻一些的男子。他身材高大健美，有着一双大大的灰眸和一头蓬松的暗金色卷发。他让我想起了某个名人，但是一时之间想不起是谁。

"我是丹·鲁滨逊，"我让他进来的时候，他露出大大的笑容说道，"抱歉来晚了一点儿。"我把要告诉他"你迟到很久了"的念头压制住。他从一个破旧不堪的包里拿出一个笔记本。"我前一场访问超时了，然后又碰上塞车，不过我们今天的访问应该只需要20分钟左右。"他把手伸进皱巴巴的亚麻外套的口袋里，掏出一支铅笔。"我只需要了解一下这个行业的基本情况和你的一些背景。"他瞥了一眼散在柜台上的乱糟糟的一团丝巾和衣服只穿了一半的人体模型。"但是，显然你也很忙，如果你没有时间的话，我可以……"

"哦，我有时间，"我打断了他的话，"真的——只要你不介意我们聊天的时候我还一边工作。"我把一条海绿色的雪纺鸡尾酒会礼裙挂到天鹅绒的衣架上。"你说你是哪家报社的？"我用眼角的余光确定了一个事实，他的淡紫色条纹衬衫和丝光黄斜纹棉布裤并不相配。

"我们是家新创立的一周发行两次的免费报纸，叫作'黑与绿'——全称是《布莱克西斯和格林尼治快报》。报纸刚刚创办几个月，所以我们也在扩大我们的发行量。"

"很感激你们的报道。"我一边说着，一边把这件礼裙放到日装横杆的最前面。

"报道应该能在星期五出来。"丹环顾了一下店面。"内部装修得很好，很明亮。人们不会联想到，这儿卖的是些旧东西——我的意思是，古董衣。"他纠正了自己的用词。

"谢谢。"我冷着脸说道，尽管我很感激他对店面的观察。

当我利落地把一些白色百子莲上的玻璃纸剪掉的时候，丹看着窗外。"位置不错。"

我点点头。"我喜欢在这儿能够眺望到西斯公园，而且这家店从街上看上去也很显眼，所以我希望除了一些古董衣爱好者，也能有些过路客。"

"我就是这样发现你的，"当我把花插进一只高高的玻璃花瓶的时候，丹说道，"昨天我从门口经过，看到这里即将开业，我想这应该能成为星期五报纸的好专题，"当他坐在沙发上后，我注意到他穿着奇怪的袜子——一只绿色，一只褐色。"尽管我对时尚不是很感兴趣。"他从裤子口袋里掏出一个卷笔刀。

"是吗？"我礼貌地说道。看到他用力地转了几下卷笔刀，我不禁问道："你不使用录音机？"

他检视着刚刚削尖的笔头，然后对它吹了几口气。"我喜欢快速写作。那么，"他把卷笔刀放进口袋里，"让我们开始吧。所以……"他用铅笔在下唇上敲了敲。"我应该先问你什么呢……"我试着不让自己对他的准备不足显示出失望。"我知道了，"他说，"你是本地人？"

"是的。"我折叠着一件淡蓝色羊绒开衫。"我在靠近格林尼治的艾略特山长大，但是过去的 5 年里，我一直住在布莱克西斯的中心，车站附近。"我想起了前面有着小花园的铁路职工的小屋。

"车站，"丹缓缓地重复了一遍，"下一个问题……"这次采访看来要花很长时间了——我现在最缺的就是时间。"你有时尚业的背景吗？"他问道，"读者们应该想知道吧？"

"哦……也许吧。"我告诉了他我在圣马丁艺术学院的时尚史学位和在苏富比拍卖行的职业生涯。

"那你在苏富比工作了多久？"

"12年。"我把一条Yves St. Laurent（伊夫·圣洛朗）丝巾叠好，放进托盘里。"其实我最近刚被提升为服装部的部门主管。但后来……我决定离开。"

丹抬起头："即使你刚刚升职？"

"是的……"我心里一阵思量，我说得太多了。"从毕业那天起，我几乎就一直待在那儿，你也明白，我需要……"我看了一眼窗外，试图平息翻涌的情绪，"我觉得我需要……"

"一段休息时间？"

"一个……改变。所以我在3月初休了一阵子的假。"我把一串香奈儿的人造珍珠挂到一尊银色人体模型的脖子上。"他们说可以为我把职位留到6月，但是5月初我看到这里的店面要出租，所以决定冒险一试，自己来卖古董衣。这个想法我已经酝酿有一段时间了。"我补充道。

"一段……时间。"丹轻声复述道。这根本就不是"速记"。我偷瞥了一眼他怪异的潦草字迹和缩写。"接下来的问题……"他咬着笔头。这个男人真没用。"我知道了：你是从哪里找到的货源？"他看着我，"还是，这是商业机密？"

"不算是。"我把Georges Rech（乔治·雷什）的一件牛奶咖啡色丝绸衬衫挂上钩子。"我从伦敦外面的一些较小的拍卖行进一些货，同时也从专业的交易商以及我在苏富比认识的一些私人卖家那里购买商品。我还在古董展览会、易趣网上找货，还去了两三趟法国。"

"为什么去法国？"

"在那儿的乡下市场你可以找到美丽的古董衣——好比这些刺绣睡衣。"我拿起了一件。"这是在阿维尼翁买到的。它们不会太贵，因为法国女人不像我们英国人这么热衷于古董。"

"古董衣在我们这儿相当受欢迎，是吗？"

"非常受欢迎。"我快速地把几本 20 世纪 50 年代的《Vogue》杂志在沙发旁的玻璃桌上摆成扇形。"女士们想要个性，而不是批量生产，古董衣正迎合了她们的需要。身着古董衣可以显示你的创造性和鉴赏力。我的意思是，一个女人可以在高街花两百英镑买一件晚礼服，"我接着往下说，开始对这个采访来了兴致，"隔天就一文不值。但是同样的钱，可以买到一件料子上乘独一无二的衣服，如果她保养得好，实际上还会增值。就像这件——"我抽出一件 Hardy Amies（赫迪·雅曼）1957 年的墨蓝色的塔夫绸晚礼服。

"真漂亮，"看着它的绕颈系带、紧身上衣和下面的拼片裙，丹说道，"你会以为这是全新的。"

"我卖的每一样东西都是保存完好的状态。"

"状态……"他念念有词地再次龙飞凤舞。

"每件衣服都是水洗或干洗过的。"我把这件衣服放回横杆上时，接着往下说，"我有一位非常棒的裁缝师，负责大范围的衣服修补和改动。小修小补我可以在这儿完成。后面有一间小'密室'，那儿有一台缝纫机。"

"这些东西售价多少？"

"售价不一，从 15 英镑的手卷丝巾到 75 英镑的棉质日常衣衫，两三百英镑的晚礼服到 1 500 英镑的高级时装都有。"我抽出一件 Pierre Balmain（皮埃尔·巴尔曼）20 世纪 60 年代初期的缀珠金色棱纹绸晚礼服，上面缝着管珠和银色亮片。我掀开它的防尘罩。"这是一件很重要的礼服，是由一位大设计师在其事业巅峰期所做。或者还有这件……"我拿出一条有着果子露般粉色和绿色迷幻图案的丝绒阔脚裤。"这套衣服是 Emilio Pucci（埃米利奥·璞琪）设计的。买这套衣服几乎可以算是投资而不是用来穿的，因为 Pucci 就和 Ossie Clark

（奥西·克拉克）、Biba 和 Jean Muir（琼·缪尔）一样，非常具有收藏价值。"

"玛丽莲·梦露很喜欢 Pucci，"丹说道，"她是穿着最爱的 Pucci 绿色丝质长裙下葬的。"我点点头，不想表现出其实我并不知道这件事。"那些很有趣。"丹点头示意我身后墙上挂着的油画般的四件无肩带的芭蕾舞裙长度的晚礼裙——一件柠檬黄、一件糖果粉、一件蓝绿色、一件橘绿色——上身是丝缎的紧身胸衣，下身是蓬松的层层叠叠的网状衬裙，上面缀满了闪闪发亮的水晶。

"我把这些挂在那儿是因为我很喜欢它们。"我解释道，"它们是 20 世纪 50 年代的舞会裙，但我都叫它们'蛋糕'裙，因为它们是那么的闪耀迷人和轻薄蓬松。只是看着它们，就能让我觉得开心。"或者尽我所能地开心，我惨淡地想着。

丹站了起来。"你放在那儿的是什么？"

"这是 Vivienne Westwood（薇薇恩·韦斯特伍德）的垫臀裙。"我拿起来给他看。"还有这条……"我抽出一件砖红色的丝质土耳其长袍，"这是 Thea Porter（西娅·波特）设计的，还有这是 Mary Quant（玛丽·奎恩特）的小鹿皮直筒连衣裙。"

"那这件呢？"丹抽出一件淡粉色的缎料晚礼服，它有垂坠的领口，两侧有精美的褶裥，还有一个曳地的鱼尾下摆。"这件好美，就像凯瑟琳·赫本或是葛丽泰·嘉宝会穿的衣服，也像是维罗妮卡·莱克，"他思索一番，"在电影《玻璃钥匙》中穿的。"

"噢，我不知道那部电影。"

"评价不高——它是达希尔·哈米特在 1942 年的作品，后来霍华德·霍克斯的《夜长梦多》也借鉴了它。"

"是吗？"

"但是你知道吗……"他把这条裙子在我身上比了比，吓了我一大跳，"它很适合你，"他赞赏地看着我，"你有那种黑色电影中倦怠冷漠的感觉。"

"是吗？"他的话让我再次吓了一跳。"事实上……这条裙子原本是我的。"

"真的？你不想要了吗？"丹几乎有点儿义愤填膺地问道，"它相当漂亮啊！"

"是的，但……我只是……不再喜欢了。"我把它放回横杆上。我没有必要告诉他真相。这条裙子是盖伊将近一年前送给我的。那时我们刚交往一个月，一个周末他带我去了巴斯，我在一个商店的橱窗里看到了这件衣服，然后走进去瞧了瞧，主要还是出于专业的兴趣，没想过买下来，因为它售价 500 英镑。但是后来，趁我在旅馆看书的时候，盖伊溜了出去，把这条裙子用粉红色的薄纱包装成礼物带了回来。现在我决定把它卖掉，因为它属于我竭力想忘掉的那段人生。我会把卖得的钱捐出去。

"对你来说，古董衣最吸引你的地方是什么？"当我把靠着左手墙壁打着灯光的玻璃柜里的鞋子重新排列的时候，我听到丹问道。"是因为那些衣服和当今的衣服比起来质量更上乘吗？"

"这是很大的一部分原因。"我一边回答，一边把一双 20 世纪 60 年代的绿色麂皮无带低帮鞋摆成优雅的角度。"穿着古董衣是对现在大批量生产的一种反抗。但我最爱古董衣的是……"我看着他，"请不要笑啊！"

"当然不会……"

我抚摸着一件 20 世纪 50 年代女式雪纺薄纱浴袍。"我真正热爱它们的原因在于……它们包含着某个人的生活经历。"我用手背轻抚它的鹳毛装饰。"我发现自己不由自主会去想穿过这些衣服的女人。"

"真的？"

"我会猜想她们的生活。我看着一件衣服——比如这件……"我走近日装那一栏，抽出一套 20 世纪 40 年代的深蓝色粗呢套装，包括外套和裙子。"忍不住会想谁拥有过这件衣服。她那时多大？在工作吗？结婚了吗？过得开心吗？"丹耸耸肩。"这套衣服上面有 40 年代早期的英国标签，"我接着说道，"所以我就会想，战争期间这个女人经历了什么？她的丈夫活下来了吗？她活下来了吗？"

我走到鞋区，拿出一双 20 世纪 30 年代的绣着黄玫瑰的织锦缎拖鞋。"看着这些精致的鞋子，我就想象着它们的女主人穿着它们起床，散步，跳舞或亲吻某个人。"我又走到衣帽架上的一顶粉红色天鹅绒小圆帽前。"看着像这样的小圆帽，"我把面纱撩起来，"我就会想象，面纱下是怎样的脸庞？因为当你买了一件古董衣的时候，你不仅仅是在买面料和做工——你买的还是某个人的过去。"

丹点点头："你把过去嫁接到了现在。"

"正是如此——我给了这些衣服一段新的生命。我为能够修复它们而自豪，"我接着往下说，"然而生活中有如此多的东西是不能够修复的。"我感到胃上骤然裂开一个熟悉的深洞。

"我之前从来没有这样想过古董衣，"过了一会儿，丹说道，"我喜欢你对这份事业的热情。"他仔细看了一下笔记本："你给我提供了一些很棒的内容。"

"那很好啊，"我轻声回答道，"和你交谈很愉快。"但开头很平淡，我极想加上这一句。

丹笑了笑。"嗯……我最好还是让你继续你的工作——我也应该走了，把这个写出来，但是……"他盯着角落里的架子，"多么奇妙的一顶帽子啊！它是哪个时期的？"

"它是当代的。四年前做的。"

"非常有独创性。"

"是的——独一无二。"

"多少钱？"

"这个是非卖品。它是设计师本人赠给我的——我的一位密友。

我想把它摆在这儿只是因为……"我觉得喉咙发紧。

"因为它很漂亮？"丹说道。我点点头。他啪地合上笔记本："她会来参加开业仪式吗？"

我摇摇头："不会。"

"最后一件事，"他一边说一边从包里拿出一个相机，"编辑要求我给你照张相，和文章一起登。"

我看了看表："只要不费太长时间。我还需要把气球系到门前，我还得换……我还没有把香槟倒出来，这个很费时间。客人20分钟后就到了。"

"我帮你，"我听到他说，"弥补我迟到的过失。"他把铅笔别到耳后。"杯子在哪里？"

"哦，柜台后面有3箱杯子，小厨房的冰箱里有12瓶香槟。谢谢你。"我说道，其实有些焦虑，不知他是否会把香槟洒得到处都是。但是他熟练地往细长的香槟杯里注入凯歌香槟——当然也是有年份的，必须如此——我梳洗一番，换上我的行头，一件20世纪30年代鸽灰色绸缎鸡尾酒会礼裙，配上银色的Ferragamo（菲拉格慕）后绑带女鞋；然后化上淡妆，梳理一下头发。最后，我把飘拂在椅背后的一串浅金色气球解下来，三三两两地系到门前，任它们在逐渐猛烈的风中急剧摇摆。当教堂钟敲过6下的时候，我站在门口，手里端着一杯香槟，丹在拍照。

一分钟后，他放下相机，面带困惑地看着我。

"抱歉，菲比——你能笑一笑吗？"当丹离开的时候，母亲正好到了。

"那是谁？"她一边问着，一边径直朝试衣间走了过去。

"一个叫丹的记者，"我回答道，"他刚刚在为当地的一家报纸采访我。他这人做事不太有条理。"

"他看起来不错，"当她站在镜子面前，仔细审视自己的容颜时说道，"穿得很难看，但是我喜欢男人卷发。与众不同。"她镜子中的面孔带着焦虑的失望看着我。"我希望你能再找到一个人，菲比——我讨厌你独自一个人。独自一个人没什么好玩的，因为我可以证明。"她苦涩地补充道。

"我还是很享受的。我打算很长时间都一个人待着，也许是永远。"

母亲啪的一声打开包。"亲爱的，那很有可能是我的命运，但是我不希望是你的命运。"她拿出一支价格不菲的新口红，看起来像一颗银色的子弹。"我知道你这一年过得很艰难，亲爱的。"

"是呢。"我嗫嚅道。

"而且我也知道，"她瞄了一眼艾玛的帽子，"你一直……很痛苦。"即使是母亲，也不会了解我有多痛苦。"但是，"她说道，把口红旋了出来，"我还是不明白。你为什么要和盖伊分手。我知道我只见过他三次，但是我觉得他很有魅力，英俊潇洒，人也不错。"

"他的确如此，"我赞同道，"他很可爱。事实上，他完美无缺。"

镜子中，母亲的视线碰上我的视线。"那你们之间到底发生了什么？"

"没什么，"我撒谎了，"只是我的感觉……变了。我之前和你说过。"

"是的。但是你从来没说过为什么。"母亲在上唇抹上一层口红——一种稍稍有些艳丽的珊瑚红色。"整件事看起来不合常理，如果你不介意我这么说的话。当然，那段时间你很不快乐，"她放低了声音，"但是接下来艾玛出事……"我合上眼睛，尽力想把那些一直缠绕我的影像关闭在外。"哦……真是可怕，"她叹了口气。"我不知道她怎么会……一想起她……够了。"

"够了。"我苦涩地回应道。

母亲用纸巾擦了擦下唇。"但是我不明白的是，为什么接下来，尽管你很难过，你还是要结束和一个好男人的这段看起来很快乐的关系。我觉得你是有些精神崩溃，"她继续说道，"这不奇怪……"她哑了咂嘴，"我觉得你当时不知道自己在做什么。"

"我知道得一清二楚，"我平静地反驳道，"但是你知道吗，妈妈，我不想谈……"

"你是怎么认识他的？"她突然问道，"你之前没告诉过我。"

我感到脸上一阵发热："通过艾玛。"

"真的？"她看着我。"她多么贴心，"她说着，然后又转回去看着镜子，"把你介绍给那样一个好男人。"

"嗯。"我心绪不安地说道……

"我遇见了一个人，"一年前，艾玛在电话里兴奋地讲道，"让我为之眩晕，菲比。他……很好。"我的心沉了下去，不仅仅因为艾玛老是说她遇见了某个"好人"，更多的是这些男人通常什么也不是。艾玛会对他们产生一时的激情，一个月以后，开始躲着他们，声称他们"太可怕了"。"我是在一个慈善活动现场遇到他的，"她解释道，"他运营着一家投资基金——但是好的一面是，"她以一贯可爱的天真烂漫补充道，"这是一家有道德的基金。"

"听起来很有趣。那么他肯定很聪明。"

"他以第一名的成绩从伦敦政经学院毕业。不是他告诉我的，"她快速补充道，"我从谷歌上查到的。我们已经约会了几次，一切很顺利，所以我想让你看看他。"

"艾玛，"我叹了口气，"你已经33岁了。事业成功，现在英国的一些名媛都要戴你设计的帽子。你为什么还需要我的批准呢？"

"嗯……因为旧习难改啊。我总是问你对男人的意见，不是吗？"她沉思道，"从我们还是少年时起就这样。"

"话虽如此——但是我们现在不是小孩子了。你得对自己的判断有信心。"

"我明白你的意思。但我还是想让你认识盖伊。下周我会举行一个小宴会，让你坐在他旁边，好吗？"

"好吧。"我叹了口气……

下个周四的晚上，我在艾玛租来的位于马利波恩的房子里，在厨房里忙活的时候，我真希望自己并没有掺和进来。从客厅传来很多人大笑和说话的声音。艾玛对于一个"小"晚宴的概念竟然是给12个人准备5道菜。当我取盘子的时候，我一直在回想艾玛过去几年里"疯狂爱上"的男人：阿尼是一位时尚摄影师，后来因为一个手模劈腿了；菲尼安，一个园林设计师，每个周末都会去陪他6岁的女儿——和她的妈妈。然后就到朱利安了，一个戴眼镜的股票经纪人，对哲学感兴趣，对其他却毫不在意。艾玛最后一段牵绊是和皮特，他是伦敦爱乐乐团的一名小提琴家。这段感情看起来似乎很有未来——他为人很好，她可以和他谈论音乐；但后来他跟随乐团世界巡演3个月，回来时已和第二长笛手订婚。

也许盖伊这个家伙将是一个更好的选择，我一边在抽屉里翻找着餐巾纸一边想着。

"盖伊是完美的，"她边说边打开烤箱，一股蒸汽和爆烤羊肉的香味飘了出来，"他就是我要找的那个人，菲比。"她快乐地说。

"你总是这么说。"我开始叠餐巾纸。

"嗯，这次是真的。如果这次不成功的话，我就杀了我自己。"她欢快地补充道。

我停了下来："别犯傻了，你好像还没有认识他很久。"

"是这样——但是我知道我的感觉。不过，他迟到了，"她哀叹着把羊肉端出来晾着。她把一盘克勒塞生肉砰的一声放到桌子上，脸上满是焦虑的神情。"你觉得他会来吗？"

"当然会，"我说道，"现在才8点45分——他很可能是工作耽搁了。"

艾玛踢出一脚，把烤箱门关上："那他为什么不打电话呢？"

"也许他正堵在地铁上。别担心……"

她开始给预备烤的肉抹上油脂。"我忍不住。我愿意像你那样冷静和镇定，但是我永远学不会你的泰然自若。"她站直身。"我看起来怎么样？"

"漂亮。"

她松了一口气，露出一个微笑："谢谢——不过我不相信你，你总是那么说。"

"因为事实总是如此。"我坚定地说道。

艾玛穿着她典型的混搭风格，一袭Betsey Johnson（贝奇·约翰逊）的印花真丝长裙，搭配淡黄色的渔网袜和黑色的短靴，波浪般的茶褐色头发用一根银色发带束向脑后。

"这条裙子真的适合我吗？"她问道。

"真的。我喜欢它的鸡心领，身体线条也设计得很讨喜。"我补充道，说完立即就后悔了。

"你是在说我胖吗？"艾玛的脸沉了下来，"请不要这样说，菲比——尤其不要今天。我知道我能减掉几磅，但是——"

"不，不——我不是那个意思。你当然不胖，艾[1]，你很可爱，我的意思是——"

"哦，天哪！"她用手捂着嘴，"我还没有做薄饼！"

"我来做吧。"我打开冰箱，拿出烟熏三文鱼和一桶鲜奶油。

"你真是太棒的朋友，菲比。"我听到艾玛说道，"没有你，我该怎么办呢，"她一边说，一边往羊肉上撒上迷迭香，"你知道，我们已经认识四分之一个世纪了。"

"有那么长吗？"我喃喃地说，开始切三文鱼。

"是的。我们可能还会彼此相对多久呢，再一个50年？"

"如果我们喝合适品牌的咖啡的话。"

---

[1]　艾玛的昵称。——编者注

"我们不得不去同一家养老院！"艾玛咯咯笑起来。

"那儿你还会要求我给你把关男朋友。'哦，菲比，'"我以古怪的腔调说道，"'他93岁了——你觉得他对我来说太老了吗？'"

艾玛哼了一声，然后哈哈大笑起来，把一串迷迭香扔向我。

现在我已经开始烘烤薄饼了，我利落地翻着这些饼，尽量不烫到手指。艾玛的朋友正在高声地聊天——还有人在弹钢琴——我只能模糊地听出电铃的声音，但是艾玛立刻激动了起来。

"他来了！"她对着小镜子检查自己的妆容，调整了一下发带，然后跑下狭窄的楼梯。"嗨！啊，谢谢，"我听到她的尖叫。"它们真漂亮。上来吧——你认识路。"我得知了一个事实，盖伊之前来过这里——这是一个好的信号。"大家都已经到了。"我听到艾玛说着，他们走了上来。"你堵在地铁上了吗？"我现在已经摆起了第一批薄饼。于是我拿过胡椒磨，大力地摇了摇。什么也没有。该死的。艾玛把干胡椒放哪儿了？我开始找，打开了几个碗柜，才在调料架的最上端找到一罐新的干胡椒。

"我给你拿杯喝的，盖伊，"我听到艾玛说道。"菲比。"我刚把干胡椒罐上的封条拆掉，想撬开盖子，但是卡住了。"菲比，"艾玛又喊了一遍。我转过身。她正站在厨房里，捧着一束白玫瑰，笑得花枝招展；盖伊就在她身后，正站在走廊里。

我惊愕地看着他。艾玛说过他很"帅气"，但这对我来说并不意味着什么，因为她总是对我这样形容那些男人，即使那个男人长得很丑陋。但是盖伊真的是能让人心跳停止的帅气。他高个宽肩，面容坦诚，五官端正，利落的深棕色短发，深蓝色的眼睛里透出愉悦的笑意。

"菲比，"艾玛说道，"这是盖伊。"他冲我笑了笑，我感觉胸腔里怦然一动。"盖伊，这是我最好的朋友，菲比。"

"你好。"我说道，一边扭着干胡椒罐，一边像傻子一样对他笑。

他为什么会这么迷人呢？"上帝！"盖子突然脱落，胡椒粒呈黑色弧线状射了出来，然后像炮弹一样撒得料理台和地面上到处都是。"对不起，艾，"我吸了一口气，拿起扫把开始大力清扫，只为了掩饰我内心的混乱。"对不起啊！"我哈哈大笑，"我真是够笨啊！"

"没关系，"艾玛说道。她迅速把玫瑰插进罐子里，然后端起那盘薄饼。"我把这些拿进餐厅。谢谢你，菲比——它们看起来很棒。"

我原本预料盖伊会跟她走，但他去了水池，打开下面的柜子，然后拿出了簸箕和拖把。我痛苦地发现，他对艾玛的厨房也熟门熟路。

"别担心。"我挣扎着说。

"没事——我来帮你。"盖伊向上拉了拉裤腿，然后弯下腰，开始清扫起胡椒粒。

"弄得到处都是，我真笨。"

"你知道胡椒是从哪里传入的吗？"他突然问道。

"我不知道，"我弯腰用指尖拈起几粒，回答道，"南美？"

"印度的喀拉拉邦。直到 15 世纪，胡椒还是宝贵的财富，可以用来代替货币，因此有'胡椒租金'（象征性租金）这一说法。"

"真的？"我礼貌地说道，然后开始思考，自己和一个一分钟前刚认识的男人蹲在地上，讨论黑胡椒原产地的怪异性。

"好啦，"盖伊直起身，把簸箕中的胡椒倒进垃圾桶，"我该进去了。"

"是的……"我笑道，"艾玛肯定觉得奇怪了。但是……谢谢你。"

接下来的晚宴我记不太清了。就像事先承诺的那样，艾玛把我安排在盖伊的旁边。我礼貌地和他交谈时，尽力控制住自己的情绪。我一直在祈祷他能说点儿令人生厌的事——比如，他刚出监狱，或者他有两个前妻和五个孩子。我也希望自己觉得他的谈话很无聊，但是他只是说一些提升自己魅力的事情。他饶有兴致地谈论自己的工作，谈论他对客户投资方式的责任：不仅仅要无害，而且要对自然环境和人类的健康福祉产生积极的影响。他说起自己和一家致力于解救童工的慈善机构的联系。他深情地谈起自己的父母和兄弟，他和兄弟每周一次在切尔西海港俱乐部打壁球。幸运的艾玛，我思忖着。盖伊似乎符合她所期望的一切。在晚宴进行间，她会时不时地瞄瞄他或者随意提到他。

"前几天晚上，我们去了戈雅展览的开幕式，是吧，盖伊？"盖伊点点头。"我们正在设法拿到下周歌剧院《托斯卡》的门票，是吧？"

"是的……确实如此。"

"它几个月前就卖光了，"她解释道，"但是我希望能够在网上得到退票。"

艾玛的朋友渐渐地注意到其中的联系。"你们俩认识多久了？"查理狡黠地微笑着问盖伊。"你们俩"这个词在我心里扎入一根嫉妒的刺，让艾玛愉悦地脸红了。

"哦，没多久，"盖伊平静地回答。

"那么你怎么想？"第二天一早，艾玛在电话里问我。

我拨弄着文件夹："我想什么？"

"当然是盖伊！你难道不觉得他很有魅力吗？"

"哦……是的。他的确……很有魅力。"

"漂亮的蓝色眼睛——尤其衬着他的黑发。这是致命的组合啊。"

我看着窗外的街道："致命的。"

"你不觉得他也是一个很好的聊天对象吗？"

我可以听到行人车辆的喧嚣："嗯。"

"而且他也很幽默。"

"嗯。"

"比起我之前交往的其他男人，他人又好，又正常。"

"确实如此。"

"他是一个很好的人。最重要的是，"她总结道，"他对我有意思！"

我不忍心告诉她，一个小时前盖伊已经打电话给我，请我吃饭。

我不知道该怎么做。通过苏富比的电话总机，盖伊轻易地找到了我。我很高兴，也吓坏了。我谢过他，表示我不能去。当天他又给我打来三次电话，但是我都没有和他说上话，因为我正疯狂地准备"20世纪时装及饰品"拍卖会。盖伊第五次打电话的时候，我和他简短地说了几句，在开放式的办公室里小心翼翼地压低我的声音："你很执着，盖伊。"

"是的，但这是因为我……喜欢你，菲比，而且我觉得——如果我不是在自我吹捧——你也喜欢我。"我正在给一套20世纪70年代中期的皮尔·卡丹绿色羊毛套装系上竞标号码。"你为什么不说'是'呢？"他恳求道。

"嗯……因为……这有些棘手，不是吗？"

令人尴尬的沉默。"听着，菲比……艾玛和我只是朋友。"

"真的吗？"我检查着一条裤腿上似乎是蛾子洞的东西，"你似乎已经见过她好几次了。"

"哦……多数是由于艾玛打电话给我，她有一些活动的入场券，比如戈雅的开幕式。我们一起出去，玩得挺开心，但是我从来没有想过令她误解……"他的声音低了下去。

"可是很明显你之前去过她的公寓。你准确地知道她的簸箕和拖把放在哪里。"我低声指责道。

"是的——因为上周她叫我去修补水池的裂缝，所以我把所有的东西都从柜子里清理了出来。"

"哦。"我浑身轻松了下来，"我明白了。但是……"

盖伊叹了一口气："听着，菲比，我喜欢艾玛——她很有才华，也很有趣。"

"嗯，是这样——她很可爱。"

"但是，我觉得她感情有点儿激烈，"他接着说，"姑且不称为稍微有些疯狂，"他发出紧张的笑声："但是她和我没有……在约会。她不应该那样想。"我没有回答。"你能与我共进晚餐吗？"我发现我的决心减弱了。"下周二怎么样？"我听到他说。"沃尔斯利怎么样？我会预订7点半的桌位。你会来吗，菲比？"

如果我知道之后的事情会往哪个方向发展，我会说："不。我不会来的。坚决不会。永远不会。"

"好。"我听到自己说……

我打算不把这件事告诉艾玛，但是我无法让自己一直隐瞒着，尤其万一她发现了，后果会很严重。所以周六我们在马利波恩高街我们最喜欢的阿米奇咖啡馆见面的时候，我把事情告诉了她。

"盖伊约你出去？"她无力地重复道。她的瞳孔似乎失望地微缩。"哦。"她的手微颤着放下杯子。

"我没有……给他什么信号，"我轻轻地解释，"我没有……在你的晚宴上与他调情，如果你希望我不去，那么我就不去，但是我无法不告诉你。艾？"我拿起她的手，注意到她的指尖红红的，那是她缝缝补补所致。"艾玛——你还好吗？"她搅拌着卡布奇诺，然后看着窗外。"我不会见他，一次都不会，如果你不希望我去的话。"

艾玛起初没有回答。她绿色的大眼睛盯着街道对面一对手挽手一起散步的年轻夫妇。"没关系，"片刻后，她说道，"毕竟……我认识他的时间还不长，正如你说的那样——虽然他并没有阻止我那么想……"她的眼里突然涌出泪水，"还有他带来的那些玫瑰。我以为……"她把一张面巾纸按在眼睛上，上面还有阿米奇咖啡馆的标志。"那么，"她嘶哑着声音，"看起来我也不会和他去看歌剧了。也许你能带他去，菲比。他说过他很期待……"

我沮丧地叹了口气："听着，艾，我会说不去的。如果要让你这么痛苦，那么我一点儿兴趣也没有。"

"不，"过了一会儿，艾玛低声说。她摇了摇头。"你应该去——如果你喜欢他的话，我肯定你是喜欢的，不然我们就不会有这样的谈话。不管怎样……"她拿起包,"我该走了。我有一顶帽子要继续赶工——给欧仁妮公主,不能等了。"她跟我欢快地挥了挥手:"我会打电话给你的。"

但是接下来6个星期,她都没有回我的电话……

"我希望你给盖伊打过电话了,"我听到妈妈说,"我觉得你对他很重要。事实上,菲比,有件事情我要告诉你……"

我看着她。"什么事?"

"嗯……盖伊上周打电话给我了。"我感觉心里一沉,好像自己从一个陡峭的斜坡滑了下来。"他说,他想见你,只是和你谈谈——现在不要摇头,亲爱的。他觉得你对他'不公平'——他用的就是这个词,尽管他没有说为什么。但是我怀疑你是对他不公平,亲爱的——不公平,而且坦白说,有点儿白痴。"母亲从包里拿出梳子。"找到一个好的男人并不是那么容易。我觉得你很幸运,在那样抛弃他之后,他还对你念念不忘。"

"我不想和他扯上一点儿关系,"我坚持道,"我只是……对他没有以前的感觉了。"盖伊知道为什么。

母亲用梳子梳理着她波浪般的金发:"我只是希望你不要后悔。而且我希望你也不要后悔离开苏富比。我仍然觉得那是很遗憾的事。你在那儿有声望,工作又稳定——进行拍卖时又刺激。"

"你的意思是,拍卖的压力。"

"你还有一群同事。"她无视我,补充道。

"那么现在我也会有自己的顾客群——如果我能找到这样一群人的话,而且还会有自己的兼职助理。"这是我需要抓紧的一件事——在佳士得马上有一场时尚拍卖会,我想去参加。

"你有固定的收入,"母亲放下梳子,拿起一个香粉盒,继续说道,"现在你在这里,开了一个……店,"她设法想让这个词听起来像

"妓院","万一不成功，怎么办？你已经借了一笔钱，亲爱的……"

"谢谢您的提醒。"

她在鼻子上搽了搽粉："而且工作会很辛苦。"

"一份辛苦工作刚好适合我。"我平静地说道。因为这样我就只有更少的时间去思考。

"总之，我要说的话都说了。"她故作镇定地总结道，啪地合上香粉盒，放回包里。

"你的工作怎么样？"

母亲苦笑了一下："不是很好。拉德布罗克丛林路的那所大房子一直有些问题——约翰快要抓狂了，这让我也很难做。"母亲在给一个成功的建筑师约翰·克兰菲尔德做私人助理，这份工作她做了有22年了。"这不容易，"她说道，"但是我还是非常庆幸在这个年龄有份工作。"她凝视着镜子里的脸。"只要看看我这张脸就知道了。"她呻吟道。

"妈妈，这是一张漂亮的脸。"

她叹了口气："脸上的褶子比戈登·拉姆齐发怒时还要多。那些新买的面霜似乎没有一点儿效果。"

我想起了母亲的梳妆台。曾经只有一瓶玉兰油放在上面——现在就像百货公司的药妆柜台，摆满了一管管的维生素A和维生素C，一罐罐的精华露和润泽保湿液，还有一些听起来具有种种神奇效果的胶囊。

"罐子里的只是梦想，妈妈。"

她戳了戳脸颊。"也许肉毒杆菌能起点儿作用……我一直在考虑这个。"她用左手的大拇指和食指拉了拉眉毛。"如果真的倒霉透顶，出错的话，我的眼睑就会耷拉到鼻孔处。但是我真讨厌这些皱纹啊。"

"那学会去爱它们。当你59岁的时候，有皱纹是正常的。"

母亲的身体瑟缩了一下，好像我扇了她一巴掌似的。"不要。我害怕乘公交车免费。为什么等我们60岁的时候，不能提供免费出租车的优惠呢？那样我就不会在意这么多了。"

"总之，皱纹不会让美女失色，"我说道，把一捆印有"古董衣部落"的购物袋放在收银台后，"只会让她更风趣。"

"对你父亲来说不是。"我没有回答。"你要知道，我原以为他喜欢旧东西。"母亲冷冷地说，"毕竟，他是一个考古学家。但是现在他和一个只比你大一点点的女孩在一起。这真荒谬。"她苦涩地喃喃自语。

"这的确很令人惊讶。"

母亲拂了拂裙子上不存在的污点。"你今晚没有邀请他，是吗？"在她淡褐色的眼睛里，我看到了令人痛心的恐慌和希望。

"是的，我没有。"我轻声回答道。如果邀请了父亲，那个名叫露丝的女人也可能会来。我不会给她好脸色看的。更确切地说，是冷酷无情。

"那个女孩36岁。"母亲怨恨地说，好像是"6"惹恼了她。

"她现在是38岁了。"我指出来。

"是的——而他已经62岁了！我希望他从来没有参与过那个该死的电影。"她哀泣道。

我把一个深绿色的爱马仕凯莉包从防尘袋里拿出来，放到玻璃展柜里。"你不可能料想到接下来会发生什么，妈妈。"

"想起来还是我劝说了他……在她的请求下！"她拿起一杯香槟和她的结婚戒指。不顾父亲的遗弃，她还戴着这枚戒指，戒指在阳光下闪着微光。"我以为这会对他的职业生涯有帮助，"她喝了一口香槟，继续哀怨地说道，"我以为这能够提升他的公共曝光率，能够赚更多的钱，在我们退休的时候迟早派得上用场。然后他去参与了这部电影《大挖掘》——但是似乎他挖掘的最主要的东西——"母亲苦笑一下，"是她。"她又喝了一口香槟。"这真是……糟透了！"

我不得不承认这一点。父亲在他38年的婚姻中第一次出轨是一回事，母亲在《每日快报》的日记版块发现了父亲出轨又是另一回事。我打了个冷战，想起在不同以往、目光游移的父亲在诺丁山露丝的公寓外，被拍到和露丝一起的一张照片下，有这样一行标题：

第三者怀孕谣传，荧屏教授抛弃发妻。

"你经常见到他吗，亲爱的？"我听到母亲强装随意地问道。"当然，我不能阻止你，"她接着往下说，"而且我也不想——他毕竟是你的父亲。但是，说老实话，我一想到你花时间和他，还有那个女人……还有……还有……"母亲实在没法提起那个孩子。

"我已经好久没见过他了。"我如实地说道。

母亲一口喝掉香槟，然后把杯子送进厨房。"我最好不要再喝了。它只会令我哭泣。对了，"她回来时轻快地说，"让我们换个话题吧。"

"好的——告诉我你对这家店的想法。你已经好几周没见过它了。"

母亲走了一圈，优雅的小高跟轻叩在木地板上，发出嗒嗒的声音。"我喜欢这儿。根本就不像是在二手店里——更像在一个的高级优雅的地方，比如Phase Eight（菲丝艾特店）那样的。"

"很高兴听到你这么说。"我把一杯杯香槟轻轻地摆放到柜台上。

"我喜欢这些时尚的银色模特儿，而且这儿有种令人愉快的整洁的感觉。"

"那是因为古董衣饰店也有乱糟糟的——挂衣服的架子太拥挤，以至于你只能费力地从中间穿过。在这儿，衣服之间有足够的灯光和空气，所以浏览起来会很愉悦。如果这件卖不出去，我就会拿出另一件。但是这些衣服不都很可爱吗？"

"是的，"母亲回答道，"某种程度上。"她点头示意那几件蛋糕裙："那几件很有意思。"

"我知道——我非常喜欢。"我懒懒地想，不知谁会买走它们呢。"再看看这件和服。它是1912年的。你看到上面的刺绣了吗？"

"非常漂亮……"

"漂亮？这就是一件艺术品。还有这件Balenciaga（巴黎世家）的歌剧外套。看看这个剪裁——包括袖子部分，它是由两块布做成的。整个造型让人不可思议。"

"嗯……"

"还有这件开襟明纽女式长服——是Jacques Fath（雅克·法特）的。看这里有小棕榈树图案的织锦。如今你还能够在哪儿找到这样的东西？"

"它们都很好，但是——"

"还有这套Givenchy（纪梵希）套装，妈妈，你穿起来会很好看。你的腿很漂亮，可以穿这条及膝裙。"

她摇了摇头："我是不会穿古董衣的。"

"为什么不呢？"

她耸耸肩："我总是首选新的东西。"

"为什么？"

"我已经告诉过你，亲爱的——我在定量配给的年代长大。那时我什么也没有，只有那些别人穿过的丑陋衣服——穿到身上刺痒的设德兰连衫裤、灰色的哗叽裙，还有闻起来像雨天落汤鸡身上味道的粗羊毛围裙。我那时常常渴望能拥有一件没有人用过的东西，菲比。现在我还是这样……我没办法。此外，我还讨厌穿别人穿过的衣服。"

"但是所有的衣服都经过水洗或干洗了。妈妈，这里不是慈善商店，"我利落地抹了一把柜台，说道，"这些衣服看起来就像崭新的一样。"

"我知道。它们闻起来都很清香——我没有发现任何霉臭味儿，"她使劲嗅了嗅，"也没有一丝樟脑味儿。"

我把丹刚才坐过的沙发靠垫拍松："那么问题是什么呢？"

"一想起穿着的衣服曾经属于某个人，那人现在或许已经……"她微微打了个冷战，"死去。我讨厌这一点，"她补充道，"我一直讨厌这一点。你和我在这方面不一样。你像你的父亲。你们都喜欢旧的东西……把它们修补起来。我觉得，你正在做的也算某种考古工作，"她接着说，"裁缝考古学。哦，你看，有人来了。"

　　我拿起两杯香槟，脸上洋溢着热情的笑容，上前几步去欢迎进门的客人。"古董衣部落"开始营业了……

CHAPTER 2
拍卖会上：一条格蕾丝夫人的裙子

　　我总是在凌晨醒来，不需要看表也知道是什么时间——3 点 50 分。这 6 个月来，我每天都是 3 点 50 分醒来。我的家庭医生说，这是压力导致的失眠，但是我知道这不是压力，是愧疚。

　　我不愿服用安眠药，所以有时我会起床工作，打发时间。我可能会去洗衣服——我的洗衣机总是忙个不停；我可能会熨熨衣服，或者缝缝补补。但我知道，最好是回去继续睡，所以我通常就躺在那里，伴随着英国广播公司的对外广播或一些深夜直播的热线电话节目，企图让自己平静下来，直至脑中一片空白。但是昨晚我没有那样做——我只是躺在那儿想着艾玛。只要一空闲下来，她就在我的脑子里打转，循环往复。

　　我看到她穿着绿色条纹夏日长裙站在我们小学校里。我看到她像海豹一样跃入游泳池。我看到她在网球比赛前亲吻她的幸运克鲁格金币。我看到她在英国皇家艺术学院，拿着她的帽架子。我看到她在阿斯科特酒店的照片登在《Vogue》杂志上，戴着她所设计的漂亮帽子中的一顶，满面笑容。

然后，当我的卧室里开始充满灰色的曙光时，我看到艾玛最后一次出现在我眼前的样子。

"对不起。"我轻声说。

你是一个超棒的朋友。

"对不起，艾。"

没有你我该怎么办……

当我站在喷头下淋浴的时候，我强迫自己的思绪回到工作和开业派对上。昨晚大概来了 80 个人，包括苏富比的三个前同事，一两个同样住在班纳特街上的邻居，还有一些当地的店主。附近房地产中介的特德突然来访——从男装区买走了一件丝绸背心。然后开着花店的鲁珀特来了，经营着金盏花咖啡屋的皮帕和她的妹妹也来了。

我邀请的一两个时尚记者也到场了。我希望和他们维持良好的关系，他们可以从我这儿借衣服去拍照，我也能以此提高店里的知名度。

"非常优雅。"当我周旋于宾客间给他们添加香槟的时候，《妇女与家庭》杂志的米米·隆和我说道。她向我歪了歪杯子，又要了一杯。"我喜欢古董衣。就像身处阿拉丁的洞穴——有种奇妙的发现之旅的感觉。你是打算独自经营这家店吗？"

"不——我需要有人做兼职来帮忙，这样我就能够出去走动进货，把衣服拿去清洗和修补。所以如果你听说有人……他们必须对古董衣有兴趣。"我补充道。

"我会帮你关注的，"米米承诺道，"哦——我看到的那一件衣服是不是真的 Fortuny（弗特尼）？……"

我必须得打广告找个助理了，我一边擦干身体，梳理着湿漉漉的头发，一边想着。我可以在当地报纸上登个广告——也许可以在丹工作的那一家，管它叫什么名字呢。

当我穿戴完毕——亚麻的阔腿裤，小圆领的短袖修身衬衫——我意识到丹准确地定位了我的风格。我确实喜欢斜裁的衣服和20世纪30年代末40年代初的阔腿裤。我喜欢头发齐肩，刘海儿朝一边梳。我喜欢裙摆式外套，无带的手拿包，露趾鱼嘴鞋和中缝长筒袜。我喜欢光滑垂顺的布料。

我听到信箱咔嗒一响，下楼看到门垫上有三封信。认出第一封上盖伊的笔迹，我把它撕成两半，丢进垃圾桶。从他之前的几封信中，我知道这封信的内容会是什么。

第二封信是父亲的贺卡。*祝你的新事业成功*，他写道。*我很想念你，菲比。请尽快过来看看我。我们已经很长时间没有见面了。*

确实如此。我一直忙忙碌碌，从2月初以来就没有见过他。那时为了调和关系，我们约好在诺丁山咖啡厅吃午餐。我没有想到他会带那个婴儿过来。看着我62岁的父亲胸前趴着一个两个月大的婴儿，说得委婉些，我的感受是震惊。

"这是……路易斯，"他一边笨拙地弄着婴儿背带，一边尴尬地说道，"你们是怎么解开这个东西的？"他咕哝着。"这些该死的夹子……我总是不会……啊，行了。"他舒了一口气，把孩子抱出来，带着温柔又有些迷惑的表情抱着他。"露丝出门拍电影了，所以我得带着他。哦……"父亲焦急地注视着路易斯，"你觉得他饿了吗？"

我惊愕地看着父亲："我怎么会知道？"

当父亲在育婴袋里翻找奶瓶的时候，我盯着路易斯，他的下巴上挂着亮晶晶的口水，我不知该做何感想，更不知该说什么才好。他是我的小弟弟。我怎么能不爱他呢？同时，我又怎能爱他？我思忖着，毕竟他的出现是我母亲的痛苦的根源。

就在这时候，路易斯未受这一复杂情况的影响，用他的小手抓住了我的手指，咧嘴冲我甜甜地微笑。

"很高兴见到你。"我说……

第三封信是艾玛的母亲寄来的。我认出了她的笔迹。我颤抖着展开了这封信。

我只是想祝你的新事业获得成功，她写道。艾玛肯定会很高兴。我希望你一切都好，她已经走了。德里克和我仍然在一天一天过日子。对我们来说，最难过的事情是她出事的时候，我们不在她身边——你难以想象我们有多么懊悔。"不，我能。"我嗫嚅道。我们还没有仔细检查艾玛留下的东西……我发现我的五脏六腑缩了起来。艾玛有一本日记。但是当我们要整理的时候，我们想给你留些她的小东西作为纪念。我们也想让你知道，2 月 15 日是艾玛的周年纪念日，到时候会有一个小小的纪念仪式。我不需要提醒——这个日期会永远烙印在我余生的记忆里。到时我会联系你，在此之前愿上帝保佑你，菲比。达芙妮。

如果她知道真相，她不会保佑我的，我绝望地想。

我定定神，从洗衣机里拿出几件法国的刺绣睡衣晾好，然后锁上门，向店里走去。

店里还有一些清理工作要做。当我打开门的时候，我闻到了昨夜香槟的酸味儿。我打了辆出租车把玻璃杯给奥德宾斯酒类连锁店送回去，把空酒瓶放在外面等待回收，把地面扫干净，然后在沙发上喷了点儿"纺必适"织物洁净剂。当教堂的钟敲到 9 下的时候，我把"打烊"的牌子翻过来。

"行了，"我对自己说，"第一天。"

我在柜台后面坐了一会儿，修补了一件 Jean Muir 夹克的衬里。到 10 点的时候，我沮丧地怀疑母亲也许是对的。当我看见有人经过店门前却没有人多看一眼的时候，我想也许我犯了一个大错误。也许在经历过苏富比的忙碌之后，我会发现坐在店里是那么无聊。但是想到这里，我又立即提醒自己，我不会仅仅坐在店里——我还要参加拍卖会，会见交易商，拜访一些私人收藏家并评估他们的衣服。我还要和好莱坞的设计师交谈，为他们著名的客户提供衣服，我还要去几趟法国。同时我还要运营"古董衣部落"的网站，直接从上面卖衣服。要做的事多极了，当我给针穿上第二根线的时候，我这样告诉自己。然后我提醒自己，以前的生活是多么压力重重。

在苏富比，我一直处于高压之下。源源不断的压力来自于要成功举办拍卖会并完美地处理相关事宜，同时担心没有足够的商品进行下一场拍卖。如果我努力获得了足够多的商品，又要担心这些衣服会卖不出去，或卖不了足够高的价格，或者是买方不支付账单。还有一种持续的焦虑感：我会担心衣服被偷走或损坏。最糟糕的是习惯性的、折磨人的恐惧，担心重要的藏品会落入竞争者的手中——拍卖行的主管总是希望知道这是为什么。

然后 2 月 15 日的事发生了，我再也应付不下去了。我知道我必须离开。

突然，我听到了门咔嗒一声，我抬起头，期待看到我的第一个客户。结果却是丹，他穿着橙红色的灯芯绒裤子和淡紫色的格子衬衫。看来他对色彩没有任何感觉。但他身上还是有些迷人的地方，也许是他的身材——我现在才意识到，他的身体结实得像一头熊，让人看着很舒服。或许还包括他的卷发。

"我想我昨天没有把卷笔刀落在这儿吧？"

"哦，没有。我没看见。"

"该死的。"他喃喃地说。

"是……特殊的吗？"

"嗯。银质的。很结实。"他补充说。

"真的吗？嗯……我会留意的。"

"如果你愿意的话。昨晚的派对怎么样？"

"很好，谢谢。"

"哦……"他举起一张报纸，"我只是把这个拿给你。"这是《黑与绿》，刊头上是丹为我拍的照片，下面的标题：古董时尚的热情。

我看着他："我还以为你说这篇文章是星期五才会发表的。"

"本来是的，但是今天的专题报道因为各种原因延误了，所以我的编辑马特决定把你的报道放上去。幸好我们都是很迟才付印。"他把报纸递给我。"我觉得出来的效果非常好。"

我迅速扫了一眼这篇文章。"写得很好，"我说道，尽量不让声音里透露出惊讶，"谢谢你也把网址附在最后，和……哦。"我感觉下巴要掉下来了。"为什么上面说，开业第一周所有商品一律优惠 5%？"

丹的脖子上爬上一抹红晕："我只是觉得店铺开张的促销活动也许……你知道……对现在信贷紧缩中的商业有好处。"

"我明白。但是，那有点儿……说婉转些，无礼。"

丹苦笑一下。"我知道……但是我正忙着写这篇报道，突然想到了这个，我知道你正在开派对，所以不想打电话打扰你，然后马特说他要直接拿走这篇稿子，所以……嗯……"他耸耸肩。"抱歉。"

"没关系，"我勉强地说道，"我必须说，你把我吓了一跳，但是 5%……还行。"其实这会对生意有好处，我反思道，只是我还没准备好承认。"总之，"我叹了口气，"我们昨天谈话的时候，我有些分心——你说这些报纸会分发给谁？"

"每周二和周五早晨会分发到这个区域的所有车站。也会有选择地分发给一些商户和居民，所以当地的许多居民应该都能看到。"

"那太好了，"我对他笑笑，现在是真诚地赞赏了，"你在这家报社工作很长时间了吗？"

他似乎有些犹豫："两个月。"

"从创刊起？"

"差不多。"

"你也是住在附近的吗？"

"就住在沿着这条街往下走的西斯公园。"然后是奇怪的略微停顿，我正等着他开口，他就走了，这时他说道："你一定要来。"

我看着他："你说什么？"

他笑了笑："我的意思是有时间你一定要过来看看。"

"哦。"

"喝一杯。我想让你看看我的……"什么？我很好奇。版画？

"库房。"

"你的库房？"

"是的。我有一个很棒的库房。"他沉静地说道。

"真的？"我想象着那里有一堆生锈的园艺工具，结满蜘蛛网的自行车和破碎的花盆。

"或者也可以等到我完工的时候。"

"谢谢，"我说道，"我记住了。"

"那么……"丹把铅笔别到耳后，"我想我最好还是去找找那个卷笔刀。"

"祝你好运。"我微笑道。"再见。"他走了出去，透过窗户向我挥了挥手。我也挥了挥手。"真是一个古怪的人。"我低声说。

丹离开 10 分钟以后，陆续进来了一些客人，其中至少有两人拿着《黑与绿》。我尽量不以提供帮助的名义去打扰他们或太明显地盯着他们。爱马仕包包和一些昂贵的珠宝都在带锁的玻璃柜里，但是我还没有在衣服上贴上电子标签，以免破坏衣物的面料。

到 12 点的时候，大概有 10 个人进门，我也做成了第一笔生意——19 世纪 50 年代的紫罗兰图案的泡泡纱背心裙。我有种想把这张收据装裱起来的冲动。

下午一点半的时候，一个二十出头的娇小的红发女孩和一个年近四十的衣冠楚楚的男人走了进来。当她在店内挑选衣服的时候，他就跷着二郎腿坐在沙发上，露出一只穿着丝质短袜的脚踝，摁着他的黑莓手机。这个女孩经过晚礼服一排，一件也没看上；然后她的目光被挂在墙上的蛋糕裙吸引住了。她指了指橘绿色那件——这是其中最小的一件。

"多少钱？"她问道。

"275英镑。"她若有所思地点点头。"丝质面料，"我解释道，"还有手工缝上去的水晶。你想试试吗？尺码是8号。"

"嗯……"她不安地看着她的男朋友。"你觉得呢，基思？"他从黑莓手机上抬起头，那个女孩点头向他示意那件正被我从墙上取下来的裙子。

"这件不行。"他直截了当地说。

"为什么不行？"

"颜色太艳了。"

"我喜欢鲜艳的颜色。"女孩小声地辩解道。

他又低下头去看他的黑莓手机："场合不合适。"

"但是那是一场舞会。"

"太艳丽了，"他坚持道，"而且也不够时尚。"我对这个男人的感觉从讨厌变成憎恶。

"让我试一试，"她乞求地笑道，"很快。"

他看着她。"好——吧，"他夸张地叹了口气，"如果你一定……"

我把女孩领进试衣间，拉上横杠上的门帘。一分钟后，她出来了。这条裙子简直就是为她量身定做，展示出了她的盈盈细腰、可爱的肩膀和纤细的胳膊。活泼的橘绿色衬托出金红色的头发和奶油般的肌肤，而紧身胸衣也烘托着她的美胸。绿色的薄纱衬裙在她身旁层层飘动，颗颗水晶在阳光下闪烁着光芒。

"太……美了。"我不禁低声说道。我想不出还有哪个女人穿上这件衣服会比她更漂亮。"你想试双鞋来搭配裙子吗？"我说道，"只是看看穿上高跟鞋会怎么样。"

"哦，不需要。"她一边说，一边踮起脚尖看着镜子里的自己。她摇了摇头："真是……太棒了。"她似乎有些受宠若惊，好像刚刚才发现了自己的一些美好的秘密。

在她身后，另一位顾客走了进来——一个 30 岁左右的黑发女人，身材苗条，穿着豹纹的衬衫式连衣裙，系着一条低垂至臀的金色腰带，脚穿一双罗马凉鞋。她停下了脚步，凝视着那个女孩。"你看起来棒极了，"她惊叹道，"就像年轻的朱丽安·摩尔。"

女孩笑得更开心了："谢谢。"她又一次盯着镜子里的自己。"这条裙子让我觉得……好像我在……"她迟疑了一下，"一个童话里。"她紧张地看向她男朋友："你觉得怎么样，基思？"

他看着她，摇了摇头，然后继续盯着他的黑莓手机。"正如刚才我说的——太艳了。而且这让你看起来像是去跳芭蕾，而不是去多切斯特参加一个高级晚宴。这儿——"他站了起来，走到晚礼服衣架前，抽出一件 Norman Hartnell（诺曼·哈特内尔）的黑色绉纱酒会礼裙，递给她。"试试这件。"

女孩的脸沉了下来，但是她还是回到试衣间，一分钟后穿着那件礼裙出来了。样式对她来说太老了，而且颜色让她的肤色显得黯淡，整个人看起来就像要去参加葬礼。我看到穿豹纹裙的女人扫了她一眼，然后谨慎地摇了摇头，转回去看自己的衣服。

"这件还比较像样。"基思说道。他用食指做了一个转圈的手势，女孩叹了一口气，翻了翻白眼，慢慢转了一圈。这时我看到那位豹纹裙女士撇了撇嘴。"完美。"基思说道。他把手插进口袋里问："多少钱？"我望着那个女孩。她的嘴唇在颤抖。"多少钱？"他重复问了一遍，打开了钱包。

"但是我喜欢那件绿色的。"她小声道。

"多少钱？"他又重复一遍。

"150 英镑。"我感到我的脸红了。

"我不想要这件，"女孩乞求道，"我喜欢绿色的这件，基思。它让我感到……很快乐。"

"那么你就自己买吧。如果你付得起的话。"他愉悦地加了一句。他又看向我。"那么就是 150 英镑？"他拍了拍报纸，"上面说有 5% 的折扣，我计算了一下，那就是 142.5 英镑。"

"是的。"我说道，惊讶于他计算的速度，真希望当时要他两倍价，好让这个女孩得到蛋糕裙。

"基思，拜托了。"她呜咽道，眼里闪着泪花。

"拜托，凯莉，"他呻吟道，"帮帮忙。这件黑色的小礼裙正合适，我有一些高端的客人要来，所以我不希望你看起来像那个'该死的小叮当'，明白吗？"他瞥了一眼自己那块价格不菲的手表："我们得回去了——两点半我有一个电话会议。现在——我是买下这件黑色的裙子，还是不买？不过我可以告诉你，如果我不买的话，那么你星期六就不必去多切斯特了。"

她看着窗外，然后默默地点了点头。

当我把收据撕下来的时候，男人伸出手接过袋子，然后把卡插回他的钱包中。"谢谢。"他轻快地说。然后，女孩闷闷不乐地尾随在他身后，一起离开了。

当门咔嗒一声关上的时候，豹纹裙女士和我四目相对。

"我希望她拿走那件童话般的衣服。"她说。"在那样的'王子'身边，她需要它。"我不确定是否应该表现出批判客户的样子，于是露出一个遗憾的微笑，表示赞同，然后把橘绿色蛋糕裙挂回墙上。"她不是他的女朋友——她只是为他工作。"女人仔细检查着一件 20 世纪 80 年代中期 Thierry Mugler（蒂埃里·穆勒）的亮粉色皮夹克，继续说道。

我看着她："你怎么知道？"

"因为他比她年长许多，而且对她颐指气使，而她则害怕冒犯到他……她对他日常行程也很了解。我喜欢观察别人。"她补充说。

"你是作家吗？"

"不。我热爱写作，但我是一个演员。"

"你目前在参演什么电影吗？"

她摇摇头。"我在'休息'，如他们所说——事实上，我最近比睡美人休息得还要多，但……"她戏剧化地叹息一声，"我拒绝放弃。"她又看着墙上的那几件蛋糕裙："它们真的很可爱。可悲的是，即使我有现金，我也没那个身材去穿。它们是从美国来的，是吗？"

我点点头："20 世纪 50 年代初的。它们用料轻薄，不适合战后的英国。"

"非常好的面料，"女人斜觑着它们说道，"那样的蛋糕裙一般都是醋酸纤维的质地，加上尼龙的衬裙，但是这几条都是丝绸的。"她对衣服颇有了解，眼光也很锐利。

"你买过很多古董衣吗？"我一边把一件浅紫色的羊绒开衫重新叠起来，放回针织类衣物的架子上，一边问道。

"只要买得起我就买——如果厌烦了某件衣服，我就会卖掉——但这种事很少发生，因为总的来说，我买得都很成功。我永远忘不了第一次买古董衣时的兴奋感，"她把 Thierry Mugler 放回衣架上，继续说道，"那是 1992 年在乐施会买的 Ted Lapidus（特德·拉皮德斯）皮衣——现在看起来仍然很棒。"

我想起我的第一件古董衣。14 岁那年，我在格林尼治市场买到一件 Nina Ricci（莲娜·丽姿）的镂空花边衬衣。那是在一次周六的逛街时，艾玛为我相中的。

"你的裙子是 Cerutti（切瑞蒂）的，是吗？"我问她，"但是经过改良了，它原本应该是及踝长的。"

她笑了笑。"完全正确。10 年前我在一次旧货拍卖上得到的，但是裙角已经撕烂了，所以我剪短了它。"她假意弹了弹身前的污点。"我花得最值的 50 便士。"她继续走到日装那一栏，挑出一件 20 世纪

70年代早期的蓝绿色双绉分层裙。"这是Alice Pollock（爱丽丝·波洛克）的，是吗？"

我点点头："是专供的精品。"

"我也这么认为。"她瞄了一眼价格，"超出我能力范围，但是我永远都忍不住要看。当我在当地报纸上读到你开了这家店的新闻，我就想着一定要过来看看你有什么货。哇哦，"她叹了口气，"我可以做梦了。"她给了我一个友好的微笑。"顺便说一句，我叫安妮。"

"我叫菲比，菲比·斯威夫特。"我盯着她。"我刚才一直在想……你现在有工作吗？"

"临时工，"她回答道，"有什么做什么。"

"你是本地人吗？"

"没错。"安妮好奇地看着我，"我住在达特茅斯山。"

"我这么问的原因是……嗯，我不认为你会有兴趣为我工作，是吧？我需要一个兼职助理。"

"一周两天？"安妮回应道，"这对我来说正合适——我可以做些日常工作——只要有时间去试镜。但并不是说我有很多试镜机会。"她懊丧地说。

"我对上班的钟点很随意——但是有些工作周，我需要你看店超过两天——你说你会缝纫？"

"我对针线相当熟练。"

"如果店里无事的话，你能做些小修小补或熨熨衣服，这对我来说大有帮助。而且如果你还能帮我布置橱窗……我对摆弄那些模特儿真的不在行。"

"我都挺喜欢的。"

"你不要担心我们是否相处得来，因为如果你在的话，我大多数时候会外出办事，这是最重要的一点。这是我的号码。"我递给她一张"古董衣部落"的明信片。"考虑一下。"

"唉……其实……"她笑了,"不需要考虑。这份工作对我来说正合适。但是你应该要求我出一份介绍信,"她补充道,"以防我卷货逃跑,因为这些古董衣实在是有诱惑力啊。"她笑了。"那么除此之外,我什么时候上班?"

今天早晨,周一,安妮就开始工作了。她提供了以前两个雇主的信件,信中都赞扬了她的忠诚和勤奋。我要求她早点儿来上班,这样在我去佳士得拍卖会之前,就可以告诉她需要做哪些工作。

"花些时间熟悉这里的衣服,"我建议她,"晚装在这里。这是内衣……这里有些男装……鞋子和包包在这个货架上。针织服装在这张桌子上……我来打开这个收银机。"我用电子钥匙拨弄了一下。"如果你能做一点儿缝补……"

"当然。"我进入"密室",去拿那件需要修补的 Murray Arbeid(穆雷·阿贝德)衬衫。"这是艾玛·基茨的作品,是吗?"我听到安妮在问。我走回店里,她正盯着那顶帽子。"真不幸啊。我在报纸上看到过她的消息。"她转向我。"但是你这儿为什么有呢?它不是古董,上面也写着非卖品。"

一瞬间,我幻想向安妮坦诚,每天看着这顶帽子是我的一种忏悔方式。

"我认识她,"我把衬衫放在有针线盒的柜台上解释道,"我们是朋友。"

"那真是很让人难以接受,"安妮轻声地说道,"你肯定很想她。"

"是的……"我咳嗽一下来掩饰喉咙里升起的哽咽,"那个……这条缝在这里——有一点儿小开线。"我深呼吸了一下,"我得走了。"

安妮掀开针线盒的盖子,挑出了一个线团:"拍卖会什么时候开始?"

"10 点。我昨晚去看了预展。"我拿起拍卖目录。"我感兴趣的几件要到 11 点以后才出场,但是我想按时到那儿,看看现在哪些衣服卖得比较好。"

"你准备竞拍哪些？"

"一件巴黎世家的晚礼服。"我让她看竞拍号为 110 的衣服照片。

安妮仔细看了一下。"真雅致。"

这是一件靛蓝色的无袖丝质长裙，剪裁十分简单，只有汤匙领和轻轻提高的下摆缀有一圈宽宽的流苏式银色玻璃珠。

"我是打算为一个私人客户购买的，"我解释道，"她是一位有贝弗利山庄风格的造型师。我十分清楚她的客户需要些什么，所以我肯定她会要这件。还有这件 Madame Grès（格蕾丝夫人）的裙子，我恨不得马上收入自己的收藏之内。"我翻到 112 号的照片，这是一条新古典风格的乳白色高腰紧身丝质长裙，悬垂的平褶，双交叉肩带和飘逸的雪纺裙裾。我发出一声神往的叹息。

"华美动人，"安妮低声道，又戏谑地加上一句，"这能做很棒的婚纱礼服。"

我笑了："这不是我要买的原因。我只是喜欢 Madame Grès 礼服的无与伦比的褶皱垂坠。"我拿起包。"我真的得走了。哦，还有一件事……"我正要告诉安妮如果有人带衣服来卖她应该怎么做的时候，电话响了。

我拿起电话："古董衣部落……"说出店名的新鲜感仍然让我浑身兴奋。

"早上好，"是一位女性的声音，"我是贝尔夫人。"这个女人显然很老了，听她的口音是法国人，虽然几乎难以察觉。"我从报纸上看到你的店刚开张。"

"是的。"所以，丹的文章还是有效果的。我突然对他心生好感。

"嗯……我有一些衣服不再需要了——一些很好的衣服，但是我永远不可能再穿了，还有一些包和鞋。但是我年龄太大了，送不过来了……"

"不，您不需要亲自送过来，"我打断了她的话，"如果您愿意给我您的地址的话，我会很荣幸去拜访您。"我拿出记事本。"帕拉冈街？"我重复了一遍。"距离很近。能走过去。您什么时候方便？"

"你能今天抽空过来吗？我急着想尽快处理这些衣服。今天上午我已经有约了，下午3点怎么样？"

那时候我应该已经从拍卖会回来了，安妮可以看店。"3点行。"我一边快速记下门牌号，一边说道。

我下山去往布莱克西斯火车站，一路上回想着去某个人家里评估古董衣需要的技巧。通常的戏码是，一个女人已经死了，你得和她的亲戚打交道。他们可能会非常情绪化，所以你不得不机智圆滑。如果你把一些衣服挑出来不要，他们会觉得受到冒犯；如果你提供的价格低于他们的预期，他们又心里不痛快。"只有40英镑？"他们会说，"这可是Hardy Amies的衣服啊！"然后我会温和地指出衣服的衬里撕破了，上面三个纽扣丢了，而且必须送到专业的干洗店去除袖口上的污渍。

有时候，这些家人会发现他们必须忍痛割爱，会因此憎恨你的出现，尤其是在他们需要变卖遗产来交税的时候。这些情况下，在车站等车的时候，我就会反思，觉得自己像一个入侵者。很多情况下，当我去一栋乡村豪宅评估衣服的时候，就会有女佣或是男仆站在旁边哭泣，或是告诉我——这非常惹人厌恶——不要碰那些衣服。如果是和一个鳏夫打交道，他就会细数他妻子穿过的所有衣服，在1965年的Dickins & Jones（狄金森＆琼丝）店里他为某件衣服花了多少钱，而他妻子在"伊丽莎白二世女王号"邮船上穿着这件衣服又是多么漂亮。

地铁进站的时候，我想着到目前为止，最简单的戏码是，一个离婚的女人想把所有前夫买的东西都清空。这种情况下，我可以理直气壮地轻松一些。但是当我看到一个老妇人要清空她的衣橱时，心理上还是会失落无力。就像我说的，这些不仅仅是衣服——它们实际上也是历经生活的织物。但是不管我多么想听它们的故事，我都必须提醒自己时间有限。因此我总是把自己的拜访时间控制在一小时以内，对贝尔夫人亦是如此打算。

在南肯辛顿走出地铁时，我给安妮打了个电话。她很兴奋地告诉我已经卖出了一件Vivienne Westwood的紧身胸衣和两件法国睡袍。她还告诉我说，《妇女与家庭》杂志的米米·隆打电话过来，问是否能借走一些衣服以供拍摄。听到这些消息，我也是情绪高涨。我沿着布朗普顿路走到佳士得拍卖行，进入大厅。由于时装销售很受欢迎，这时大厅已是人声鼎沸。我排队登记，然后拿起我的竞标牌。

拍卖厅中已坐满了三分之二的人。我走到右手边的中间一排没人坐的位置，坐在最边上，然后抬头扫视周围的竞争对手，这始终是我去拍卖会做的第一件事情。我看到我认识的几个经销商，还有一个在伊斯灵顿经营古董服饰店的女人。我还认出了《ELLE》杂志的时尚编辑坐在第四排，我的右手边还有名设计师尼古拉·法赫。空气似乎充满了昂贵的气息。

"102号。"拍卖师说道。我坐得笔直。102号？但是，才10点半。我以前进行拍卖时从来没有搞砸过，但是显然此人已经搞混了顺序。我的脉搏加快，看着目录上的巴黎世家晚礼服，然后轻轻翻到格蕾丝夫人这件。起拍价为1 000英镑，但是拍卖价会贵很多。我自知不应该买任何不打算出售的衣服，但是我告诉自己这是一件只会升值的重要作品。如果我能以1 500英镑或更低的价格拿到手，我就会买。

"现在是105号，"拍卖师说道，"Elsa Schiaparelli（艾尔莎·夏帕瑞丽）在1938年'马戏团'系列作品中的粉色丝质外套。请注意原装的杂技演员形状的金属纽扣。这件商品从300英镑起拍。谢谢。320英镑，340英镑……360英镑，谢谢这位女士……我是不是听到了380英镑？"拍卖师冲坐在第一排的一个金发女子点了点头。"那么，360英镑……"一锤定音。"成交。给……"这个女人举起了竞标牌。"24

号买家。谢谢您，夫人。现在是 106 号商品……"

尽管有着多年的竞拍经验，我的心还是像第一次竞拍那样怦怦跳动。我焦急地环视整个房间，猜测哪个人会是我的对手。大多数买家都是女人，和我同一排的另一端坐着一个四十多岁的长相出众的男子。他正翻着目录，拿着一支金笔圈圈点点。我漫不经心地想着他会竞拍什么呢。

接下来的三件商品各自在不到一分钟的时间内都被电话竞拍走了。巴黎世家晚礼服就要出来了。我感觉握着竞投牌的手指紧了紧。

"110 号，"拍卖师宣布道，"1960 年的巴黎世家深蓝色的高雅丝质晚礼服。"这条裙子的影像被投射到主席台两侧两个巨大的平面屏幕上。"请注意简单的剪裁，500 英镑起拍。"拍卖师环顾室内。"有人出价 500 英镑吗？"因为还没有人出手，所以我也等待。"那么有谁出 450 英镑？"他看着我们。让我惊讶的是，还是没有人举手。"那么 400 英镑呢？"坐在前排的女人点了点头表示参加竞拍，于是我也跟着点了点头。"现在是 420 英镑……440 英镑……460 英镑。有出价 480 英镑的吗？"拍卖师看着我："谢谢您，女士——目前为止您的出价是最高的，480 英镑。还有谁出价超过 480 英镑吗？"他看看前排的女人，但是她摇摇头。"那么 480 英镑成交。"木槌落下。"480 英镑卖给买家……"他看了看我，我举起竞标牌。"220 号。谢谢您，女士。"

以如此好的价格得到这件衣服，我感到很兴奋，随着竞拍格蕾丝夫人的临近，我又立刻感到一阵反胃似的焦虑。我在座位上动了动。

"112 号。"我听到拍卖师说道，"一件晚礼服，大约 1936 年，伟大设计师格蕾丝夫人的作品，她以高超的褶皱和悬垂技巧而闻名于世。"一位穿着围裙的工作人员脱下这条套在一个人体模型身上的裙子，拿到主席台。我紧张地看了一下室内。"1 000 英镑起拍，"拍卖师宣布道，"有人出 1 000 英镑吗？"看到只有一个人和我同时举手，我松了一口气。"1 100 英镑，1 150 英镑。"我又竞拍。"1 200 英镑。谢谢您——1 250 英镑？"拍卖师在我们之间来回看了看——另一个竞拍者在摇头——然后他又看向我。"还是 1 250 英镑。目前为止您的出价是最高的，女士。"我屏住呼吸——1 250 英镑价格合理。"最后一次，最后一次！"拍卖师又重复了一遍。谢天谢地。我舒了一口气，闭上眼睛。"谢谢您，先生。"我困惑地看向左手边。让我愤怒的是坐在同排另一端的那个男人正在竞拍。"1 300 英镑？"拍卖师询问道。他看着我，我点点头。"1 350 英镑？谢谢您，先生。"我感到脉搏加速。"1 400 英镑。谢谢您，女士。有人出价 1 500 英镑吗？"这个男人点点头。该死！"1 600 英镑？"我举起了手。"先生您愿意出 1 700 英镑吗？谢谢您。"我又瞟了一眼我的对手，注意到他抬高价格时的平静表情。"有 1 700 英镑吗？"这个看起来温和的家伙不会阻止我要得到这条裙子的决心。我又举起了手。"1 750 英镑——还是这位女士。谢谢您，先生——您现在是 1 800 英镑。1 900 英镑？您还跟吗，女士？"我点点头，兴奋的外表下，怒火熊熊。"那么 2 000 英镑？您还出价吗，先生？"那个男人点点头。"有谁出 2 100 英镑吗？"我举起手。"那么 2 200 英镑？谢谢您，先生。还是您的，先生，现在是 2 200 英镑……"那个男人侧头看了我一眼。我又举起了手。"现在是 2 300 英镑，"拍卖师高兴地说道。"谢谢您，夫人。还有 2 400 英镑的吗？"拍卖师目不转睛地盯着我，同时伸长右手指着我的竞争对手，仿佛要把我们锁定在竞争之内——熟悉的伎俩。"2 400 英镑？"他重复道。"还有这位先生在和您竞价，女士。"我点点头，肾上腺素灼烧着我的血管。"2 600 英镑？"拍卖师说道。随着紧张气氛的攀升，我可以听到有人在座位上坐不住了。"谢谢您，先生。有人开价 2 800 英镑吗？女士——您出价 2 800 英镑吗？"我点点头，仿佛身在梦中。"那么 2 900 英镑，先生？谢谢您。"后面是一片窃窃私语。"我听到有人喊 3 000 英镑……3 000 英镑吗？"拍卖师看着我，我又举起了手。

"谢谢您，女士——那么现在是 3 000 英镑。"我在做什么？"出 3 000 英镑……"我没有 3 000 英镑——我必须放弃这条裙子。"还有高过 3 000 英镑的吗？"这是可悲的，但是这是事实。"3 100 英镑？"我听到拍卖师在重复。"不拍了，先生？您放弃了？"我看着我的对手。让我恐惧的是，他在摇头。现在拍卖师转头看向我。"所以这件商品还是您的，女士，3 000 英镑……"哦，天哪。"一次……"拍卖师举起了木槌。"两次……"他挥了挥手腕，我看着木槌落下，兴奋和沮丧奇怪地交织在一起。"3 000 英镑成交，卖给——请问您的号码是？"我用颤抖的手举起了竞拍牌。"220 号。谢谢在座的朋友。这是一场精彩的竞拍。现在我们再来看 113 号商品。"

我站起来，感觉有点儿眩晕。加上佣金，这条裙子的总价会是 3 600 英镑。我有着那么多年的经验，更不用提自己应有的冷静沉着，我怎么还是会如此失控呢？

当我看向那个和我竞价的男人时，眼里只剩下恼怒和仇恨。他是一个骗子，光鲜亮丽地穿着在萨维尔街定做的细条纹西服和手工制作的鞋子。毫无疑问，他是为他的妻子竞拍这条裙子——很有可能，花瓶一样的妻子。我荒谬地设想她的形象，脑子中出现一位穿着最新的香奈儿套装的金发美女。

我离开拍卖大厅，心仍在隐隐作痛。我不可能留着这条裙子。我可以把它提供给辛迪，一位好莱坞造型师——对她的客户来说，这会是一件完美的红地毯礼服。我想象着凯特·布兰切特穿着它去奥斯卡颁奖典礼的样子——她会让它大放异彩。但是我不想卖掉它，当我下楼往收银台走去的时候，我告诉自己。它美丽绝伦，而且我是费了好大劲才抢到它的。

在排队付钱的时候，我惴惴不安地想着我的万事达卡是否会在刷卡付款的时候燃烧起来。我估计里面的信用仅够支付这次交易。

我等着付款的时候，抬头看到细条纹先生正从楼下走下来，他把手机贴在耳边讲电话。

"不，我没有，"我听到他在说。我注意到他的声音很动听，略微有些沙哑。"没有，"他疲惫地重复道，"我很抱歉，亲爱的。"花瓶老婆——或有可能是情妇——显然因为没有得到格蕾丝夫人在和他生气。"竞价很激烈，"我听到他在解释。他看到了我。"竞争激烈。"让我震惊的是，他对我眨了眨眼。"是的，我知道你有点儿失望，但是还有很多其他漂亮的裙子，亲爱的。"他显然正在遭殃。"但是我的确拿到了你喜欢的普拉达的包。当然，亲爱的。啊，我得走了，要去付钱。我待会儿打给你，好吗？"

他似乎有解脱的感觉，刷地挂了电话，走过来站在我身后。我假装不知道他在那里。

"恭喜。"我听到他说。

我转过身："什么？"

"恭喜，"他重复道，"你得到了拍卖品。"他愉快地补充道。"那件漂亮的白色裙子，由……不好意思，她是谁？"他打开拍卖目录。"格蕾丝夫人——管她是谁。"我愤怒了。他甚至不知道他在竞拍什么。"你肯定很高兴。"他说道。

"是的。"我抑制住要告诉他自己对价格非常不满意的冲动。

他把拍卖目录夹到胳膊下："老实说，我本来还能够竞拍下去的。"

我瞪着他："真的？"

"但是那时我看到了你的脸，我看到你是多么渴望得到它，所以我决定放手让给你。"

"哦。"我礼貌地点点头。这个小人还在期待我感谢他？如果他早点儿退出竞争，就能为我省下两千英镑。

"你是打算在某些特殊的场合穿着那条裙子吗？"他问道。

"不，"我僵硬地回答道，"我只是……喜欢格蕾丝夫人。我搜集她的裙子。"

"不管怎么说，我很高兴你得到了这件。"他整了整自己的爱马仕真丝领带。"我今天就这么多事了。"他看了看手表，我一眼扫到那是一块劳力士古董表。"你还要竞拍其他东西吗？"

"天啊，不了——我已经大大超出预算了。"我回答道。

"哦——那是步步惊心，是吗？"

"我想是的。"

"嗯……我想这是我的错。"他给了我一个歉意的微笑，我发现他的大眼睛呈深褐色，半睁半闭时给人一种昏昏欲睡的感觉。

"这当然不是你的错，"我耸耸肩，"拍卖就是如此运作。"因为我对此太了解了。

"女士，轮到您了。"我听到收银员在说。

我转过身，把信用卡递给她，要求她开一张抬头是"古董衣部落"的发票，然后我坐在蓝色的真皮长凳上，等待我的拍定品被送过来。

细条纹先生付完款，走过来坐在我旁边，也在等待他拍下的商品。我们就坐在那里，肩并肩，没有讲话，因为他正在看黑莓手机——有点儿严肃的神情，我不禁注意到——我发现自己在猜测他的年龄有多大。我偷偷上下打量了他一下。他的脸上已经有了皱纹。不管年龄多大，他铁屑色的头发和鹰钩鼻还是很迷人。当工作人员把我们的包裹递过来的时候，我判定他大概43岁。当包裹递到手上的时候，我感到一阵拥有的战栗。我迅速检查了一下里面的衣物，然后给细条纹先生一个告别的微笑。

他站起来。"你知道……"他看了看表，"竞拍让我饥肠辘辘。我准备去路边的咖啡店吃点儿东西。你愿意一起去吃吗？和你这么激烈地竞拍，至少我能请你吃一个三明治。"他伸出手来，"顺便说一句，我叫迈尔斯，迈尔斯·阿坎特。"

"哦，我是菲比·斯威夫特。你好。"我握着他的手，无力地说道。

"那么，"他询问地看着我，"我是否有幸邀请你吃早午餐？"

我惊讶于这个人的勇气。其一，他刚刚认识我；其二，他显然有老婆或是女朋友——一个他知道我知道的事实，因为我刚才听到过他打电话。

"或者仅仅喝杯咖啡？"

"不，谢谢。"我平静地说道。我推测他习惯于在拍卖会泡女人。"我现在得……回去了。"

"去……工作？"他愉快地问道。

"是的。"我没有必要告诉他地点。

"那么，享受这条裙子吧。你穿上肯定很好看。"我转身离开的时候，他说道。

不知道是该气愤还是该高兴，于是我给他一个模棱两可的微笑："谢谢。"

CHAPTER 3
贝尔夫人的古董衣

一回到店里，我就把那两条裙子拿给安妮看。我告诉她我努力奋战才抢到了那条格蕾丝夫人，不过我没有详细讲述细条纹先生。

"我并不担心价格，"她仔细地看着这件礼服，说道，"像这样美丽的东西是物超所值。"

"希望如此，"我若有所思地说，"我还是不相信我花了这么多钱。"

"你不能说这是你的养老金的一部分吗？"安妮在缝合一件Georges Rech的裙子下摆时说道。她在凳子上动了动身体。"也许税务局会把这笔钱从你的纳税账单上去掉。"

"我对此持怀疑意见，因为我不打算卖它，不过我还是很欣赏你把它转嫁到养老金的主意。哦，"我补充道，"你把那些挂起来了。"我出去的那会儿，安妮已经把一些手工刺绣的晚宴包挂到门边那一块光秃秃的墙上了。

"我希望你不介意，"她说，"我觉得它们挂着那儿很好看。"

"确实。你可以更好地看到它们的细节。"我把手上的两条裙子放进新买的防尘罩里，拉上拉链。"我最好把这两件放进储藏室。"

"我能问你一些事情吗？"当我要转身上楼的时候，安妮问道。

我看着她："什么事？"

"你收藏格蕾丝夫人的作品？"

"是的。"

"但是那儿有一件漂亮的晚礼服，也是格蕾丝夫人的。"她走到晚装架，抽出那条盖伊送我的裙子。"今天上午有人试穿了这件，我正好看见了商标。那个女人太矮了，不适合穿这件——但是穿在你身上肯定会很好看。你难道不想自己收藏吗？"

我摇摇头："我对那件不是很感冒。"

"好吧，"安妮看着它，"我明白了。但是——"

门上方的铃铛发出清脆的叮当声，让我舒了一口气。一对年近三十的夫妇走了进来。我叫安妮去招呼他们，自己上楼往储藏室走去。之后我蹑手蹑脚地回到楼下，查看"古董衣部落"的网站。

"我需要一件晚礼服。"当我打开邮件的时候，听到那个女孩说。"在我们的订婚晚宴上穿。"她咯咯地笑着。

"卡拉觉得，在这样的商店她能淘到一些更独特的东西。"她的男朋友解释道。

"你会的，"我听到安妮说。"晚装架在那儿——你穿 12 号的衣服，是吗？"

"天哪！才不是，"女孩哼哼着说，"我的尺码是 16 号。我应该去减肥。"

"不要，"她的男朋友说道，"你现在就很漂亮了。"

"你是个幸运的女人。"我听到安妮笑道，"你已经得到了完美的未婚夫。"

"我知道我有，"女孩温柔地说道，"皮特，你在那儿看什么？哦——多么可爱的袖扣啊。"

我心里有些嫉妒这对恋人散发出来的幸福感，于是把注意力转到邮件订单上。有人想买5件法国睡袍。还有一位顾客对一件竹子图案的迪奥长袖连衣裙感兴趣，正在询问尺码。

我回复道，衣服上的尺码写着是12号的话，实际上只有10号，因为今天的女性比50年前的女性要丰满。下面是您需要的尺寸，包括手腕处袖口的周长。如果您想要我为您保留这件衣服的话，请告知。

"你们的订婚晚宴在什么时候？"我听到安妮在问。

"这周六，"女孩回答道，"所以我还没有花太多时间来找衣服。这些不是我要的东西。"

"你也可以买一些古董配饰来搭配你已有的衣服，"我听到安妮建议道，"你可以添一件丝质外套——那儿我们有一些很可爱的小外套——或者一件漂亮的短袖披肩。如果你把衣服带过来，我可以帮你展现出它新的一面。"

"那些很漂亮，"女孩突然说道。"它们是如此的……令人感到欢乐。"我知道她只可能在谈论那几件蛋糕裙。

"你最喜欢哪种颜色？"我听到她的男朋友在问。

"蓝绿色的那件，我想是。"

"它和你的眼睛很配。"我听到他说。

"您需要我为您拿下来吗？"安妮说道。

我看看表。是时候去见贝尔夫人了。

"多少钱？"女孩问道。安妮告诉了她。"啊，让我看看。那样的话……"

"至少试一试。"我听到她的男朋友说。

"嗯……好吧，"她回答道，"但是这大大地超出了我们的预算。"

我穿上外套，准备离开。

等我走到外间的店铺，一分钟之后女孩穿着蓝绿色的蛋糕裙从试衣间走了出来。她一点儿也不胖，只是有点儿可爱的肉感。她的未婚夫对她蓝绿色眼睛的赞美是对的。

"您穿上它棒极了，"安妮说道，"穿上这几条裙子需要有沙漏形的身材，您恰好有这样的身材。"

"谢谢。"她把一缕亮泽的棕色头发别到耳后，"我必须说，真的……"她既幸福又沮丧地叹了口气。"太漂亮了。我喜欢芭蕾舞式的短裙和上面的亮片。让我觉得……很开心。"她茫然地说道。"不是说我平时不开心，"她给了未婚夫一个温暖的笑容，然后看着安妮，"这条裙子 275 英镑？"

"是的。全丝绸的，"安妮说道，"包括紧身胸衣周围的蕾丝花边也是。"

"现在店里的所有商品都有 5% 的折扣。"我拿起包说道。我决定主动给出报价。"我们最多也可以为客人保留一个星期。"

女孩又叹了口气："很好啊。谢谢。"她盯着镜子中的自己，薄纱的衬裙随着她的移动似乎在私语。"裙子很漂亮，"她说道，"但是……我不知道……也许……它不是很……适合我。"她回到试衣间，拉上门帘。"我还是……再看看。"我出发去帕拉冈的时候，听到她这样说。

我对帕拉冈很了解——我以前去那儿上过钢琴课。我的老师被称为长先生（Mr Long），这个姓氏经常让我妈妈哈哈大笑，因为他实际上长得非常矮。他是个盲人，戴着国民保健服务系统提供的眼镜，厚厚的镜片后棕色眼睛被放得更大，不停地左右转动。当我在弹钢琴的时候，他就穿着暇步士的鞋子在我身后走来走去。如果我弹错了琴，他就会用戒尺抽我右手的手指。我并不会很生气，因为明白他的良苦用心。

每周二放学后我就会去他家，一直持续了 5 年，直到一个 6 月的一天，他的妻子打电话给我的母亲，说长先生在湖区散步的时候倒了下来，就此走了。尽管被他打过手掌，我还是非常难过。

自此，虽然经常从旁边经过，我再也没有踏入过帕拉冈。那是一排壮丽的乔治王时代艺术风格的新月形房屋，共有 7 栋大房子，各座房屋之间有低矮的柱廊相连，即使现在依然美得让我难以呼吸。在帕拉冈的鼎盛时期，每一所房子都有自己的马厩、车房、鱼塘和牛奶房，但在战争期间，这些门前的游廊被炸毁了。等到 20 世纪 50 年代末修复的时候，帕拉冈被改建成了单元公寓。

莫登路是沿着西斯公园外围的一圈街道，现在我正沿着这条路经过克拉伦登酒店，接下来又经过威尔士王妃酒吧，附近的池塘在微风的吹拂下波光粼粼。然后我走进了帕拉冈，沿着游廊而下，欣赏着巨大草坪上的一棵棵七叶树，它们的树叶已经泛着点点金光了。我走上 8 号石阶，按下 6 号公寓的门铃。我看了一下表，现在是 2 点 55 分，我应该能在 4 点之前出来。

我听到对讲机响了一下，然后贝尔夫人的声音传了出来：“我就下来了。请稍等一会儿。”

等到她出现的时候，正好过了 5 分钟。

“抱歉，”她把手放到胸口，喘着粗气，“我总是要花些时间……”

“没关系，”我一边说道，一边为她打开沉重的黑门，“您不能从楼上开门让我进来吗？”

“自动开关坏了——多少有点儿遗憾，”她优雅地轻描淡写地说，“不管怎样，谢谢你能过来，斯威夫特小姐……”

“叫我菲比就行了。”我跨入门槛的时候，贝尔夫人伸出一只细瘦的手，由于上了年纪的缘故，她手上的皮肤已呈半透明状，血管像蓝色的电线一样凸出。她对我微笑的时候，依旧迷人的脸庞皱成了一朵菊花，其间还夹着粉红色腮红的颗粒。像矢车菊一样紫蓝色的双眸中已染上了斑斑点点的淡灰。

“您肯定希望这里能安个电梯。”我们开始沿着宽宽的石梯向三楼走去的时候，我说道。我的声音在楼梯间回荡。

"有电梯是求之不得啊！"贝尔夫人抓住铁扶手说道。她停顿了一会儿，往上拉了拉褐色羊毛裙的腰部。"但是也只是最近，这些石阶才让我困扰啊。"我们走到一楼的时候又停了下来，让她能够休息一下。"不过，我也许很快就要去其他地方了，所以不用再爬这座山了——这是明显的好处啊！"当我们继续往上走的时候，她说道。

"您要去很远的地方吗？"贝尔夫人似乎没有听到，所以我就在心里下结论：除了身体的孱弱，她的听力肯定也有问题。

她推开门："请进……"

公寓的室内装饰，就像它的主人一样，依然迷人但是已年久褪色。墙上挂着一幅幅漂亮的照片，其中有一幅闪亮的薰衣草花田小油画；木地板上铺着法国欧比松地毯，走廊的天花板上挂着流苏丝绸灯罩。她半路停下，走进了厨房。小小的正方形厨房里，时光仿佛停止了。一张红色的福米卡塑料贴面的餐桌，一个有着排风罩的煤气炉，上面放着一个铝制水壶和一个白色的搪瓷平底锅。在层压板的台面上摆着一个茶盘，里面摆着一个蓝色的瓷茶壶，两个配套的茶杯和茶碟，还有一个白色的小小的牛奶罐，上面盖着一块用蓝色珠子缀为流苏的精致白纱。

"我能给你泡杯茶吗，菲比？"

"不，谢谢——真的不用。"

"但是我都准备好了。虽然我是法国人，但是我还得懂得如何泡出一杯上好的英式大吉岭茶。"贝尔夫人戏谑地说道。

"嗯……"我笑了，"如果不麻烦的话。"

"一点儿也不麻烦。我只需要把水再加热。"她从架子上拿下一盒火柴，划亮一根，颤颤巍巍地伸到煤气炉上。当她在做这些事情的时候，我注意到她的腰带是用一个大大的安全别针固定住的。"请去客厅坐一下，"她说道，"就在那儿——你的左手边。"

客厅很宽敞，有一个大大的圆肚窗，墙面糊着浅绿色的粗纺丝，一些地方的接缝处已经卷翘起来。尽管白天很暖和，屋里还是点着一个小小的煤气炉。壁炉架上停着一辆银马车时钟，时钟两侧蹲着两只傲慢的斯塔福德猎犬。

我听到水壶开始咝咝响动的时候，走到窗边，看着下方的社区花园。一整块新月形的草坪就是一条青草的河流，两岸大树成行。一棵高大的香柏树，层层枝条如瀑布般垂下，看起来如同一条绿色的衬裙，此外还有三三两两的参天的橡树。三棵铜山毛榉和一棵西洋栗正在挣扎着经历不甚热情的第二次花期。右手边，两个年轻的女孩子尖叫着笑闹着，正穿过一片柳荫。我在那儿站了一会儿，看着她们……

"来了……"我听到贝尔夫人说道。我走过去帮她端茶盘。

"不——谢谢，"当我试图从她手上接过茶盘的时候，她几乎有些激烈地说道，"我也许是有些老朽了，但是我还能够很好地自理。现在，你想喝什么茶？"我告诉了她。"不加糖的红茶？"她拿起银质的滤茶器，"这个容易……"

她把我的茶递给我，然后自己低身坐在火炉旁的一张小小的锦缎椅上。我就坐在她对面的沙发上。

"您在这儿生活了很长时间吗，贝尔夫人？"

"足够长的时间，"她叹了口气，"18 年。"

"所以您现在想搬去一个底楼的公寓？"我想她也许会搬去街边的老年人公寓。

"我还不确定要去哪里，"过了片刻，她回答道，"下周我就有更明确的主意了。但是不管发生什么，我……怎么才能……"

"减轻负担？"我过了片刻，提示道。

"减轻负担？"她悲伤地笑了笑。"是的。"然后就是奇怪的短暂沉默，随后我就和贝尔夫人讲起我的钢琴课来打破这一沉默，不过我决心不提戒尺的事情。

古董衣情缘
A Vintage Affair

"那你钢琴弹得好吗？"

我摇摇头："我只拿到钢琴三级证书。练习不够，在长先生去世后我也不想继续学了。虽然母亲想让我去，但我觉得自己不那么感兴趣了……"窗外传来两个女孩银铃般的笑声。"不像我最好的朋友艾玛，"我听到自己说道，"她在钢琴上才华横溢。"我拿起茶匙。"她14岁时就以优异成绩考过了钢琴八级——这件事在校会上被当众宣布。"

"真的？"

我开始搅拌手中的茶。"校长把艾玛叫到台上，让她随便弹点儿什么，她演奏了一曲悠扬的舒曼的《儿时情景》。它也被称为《梦幻曲》——梦想着……"

"多么有天赋的姑娘啊！"贝尔夫人带着略微茫然的表情说道，"你现在还和这位……模范生是好朋友吗？"她挖苦似的问道。

"不。"我看着杯子底部一片孤零零的茶叶。"她死了。今年年初，2月15日，凌晨大概4点差10分的时候，她死了。至少，他们认为是这个时间，虽然他们也不能确定。但是我认为他们是不得不写下一个具体时间，不是吗……"

"多么可怕啊，"过了一会儿，贝尔夫人嗫嚅道，"她多大年纪？"

"33岁。"我继续搅着茶，凝视着那一片黄玉色茶水的深处。"今天本来是她34岁的生日。"茶匙叮当一声轻轻地碰上茶杯。我看着贝尔夫人。"艾玛在其他方面也很有天赋。她是一名出色的网球选手——尽管……"我感觉自己在微笑。"她发球很奇怪，看起来就像在烙煎饼一样。但我跟你说，这招很有效——没有人能接到她的发球。"

"真的吗……"

"她还是一名了不起的游泳选手——和一位才华横溢的艺术家。"

"这是一位多么成功的年轻女性啊！"

"是的。但是她没有半点骄傲——实际上恰恰相反，她充满了自我怀疑。"

我突然意识到，我的茶是不加糖的红茶，根本不需要搅拌。我把茶匙放回到茶碟上。

"她是你最好的朋友？"

我点点头。"她是。但是在这一点上，我却不是她'最好'的朋友，甚至连好朋友都算不上。"眼前的杯子有些模糊。"事实上，当她最无助的时候，我是一个糟糕透顶的朋友。"我听到炉火持续发出的声音就像永不停歇的呼气一样。"很抱歉，"我轻声说道，放下手中的杯子，"我是来这儿看您的衣服的。如果您不介意的话，我想现在就开始着手工作。不过很谢谢您的茶——这正是我需要的。"

贝尔夫人迟疑了片刻，然后站了起来，我跟着她穿过走廊进入卧室。就像这间公寓的其他地方一样，卧室似乎也没有被时光浸染。室内装饰的主色调是黄色和白色，小小的双人床铺着光滑的黄色的羽绒被，屋内拉着黄色的普罗旺斯窗帘，远处的墙边有一排白色的嵌入式壁柜，柜门是配套的镶板。床头柜上搁着一盏乳黄色的花石膏底座台灯，旁边是一张黑白照片，照片中是一个40多岁的英俊的黑发男子。梳妆台上摆放着贝尔夫人年轻时在摄影棚拍摄的照片。她那时不仅是美丽，简直可以说是光彩夺目，高额头，鹰钩鼻，大嘴巴。

在最近的一堵墙边排列着四个纸箱，里面装满了手套、包包和围巾。当贝尔夫人坐在床上的时候，我跪在地板上，快速地翻找一遍这些东西。

"这些都很漂亮，"我说道，"尤其是这些丝绸的方巾——我最喜欢Liberty（利伯蒂）这条紫红色图案的。这个设计好巧妙……"我拿出一个四四方方的竹节手柄Gucci（古驰）小拎包。"我也喜欢这两顶帽子。多么漂亮的帽盒啊！"我又说道。六角形的帽盒，黑色的底上是春天的花朵。"我今天要做的，"当贝尔夫人勉力走向衣柜的时候，我说道，"为我想从您这儿买走的衣服报个价。如果你对价格还满意，我可以立即给您支票，支票兑现之后，我才会把衣服带走。您觉得可以吗？"

"听起来不错，"贝尔夫人回答道，"那么……"她打开了衣橱，我闻到了 Ma Griffe（玛姬）香水的味道。"请动手吧。供你考虑的衣服都在左手边，但是请不要碰这件黄色晚礼服右侧的任何东西。"

我点点头，然后开始把挂在漂亮的绸缎衣架上的衣服取出来，分成"是"、"否"两堆放在床上。总的来说，这些衣服都保存得很好。有 20 世纪 50 年代的紧身套装，60 年代的几何图案的外套和宽松直筒连衣裙——包括一件 Thea Porter 橙色丝绒束腰外套和一件奇妙的糖粉色的 Guy Laroche（姬龙雪）生丝中袖茧形大衣。还有 70 年代的浪漫的罩裙和几件 80 年代的垫肩套装。上面还有一些商标——Norman Hartnell, Jean Muir, Pierre Cardin（皮尔·卡丹），Missoni（米索尼）和 Hardy Amies 的精品系列。

"您有一些可爱的晚礼服，"我看着这件 60 年代中期的香奈儿宝蓝色丝绸晚礼服评论道，"这件真是太漂亮了。"

"我穿着它去参加了 007 电影《雷霆谷》的首映礼，"贝尔夫人说道。"阿拉斯泰尔的公司为这部电影做了一些广告工作。"

"您见到肖恩·康纳利了吗？"

贝尔夫人的脸上放出了光彩："我不仅见到了他——在电影结束后的晚宴上，我还和他跳了舞。"

"哇……这真是太棒了。"我又抽出一件 Ossie Clark 的雪纺长裙，有着米色和粉色小花图案。

"我极喜欢这条裙子，"贝尔夫人神情恍惚地说道，"上面有我许多美好的回忆。"

我摸了摸左边的衣缝处。"Ossie Clark 每件衣服的这个地方总是缝上小小的商标口袋，只够放一张 5 英镑的纸币——"

"——和一把钥匙，"贝尔夫人接道，"很有意思的设计。"

还有几件 Jaeger（耶格）的衣服，我告诉她我不能带走。

"我几乎穿不了了。"

"不是这个原因——只是它的年份还不够成为古董衣。我的店里没有晚于80年代早期的衣服。"

贝尔夫人摩挲着一套碧绿色羊毛西装的衣袖："那我就不知道该怎么处理它了。"

"它们依然很漂亮——您可以继续穿。"

她略微耸了一下肩："我对此相当怀疑。"

我看了一下尺码——14号——然后才意识到现在贝尔夫人比起她买这些衣服时身材小了两号，但是人们年老时身体总要缩水的。

"如果您想对其中的几件进行改动，我可以把它们带去我的裁缝那里，"我提议道，"她技术很好，收费也合理。事实上，我明天就要去那儿，所以——"

"谢谢，"贝尔夫人打断了我的话，摇了摇头，"我的衣服已经够穿了，不再需要那么多了。我可以把它们送去慈善店。"

我又抽出一条巧克力色的、裙边缀有亮铜片的细肩带双绉晚礼服："这是特德·拉皮德斯的作品，是吗？"

"正确。我的丈夫在巴黎给我买的。"

我看着她："那也是您的家乡吗？"

她摇了摇头："我是在法国普罗旺斯的阿维尼翁长大。"那就解释了薰衣草花田的油画和普罗旺斯的窗帘。"在那篇报道中，说到你也时不时会去阿维尼翁。"

"是的。我会去那里的周末集市上淘东西。"

"我想这也是我决定打你电话的原因，"贝尔夫人说道，"不知怎么，我被我们之间的这种联系所吸引了。你通常淘些什么东西？"

"古老的法国亚麻，棉布服，睡衣，还有马德拉刺绣背心——它们很受这儿年轻女人的欢迎。我喜欢阿维尼翁——事实上，我很快就需要再去一趟。"我抽出一件设计师贾妮丝·温赖特（Janice

Wainwright）设计的黑金色云纹绸缎晚礼服。"您在伦敦生活了多久？"

"将近 61 年了。"

我看着贝尔夫人。"您当初来这儿的时候，肯定很年轻。"

她若有所思地点点头。"我那时只有 19 岁。现在我已经 79 岁了。这一切是怎么发生的呢……"她看着我，仿佛真的以为我会知道，然后摇摇头，叹了口气。

"谁带您来英国的呢？"我问她，并开始翻看她的鞋盒。她的脚纤细小巧，鞋子大多数都是 Rayne（瑞娜）和 Gina Fratini（吉娜·芙拉提尼）的，保存得相当好。

"谁带我来的英国？"贝尔夫人仿佛很留恋地笑道，"一个男人——或更确切一点儿，一个英国男人。"

"您怎么认识他的呢？"

"在阿维尼翁——并不是像法国那首古老民谣《在阿维尼翁的桥上》那样，但是也在附近。那时我刚离开学校，我在克里伦广场的一家时髦的咖啡屋里做女招待。然后这个比我大几岁的迷人绅士把我叫到桌边，用蹩脚的法语说道，他非常渴望一杯上好的英式茶，问我是否能够为他做一杯。于是我照做了——显然让他很满意，因为 3 个月后我们就订婚了。"她点头示意床头柜上的那张照片。"那就是阿拉斯泰尔。他是一个很可爱的人。"

"他长得也很好看。"

"谢谢。"她笑了。"他是一个帅哥。"

"但是您不介意离开自己的家乡吗？"

她稍微停顿了一下。"不是那么介意，"贝尔夫人回答道，"战后一切都变样了。阿维尼翁也遭受了占领和轰炸——我失去了……"她拨弄着自己的金表，"我的朋友。我需要一个新的开始——然后我遇到了阿拉斯泰尔……"她的手抚过一套黑紫色的华达呢两件套的裙子。"我很喜欢这套衣服，"她喃喃自语道，"它让我想起了我和他在一起的早期生活。"

"你们结婚了多长时间？"

"42 年。但是这也是为什么我搬来这套公寓的原因。在西斯公园的另一边，我们曾有一所漂亮的房子，但是我不能忍受再待在那里，自从他……"贝尔夫人停顿了片刻，让自己镇定一下。

"他做什么工作？"

"他开了一家自己的广告公司——最初的几家广告公司之一。那是一个令人兴奋的时代，他有许多生意宴请，所以我必须得让自己看起来……见得了人。"

"您看起来肯定是光彩照人。"她笑了。"那么您有过 —— 您有——家庭吗？"

"孩子？"贝尔夫人拨弄着松松垮垮地套在手指上的婚戒。"我们相当不走运。"

因为这个话题显然很令人痛苦，我又把谈话转回到衣服上来，指出我想买的那些衣服。"您必须非常乐意，我才能买走它们，"我说道，"我不希望您有任何遗憾。"

"遗憾吗？"贝尔夫人重复道。她把手放到膝盖上。"我有很多遗憾。但是我不会后悔卖掉这些衣服。我希望它们能够继续存在——你在那篇文章中怎么说来着——获得新生……"

现在我开始对每件商品报价。

"抱歉。"贝尔夫人突然说道，从她犹豫的举止中，我猜她可能是要问我一些估价的问题。"请原谅我这么问，"她说道，"但是……"我好奇地看着她。"你的朋友……艾玛。我希望你不介意……"

"不会。"我小声道，不知什么原因，我意识到自己真的不介意。

"她出了什么事？"贝尔夫人问道。"她为什么……"她的声音低了下去。

我放下手上拿着的裙子，心怦怦直跳，就像我每次回忆那晚的事件一样。"她生病了,"我小心地回答道,"没有意识到她病得有多严重,等我们意识到的时候,已经太迟了。"我看着窗外。"所以我每天都会花大部分时间祈祷,希望时光能够倒流。"贝尔夫人脸上带着深切的同情,摇了摇头,仿佛某种程度上她也和我一样悲伤。"因为我做不到,"我接着说,"我必须找到方法让我接受已经发生的事情,继续生活下去。但是这很艰难。"我站了起来。"我现在已经看完了所有衣服,贝尔夫人——那儿还剩最后一件。"

走廊那头,我听到电话铃响了。"失陪一下。"她说道。

我一边听着她离开的脚步声,一边走到衣橱前,拿出最后一件衣服——一件黄色的晚礼服,柠檬色的生丝无袖紧身胸衣,配上百褶雪纺裙。当我把它拿出来的时候,我的目光被吸引到旁边的一件蓝色毛料外套上。透过防尘罩,我发现这不是一件成人的外套,而是一件孩子的外套,可能适合 12 岁左右的女孩子。

"谢谢你通知我。"我听到贝尔夫人要放下电话时说道,"我原以为要下个星期才会有结果……今天早晨我见过泰德先生了……是的,我已经决定了……我完全明白……谢谢你打电话过来……"

当贝尔夫人的声音在大厅里回旋的时候,我在猜想她为什么要在衣橱里挂一件小女孩的衣服。这件衣服显然是被精心保存的。一个悲惨的假设闪过我的脑海。贝尔夫人有过一个孩子——一个女孩,这件外套就是她的;她身上发生了可怕的遭遇,贝尔夫人不忍把它扔掉。她没有说过她没有孩子——只说她和她的丈夫"相当不幸"——很有可能只是一笔带过。我对贝尔夫人涌起无限怜悯之情。但是之后,当我偷偷地拉开透明的塑料防尘罩想看得更仔细些的时候,我意识到这件衣服年代非常久远,不符合我的假设。当我把它抽出来的时候,我可以看出它是 20 世纪 40 年代的衣服,精纺毛料和二次利用的丝绸内衬,是用精湛的技术手工制作完成的。

我听到贝尔夫人回来的脚步声,快速拉上防尘罩,但是太迟了。

她看到我拿着那件衣服，整个人退缩了一下。

"我不打算处理那件衣服。请把它放回去。"我被她的语气吓了一跳。"我告诉过你，不要看那件黄色的晚礼服另一侧的任何东西。"她站在门口的时候，说道。

"很抱歉。"我的脸羞愧得发热。"这件衣服是您的吗？"我轻声问道。

贝尔夫人迟疑了片刻，然后走进房间里。我听到她的叹息。"我的母亲为我做的。1943 年的 2 月。我当时 13 岁。她排了 5 个小时的队买到面料，花了两个星期做出衣服。为此她相当自豪。"贝尔夫人再次坐在床上的时候说道。

"我并不惊讶——它制作精美。但是您把它保留了……65 年？"是什么促使她这样做的呢？我很好奇——就因为是她母亲制作的？

"我保留了 65 年，"贝尔夫人静静地说，"我还会保管它直到死去。"

我又看了一眼那件外套。"它令人惊叹地保存良好——看起来就像没有穿过一样。"

"确实几乎没有穿过。我告诉母亲我把它弄丢了。但是我没有——我只是把它藏了起来。"

我看着她："您藏起了冬天的外套？在战争期间？但是……为什么？"

贝尔夫人看着窗外。"因为有一个人比我更需要它。我为那个人保留着，我为她保留至今。"她又重重地叹了一口气，这声叹息似乎来自她的内心最深处。"这个故事我从来没有告诉过任何人——即使是我的丈夫。"她看向我。"但是最近，我已经觉得有必要把它说出来……只对一个人说。如果在这个世上只有一个人能听我的故事，然后告诉我他能明白——那么我就会感到……但是现在……"贝尔夫人把手放到太阳穴上，按了按，然后闭上眼睛。"我累了。"

"当然。"我站了起来，"我这就走。"我听到马车时钟报时五点半。

"我没打算待这么长时间——很高兴和您聊天。我这就把所有的衣服放进衣橱里。"

我在左边挂上我想买的衣服，然后给贝尔夫人写了一张 800 英镑的支票。当我把支票递给她的时候，她耸了耸肩，似乎对此毫无兴趣。

"谢谢您让我欣赏这些衣物，贝尔夫人，"我拿起我的包，"它们都很漂亮。下周一我会再打电话给你，约个时间来取衣物。"她点点头。"在我走之前，还有什么能为您效劳的吗？"

"没有了。谢谢，亲爱的。但是如果你能从过去中解脱出来，原谅自己，我将不胜感激。"

"当然。那么……"我伸出手，"下周见，贝尔夫人。"

"下周见。"她回应道。她看着我，突然双手握住我的手。"我已经在期待了——非常期待。"

CHAPTER 4
"偶遇"迈尔斯

今天早晨，在我开车去见我的裁缝瓦尔的路上，在意想不到的蒙蒙细雨中，我脑海中一直回想着那件蓝色小外套。它是天蓝色的——自由的蓝色——然而它被藏了起来。当我的车子在蠕动的车流中爬上舒特斯希尔路的时候，我试图去猜测原因。有时候——现在我记起了母亲对裁缝考古学的评论——我能从一件衣服的磨损程度上推算出这件衣服的历史。比如，我还在苏富比拍卖行的时候，有人拿了三件Mary Quant的裙子过来。它们都保存良好，除了每一件的右袖上有一个破旧的补丁。把它们带来的那个女人告诉我，这几件衣服之前属于她的阿姨，她是一个小说家，手写了所有的书稿。一条左臀部位被穿破的Margaret Howell（玛格丽特·霍威尔）亚麻长裤是一个模特儿所有，她在4年的时间内生了3个小孩。但是现在，当我啪的一声打开雨刷的时候，我却想象不出关于贝尔夫人那件外套的任何故事。在1943年，谁比她更需要这件外套？为什么贝尔夫人从来没有告诉过任何人这个故事——甚至包括她亲爱的丈夫？

今天早晨安妮过来上班的时候，我没有向她提及此事。我只说我从贝尔夫人那里购买了不少的衣服。

"这是你为什么要去裁缝那里的原因吗？"当她把一件针织衫重新叠起来的时候问道，"把它们进行改动？"

"不。那儿已经有些修补好的衣服需要我去拿。瓦尔昨晚打了电话给我。"我拿起车钥匙。"她不喜欢衣服完成之后还挂在她那边。"

瓦尔是皮帕在金盏花咖啡馆引荐给我的。她行动迅速，而且非常通情达理。她还是一个缝纫天才，甚至能把一件破破烂烂的衣服修复得完好如初。

等我把车停到瓦尔家外面的格兰比路上的时候，毛毛雨已经变成了倾盆大雨。我透过水汽迷蒙的挡风玻璃向外望去，看到雨点像滚珠一样砸到发动机罩上反弹开。我需要打着伞才能走到瓦尔的门廊处。

她打开门——脖子上还挂着一个卷尺——尖尖的小脸上绽开笑容。然后她注意到了我的伞，猜疑地看着它。"你不会把它在这儿打开，是吗？"

"当然不会。"我一边回答一边放下伞，使劲晃了晃它。"我知道你觉得它会……"

"不祥。"瓦尔摇了摇头。"它会不吉利——尤其这还是一把黑伞。"

"黑色会更糟糕吗？"我走了进去。

"糟糕得多。你不会把它放到地板上，是吗？"她又焦急地问。

"不会——但是为什么不能放呢？"

"因为如果你放下一把伞，那就意味着不久的将来这所房子里将会发生一起谋杀案，我想避免掉，尤其是最近我的丈夫逼得我快要抓狂了。我不想……"

"冒险？"我把伞交到她手里时说道。

"没错。"我跟着她走过走廊。

瓦尔个子矮小，性格刚烈，身材细瘦——就像一根针。她还迷信到有些强迫症。她不仅仅——据她自己承认——向周围所有孤独的喜鹊致敬，对着满月鞠躬，还极力避免遇到黑猫。她对迷信和民间传说几乎无所不知。在我认识她的 4 个月中，我就了解到，从尾部到头部吃鱼，试着数星星，在结婚当天戴珍珠，都是不祥的。梳头发的时候梳子掉下来也是不祥的——它预示着失望——或者把毛衣针插在线球上，也是如此。

另一方面，找到一枚钉子，在平安夜吃苹果，或意外地把一件衣服穿反，都是吉祥的。

"好了，"当我们进入她的缝纫室的时候，她说道。这个房间的四周都堆满了鞋盒，里面塞满了棉线轴、拉链、花边、缎带、织品样本和斜纹滚条线轴。她伸手到桌子底下，拉出一个大提包。"我觉得这些已经修补得很好了。"她一边说着一边递到我的手上。

我看了看里面。的确修补好了。底边撕坏的一件 Halston（候司顿）长及脚踝的外套被缩短成及腿肚的长度；一件有汗渍的 20 世纪 50 年代的鸡尾酒礼服的袖子被裁掉了，所以现在变成了优雅的无袖装；一件洒上香槟的 Yves St. Laurent 丝质外套，缀上了亮片来遮掩这些污渍。虽然我必须向未来的买家指出这些改动，但是至少这些衣服被保存了下来。这些华美精良的衣服不应该被扔掉。

"它们看起来棒极了，瓦尔，"我一边说道，一边拿包付钱，"你太聪明了。"

"呵，我的祖母教会我缝衣服；她总是说，如果衣物上有个瑕疵，不要仅仅去修补它——更要好好利用它。我现在仍然能够听到她在我耳边说：'好好利用它，瓦莱丽。'哦。"她的剪刀掉了下来，她脸上露出疯狂的快乐神情，盯着它们。"太棒了！"

"什么事？"

"两个刀尖落地时都插进了地板里。"她弯腰捡了起来。"这真是好运气，"她冲我挥了挥它们，解释道，"这通常意味着更多的工作要涌过来。"

"确实如此。"我告诉她我又买了一批衣服，大概有 8 件需要略微修补。

"把它们带来，"瓦尔说着，接过我给她的钱。"谢谢。哦……"她盯住了我的外套。"下面的扣子有些松了——你走之前我给你缝一下。"

突然门铃连续快速响了 3 下。

"瓦尔？"一个沙哑的声音喊道，"你在吗？"

"我的邻居，玛吉，"瓦尔穿着线，解释道，"她总是摁 3 下门铃，让我知道是她。我虚掩着门，没有上锁，因为我们总是随意进出对方的屋子。我们在缝纫室，玛吉！"

"我想你也会在这儿！嘿！"玛吉站在门口，几乎就要把门填满了。她的身材和瓦尔正好相反，她身材高大，金发碧眼，腹圆腰粗。穿着黑色紧身皮裤，踩着一双金色细高跟鞋，鞋的两侧要努力地包裹住丰满的双脚，上身穿着低领红色背心，露出有几分绉纱感觉的深深的乳沟。她打着金色的粉底，画着亮蓝色的眼线，戴着假睫毛。至于年龄，应该在 38~50 岁之间。身上散发出兰蔻黑色梦幻女士香水混着烟草的味道。

"嗨，玛吉，"瓦尔说道，"这是菲比。"她咬着棉线一端，从齿缝间说道。"菲比刚在布莱克西斯开了一家古董服饰店——是吧，菲比。顺便说一句，"她对我说道，"我希望你按我说的在门前的台阶上撒上盐，能够帮你阻挡厄运。"

我想，我都遭遇了这么多厄运了，已经没啥区别了。"坦白说，我没这么做。"

她耸了一下肩，在中指上戴上一个橡胶顶针。"不要说我没有提醒你。"她开始重新缝扣子。"怎么样了，玛吉？"

玛吉坐进椅子里，显然精疲力竭。"我刚碰上一个最难缠的客户。他一直不愿开始——他只想聊天。之后他又慢慢悠悠地做，最后付钱的时候还想要花招，他想用支票支付，我说只收现金，因为我之前说得非常清楚。"她气愤地调整了一下乳房的位置。"当我说到要打电话给比尔，他才赶忙掏出了钞票。瓦尔，一杯喝的根本不够——我已经精疲力竭，现在才 11 点半。"

"那把水壶放上去。"瓦尔说道。

玛吉进了厨房，她混着尼古丁味道的愤恨之声沿着走廊传过来。"然后我又碰上另一个客户——对自己的母亲有着奇怪的偏执——他甚至把她的一条裙子都带过来了。为人非常苛刻。我已经尽力了，可是他还有脸说他'对我的服务不满意'。想想看！"

玛吉可能从事的生意的性质到现在已经清楚了。

"可怜的甜心啊，"当玛吉拿着一包消化饼干从厨房里出来的时候，瓦尔亲切地说道，"你的那些嫖客不会让你那么累的。"

玛吉发出长长的一声痛苦的叹息。"你又那么说了。"她拿出一块饼干，咬了一口。"更糟糕的是，那个 29 号女人——名叫希拉什么的。"我的眼珠子都要掉出来了。"她真是一个麻烦精，想和她的前夫取得联系。那个前夫上个月暴毙在高尔夫球场。她说，她很难过，在他们结婚期间没有好好对他，所以现在睡不着觉。于是我联系上他，就在我要把他的信息传达给她的时候，两分钟之内，因为某事她又对前夫恼怒了，像一只野猫一样，冲他尖声叫喊——"

"我觉得我透过墙壁听到了她的声音，"瓦尔把线拉紧，平静地说道，"听起来有些大惊小怪。"

"这还用说，"玛吉附和道，把饼干屑从腿上弹掉。"所以我说过，'亲爱的，你真的不应该那样和死人讲话。这是大不敬。'"

"这么说……你是一个灵媒？"我迟疑地问道。

"灵媒？"玛吉严肃地看着我，让我觉得好像冒犯了她。"不——我不是中等身材①。"她说道，"我是大号身材。"说完她和瓦尔都哈哈大笑起来。"抱歉，"玛吉扑哧一下，"我总是忍不住。"她用涂着鲜红指甲油的手指擦掉眼泪，又拍了拍自己香蕉黄的头发。"我是一个灵媒——或者也可以称为神视者——是这样的。"

我的脉搏在加速。"我之前从没遇到过灵媒。"

"从来没有？"

"是的。但是……"

"好了，菲比——都做完了。"瓦尔剪断了线头，灵巧地在线轴上绕了五六次，利落地把外套叠起来放进包里。"你什么时候把其他的衣服带过来？"

"嗯——因为周一和周二有助手在店里帮忙，有可能就下周的今天吧。我同一时间过来，你在家吗？"

"我一直在，"瓦尔有些疲惫地回答道，"恶人得不到休息。"

我看着玛吉。"嗯……我……在想……"我感觉突然有些激动。"一个和我很亲密的人最近死了。我非常喜欢……这个人。我想念他们……"玛吉同情地点了点头。"嗯……我之前从来没有干过，实际上我一直很怀疑——但是只要能让我和他们说说话，哪怕几分钟，或者听他们说说话，"我焦急地往下说，"我甚至还在电话黄页上搜索过通灵之人——上面有一栏写着'打给灵媒'，我选了其中一人，给他打了电话，但是我无法让自己开口讲话，因为我觉得太难堪了。既然现在我碰到了你，我觉得我——"

"你想读心吗？"玛吉耐心地插话，"这是你想告诉我的吗，甜心？"

我长舒了一口气："是的。"

她把手伸进乳沟里，先是拿出了一包烟，然后是一个小小的黑色笔记本，从书脊处抽出一支小小的笔，舔了一下食指，翻了几页纸。

---

① 原文是medium，既有"灵媒"的意思，也有"中等"的意思。——译者注

"那么你想哪个时间过来？"

"嗯……我把带给瓦尔的东西放下之后？"

"那么就是下周这个时候？"我点点头。"我的条件是 50 英镑现金，效果不好也不退款——不侮辱死者，"玛吉一边潦草地写着一边说道。"这是我的新规定。那么……"她把记事本塞进文胸，打开那包烟。"下周二上午 11 点我们单独坐聊。到时见，甜心。"我离开时她说道。

在开车回布莱克西斯的路上，我试图分析自己要去见一个灵媒的动机。我一直厌恶这类活动。我的祖父母都逝世了，但是我从来没有一丝想要联系"彼岸"的他们的欲望。但是自从艾玛死后，我越来越有这种渴望，要和她联系的渴望。遇见玛吉让我觉得至少可以一试。

但是我想从中得到什么？当我接近蒙彼利埃谷的时候想着。也许是来自艾玛的消息。说什么呢？问她……还好吗？怎么可能好呢？我把车停在店外的时候想着。她可能正在宇宙中游荡，怨恨地咀嚼着一个事实：拜她所谓的"最好的朋友"所赐，她永远不可能结婚了，不会有孩子，不会变成 40 岁，不会像她一直想的那样去秘鲁，更不用说像我们经常在醉醺醺时幻想的那样——由于在时尚产业的贡献而获得帝国勋章。她永远也享受不到生命的鼎盛时期，或随后的儿孙绕膝的平静的退休生活。她被剥夺的这一切，我黯然地反思，都是由于我——和盖伊。要是艾玛从来没有遇上盖伊，我停下车时想道……

"这是一个美妙的早晨。"当我推开门的时候，安妮说道。

"是吗？"

"Pierre Balmain 晚礼服卖出去了——就等着支票兑现了，但是我怀疑会有问题。"

"太好了。"我呼了一口气。这有助于现金流动。

"我还卖出两件 20 世纪 50 年代的圆形裙。还有那件淡粉色的格蕾丝夫人——你不想要的那件。"

"嗯。"

"哦，前两天试穿过的那个女人又回来了——"

"然后？"

"买走了。"

"太好了。"我如释重负地用手拍了拍胸口。

安妮困惑地看着我。"好的，那就意味着你已经接管了 2 000 英镑，现在还是午饭时间。"我不能告诉安妮，我对卖掉这件衣服的反应和金钱没有任何关系。"那个女人的身材根本不适合穿，"当我穿过店面往办公区走去的时候，安妮说道，"但是她说，她必须得到它。用卡支付还可以，所以她就拿走了。"

一瞬间我的内心在交战——销售所得的 500 英镑会很有用。但是我已经发誓要把这笔钱捐给慈善事业，这是我必须做的。

突然，门上的铃铛响了起来，试穿过蓝绿色蛋糕裙的那个女孩走了进来。

"我回来了！"她欢快地宣布道。

安妮的脸也亮了起来。"我很高兴，"她笑着说道，"你穿上那件舞会裙真的很漂亮。"她走过去要把它取下来。

"不，我不是为那件而来的，"女孩解释道，尽管她略带遗憾地瞥了一眼那条裙子。"我是为我的未婚夫来买东西的。"她走到珠宝展示柜前，指了指一对鲍鱼形 18K 黄金的八角形袖扣。"前几天我们在这里的时候，我看到皮特一直盯着它们看，我觉得这是送给他的最完美的结婚礼物了。"她打开皮包。"多少钱？"

"一共 100 英镑，"我回答道，"但是有 5% 的折扣，那就是 95 英镑，因为今天生意很好，所以还有额外的 5% 的折扣，所以一共是 90 英镑。"

"谢谢，"女孩笑了，"成交。"

因为安妮已经看了两天店了，所以这周接下来的几天我就在看店。在店里导购之余，我还评估人们送来店里的衣服，给库存拍照上传到网页，处理网上订单，小修小补，和经销商洽谈，努力做好理财工作。我把卖出盖伊那条裙子得到的支票邮寄给了儿童基金会，再也没有我们在一起几个月的纪念品了，让我松了一口气。所有的照片、信件、邮件——都删除了——所有的书本，和其中最让我憎恨的一件东西，订婚戒指，也都不在了。现在，裙子也卖掉了，我轻松地舒了一口气。终于把盖伊清出了我的生活。

　　周五的早晨，父亲打了电话来，恳求我去看望他。

　　"已经这么长时间没见面了，菲比。"他伤心地说道。

　　"对不起，爸爸。最近几个月，我脑子里的事情太多了。"

　　"我知道，亲爱的，但是我想看看你，我还想让你再看看路易斯。他很可爱，菲比。他只是……"我听到父亲的声音顿了一下。他以前偶尔有些多愁善感，但是之后他经历了很多，即使这些都是他一手造成的。"星期天怎么？"他再次尝试，"午饭后。"

　　我看着窗外。"我能够来，爸爸——但是我不想看到露丝——如果你能原谅我的直率。"

　　"我明白，"他轻声回答道，"我知道这种情况让你很为难，菲比。我也是。"

　　"我希望你不是在博取同情，爸爸。"

　　我听到他叹了口气。"我不配，是吗？"我没有回答。"总之，"他继续说道，"露丝星期天早晨要飞往利比亚，进行为期一周的拍摄，所以我觉得这也许是你过来的好时机。"

　　"那样的话，好吧，我会来的。"

　　星期五下午，米米·隆过来了，挑走了一些供拍摄用的衣服——她们的1月刊将会有一版"回温旧梦"的20世纪70年代风格的照片。我刚要开单据，一抬头就看到那位未婚夫皮特。他的领带飘在肩膀上，从路上疾奔过来。

他推开门。"我下班后就往这边冲。"他气喘吁吁，点头示意那件蓝绿色的蛋糕裙。"我要那件。"他拿出钱包。"卡拉还没有找到明天的晚宴时该穿的衣服，她为此惶恐不安，我知道她还没有发现合适衣服的原因是她真的喜欢这条裙子，这的确有点儿贵，但是我想让她拥有它，管它多少钱。"他拿出 6 张 50 块的纸币放在柜台上。

"我的助手说得很对，"我一边把裙子叠起放进一个大手提袋一边说道，"你是最完美的未婚夫。"

当皮特等收据的时候，我看到他随意地看了看托盘里的袖扣。"那对黄金鲍鱼袖扣，"他说道，"前两天还有的——我想……"

"哦，抱歉，"我说道，"它们已经卖掉了。"

皮特离开时，我在想，剩下的几条蛋糕裙会被谁买走呢。我想起那个伤心的女孩，她穿着那条橘绿色蛋糕裙真是好看。我在街对面看到过她一两次，看起来心事重重，但是她没有进来。我在《伦敦南部时报》上看到过她男朋友的照片。他在布莱克西斯高尔夫俱乐部的一次商务网络晚宴上作为特邀发言人。他似乎拥有一家成功的房地产公司，名叫凤凰地产。

星期六从一开始就很糟糕，然后越来越糟糕。首先，店里非常忙，尽管我很乐于看到这个景象，但是我只能把注意力放在存货上。然后，有人吃着三明治就进来了，我不得不请他们出去，虽然我讨厌这么做，尤其是在其他顾客面前。接着母亲打电话过来了，需要一些鼓励，因为她经常到周末就心情低落。

"我决定不去注射肉毒杆菌了。"她说道。

"太好了，妈妈。你不需要它。"

"这不是重点——我去的诊所说我现在去注射已经太迟了，没有任何效果。"

"嗯……没关系。"

"所以我打算在脸上植入金线。"

"你要做什么？"

"大概是，他们在你的皮肤下面植入金线，这些金线的一端是一些细小的钩子，金线缠在上头所以能够绷紧——你上面的脸皮也是如此！麻烦的是，它的费用要 4 000 英镑。但是真是 24K 的金子！"她若有所思地说。

"根本不用去考虑，"我说道，"妈妈，您风韵犹存。"

"是吗？"她悲哀地说，"自从你爸爸抛弃我之后，我觉得自己就像一个怪物。"

"事实并非如此。"事实上，像许多被抛弃的下堂妻一样，母亲看上去比以前更加漂亮。她减了肥，买了新衣服，比和父亲在一起时更注意打扮。

然后，午饭时分，买走盖伊那条裙子的女人又回来了。

起初我并不知道她是谁。

"我很抱歉，"这个女人开口道，她把印有"古董衣部落"字样的手提袋放到柜台上。我看了看里面，心沉了一下。这个裙子一点儿也不适合她。她怎么会认为这会适合她呢？正如安妮所说的，这个女人的身材完全不合适，又矮又胖——像一条牛奶面包。"真的很抱歉。"当我把裙子拿出来的时候，她重复道。

"别担心，这不是什么大问题。"我撒谎了。当我把钱退给她的时候，我多么希望我没有那么快地把 500 英镑寄给儿童基金会。现在是一笔我付不起的捐款了。

"我想我是被这条裙子的浪漫给迷住了。"当我等着撕下收据的时候，她说道。"但是今天早晨，我穿上这条裙子，看着镜中的自己，才意识到我已经，嗯……"她摊开手掌，仿佛在说：我根本不是凯拉·奈特利，不是！"我身高不够，"她接着说道，"但是你知道吗？我不禁想它会适合你。"

在这个女人离开之后，又陆续进来一些顾客，其中有一位50岁左右的男人，他对紧身胸衣有着变态的兴趣，他甚至还想试穿一件，但是我没有允许。之后又有一个女人打电话过来，要向我提供一些原来属于她阿姨的皮草，包括——这是关键所在——一顶幼豹皮做的帽子。我向她解释，我不卖皮草，但是她坚持认为既然这些皮草是古董衣，就应该没有问题。我只好告诉她，我不会让自己触碰——更不要说买卖——死去的幼豹，不管这个可怜的小动物被谋杀了多长时间。过后不久，我的耐心再次被一个想卖迪奥外套给我的女人所挑战。我可以一眼看出它是假货。

"这是迪奥的，"当我把这一点指出来之后，她还在辩解，"对一件这个质量的迪奥真品来说，我要价100英镑是非常合理的。"

"很抱歉，"我说道，"我在古董时装这一行工作了12年，我能向你保证，这件不是迪奥的。"

"但是商标——"

"商标是原版的。但是它被缝到不是迪奥的衣服上。这件外套的内部结构完全是错的，接缝处也没有好好地完工，你如果观察仔细一些的话，还会发现内衬是巴宝莉的。"我把商标指给她看。

这个女人的脸立马涨成了红李子色。"我知道你想做什么，"她嗤之以鼻道，"你想把价格压到最低，这样就能像那边的那件一样用500英镑的价格卖出。"她点头示意模特儿身上的一件保存良好的1955年的迪奥"新颜"鸽灰色罗缎冬装。

"我根本就不想'要'，"我和颜悦色地解释道，"我不想要这件外套。"

女人把外套叠进手提袋里，满脸愤恨。"那么我就到别处去看。"

"这是个好主意。"我平静地回答道，强忍住建议她去乐施会的欲望。

这个女人踩着高跟鞋，刚要跨出去，另一个顾客要进来，礼貌地为她打开门。他优雅地穿着一条浅色的斜纹棉布裤，一件深蓝色的夹克，年龄在40多岁。我感到心里咯噔一下。

"天哪！"细条纹先生面露喜色。"这不正是我的竞拍对手吗——菲比！"他记住了我的名字。"不要告诉我——这是你的店？"

"是的。"在看到门又打开了一下，香气扑鼻的细条纹夫人走进来时，我刚看到他时的兴奋感突然消失了。正如我想象的，她身材高挑，金发碧眼——但是如此年轻，我不得不忍住给警察打电话的欲望。当她把太阳镜推到头顶的时候，我得出结论，她不可能是他的妻子。她是他25岁的情妇，他是她的甜爹——这个男人真是厚颜无耻。

"我叫迈尔斯，"他提醒我，"迈尔斯·阿坎特。"

"我记得，"我友好地说道，"什么风把你吹来了？"我问道，尽量不看他的同伴，她正在翻看晚装那一排。他点头示意那个女孩。"罗克珊……"当然。很适合情人的一个性感的名字。狐媚的罗克珊。"我的女儿。"

"啊。"如释重负的感觉吓了我一跳。

"罗克珊想要为在自然历史博物馆举行的一场青少年慈善舞会找一条特别的裙子，是吧，罗克[1]？"她点点头。"这是菲比。"他介绍道。当这个女孩对我冷淡一笑的时候，我现在能看到她是多么的年轻。"我们在佳士得认识的，"她的父亲解释道，"菲比买走了你喜欢的那条白色的裙子。"

"哦！"她愤愤说道。

我看着迈尔斯。"你竞拍格蕾丝夫人是为了……"我意指罗克珊。

"是的。她在佳士得的网站上看到了那条裙子，立刻就喜欢上了——是吧，亲爱的？因为她当时在学校，所以没能参加拍卖会。"

"真可惜。"

"是的，"罗克珊说道，"它和双人英语课冲突了。"

所以是罗克珊让迈尔斯在拍卖会上为难。现在我比较惊讶，为什

---

① 罗克珊的昵称。——译者注

么有人愿意花三四千英镑给一个少女买一条裙子。

"罗克珊想在时尚圈工作,"他说道,"她对古董服饰非常感兴趣——是吧,亲爱的?"

罗克珊又点点头。当她继续看衣服的时候,我就在猜她的母亲在哪里,她看起来是什么样子的。我想,样子差不多吧,只是年龄已经40多岁了吧。

"总之,我们还在找,"迈尔斯说道,"这就是我们为什么来这儿的原因了。舞会在 11 月,但是我们恰好在布莱克西斯,看到这家店开张了……"我看到罗克珊探询地看了她父亲一眼。"所以我们觉得我们最好来看一看,然后我们就看到——你!意外的收获啊。"他说道。

"谢谢。"我说道,内心却在猜测,如果他的妻子看到他这样公然地和我友好地聊天,不知会做何感想。

"一个奇妙的巧合啊。"他总结道。

我看向罗克珊。"你喜欢哪一类的衣服?"我问道,想让事情变得专业一点儿。

"嗯……"她把太阳镜再往头上推高点。"我觉得有点儿《赎罪》的感觉或者——另一部电影是什么来着?《高斯福庄园》?"

"我明白了……那是 20 世纪 30 年代中后期。斜裁。是法国设计师 Madeleine Vionnet(玛德琳・薇欧奈)的贴身斜裁风格……"我思索着,去到晚装架前。

罗克珊耸了耸纤细的肩膀。"S 造型……"我突然自嘲地想到,这也许是个机会把盖伊送我的裙子脱手。接着我又意识到,罗克珊对这条裙子来说太瘦了——裙子会挂在她身上。

"看看你喜欢什么,亲爱的?"她的父亲问道。

她摇摇头,金色丝绸般的秀发扫过纤细的肩膀。突然她的手机响了起来——这是什么铃声?哦,对了,是《世界上最美丽的女孩》。

"嗨,"罗克珊的声音慢慢吞吞,"不。和我爸爸。在一家古董服饰店……昨晚？是的……玛哈克夜店。很酷。是的。酷……之后就火热起来……真的火热。嗯。酷……"我觉得她好像在检查恒温器。

"去外面打电话吧，亲爱的。"她的父亲说道。罗克珊单肩背上普拉达的包包，推开门，站在外面，斜倚着玻璃窗，一条腿不拘地交叉在另一条腿前面。她的"谈话"显然不会简短。

迈尔斯无奈地翻了个白眼。"年轻人啊……"他溺爱地笑了笑，然后开始打量店内四周。"这儿都是些多么漂亮的东西啊！"

"谢谢。"我又注意到他迷人的声线——略微有些破音，不知怎么，我觉得有些拨动心弦。"你知道，我也许想买一对那些背带。"

我打开柜台，拿出托盘。"这些是 20 世纪 50 年代的，"我解释道，"它们是非卖的库存，所以从来没有人用过。英国设计师艾伯特·瑟斯顿（Albert Thurston）的作品，他制作顶级的英式背带。"我指了指皮带部分，"你可以看到，这些皮革是手工缝制的。"

迈尔斯仔细看了看。"我就要这两条，"他说道，挑出一对绿白相间的条纹背带。"多少钱？"

"15 英镑。"

他看向我："我出 20 英镑。"

"什么？"

"那么 25 英镑。"

我哈哈大笑。

"好吧，我准备涨到 30 英镑，如果你还固执的话，不过只能这么多了。"

我笑了。"这不是拍卖——我想你只需要付我要求的价格就行了。"

"你真是拼命讨价还价，"迈尔斯喃喃地说道，"那样的话，深蓝色的那一对我也要了。"当我把它们放进一个包里的时候，我才意识到迈尔斯在仔细观察我，我的脸腾地热了起来。我惊讶地发现自己竟然希望他没有结婚。"那天和你竞拍我很开心，"我打开收银台的时候听到他说，"虽然我不妄想你也是同样的感觉。"

"确实不是，"我和颜悦色地回答道，"事实上，我相当恼怒。但是既然你准备花那么多钱买下那条裙子，我猜你是为你的妻子争取。"

迈尔斯摇了摇头。"我没有妻子。"啊，那么他是和某个人同居——或者也许他是未婚父亲或者离异父亲。"我的妻子去世了。"

"哦。"让我羞耻的是，我的兴奋感又回来了。"我很抱歉。"

迈尔斯耸耸肩。"没关系——某种意义上，这是 10 年前的事了，"他说得很快，"所以我有足够的时间来习惯这件事。"

"10 年？"我诧异地重复道。这个男人 10 年间没有再婚。更别说那些在妻子葬礼后的一个星期就再踏入教堂的人，许多鳏夫都是如此。我觉得自己的冰冷在慢慢融化。

"家里只有我和罗克珊。她刚刚去波特兰区的贝灵厄姆学院上学。"我听说过这所学校——一所高档的填鸭式教学的学校。"我能问你一些问题吗？"迈尔斯问道。

我把收据递给他："当然可以。"

"我只是想知道……"他忧虑地瞄了罗克珊一眼，但是她还在煲电话粥，手指像之前一样缠绕着黄白相间的穗子。"我只是想知道你是否……有时间和我共进晚餐……"

"啊……"

"我想你肯定觉得我太老了，"他说得很快，"但是我想再次看到你，菲比。事实上——我能坦白一些事情吗？"

"什么事？"我好奇地问道。

"我来这儿并不完全是巧合。实际上，坦白说，没有一点儿巧合。"

我盯着他。"可是……你怎么知道我在哪里？"

"因为在佳士得付款的时候，我听到你说'古董衣部落'。所以我当场就上网搜索了，然后找到你的网页。"那就是他坐在我旁边时，专注地盯着黑莓手机看的内容！"因为我住得不远——在坎伯韦

尔——我想我只要过来，说声……'你好'。"所以他的诚实战胜了他
的狡猾。我暗自微笑。"既然……"他友善地耸耸肩，"前几天你不愿
意和我吃午餐。你可能认为我结婚了。"

"我确实是那样想。"

"既然你已经知道我没有结婚，我想你是否愿意和我共进晚餐？"

"我……不知道。"我觉得脸上发红。

迈尔斯看了一眼她的女儿，她还在讲电话。"你不需要现在就说。
给……"他打开钱包，抽出一张名片。我瞥了一眼。迈尔斯·阿坎
特，法学学士，高级合伙人，阿坎特，布鲁尔和克拉克，律师事务所。
"如果你动心了，就告诉我。"

我突然意识到我是动心了。迈尔斯非常有魅力，还有可爱的沙
哑嗓音——他是一个真正的成年人，我反思道，不像我这个年龄的许
多男人。比如丹，我突然发现自己想起了他，散乱的头发，乱搭的衣
服，铅笔刀和他的……库房。为什么我要去看丹的库房？我看着迈尔
斯，他是一个男人，不是一个大男孩。但是另一方面，现实情况是，
他实际上是一个陌生人，而且，他比我大多了——也许四十三四岁。

"我 48 岁，"他说道，"不要看起来那么震惊！"

"啊，抱歉，我不是，只是……你看起来不像……"

"那么老？"他苦笑道。

"我不是这个意思。承蒙你的邀请，可是老实说，我现在非常
忙。"我开始重新整理一些丝巾。"我必须全心关注我的生意，"我笨
嘴拙舌地说。快 50 岁了……"关键是——哦。"电话响了起来。"抱
歉，"我拿起话筒，非常感激它的打扰，"古董衣部落。"

"菲比？"我的心在胸腔里突然怦怦直跳。"请说句话，菲比，"
盖伊说道。"我必须和你说话，"我听到他在坚持。"你忽略了我所有
的信件而且——"

"是……的……"我轻声说道，尽力在迈尔斯面前控制自己的情

绪，现在他正坐在沙发上，看着窗外的布莱克西斯云景。我闭上眼睛，深吸一口气。

"我需要和你谈谈，"我听到盖伊在说，"我不要让事情就这个样子了，我不打算放弃，除非我让你……"

"抱歉，我帮不了你，"我以自己都未察觉的平静说道，"但是谢谢你打电话过来。"我没有一丝罪恶感地放下电话。盖伊知道他做了什么。

你知道艾玛总是夸大其词，菲比。

我把电话设置成应答模式。"抱歉，"我对迈尔斯说道，"你刚才说什么？"

"嗯……"他站了起来，"我在告诉你，我……48 岁了，要是你准备忽略这一障碍，能抽空和我共进晚餐的话，我会非常荣幸。但是听起来你似乎不想去。"他给了我一个担忧的笑容。

"实际上，迈尔斯……我愿意去。"

CHAPTER 5

往事随风

　　周日下午我走在去父亲家的路上，准确地说，应该是露丝家。虽然我曾经见过她一面——大约就相处了 10 秒钟——这还是我第一次去她家里。我之前问过父亲是不是可以在外面见面，但是他说考虑到路易斯，还是让我去他家见他。

　　"在家见……"我一边思索着一边走在波多贝罗的路上。这一生里，我的"家"就只是爱德华的别墅，我在那里长大，而母亲也一直都住在那儿。但对父亲来说，他的"家"现在意味着诺丁山漂亮的双层公寓套房、消瘦的露丝和他们还不会抓东西的儿子。要是去那儿的话，会让这一切变得痛苦而真实。

　　当我经过时尚的维斯特伯恩·格鲁夫商店时，我想父亲根本就不是典型的诺丁山人。L. K. Bennett（班尼特）或是 Ralph Lauren（拉尔夫·劳伦）对他意味着什么呢？他属于亲切古老的布莱克西斯。

　　自从分开后，父亲的脸上总是挂着一副有些受了惊吓的神情，就像是被一个陌生人打了一巴掌一样。当他打开兰卡斯特路 88 号的房门时，他的表情就是那样的。

"菲比！"父亲弯腰抱住我，但是很不舒服，因为他怀里还抱着路易斯，路易斯被我们夹在中间，挤哭了。"见到你太好了。"父亲领我进门。"噢，你能把鞋脱了吗——这是这里的习惯。"我脱下了我的后空凉鞋，把它们放在了一张椅子下面，心想这恐怕只是众多规矩里的一小条罢了。"我真想你啊，菲比。"当我跟着他从铺着石灰石的大厅走进厨房时，父亲这样说道。

"我也很想念你，爸爸。"父亲坐在擦得干干净净的钢制桌旁，手里抱着路易斯，我敲了敲路易斯长着金发的小脑袋："你变了，小可爱。"

路易斯已经从一个褶皱的肝褐色小肉团长成了一个有着可爱小脸盘的婴儿，他正向我舞动着弯曲的四肢，就像是小章鱼一样。

我扫视了一遍所有闪耀着的金属表面。露丝的厨房给我的印象就是过于干净，这样的环境怎么能适合一个长年在泥灰中工作的人呢。这里甚至不像厨房——而像是停尸房。我想起了曾经的家里那精致的松木桌和成套的陶瓷餐具。父亲为什么要来这儿呢？

我微笑着对他说："路易斯长得像你。"

"是吗？"父亲高兴地说。

我不希望路易斯长得像露丝。我打开了一直拎在手里的包，递给父亲一只脖子上系着蓝色彩带的大白熊。

"谢谢，"他拿着小熊在路易斯面前摇晃着，"可爱吗，宝宝？哦，瞧，菲比，他在对它笑呢。"

我拍了拍小孩那胖嘟嘟的小腿。"爸爸，你不觉得路易斯就穿着尿不湿不够吗？"

"是不够，"他轻声说道，"你来的时候我正在给他换衣服。我把他的衣服放哪儿了？哦，在这儿呢。"我见父亲用左手将一脸讶异表情的路易斯抱在怀里，然后将他的四肢塞进一件蓝色条纹的睡衣里，我感到很震惊。之后，他便把孩子放到了洁净的钢制高椅里，路易斯的两条腿挤挂在一个开口外，这样一来他就能严严实实地待在椅子里，呈坐雪橇状。然后父亲走到冰箱前拿出了几个不同的罐子。

"瞧瞧……"他说道，打开了第一瓶，"我要给他吃点儿固体的。"他转过头和我说道。"我们吃这个好不好，路易斯？"路易斯张大了嘴巴，就像是嗷嗷待哺的小鸟，父亲从罐子里舀了一勺放进了路易斯的嘴里。"真乖，我的宝贝，哦……"路易斯嘴巴里喷出来的米黄色颗粒还溅了父亲一身。

"我觉得他不喜欢吃。"我对父亲说。他正擦着眼镜，我才知道路易斯吃的是有机鸡肉和扁豆。

"有时候他就喜欢吃，"父亲抓过一条毛巾擦了擦路易斯的下巴，"他现在的心情很有趣——可能是他妈妈不在的缘故。我们现在吃这个，好吗，路易斯？"

"爸爸，你不应该加热一下吗？"

"哦，他不介意直接从冰箱里拿出来吃，"父亲打开了第二罐，"摩洛哥麦粉羊肉，里面还有杏肉——美味极了。"路易斯再次张开了小嘴，父亲喂了他几小勺。"哦，他喜欢这个，"父亲得意地说，"就是这个。"

突然，路易斯吐出了他的舌头。

"你应该给他系个围嘴。"父亲擦去了路易斯胸前的残渣。"爸爸，别再给他喂这个了。"桌上有一张写着"成功断奶"的传单。

父亲很苦恼地说："我对这个不在行。"他一把将路易斯不爱吃的罐头扔进了光亮的铬制垃圾桶里。"如果只需要我给他个奶瓶那就简单多了。"

"我想帮你的，爸爸，但是我自己也不在行——原因很简单。但是为什么要你照料孩子呢？"

"这个……因为露丝她不在家，"他话里带着一种很古怪的语调，"她现在很忙，而且我也很乐意这样做。现在没钱雇保姆，"父亲退缩了，"我现在没在工作。再说，当你还是孩子的时候我总是不在家，现在我也想好好地当一回父亲。"

"是的，你总是不在家，"我附和道，"你经常要实地考察，要挖掘，我总觉得我老是在和你挥手再见。"此时我很伤感。

"我明白，宝贝儿，"他叹了叹气，"我感到很内疚。所以现在和这个小家伙在一起，"他摸了摸路易斯的小脑袋，"我觉得上天给了我一次机会，让我能够重新做一个合格的父亲。"路易斯的表情看起来就像是更愿意父亲不要这样做似的。

突然，电话响了。"稍等我一下，"父亲说道，"应该是林肯广播打来的。我现在有个电话面试。"

"林肯广播？"

父亲耸了耸肩："起码比无声广播好。"

父亲右手夹着听筒接受着面试，左手继续给路易斯喂吃的，我想着父亲职业上的落差，心里感到很悲哀。就在一年前，父亲还是广受尊重的伦敦玛丽女皇学院的比较考古学教授。之后由于《大挖掘》以及与媒体交恶——《邮报》辱骂他为"大蠢猪"——父亲就这样被迫提前退休。他提前了 5 年退休，退休金也被扣了许多，不仅如此，6个星期以来在周日晚黄金时段播出的节目也不再用他了。

"考古学是什么，"父亲一边将杧果和荔枝泥塞给路易斯一边说道，"考古学就是研究人工制品和居住环境的学问——通过人类不断改善的解读过去社会的方法，当然最重要的方法是用碳测定确定年代来发现'遗失'的文明。但是西方学者认为，当我们说'文明'时，我们应该注意到的一点是我们对'文明'的定义是当代人对过去的看法……"说着说着他抓过一条很脏的抹布，"抱歉，我要再说一遍吗？你怀疑这是事先录好的？哦，太遗憾了……"

父亲曾经在电视台干得很好，很大一部分原因是他有一个编剧，能够将一些专业的话改得通俗易懂。如果不是媒体对露丝怀孕的事小题大做，那他本可以拥有更多的工作机会，但是他现在只能是"预备，稳定，做饭！"，露丝的事业则是红红火火。她现在是执行制作人，正在准备一些有关卡扎菲的资料，她还因此准备飞往的黎波里。

突然前门被撞开了。

"你能相信吗？"我听见露丝在大喊，"该死的恐怖分子又关闭了希思罗机场！是恐怖分子干的？怎么可能呢！"她听起来失望极了。"只是几个疯子在跑道上想要乘坐去特内里费岛的飞机罢了。3 号航站楼已经关闭了——我和其他人整整花了两个小时才出来。我要想办法明天走——天啊，亲爱的，你怎么把这儿弄得这么乱啊。别把手提包放在桌子上。"她把我的包拿开了，"这样的包会携带细菌，怎么把玩具放这儿了，这是厨房不是游戏间——橱柜的门你也没关上，我可忍受不了它们就这样开着——噢，天哪。"她突然发现了我坐在门后边。

"你好，露丝，"我很镇定地说，"我来看我爸爸。"我看了看父亲，他正疯狂地忙着整理。"我希望你不会介意。"

她若无其事地说："一点儿也不，你随便点儿。"我本想说这很难。

"菲比给路易斯带了个可爱的小泰迪熊。"父亲说道。

"谢谢，"露丝说，"你太客气了。"她亲了下路易斯的头，没有注意到他张开的双臂，接着就上楼去了。路易斯缩回了自己的脑袋，哭了起来。

"真抱歉，菲比，"父亲笑中带着些苦恼，"我们能下次再聚吗？"

第二天早上，在去古董衣部落的路上，我在想父亲怎么会没意识到他这样做的后果呢。母亲一直认为父亲是不会走错路的。虽然他有过几年和讨人喜爱的考古学学生交流的经验，学生们围在泥土面前听他讲话，开心地研究着腓尼基人或者美索不达米亚人又或是玛雅人，但父亲在处理和露丝的关系上还是很不称职的。

父亲离开家后，曾给我写过信。在信中他说他还爱着母亲，但是既然露丝已经怀孕了，他觉得就该陪在她身边。他还说他对露丝的感情很单纯，希望我能理解。可我就是不能理解，一直不能。

尽管露丝和我的父亲相差24岁，但是我还是能够明白为什么露丝喜欢我父亲，因为父亲长得高大英俊有棱有角，再加上他又有学问，性格随和善良。但是父亲为什么会看上露丝呢？她既不温柔也不像我母亲那样。她很坚硬但又很敏感。看见父亲将他的东西搬出原先的家给我带来的精神创伤，比看见怀孕的露丝坐在外面的车里等他要来得更强烈。

那一晚母亲和我就一直坐着，努力不去看被掏空的装过爸爸的书和物件的书架。他最有价值的手工品，描绘阿兹特克妇女生产的小铜像——墨西哥政府送给他的——也从厨房的壁炉柜里消失了。但是母亲说她不会想念那些小东西的。

"如果不是因为有了孩子……"她抽泣道，"我是不会对一个还未出生的婴儿刻薄的，但是我还是情不自禁地希望这孩子不存在，因为如果没有孩子，我会原谅会忘记这一切的。但是我还是要一个人过完接下来的一生了！"

虽然我也很难过，但是接下来我要做的就是让母亲振作起来。

我曾经劝过父亲不要离开母亲。我对他说，这样做对现在这个年纪的母亲来说太不公平了。

"我也感到很愧疚，"他在电话里说，"但是我必须面对，菲比，我觉得我必须这样做。"

"为什么你就必须离开已经结婚38年的妻子呢？"

"但我必须为我的孩子着想。"

"爸爸，你一直都没有为我着想。"

"我知道——这和我现在所做的决定有关。"我听见他叹了口气。"或许是因为我这一辈子都在思考遥远的过去，但是现在这孩子给了我一个未来——对我这个年纪的人来说，这是一件让人很兴奋的事。

而且我的确是很想和露丝在一起。我知道你听到这话心里会不舒服，菲比，但是事实就是这样的。我会把房子和一半的退休金都给你妈妈。她有工作，有牌友和自己的朋友。我还可以和她做朋友，"他接着说，"在这么长的一段婚姻之后，我们难道还做不成朋友吗？"

"他都把我抛弃了，我们还怎么可能做朋友？"当我将这话转达给母亲时，母亲这样抽泣道。我完全能够理解她。

我走在去往宁静谷的路上，希望自己可以变得平静些。因为安妮要去试镜，所以要快到中午才到。当我打开门时，我很邪恶地希望她没被录取，因为如果被录取了，那她就有两个月的区域旅游。我希望她能留在我身边。她总是很准时、爱笑，而且很擅长和顾客打交道，总是很积极地摆好货架，让东西看起来都很光鲜。她可是古董衣部落的宝贝。

当我看过电子邮件后，我高兴地意识到又有生意上门了。辛迪从贝弗利山庄给我发邮件过来，告诉我她要给她的制表人买一件巴黎世家的礼服，出席艾美奖颁奖晚会时穿，还说今天会打电话过来并把钱给付了。

早上9点，店里开张了，我打电话给贝尔夫人，问她什么时候可以去取我预订的衣服。

"今天早上，你能过来吗？"她问，"11点。"

"11点半可以吗？我的助理那会儿才到店里，我会开车过来。"

"好的，没问题，到时见。"

突然，门铃响了，进来一位苗条的金发女士，30多岁的样子。她有些紧张地看了看周围，一副心不在焉的样子。

"您想买点儿什么呢？"一分钟后我这样问道。

"嗯，"她答道，"我想要一件活泼点儿的衣服，喜气点儿的。"

"活泼的……那是日装还是晚装呢？"

她耸了耸肩："无所谓，只要是明亮活泼的。"

我给她看了一件 Horrocks（霍罗克斯）的亮面棉质太阳裙，20世纪 50 年代的，上面绣着矢车菊。她指着那件衣服说："挺漂亮的。"

"Horrocks 的棉质衣服都做得很好——一件都要花上一个星期的薪水，你看看那边的。"我示意她那边的漂亮衣服。

"哦，"那位女士睁大了眼睛，"这些衣服太漂亮了。我能试试那件粉色的吗？"她像孩子一样兴奋，"我想试试那粉色的！"

"好的，"我把衣服拿了下来，"12 号的。"

"好极了。"当我把衣服挂到更衣室时，她激动地说道。她走进更衣室，拉上亚麻布的帘子。我听见她拉拉链的声音，能听出她已经脱下了自己的短裙，穿上了粉色的裙子。"看起来……特别的可爱，"只听她说道，"我喜欢这样的芭蕾舞短裙——我觉得自己就像花仙子一样。"她从帘子后边探出头来："你能帮我拉一下拉链吗？我够不着，谢谢了。"

"看起来很漂亮，很适合你。"

"是吧，"她瞅了瞅镜子，"就是我想要的样子——很可爱很活泼。"

"你这是在庆祝吗？"我问她。

"呵呵……"她摆弄起了裙褶，"我是想给小孩买的。"我礼貌性地点了点头，不知道该说些什么。"我是试管受孕的。"她转过头和我说道。

"您可以不说的，真的。"

这位女士向后退了退，看着镜子里的自己，然后说道："试管受孕是很痛苦的，我每天要量 10 次体温，我灌了很多的药水，屁股挨针挨得就像针线包一样。我一共试了 5 次——都快弄得破产了，但是两星期前，去做第 6 次的时候，我们想着做完这次就再也不做了，我丈夫承受不起了。"她喘了口气又继续了，"所以这是我们最后的希望……"她走出了试衣间，又照了照侧镜，"今天早上我才知道的结果，妇科大夫打电话通知的……"她拍了拍自己的肚子，"还是没有成功。"

"哦，"我轻声对她说，"太遗憾了。"一开始我就在想，要是她怀孕了她为什么还要买舞会装呢。

"所以今天我请了病假，想办法让自己振作一点儿，"她对着镜子里的自己笑了笑，"这条裙子就是我新的开始，它很漂亮，"她转过头兴奋地对我说道，"如果穿上这裙子，还有谁会不感到高兴呢？"她的双眸泛着光，"没有人会不开心的……"这位女士坐在试衣间的椅子上，一脸痛苦。

我走到门前挂上"打烊"的牌子。

"不好意思……"这位女士抽泣道，"我不该走进来的。我觉得自己很脆弱。"

"我完全能理解你。"我平静地和她说，给她递过去纸巾。

她抬头看了看我："我都 37 岁了，"大颗的泪珠从她的脸上滑落，"比我更老的女人都能怀孕，为什么我却不能呢？一个就够了，"她抽泣着，"这要求很过分吗？"

我为她拉上帘子，这样好让她换衣服。

几分钟后，这位女士拿着衣服来到柜台。这会儿，她已经平静下来了，虽然眼睛还是红着的。

"你不一定要买下这件衣服。"我对她说。

"可是我想要买下，"她轻轻地说，"这样，一旦我感到难过，我就可以穿上它，或者就像你一样把它挂在墙壁上，这样看着它，我就能够振作起来。"

"那好，我希望它能够帮到你，但是如果你不想要了，你可以再退给我。你自己做决定。"

"我已经决定好了，"她答道，"谢谢。"

"好的……"我无奈地向她笑了笑，"祝您一切顺利。"说完我就把那裙子放进袋子里包了起来。

安妮试镜回到店里已经 11 点了。"导演简直太蠢了，"她喊道，"他让我转身——好像我是块肉饼一样！"

这让我想起了可怕的基思，他就让他的女朋友转过身。"我希望你没那样做。"

"我当然没有——我直接走人了！我希望将他绳之以法，"她脱下了夹克，"能回到你店里真好。"

安妮的试镜没有成功，我反倒感到开心，我和她说了那位买裙子的女士。

"真是个可怜的人，"她嘀咕道，现在终于平静下来了，"你想要孩子吗？"她边涂唇膏边和我说道。

"不想要，"我答道，"我对小孩不感兴趣。"除了我父亲的孩子，这样想有点儿自我挖苦。

"那你有男朋友吗？"安妮拉上了她的包，问道，"虽然这和我是没什么关系。"

"我单身——没有什么特别的约会，"说到这里，我想起了将要和迈尔斯共进晚餐的事，"现在工作对我来说最重要。你呢？"

"我和蒂姆交往有几个月了，"安妮回答道，"他是个画家，住在布赖顿。我现在比较关心我的事业，没法安顿下来，而且我也才 32 岁——还有时间。"她耸了耸肩，"你也不急。"

我看了看表："不，我来不及了——我还要去贝尔夫人那儿取衣服呢。"我让安妮替我看店，我自己则走回家取了两个行李箱，然后便开车去了帕拉冈。

贝尔夫人的样子比起上次见面的时候又憔悴了些。我走进门，她热情地和我打招呼，将她那长着斑的枯槁的手搭在我的胳膊上："去拿你要的衣服吧——你可以留下来喝杯咖啡，怎么样？"

"谢谢，我很荣幸。"

我带着箱子走进了卧室，把包、鞋和手套都放进了一个箱子里，然后打开了衣柜，拿出我要的衣服。取衣服的时候，我又注意到了那件蓝色小外套，我想它身上藏着的又是怎样一段历史呢。

我听见贝尔夫人向我走来。"菲比，怎么样了？"她走动的时候，身上那条红绿色格子短裙上的腰带也跟着摆动了起来，裙子则稍稍有些松垮。

"就快好了。"我回答道。我把两顶帽子装入贝尔夫人给的帽箱里，然后折好 Ossie Clark 的迷嬉装，将它放入第二个箱子里。

"还有这些毛衣……"当我扣上箱扣的时候，贝尔夫人这样叫道，"我想把它们都捐给慈善商店，趁我现在还有这样的想法，我想解决掉它们中的大部分。我想让我的女佣保拉帮我，但是她现在不在。菲比，你能帮我吗？"

"当然，"我将衣服放进了一个大的行李袋里，"我知道有一个叫'牛津饥荒救济会'的组织，我们可以把这些衣服送到那儿去。"

"好呀，"贝尔夫人说，"太感谢你了。你现在先歇会儿，我去煮咖啡。"

客厅里，煤气取暖炉开着小火，太阳透过方形玻璃照进弓形窗里，形成一道道影子，就像是鸟笼。

贝尔夫人托着盘子，用她那微颤的手从银色壶里倒了两杯咖啡。我们边喝边聊，她问起了我的古董衣店，问我当初怎么想着开古董衣店的。我和她说了一些我的经历和背景。我从她那里得知她在多塞特有个已婚的侄子，时不时会来看望她，还有一个在里昂的侄女，但是她就不像她侄子那样会来看望她了。

"不过这也不怪她，她也不容易，要照看两个孩子，她有时会给我打电话。她可是我最亲的人——是我死去的弟弟马塞尔的女儿。"

我们又聊了一会儿，响起了 12 点半的钟声。

我放下了手中的杯子："我该走了，十分感谢您的咖啡，能再见到您真是太好了。"

她脸上露出了遗憾的神情。"菲比，见到你我真是太开心了，我希望我们能一直保持联系，"她又补充道，"不过你肯定也很忙，又怎么会有时间来联系我呢……"

"我很乐意与您保持联系，"我打断说，"但是现在我得先回店里——再说我也不想让您太累。"

"我一点儿也不累，"贝尔夫人说，"我第一次觉得自己充满了能量。"

"这样啊，那在走之前我还能为您做些什么吗？"

"没有了，"她答道，"谢谢你。"

"那就先说再见啦。"我起身站了起来。

贝尔夫人盯着我看，像是在想些什么事。突然她说："要不再多待一会儿吧。再待会儿。"我内心充满了怜悯。这位老太太太孤单了，需要有人陪她。我刚想对她说我可以再待个20分钟左右，贝尔夫人就不见了，她已经穿过走廊进到卧室里头了，我听见衣柜的门被打开了，回来时，她手里拿着那件蓝色外套。

她注视着我，眼神里流露出奇怪的紧张："你想知道这里头的故事吗……"

"不，"我摇了摇头，"这好像和我没什么关系。"

"你很好奇吧？"

我看着她，心里有些不安。"有那么一点儿吧，"我只好承认，"但是我并不是很关心，贝尔夫人。我不该碰到它的。"

"我想告诉你这件事，"她说，"我想要告诉你关于这件小外套的故事，为什么我要把它藏起来。我真的想要告诉你，菲比，我想让你知道我为什么藏了它这么久。"

"您不一定要告诉我的，"我的语气不是很坚定，"您和我也不是特别熟。"

贝尔夫人叹了口气："说的也是。但是最近我老是觉得是时候让别人知道这个故事了——这个在我心里埋藏了多年的故事——这里——就在这里。"她用左手的手指狠狠地戳了戳自己的胸口。"不知道为什么,我在想如果我要是告诉别人这件事了,那个别人应该是你。"

我望着她,问:"为什么?"

"我也不清楚,"她小心翼翼地回答着,"我只是觉得你对我来说显得很亲切,菲比——我觉得我们之间有一种冥冥之中的联系。"

"哦,但是……即便如此,那您为何一定要现在说呢?"我轻声地问道,"毕竟这么久以来您一直没有和别人说过。"

"因为……"贝尔夫人整个人瘫陷在沙发里,一脸的不安,"上周——事实上,你来我家的时候——我收到了医院的检查结果,结果不容乐观,"她心平气和地说,"我已经料想到这样的结果了,因为我最近的体重一直在变轻。"听到这儿,我终于明白为什么在我说她变得越来越瘦时,她的反应很不自然。"他们让我接受治疗,但是我拒绝了。就算接受治疗了效果也不会理想的,只能稍稍延长一点儿我的时间罢了,但是对于我这个年龄的人来说……"她举起了双手,就像是要和谁投降。"我都快80岁了,菲比,我比很多人都活得久——你知道的,已经够久了。"我想起了艾玛。"但是现在,随着我身体的恶化,一直存在的内心痛苦也越变越深。"她看着我,乞求道,"我必须把这件事说给某个人听,就是现在,趁我脑子还清醒。我只想找个人听我说,能够明白我的所作所为,我为什么要那么做。"说着她望向了花园,窗户边框的影子挡住了她的半边脸。"我想我应该坦白一切。如果我相信上帝,那我会去找牧师。"说完她转过身来望着我,"我能和你说吗,菲比?我真希望能和你说。不会花太长时间的,我向你保证——不过就是几分钟。"

我点了点头,心里感到很困惑,然后就又坐下了。贝尔夫人坐在她的椅子上,身体前倾,拨弄着那件搁在她大腿上的外套。她深吸了口气,眯着眼睛跳过我望向窗户那边,仿佛那儿就是回到过去的一个入口。

"我是从阿维尼翁过来的,"她开始了她的故事,"这个你是知道的。"我点了点头。"我从小在离市中心 3 英里远的一个村庄里长大,那儿还算大。那是个闲适的地方,狭窄的街道一直通向一个宽阔的广场,那儿四周种着梧桐,开着几家商店,还有一家不错的酒吧。在广场的北边有个教堂,门上刻着大大的罗马文 'Liberté, Égalité et Fraternité'(自由,平等,博爱)。"讲到这儿,贝尔夫人冷冷地笑了笑。"这个村庄四周就是田地,"她继续说道,"外围一圈就是铁轨。我父亲就在阿维尼翁的中心区域工作,他在那儿开了一间五金店。在离家不远的地方他还有个自己的葡萄园。我母亲则是个家庭主妇,在家照料我的父亲和我还有我的弟弟马塞尔。另外,她还做点儿针线活赚些额外的小钱。"

贝尔夫人说着用手将一小撮白发撩到了耳朵后面。"我和马塞尔一起上当地的学校。那是一所很小的学校,总共不到 100 个学生。他们中大多数人的家庭都是世世代代住在这个小村落里的,同样的名字会出现很多遍,比如卡龙、帕热、马里尼,还有奥马热。"显然,这最后一个名字有着特殊的意义。贝尔夫人在椅子上稍稍移动了下位置。"1940 年 9 月,那时我 11 岁,班里来了个插班生,在过去的整个夏天中我见过她一两面,但我还不认识她。听我妈妈说她们家是从巴黎搬过来的。妈妈还说,北方沦陷后,很多这样的家庭都逃到南方来。"贝尔夫人看着我继续说道,"我那时还什么都不懂,不过这个'这样'的字眼后来证明是很有分量的。那个女孩的名字就叫……"她嘀咕了片刻后说道,"莫妮可,她的名字就叫莫妮可……黎塞留。我被指名负责照顾她。"说到这里,贝尔夫人摸了摸这外套,像是在抚慰它,然后她又望向了窗外。

"莫妮可是个甜美友善的姑娘。她很聪明而且很努力,有着美丽的颧骨,迷人的黑色双眸和乌黑的秀发,她那头发是如此黑亮,有时在灯光下甚至就变成了蓝色。还有她无法掩饰的外地口音，总是让她从周围的人中'脱颖而出'。"贝尔夫人的目光又回到了我的身上，"每次她因为口音被嘲笑时，她总是说这是巴黎口音。但是我母亲说那不是巴黎口音，那是德国口音。"

贝尔夫人双手合十，她手上戴的珐琅手镯和她手表上的金链子碰撞出丁零的响声。"莫妮可开始来我家玩了，我们一起在田间和山上游玩，一起摘花，一起谈论女孩子的事情。有时，我会问她关于巴黎的事，我只在照片上看过巴黎。莫妮可和我说了她在城里的生活，虽然她老是搞不清她家具体住哪儿。她总是提起她最好的朋友米利亚姆。米利亚姆……"贝尔夫人的脸上突然有了光彩，"丽普兹卡。这么多年后，我还记得这个名字。"她看着我，缓缓地摇了摇头，"就是这样的，菲比，当你老了以后。那些很早以前深埋在你心里的人或事，会突然浮出水面，而且还很清晰。丽普兹卡，"她嘀咕着，"是的……我记得她和我说她们原本是来自乌克兰。莫妮可说她很想念米利亚姆，她特别为米利亚姆感到骄傲，因为她是个小提琴手。每次莫妮可提到米利亚姆时，我就感到很痛苦，我暗自希望我可以成为莫妮可最好的朋友——虽然我没有什么音乐才华。我记得那时我很喜欢去莫妮可家，她家有些远，在村庄的另一头，靠近铁轨那边。她家有个花园里头种着很多花，还有一口井，正门上有块匾，上面刻着狮子头像。"

贝尔夫人放下了手中的杯子。"莫妮可的爸爸爱幻想，是特别不切实际的一个人。他每天都骑车去阿维尼翁，他在那边的一家会计公司里给人看管书籍。她妈妈就在家照看一对3岁的双胞胎儿子，奥利维尔和克里斯托弗。我记得有一次去她家，看到年仅10岁的莫妮可做了全家人的晚餐。她说她不得不学会做饭，因为她母亲在生完双胞胎后整整两个月卧床不起。莫妮可是个很棒的厨师，虽然我不是很喜欢她做的面包。"

"不管怎样……战争还在继续。我们小孩子知道这件事，但是关于战争我们懂得很少，因为那时没有电视，收音机也很少，而且大人们把这些东西藏得离我们远远的。实际上，他们在我们面前也基本上不说起这些事，除了抱怨抱怨配给制度——我父亲最大的抱怨就是分到的啤酒太少了。"贝尔夫人说着停了下来，她的嘴唇稍稍翘起，"1941年的夏天，那个时候我和她已经是很好的朋友了，有一天，我和莫妮可去散步。在纵横交错的乡间小道中，我们沿着其中一条路走了大概有两英里左右，之后便来到了一个摇摇欲坠的谷仓前。当我们进去想看看里面是什么样的时候，我们刚好说到了名字这件事。我和她说我不喜欢自己的名字——特蕾莎。我觉得我的名字太普通了。我爸妈要是给我起名叫尚塔尔该多好啊。我又问莫妮可是否喜欢自己的名字。出乎我意料的是，她突然满脸通红，脱口说出莫妮可其实不是她的真名。她的真名其实叫莫妮卡·里克特。我当时……"贝尔夫人又摇了摇头，"很惊讶。然后莫妮可说，5 年前她们家从曼海姆搬到了巴黎，然后她爸爸给全家改了名好让他们能够更好地被接受。她父亲决定改姓为黎塞留是因为著名的红衣主教。"

贝尔夫人又望向了窗外。"我问莫妮可他们为什么要离开德国，她说因为他们感到不安全了。起初，她没有说明原因，但在我的追问下，她还是告诉了我，那是因为他们是犹太人。她说她从没向任何人说过这件事，而且他们一直隐藏着自己的身份。然后她让我发誓不对任何人说这件事，要不然我们就再也做不成朋友了。我当然答应了，虽然我不明白为什么犹太人身份也需要保密——我知道犹太人已经在阿维尼翁生活了好几百年了，在市中心还有个古老的犹太教会堂。但是如果莫妮可不想让人知道这件事，我就绝对替她保密。"

贝尔夫人又开始拨弄着那件小外套，摸了摸衣服的袖子。"就这样，我觉得我也应该告诉莫妮可一个秘密。我告诉她我最近喜欢上了学校里的一个小男孩——让·吕克·奥马热。"贝尔夫人说到这里嘴巴紧闭成一条线，"我记得当我告诉莫妮可这个男孩的名字时，她看起来有些不舒服。她说让·吕克·奥马热的确是一个很不错的人，而且长得也很好看。"

贝尔夫人的目光又游离到了窗外。"日子一天天过去，我们尽量不去想战争的事情，我们很庆幸我们是生活在南部的'自由'区。但是一天早上——1942年6月下旬，我发现莫妮可特别伤心。她告诉我说她不久前收到了米利亚姆的信，米利亚姆告诉她，现在她就像沦陷区里所有的犹太人一样都被要求佩戴黄色的星星。是颗六角形的星星，中间写着'犹太'（Juive），被缝在衣服的左边。"说到这儿，贝尔夫人重新整理了一下搭在大腿上的外套，不断地抚摩这件蓝色的衣服。"从那时起，我开始关注战争的事情。晚上的时候，我会坐在爸妈房间外的楼梯上，竖着耳朵听伦敦英国广播公司的广播，他们也是偷偷地调到那个频道。就像很多人一样，为了收听关于战争的报道，父亲也买了第一台无线广播。我还记得当他们在听这些公告时，父亲常常愤怒或绝望地大叫。我从其中的一个节目中得知现在南北方针对犹太人的一个特殊法律规定：犹太人不可以参军，没有资格担任政府要职，无权购买房屋土地。他们必须遵守宵禁，在巴黎乘坐地铁时，他们只能乘坐最后一节车厢。"

"第二天，我问妈妈为什么会发生这些事，但是她只是说现在是艰难时期，我最好不要去想这恐怖的战争，战争马上就会结束——上帝保佑。"

"我们继续过我们'平常'的生活。但是在1942年11月，这种假装'平常'的生活突然被迫结束了。11月12日，父亲早早地就回到家，上气不接下气地说他看见两名德国士兵骑着摩托车，车旁还装着机关枪，驻扎在从村里到市中心的主干道上。"

"第二天早晨，父亲、弟弟和我还有其他很多人一起走着去了阿维尼翁。我们感到很恐惧，因为我们看见德国士兵站在他们的长官旁，还看到教皇宫外那成排成排的黑亮的雪铁龙。德国军队就驻扎在市政厅外，他们戴着盔甲、眼镜巡逻在我们历史悠久的道路上，那些车辆都是武装过的。对我们孩子来说，他们看起来很滑稽——就像是外星人——我还记得有一次父亲因为我和马塞尔指着德国士兵大笑而对我们发怒。大人们让我们不要看他们，就像他们不存在一样。他们说如果村里的人都这样做的话，那么德国士兵的存在就影响不了我们的生活。但是马塞尔和我都知道这只不过是在假装——我们都知道从前的'自由区'已经不存在了，我们已经遭受了敌人的攻击！"

贝尔夫人停了下来，又将另一缕头发拨到了耳朵后面。

"从那时起，莫妮可变冷漠了，变得很警惕。每天一放学她就直接回家。周末她也不出来玩，我也没有再去她家了。为此我很难过，但是我每次试着和她说这事的时候，她总是说她现在没什么玩的时间了，家里头母亲需要她帮忙。"

"一个月后，当我在排队买面粉的时候，我不经意间听到排在我前头的人抱怨说现在我们地区居住的所有犹太人的身份证和购物票上都必须打上'犹太人'的字眼。这个人他自己肯定是个犹太人，他说这种行为是令人愤怒的侮辱。他们家三代都居住在法国，难道在一战的时候他们没有为法国效力吗？"贝尔夫人眯着她那淡蓝色的双眼，继续道："我记得他在教堂里挥拳表示不满，他责问'自由，平等，博爱'现在都到哪里去了。我那时太天真，我以为他至少不用像米利亚姆那样身上也要被迫佩戴上一颗星星，所以他要幸运多了。"她看着我，摇了摇头，"我不知道身上佩戴星星比起证件上印'犹太人'其实情况要好得多。"

贝尔夫人闭目休息了一会儿，就好像是这回忆让她筋疲力尽了。然后，她睁开双眼向前看去。"1943 年初，大概是在 2 月中旬的样子，我看见莫妮可站在学校大门旁正和让·吕克说着话，他那时已是个 15 岁的帅小伙儿了。从他给莫妮可围围巾的方式——当时很冷——我可以看出他喜欢莫妮可。从她对他的微笑中，我也看出了她是喜欢他的，她的笑不是鼓励的笑而是非常甜蜜的笑……甜蜜中还带着一丝焦虑。"贝尔夫人说到这里，叹了口气，又摇了摇头中，"我当时还很迷恋让·吕克，虽然他从没像看莫妮可那样看过我。我太傻了，"她很抑郁地说，"我怎么就那么傻呢。"我拍了拍胸口，就像是在打自己一样。然后她声音微颤地说道："第二天，我问莫妮可她是不是喜欢让·吕克。她只是近乎忧伤地看着我然后说：'特蕾莎，你不明白。'这更让我确信她是喜欢他。然后我想起了我第一次和她说我喜欢让·吕克时她的反应。当时她看起来就不是很舒服的样子，现在我知道是为什么了。但是莫妮可说我不明白是对的，我是不明白。如果我明白这一切，"她低沉地说，然后又摇了摇头，"如果我明白的话……"

贝尔夫人沉默了片刻来恢复自己的情绪，然后继续说："放学后，我哭着跑回家。妈妈问我为什么哭，我没有告诉她，因为这实在是太难为情了。妈妈抱住了我，让我擦干眼泪，她说要给我个惊喜。她从做针线活的地方拿过来一个包。里面装着一件蓝色的羊毛小外套，它的蓝就像是 6 月清晨那晴朗天空的蓝。我试穿的时候，妈妈说她为买这块布料足足排了 5 个小时的队，这是她趁我晚上睡觉的时候赶出来的。我抱住妈妈，告诉她我很喜欢这件小外套，我会永远留着它。妈妈笑着说：'小傻瓜，你不会的。'"贝尔夫人对着我苦笑着说，"但是我确实一直留着它。"

她又摸了摸衣服上的翻领，眉间的皱纹变得更深了。"4 月的某一天，莫妮可没有来上学。第二天她还是没有来学校，之后就一直都没再来上学了。我问老师莫妮可去哪儿了，她说她也不知道，不过她相信不久之后莫妮可就会回来的。眼看复活节已经到了，但是莫妮可还是没有出现，我不断地问我父母她去哪儿了，他们说我最好是忘记她——我可以交新朋友。我说我不想要交新朋友——我只想要莫妮可。所以第二天早上，我便跑去她家里。我敲了敲门，但是没有人在。我透过百叶窗的缝隙往里看，桌上还留着剩下的饭菜。地上有个碎了的碟子。他们已经匆匆离开了。我决定要给莫妮可写信。我坐在井旁，开始在脑海里构思我的信，但是我突然意识到我根本没法给她写信，因为我连她在哪儿也不知道。我感觉很糟糕……"贝尔夫人咽了咽口水。

"那个时候，"她讲道，"天气还是很冷。"说到这里，她的身子下意识地瑟瑟发抖。"虽然已经入春很久了，但是我还是穿着我的蓝色外套。我一直在想莫妮可到底去了哪儿，她和她的家人为什么就突然地不见了。我的父母亲从不和我谈这件事，但是对于作为孩子的我来说，这事情总是还会有一线希望的。我相信莫妮总有一天会回来，如果现在回不来，那战争结束后她肯定还会再回来的——但是如果她不在了，或许让·吕克会注意到我。我还记得我当时想尽了办法去引起他的注意。那时我刚刚 14 岁，就开始偷用妈妈的唇膏，晚上还用卷发纸，就像妈妈那样，我还用鞋油刷黑我的睫毛——有时搞得很滑稽。我还会把脸蛋捏得红彤彤的。比我小两岁的马塞尔觉察到了我的变化，开始无情地嘲笑我。"

"在一个温暖的周六早晨，我和马塞尔吵了一架——他一直在刺激我，我简直无法忍受。我砰的一声打开门，跑出了屋外。我走了大概有一个小时左右，来到了那个摇摇欲坠的老谷仓。我走了进去，坐在一块有阳光的地上，背靠着稻草堆，听着雨燕在我头顶的屋檐下唧唧喳喳地叫着，远处火车隆隆地响着，顿时感到一阵悲伤。我不禁哭了起来，没完没了。我就这样泪流满面地坐在那里，身后隐约传来沙沙声。我很害怕，以为那是老鼠。但是我又很好奇，于是站起来走到谷仓的后头，就在那一堆稻草的后面，一条粗糙的灰色毯子上躺着……躺着莫妮可。"贝尔夫人十分不解地看着我，"我感到很奇怪。我不明白她为什么会在那里。我轻轻地叫了她一声，但是她没有理我。我突然变得有些慌乱。我在她耳边拍了拍手，然后跪下来轻轻地摇了摇她……"

"她醒了吗？"我问。我的心这时候怦怦跳得厉害："她醒了吗？"

"她醒了——谢天谢地。但是我永远也忘不了她醒来时的表情。即使她认出了我，她还是往我身后看了看。她最初的恐慌变成了放松的状态，但是依然混杂着困惑。她悄悄地告诉我刚才因为睡着了所以她没有听到有人进来，她这么困都是因为晚上睡不好的缘故。说完她便非常僵硬地站了起来，站在那里看着我。她紧紧地抱住了我，我也试图去安慰她……"贝尔夫人讲到这儿便停了下来，眼里泛着泪光，"我们坐在一个草堆上。她告诉我她已经在这儿待了8天了。其实是有10天了。在4月19日那天纳粹秘密警察去了他们家，当时她刚从外头买面包回来，那些人带走了她的父母和弟弟们，她的邻居安蒂尼亚克一家人看她从外头回来，赶紧让她掉头。他们将她安置在自家的阁楼里，到了晚上就把她送到这废弃的谷仓里——这碰巧是莫妮可告诉我她真实身份的地方。她说安蒂尼亚克先生让她一直待在这儿，等安全了再回去。但是他说他也不知道要等多久她才可以离开，所以让她勇敢耐心一点儿。他让莫妮可不要发出任何声音，也不要离开这个谷仓，除非是晚上到附近的小溪边来取他给她的水。"

贝尔夫人的嘴巴微微颤抖。"我为莫妮可感到难过，她现在一直孤单一人，也不知道家人在哪里，家人被绑架的事无时无刻不在折磨着她。换成是我，我真不知道该怎么办。此刻，我才真正明白战争的罪恶。"贝尔夫人看着我，眼里闪着光，"为什么无辜的人——男人、女人和小孩要受罪呢，"她义愤填膺地说，"连孩子也……"她那淡蓝色的双眼再次泛着泪光。"怎么能这样，"她接着说道，"怎么能这样就把他们绑架了——就像那样——然后捆绑在火车上……'新的视野，'"她责备道，"后来我们知道这只是委婉的说法罢了——还有'东部劳动营，'"她接着说道，"'未知的地方'，这是另一个冠冕堂皇的说法……"她用双手捂住自己的脸。

挂钟滴答滴答地走着。"您还要说下去吗？"我轻声问道。

　　贝尔夫人点了点头。"是的，"她从衬衫的袖子里掏出一块手帕，"我需要……"她擦了擦眼睛，眨了眨眼，声音变得破碎，饱含感情和努力。"那时的莫妮可很憔悴瘦弱。她的头发蓬乱，衣服和脸都很脏。但是她的脖子上还戴着美丽的威尼斯水晶项链，那是她妈妈送给她的 13 岁生日礼物。项链的珠子是很大的红棕色方形珠，莫妮可说话的时候总是拨弄着项链，就好像摸着它心里会好受一些似的。她说很想去找她的家人，但是现在不得不先待在这里。她还说安蒂尼亚克家的人对她很好，但是他们也没法每天都给她送吃的。"

　　"我和她说以后我会给她送吃的。莫妮可说我不能这么做，怕我会有危险。'没人会发现我。'我说，'我就假装自己是在摘野草莓——谁会去关心我在做什么呢？'就在那里，莫妮可第二次让我发誓要替她保密。她不允许我告诉任何人——包括我的父母和弟弟。我向她保证我什么都不说，然后便跑回家，我的头晕晕的。我进了厨房，拿了些面包，蘸了些黄油，然后从所剩不多的食物里切了块奶酪。我还拿了个苹果，将这些东西通通放进了一个篮子里。我和妈妈说我要再出去一趟，要去摘些在那个时候开得正旺盛的鸢尾花。妈妈说我精力还真是旺盛，让我不要走得太远。然后我跑去了谷仓那边，偷偷地溜了进去，把吃的给了莫妮可。她狼吞虎咽地吃了一半的食物，说要把剩下的留着，等着明后天吃。她说她怕会有老鼠来偷吃，所以就把剩下的食物放在了一个破旧的壶下面。我说我下次会带更多的食物过来。我问她还有没有别的事情需要帮助。她说虽然白天很暖，但是到了晚上就变冷了，冷得她都没法睡。她身上就穿着一件棉衣和开襟羊毛衫，除了那条薄薄的灰色毯子外什么也没有了。'你需要一件外套，'我说，'一件很暖和的外套……'我知道。'我给你一件我的，'我保证道，'明天下午晚些时候我给你拿来，现在我要先走啦，要不然父母会担心我的。'我亲了下她的脸颊然后就走了。"

　　"那晚，我彻夜难眠。莫妮可一个人待在谷仓里，害怕老鼠和猫头鹰，饱受严寒，早上起来还要因为整晚的瑟瑟发抖而全身酸痛，一想到这些我就备感难受。然后我想到了我的外套，我想它一定会给莫妮可带去温暖，一想到这个我就很开心。莫妮可，她是我的朋友，"贝尔夫人的嘴巴微微颤抖，"所以我要照顾她。"

我转移了目光，几乎无法忍受这个故事给我带来的悲伤。

贝尔夫人这会儿又摸了摸那件外套，就好像是在抚慰它。"我心里想着要把所有我能想到的东西都给莫妮可带去——这件外套、一些供她消遣的铅笔和纸、几本书、一块肥皂和一些牙膏。当然还有吃的——有很多吃的……"我听见了远处传来的钟声。"我睡觉的时候都梦到我给莫妮可带去的大餐。"贝尔夫人又拍了拍胸口："但是我没有那样做。相反，我让她失望了——完全让她失望了。非常的严重。"

丁零零。

贝尔夫人抬起头，很困惑，门铃居然响了。她站起身，将外套小心翼翼地挂在椅背上，然后走出屋去，边走还边打理了一下自己的头发。我听见她走过大厅，接着传来了一个女人的声音。

"您是贝尔夫人吗？我是这里的护士……我来和您聊一聊……打扰了，您的大夫没告诉您吗？大概半个小时……您方便吗？"

"不方便。"我嘀咕着。那位护士跟着贝尔夫人来到了客厅，她一头金发，看上去有 50 多岁了，贝尔夫人迅速地将外套拿进了卧室。

护士对我笑了笑："但愿我没打扰到您。"我很想告诉她她打扰到我们了，但是强忍住没说。"您是贝尔夫人的朋友吗？"

"是的，我们刚才正在聊天。"我站了起来，看了看回到客厅的贝尔夫人。她脸上还是显露着那段回忆带给她的情感。"我先回去了，贝尔夫人——我再给您电话。"

她将她的手搭在我的胳膊上，凝望着我。"好的，菲比，"她轻声说，"你一定要给我打电话。"

我走下楼，备感沉重，但不是因为手上的箱子，我甚至没注意到自己手上拎着箱子。开车回家的路上我在想贝尔夫人的故事，我替她感到难过，事情过去了那么久，她却依然会为此而感到如此伤心难过。

到家后，我把要送到瓦尔那里的衣服给单独放在一处——我想到刚才的故事不禁打了个寒战。我把另一些衣服拿出来准备清洗，有的需要水洗，有的需要干洗。

回店里的路上，我去了趟乐施会。我把贝尔夫人的那袋衣物拿给了志愿者，那是位 70 多岁的老太人，我经常在这里看到她。她的脾气有些暴躁。"这些都是 Jaeger 的衣服，而且还都很好。"我对她说。我用余光看了一眼那边的印花窗帘，窗帘被拉开了，露出了隔间。我拿出了一件碧绿色的衣服，说："这件衣服新的时候得要 250 英镑——才穿了两年。"

"颜色很好看。"那位老太太说。

"是呀——多么精致啊。"

那边的窗帘又被拉上了，丹出现了，穿着一件蓝绿色的楞条花布做的夹克和一条深红色的裤子。我真想去拿我的太阳镜遮住自己。

"嗨，菲比，我就知道是你，"他照了照镜子，"你觉得这件夹克怎么样？"

"夹克怎么样，"我该怎么说呢，"款式还行，就是颜色……太难看了。"他的脸顿时沉了下来。"抱歉，但是谁让你问我了呢。"

"我喜欢这颜色，"丹反驳道，"它……嗯……你会怎么形容这颜色？"

"孔雀蓝，"我说，"不——是蓝绿色。"

"哦，"他斜视了一眼镜子里的自己，"就像是氰化物？"

"没错。而且——是有毒的，"我朝着志愿者做了个鬼脸，"不好意思。"

她耸了耸肩。"别担心——我也觉得它很难看，你瞧，他几乎不想穿了，"她向他点了点头，"他的发型衬着他的脸多可爱啊。"我看了看丹，他对那老太太笑了笑。我发现他的确有着可爱的脸、高挺的鼻梁、漂亮的嘴唇，两侧有浅浅的酒窝，还有那清澈的蓝色双眸。他让我想起了某个人。"但是那件夹克该怎么搭呢？"志愿者问道，"你该想想。你是我们的贵宾，所以我觉得我该给你个建议。"

"哦，它可以搭很多衣服，"丹友善地说，"就先和这些裤子搭吧。"

"我觉得它们不是很搭。"我说。丹的穿衣风格似乎是混搭却又不相配的那种。

他脱下了夹克。"我要这件了，"他开心地说，"还有这些书。"他指着角落里那些硬皮书。最上面那本是葛丽泰·嘉宝的传记。丹拍了拍书，然后看着我说："你知道吗，路易斯·B·迈尔想让她把姓改了，因为他觉得嘉宝这个发音有些像垃圾（garbage）的发音。"

"嗯……不，我不知道这事，"我看了看封面上那漂亮的脸蛋，"我喜欢嘉宝的电影，不过我好久没看了。"我说这话的时候丹正在付现金给志愿者。

他看着我说："那你走运了。这个月底，格林尼治电影院有一个'俄国妈妈'季，他们会放映《安娜·卡列尼娜》。"他接过找的钱："我们到时去吧。"

我看着丹说："我还不确定。"

"为什么？"他将硬币塞进了收银台旁的捐款箱里，"别告诉我你想一个人待着。"

"不是——只是……我要想想。"

"我就不明白了，"志愿者边撕下收据边说，"对我来说能和这么一位年轻的帅小伙儿出去看葛丽泰·嘉宝的电影是一件很棒的事。"

"是呀，但是……"我不想告诉他们，除了不能接受丹这冒失的邀请外，我和他也才见过两面。"我不知道我是不是……"

"没关系的，"丹打开了他的包，"我有这个电影院的宣传单。"他拿出了宣传单："放映时间是 24 号周三晚上 7 点半。你有时间吗？"他很期待地看着我。

"嗯……"

那个志愿者老太太叹了口气。"如果你不愿意去，那我去。我有 5 年没去电影院了，"她说，"从我丈夫死后我就没去过——我们以前每周五都会去电影院。现在没人陪我去了。能有这样的邀请让我做什么都愿意。"她对我摇了摇头，好像是在说不相信我会这么小气。然后她将袋子递给丹，给了他一个安慰的微笑："拿好了，亲爱的。再见。"

"我们会再见的。"丹说，然后他和我一起离开。"你去哪儿？"当我们在宁静谷走着的时候他这样问我。

"我要去银行——我本来早就该去了。"

"我也去那边——我和你一道吧。店里怎么样了？"

"挺好的，"我回答道，"多亏了你的文章。"我顿时为我刚刚的无礼而感到内疚，但是丹总是这么突然，这让我感到不适。"你们的报纸怎么样了？"

"还行，"他很干脆地答道，"发行量已经从刚开始的一万升到一万一了，还算可以。但是我们其实还可以做更多的广告——很多当地的广告商还不知道我们。"

我们下了山，然后穿过十字路口。丹突然在岁月流转中心门口停了下来，"我要去的地方到了。"

这家店的店面刷成了紫褐色。我问他："你来这儿做什么？"

"我准备给这家店写个专题，所以我要先来观察一下。"

"我好久没来这家店了。"我朝窗户里看去，发了会儿呆。

"那就和我一起进去看看吧。"丹说。

"我恐怕没时间了，丹，我就……"我在想我为什么要拒绝呢。安妮在照看古董店——我并不赶时间。"好吧，我和你进去，但只能待一会儿。"

进去之后，就好像是回到了过去。店内的风格古老，架子上货品的包装都是战前的风格，Sunlight（阳光）肥皂，Brown & Polson（布朗＆帕森）奶油冻，Eggo（伊格）蛋粉还有Player's Senior Service（玩家高级招待）牌香烟。有一个华丽的黄铜小抽屉就像老式打字机一样，一台Bakelite（电木）无线电和一些箱式照相机。还有一个木箱子，抽屉是打开着的，里面装着各式各样的纪念章、钩针、针织娃娃和棉线圈——都是很早以前的一些旧东西。

丹和我来到一个画廊，里头展示着一些描绘20世纪三四十年代东部生活的黑白照片，当然这只是整个展览的一部分。这些照片里有一个小女孩正在斯特普内一条被炸毁了的大街上玩耍，她被圈了出来，因为她现在已经80多岁了，就住在布莱克西斯。

"这个地方就像是个博物馆。"我说。

"更是个社区中心，"丹说，"这是老人们寻找回忆的地方。后面还有一个剧院和一个咖啡厅。其实……"他朝厨房台面那边点了点头，"其实我现在就想要杯咖啡，你也想要吗？"

我们在一张桌子旁坐下，丹拿出了他的本子和笔，然后他开始削铅笔。

"你找到你的卷笔刀了？"

"是的——谢天谢地。"

"它很特别吗？"

丹把它放了桌上说："这是我奶奶留给我的，她3年前去世了。"

"她留给你一个卷笔刀？"他点了点头。"她就给你留了这个吗？"我问他。

"不是，"丹吹了吹削好的笔尖，"她还留给我一幅很丑的画。有些失望，是不是？"他很微妙地结束了这个话题，"但是我很喜欢这个卷笔刀。"

当丹在他的本子上写下一些奇怪的速记时，我问他当记者多久了。

"就几个月而已，"他回答说，"我是个新手。"难怪他在采访的时候有些笨拙。

"那你之前是干什么的？"

"我在市场部做过，主要是搞产品促销——主要的方法就是送特制的奖品、凭券领取赠品、送购物卡、返现金和买一赠一。"

"比如在开业第一周每件商品优惠 5%？"我开玩笑地说。

"是的，"丹脸都红了，"类似于这样的。"

"那你为什么不做了？"

他犹豫了一会儿后说："我已经做了 10 年了，我想有些改变。我的老校友马特曾经是《卫报》的商务编辑，他现在已经不在那儿干了，他想自己办份报纸——这是他一直以来的梦想，他需要人帮忙……"丹继续说，"我考虑了一下，觉得可以我就去了。"

"所以是他让你帮忙写新闻的？"

"不是，他已经雇了两名全职记者，我是做市场的。但是我有个特权，就是我可以写任何我感兴趣的东西。"

"那我感到很荣幸啊！"

丹看着我说："我看见过你，在你开业前一天我就见过你……我是不是告诉过你：我当时刚好在你对面那边的路上，你当时在店里给一个模特儿穿衣服。"

"那是个假人。"

"你当时好像有些小麻烦，那个假人的手臂总是会掉下来。"

我眼珠一转："我讨厌和这些假人玩。"

"你当时很是故作镇定的样子——我就在想我很想认识一下这样的女人——所以我就去采访了你。这是当记者的好处。"他笑了笑。

"这是你们的咖啡！"服务生说，然后就把咖啡放到了柜台上。我去柜台取了咖啡，然后把它们递给丹："你要哪一杯，红色的还是绿色的？"

"嗯……"他想了想说，"红的。"他伸出了手。

"但是你拿的是绿色的这杯。"

丹斜视了它一眼，说："是呀。"

硬币叮当一声掉到了地上。"丹，你是色盲吗？"他闭上了嘴巴，然后点了点头。我怎么就没想到呢。"对你的影响大吗？"

"不是很大，"他很淡然地耸了耸肩，"只是我不能当电工罢了。"

"哦，对，电线有很多颜色。"

"也不能当飞行员了。因为我是色盲，我看虎斑猫的斑是绿色的；因为我是色盲所以我也选不了草莓，而且还经常错搭衣服——就像你看到的那样。"

我的脸突然变得很烫："如果我知道你是这样的，我就不会表现得那么冒失了。"

"有时是会有人对我的穿着做很无理的评论——但我从来不和他们解释，除非真的是万不得已。"

"你是什么时候发现的？"

"我上小学的第一天就发现了。老师让我们画一棵树——我画的叶子是鲜红色的，树干则是绿色的。老师建议我的父母带我去做视力测试。"

"所以你的裤子在你看来不是深红色的？"

丹看了看自己的裤子，说："我不知道'深红色'是什么，对我来说它就是一个抽象的概念，就像铃声对于一个聋子来说一样。但是这条裤子在我看来是橄榄绿。"

我抿了抿咖啡，然后说道："那你能辨清哪些颜色呢？"

"冷色吧——淡蓝色、淡紫色——当然还有黑色和白色。我喜欢看黑白色的东西，"他点头示意了一下那边的展览，"单色调的东西……"

不知道从哪儿传来了《时光流逝》的曲调。我开始一直找不到声音的来源，然后我意识到那是丹的手机铃声。

他不好意思地看了看我，然后接了电话。"你好，马特。我是丹，"

他轻声说道，"我现在在岁月流转中心……是的，你请讲——稍等。不好意思，"他冲着我做了个口型，"哦……是的……"丹站了起来，他的表情变得严肃了。"如果她可以准备这个故事的话，"他走的时候这样说，"有力的证据。"当他走进院子的时候，我听见他这样说。"……必须是诽谤证明……我两分钟后就回去……"

丹回来的时候说："真不好意思。"他看起来有些心不在焉。"马特要和我谈点事情——我必须先走了。"

"我也有事要做，"我拿过包说，"我很高兴自己进来了——谢谢你请我喝咖啡。"

我们走出了那家店，在门口站了一会儿。"我从这边走，"丹指了指右边，"我们报社在那边，邮局那边，你会从那边经过。不过我们还是会一起去看《安娜·卡列尼娜》。"

"嗯……让我考虑一下。"

丹耸了耸肩，说："你为什么不直接答应我呢？"然后他很自然地亲了一下我的脸颊，之后便离开了。

5分钟后我推开了"古董衣部落"的门，我看见安妮挂了电话。"是贝尔夫人打来的，你早上走的时候忘了拿那一箱帽子了。"

"我忘了拿帽子？"我都没注意到。

"她让你明天下午4点过去，如果你去不了就给她打个电话。但是我可以替你去拿……"

"不用了，我自己去好了——谢谢。明天下午4点刚刚好。好极了……"

安妮很疑惑地看了看我。"贝尔夫人好吗？"她捡起了从衣架上掉下来的一件软缎晚礼服。

"她很可爱，是个很有趣的人。"

"有时我会想象和你谈话的一些老人。"

"他们？"

　　"我猜他们会告诉你一些很有趣的故事。我觉得这很吸引人，"安妮走了出去，"我喜欢听老人们讲他们的故事——我觉得我们就该多和老人们交流交流。"电话响起的时候，我正想告诉安妮关于岁月流转中心的事，她还没去过那儿。是伦敦广播电台的一个制作人打过来的，他说他看了《黑与绿》里对我的采访，问我是不是下周一可以过去谈一谈古董衣。我说我很乐意。然后我收到了迈尔斯发给我的短信，他说他在牛津塔餐厅预订了位子，时间是周四晚上 8 点。此外我还有一些网络订单要处理。其中有 5 个是要法国晚装的。看着库存越来越少，我订了张欧洲之星去阿维尼翁的票，9 月的最后一个周末出发。下午剩下的时间我都在和服装供应商聊天。

　　"明天午饭之前我都不在，"我关了商店的门，对安妮说，"我要去看我的女裁缝瓦尔。"我没有告诉她我还要去见一家媒体。但是我突然想起了贝尔夫人的那个故事，于是决定明天下午再去找贝尔夫人。

CHAPTER 6
离奇的通灵师

　　第二天早上，我将那件巴黎世家礼服邮寄给了住在贝弗利山庄的辛迪，胡乱想着这套礼服将会穿在哪位大明星身上，这时我的胃开始咕咕叫，于是驱车赶往了基德布鲁克。我的手提包中放着三张艾玛和我的照片。第一张是我们 10 岁时拍的——在莱姆里吉斯海滩，那时爸爸带着我们俩去找化石。照片中艾玛正举着那块她找到的鹦鹉螺化石，以后她一直带着那块化石。我记得当时爸爸告诉我们这块化石有两亿年的历史，而我们俩一点儿也不相信。第二张照片拍摄于英国皇家艺术学院的艾玛毕业展。第三张就是在艾玛的最后一个生日时我们俩的合影。很少见的是，她头上戴着一顶自己制作的帽子——那是一顶绿色草帽，上面还别着一朵粉红色丝带折成的玫瑰。看着化妆镜里的自己，艾玛显出一副惊讶的样子。"我喜欢这顶帽子，"她说，"这顶帽子就是我要带进坟墓的那顶！"

　　现在我抬手去按瓦尔的门铃。瓦尔打开门说她刚刚打翻了一罐胡椒，觉得很生气。

"真讨厌,"我说,内心却如针刺般疼痛地想起了艾玛的那场晚宴,"撒得一地都是,是吗?"

"哦,我不是因为这个小麻烦生气,"瓦尔说,"我生气是因为撒出胡椒是非常倒霉的事。"我瞪着她。

"为什么这么说?"

"因为这通常预示着一段亲密的关系将要结束。"我感到后背一阵冷飕飕的,战栗不止。"这一阵子我得注意玛吉的言行举止了,是吧?"她接着说。"现在……"瓦尔冲着我的手提箱点了点头,"你带了些什么东西?"她刚才的那番话让我非常震惊,但我还是给她看了看贝尔夫人的那六条裙子和三套西装。"只需要些小小的修补,"她一边检查着这些服装一边说道。"噢噢,我喜欢这件奥西·克拉克的裙子。我都能想象得出穿着它在 1965 年漫步于国王路的情景。"她将衣服内里翻过来。"内衬破了?交给我把,菲比。缝补好后我会给你打电话。"

"多谢了。那好,"我装出愉快的样子,"我就……去一下隔壁了。"

瓦尔冲着我鼓励地笑了笑:"祝你好运。"

在按玛吉的门铃时,我感到自己的心脏在咚咚咚地跳。"进来,亲爱的,"玛吉嚷着,"我在客厅里。"顺着兰蔻黑色梦幻女士香水味和走廊的那股浑浊烟味一路走过去,我看到玛吉正坐在一个小方桌边。她冲我点了点头,示意我坐在对面的椅子上。我走过去坐下来,朝四周看了看。没有任何迹象能显示这里时常进行的活动情景。没有流苏灯罩或者水晶球。桌子上也没有塔罗牌。只有三样东西:一个大的液晶电视机,一张橡木餐具柜,还有一个壁炉架,上面摆放着一个巨大的瓷器娃娃,留着长长的光亮的棕色卷发,表情却有些茫然。

"如果你期望看到一个占卜板,那你得要失望了。"玛吉直截了当地说道,好像她能看懂我的心思似的——这让我感到振奋。"我不会做那种'握着你的手等待灯亮起来'的蠢事。我不会做的。我只是将你与你心爱的人连到一起而已。就把我当成你的接线员，我就是帮你接通电话的。"

"玛吉……"突然间，我充满了恐惧，"我在这儿，感到有点儿……担心。你不觉得有些亵渎神灵吗，嗯……去唤醒逝去者？"尤其是在客厅里，我突然间想到这点。

"不——不是这样的，"玛吉说。"因为关键是他们并没有真正逝去，不是吗？他们不过是去了另一个地方而已，但是……"她竖起了一个手指，"我们能联系到他们。那么，菲比。我们开始吧。"玛吉满心期待地看着我。"我们开始吧。"她冲着我的手提包点了点头。

"哦，抱歉。"我拿出自己的钱包。

"先谈生意，再来享乐。"玛吉说。"谢谢你。"她从我手中接过50英镑，接着就塞进她的乳沟里。我想象着那些钞票都能被焐得热乎起来，不知她那里究竟还放了其他什么东西，一个打孔器？她的地址本？一只小狗？

现在玛吉准备好了，她手心朝下放在桌子上，手指紧压着桌面，就像得稳住自己来进行通灵之旅一样。她留着很长的朱红色的指甲，指甲边弯弯的就像小弯刀一样。"那么……你失去了一个人。"她开始说。

"是的。"我已经决定要给玛吉看那些照片，或者告诉她一些关于艾玛的事情。

"你失去了某个人，"她重复道，"一个你爱的人。"

"是的。"我能感觉到自己的喉咙在收紧。

"很爱很爱。"

"是的。"我重复道。

"一个很亲密的朋友。此人对你而言就是整个世界。"我点点头，努力不让自己哭出来。玛吉闭上了眼睛，然后用鼻子深深地吸了一口气，发出咝咝的声音。"你想对这个朋友说些什么？"

我吃了一惊，因为我根本没有想过自己要先开口说话。我闭了一会儿眼睛，想着最重要的是对艾玛说一声对不起，然后我想告诉她我有多么想念她——就如同内心永远存在的疼痛。最后，我想告诉艾玛我对她的做法非常生气。看着玛吉，突然间我开始焦躁起来。"我……现在什么也想不起来。"

"好吧，亲爱的。但是……"她夸张地停顿了一下，"你的朋友想对你说一些话。"

"什么话？"我无力地说道。

"这很重要。"

"告诉我她想说什么……"我的心剧烈地跳动起来。"拜托。"

"嗯……"

"告诉我。"

她深吸一口气。"他说……"

我眨了眨眼睛。"不是'他'。"

玛吉睁开眼看着我，目瞪口呆。"不是'他'？"

"不是。"

"你确定？"

"当然！"

"奇怪了—— 因为我得到的名字是罗伯特啊。"她仔细看了看我。"这个名字非常清晰的。"

"但是我不认识任何一个叫罗伯特的人。"

"那罗伯呢？"我摇了摇头。玛吉把头歪到一边。"鲍勃？"

"没有。"

"大卫这个名字听起来耳熟吗？"

"玛吉——我的朋友是位女士。"

她眯着眼睛，透过假睫毛仔细看着我。"当然她是女人，"她煞有介事地说道，"我是这么想的……"她又合上了眼睛，发出很大的吸气声。"好了。我已经找到她了。她正在接通中……我很快就能帮你联系到她。"我暗暗地期望听到呼叫等待的提示音。

"那你得到的名字是什么？"我问。

玛吉用食指按着她的太阳穴。"我现在还没有答案——但是我可以告诉你的是，我收到了一个来自海外的强烈信息。"

"海外？"我高兴地说，"那就对了。这是什么信息呢？"

玛吉盯着我："嗯，是，你朋友很喜欢……去海外。是不是？"

"是……是的。"几乎每个人都喜欢出国玩吧。"玛吉，我只是想确认一下你接通到了正确的人，所以你能告诉我，我朋友与哪个国家有特殊的联系吗……实际上她去了那个国家三周后就……"

"去世了？我能告诉你。"玛吉又闭上了眼睛。她的眼皮上画着的铁青色的眼线延伸到了眼角处。"我现在得到了——清清楚楚的。"她拍了拍自己的耳朵，然后生气地望着天花板。"我听到你了，亲爱的！不用大喊大叫的！"玛吉将目光平静地转向我。"与你朋友有特殊联系的那个地方是……南……"我屏住了呼吸。"……美洲。"

我不禁发出一声叹息。"不是的。她从来没有去过那里。虽然她总想去。"我说道。

玛吉茫然地盯着我。"嗯……那就是……为什么我得到了这个信息。因为你的朋友想去那里，但是她从未去过……她为此感到苦恼。"玛吉挠了挠她的鼻子。"现在，你的这个朋友……她的名字是……"她闭上眼睛，粗声地吸气。"纳迪娜。"她睁开一只眼看着我，"丽萨？"

"艾玛。"我有气无力地说道。

"艾玛。"玛吉啧啧地咂着嘴。"当然。那么……艾玛是位——非常明智、不多说废话的人，是不是？"

"不是。"我回答说。这实在是无可救药了。"艾玛根本不是那种人。她很热情，有些天真——甚至可以说有些……神经质。虽然她很有趣，但更容易陷入低落的情绪中。她是个不可预测的人——她可以做出……不计后果的事情。"我伤心地想着艾玛最后做的那件鲁莽的事情。"但你能告诉我她的职业吗？只是想确认你说的艾玛是我的那个朋友。"

玛吉闭上双眼又睁开，瞪得大大的。"我看到了一顶帽子……"一股兴奋掺杂着恐惧感向我袭来。"是一顶黑色的帽子。"玛吉接着说。

"什么形状的帽子？"我问道，我的心里就像敲打着定音鼓一样。

玛吉眯起了眼睛："是平的，并且……有四个角和……一串又长又黑的流苏。"

我的心沉了下去："你是在描述一顶学位帽！"

玛吉笑了："不错——因为艾玛是个老师，是不是？"

"不是。"

"那么……她毕业时是不是戴着学位帽？或许那是我见到的场景。"玛吉又眯起了眼睛，稍微抬起了头，就像在努力看着刚刚从地平线上消失的东西一样。

"不是，"我无奈地叹了口气，"艾玛上的是皇家艺术学院。"

"我也觉得她非常艺术，"玛吉高兴地说，"那我说对了。"她扭了扭肩膀然后又闭上了眼睛，就像在祈祷一样。我能从什么地方听到一阵铃声。是什么曲子？哦，是的，《空中精灵》。这时我察觉到铃声是从玛吉的胸部传来的。"抱歉，"她说道，从她的乳沟里先掏出了一盒烟，然后拿出了她的手机。"嗨，你好，"她对着手机说道，"我知道了……你不能……那没有关系。谢谢告诉我。"她挂上了电话，又重新塞回乳沟里，用她的食指灵敏地往下塞了塞。"你很幸运，"她说，"我取消了一个 12 点的预约……我们可以继续了。"

我站起来："多谢，玛吉，但是我不想继续了。"

当我驱车回到布莱克西斯时我这么反省着：跑去做这种不靠谱的事情，我真是咎由自取。我真是疯了，竟然会考虑这种事情。要是玛吉真的与艾玛联系上了呢？那种震惊或许会让我精神崩溃。我很高兴玛吉是一个骗子。我心中的愤怒渐渐平息下来，取而代之的是一种解脱感。

我将车停在屋外的老地方，进屋将洗衣机清空，然后放进了另外一些衣物，接着就向古董衣店走去。我感到有点儿饿，于是在金盏花咖啡厅停下来吃了顿简单的午餐。当我坐在外面的桌子边时，咖啡厅老板皮帕给我了一份《泰晤士报》，正是她将瓦尔介绍给了我。我漫无目地浏览着国内新闻，然后是外国版，接着我看到了一篇关于刚开幕的伦敦时装周的文章。当我翻到了商业版面时，我发现自己正惊讶地盯着一张盖伊的照片，标题是"好男人雄心壮志"。当我读着下面的文章时嘴里慢慢发干，就像毛织品一样干。*盖伊·哈瑞普……36岁……友诚保险……之后创建了伊希克斯（Ethix）公司……并投资于对环境没有负面影响的公司……清洁技术……不使用童工……动物福利……致力于提高人类健康与安全的公司。*

我感到一阵恶心。盖伊一点儿也没有提高艾玛的健康或安全，不是吗？*你知道她总是会夸大其词，菲比。她或许只是想得到你的注意而已。*他并非他所自认为的那么一个"好男人"。

我盯着皮帕端过来的那盘煎蛋突然失去了胃口。我的手机响了。是妈妈。

"你还好吗，菲比？"

"我很好。"我说谎道。我颤抖着将报纸合上，这样就不必看着盖伊。"你呢？"

"我也很好，"她轻快地回答，"我很好，很好，我绝对……很可悲，实际上，亲爱的。"

我能听出来她在努力不哭出来。

"怎么了，妈妈？"

"嗯，我今天到了那个地方，在拉德布罗克格丛林路。我得给约翰拿些他要的图纸，然后……"我听到了她的啜泣。"我就很伤心，知道我离你爸和……她……住的地方如此的近……还有……还有……"

"可怜的妈妈。只要……试着别去想它。看看未来。"

"对,你说得对,亲爱的,"她抽了抽鼻子,"我会的。实际上,为此我已经发现了一个美妙的新……"男人,我希望她说的是这个词。"美容方法。"我的心沉了下去。"它叫作分段式换肤或者飞梭激光术。是用激光做的,非常科学。它能逆转衰老的过程。"

"真的吗?"

"它所做的是——我这里有宣传单,"我听到了蜡光纸发出的哗哗声,"是消除旧的表皮黑色素细胞。一次恢复病人的一块皮肤,就像一次修复一部分画面一样。唯一的缺点……"妈妈继续说道,"是它会导致'大量的皮肤剥离'。"

"那你就手边放个吸尘器。"

"最少需要 6 个疗程。"

"费用是……"

我听到她在吸气。"3 000 英镑。但'治疗前'与'治疗后'的照片对比实在太明显了。"

"那是因为治疗后照片里的女人在微笑,并且化了妆。"

"等你到了 60 岁,"妈妈抱怨道,"你就会考虑所有这些事情了。"

"我不会有任何事的,"我反驳道,"我不会逃避过去,妈妈……我珍视过去。那就是我现在做这些事的原因。"

"你没必要对这些事抱着这么虔诚的态度,"妈妈生气地说,"现在你告诉我——你究竟发生了什么事情?"

我决定不告诉她自己刚刚去见灵媒的事。我给她说月底我要去趟法国,之后我一时冲动就提到了迈尔斯。我不是故意要告诉妈妈的,但我觉得这可能会让她高兴一点儿。

"听起来很不错,"当我向她介绍迈尔斯的时候,妈妈说道,"有个 16 岁的女儿?"她打断了我。"嗯,你会是个慈爱的后妈的,你也可以要几个自己的孩子。那么，他离婚了是吗……鳏夫？哦——太好了……迈尔斯多大？……啊。我知道了。另一方面，"她继续说道，语气已开始愉快起来，因为她似乎看到事态发展的某种可能性，"那意味着他已经不年轻了，而且也不缺钱。哦，天啊——约翰在向我招手。我得走了，亲爱的。"

"抬起下巴，振作些，妈妈。不——我想了一下，你还是别抬起来了。"

午餐后，我花了两个小时盘货，给经销商打电话，并查看拍卖行的网站，没有看到任何我想参加的拍卖会。3点50分，我穿上了夹克，径直前往帕拉冈。

贝尔夫人在楼上让我进了门，我爬了三段楼梯，脚踏在石阶上隐隐发麻。

"啊，菲比。我很高兴再见到你。进来吧。"

"对不起，我忘记拿帽子了，贝尔夫人。"在客厅的桌子上我看到了一本慈善机构麦克米伦的癌症护理小册子。

"没有什么关系。我去泡茶——你坐下吧。"我走进了卧室，站在窗户边，看着楼下面的花园，那里空无一人，只有一个穿着灰色短裤和衬衫的小男孩在踢着树叶，寻找掉下来的板栗。

贝尔夫人端着一个托盘走了过来，但是这次当我要接过托盘时，她容许了。"我的胳膊不如以前健壮了。我的身体也渐渐地向敌人屈服了。头一个月我感觉挺好的，但是显然，那之后……就不是那么好了。"

"我……很抱歉。"我无力地说道。

"没什么，"她耸耸肩，"这是没办法的——只有去珍惜我所剩无几的每一个时刻，当我还能这么做的时候。"她拿起了水壶，虽然得用两只手。

"那个护士怎么样？"

贝尔夫人叹了口气："还是和人希望的那样友好和井井有条。她说我或许能待在这里直到……"她的声音开始颤抖起来，"我希望能不去医院。"

"当然。"

我们在静默中坐了一会儿，喝着手上的茶。很显然，现在贝尔夫人不会再继续讲述她的故事了。不知出于什么原因，贝尔夫人决定不讲了。或许她后悔告诉了我那件事。她放下了茶杯，然后拨开一缕头发。"那个帽盒还在卧室里，菲比。你进去拿出来吧。"我照做了，当我将盒子拿起来时，我听到她喊道："还有，你能将那件蓝色外套拿过来吗？"

当我走向衣柜将外套拿出来时，我的脉搏开始快速跳动起来。我将它拿到了客厅并递给了贝尔夫人。

她将外套放在膝盖上，用手抚摸着翻领。"那么，"当我又坐下来时她轻轻地说，"上次我讲到哪里了？"

"嗯……"我将帽盒放在脚边，"你……告诉我你找到了那个朋友——莫妮可——在一个谷仓里。她已经待在那里 10 天了。"贝尔夫人缓缓地点点头。"你给她拿了些食物……"

"是的，"她喃喃地说，"我给她带了些食物，不是吗……之后我答应给她带去这件外套。"

"不错。"贝尔夫人好像在将我也拉进故事中一样。

当她的记忆如洪水般涌来时，她看着窗外。"我记得当时我想到能帮助莫妮可时，自己是多么的高兴。但是我没有帮到她，"她轻轻地说，"我背叛了她……"她紧紧地抿住双唇，然后我听到她的吸气声。"我本应该在傍晚回到莫妮可身边的。我不停地想着自己能帮她做的事情……"贝尔夫人停了一会儿。

"午饭后，我去拿我的那份面包配给。我得排一个小时的队，忍受着周围人的细细碎语。最后我得到自己的那份面包。之后，当我走过广场时，我看到了让·吕克正坐在米斯特拉酒吧外面，只有他一个人。令我惊讶的是，这次他不像往常那样无视我——他看着我。更让我惊喜的是，他还示意我和他坐在一起。我高兴得几乎说不出话来。他给我买了一瓶苹果汁，我慢慢吸着果汁而他则喝着他的啤酒。在 4 月的阳光下，我同这个渴望已久的极为帅气的男孩坐在一起，这种场景让我陶醉在欢愉与兴奋中。"

"在酒吧的广播里，我能听到法兰克·辛纳屈演唱着《夜与昼》，那时这是一首非常流行的歌曲。可我突然间想到了莫妮可，她日日夜夜待在那个谷仓里，我才意识到我得离开了。但这时服务员给让·吕克拿来了另一瓶啤酒，他问我之前是否喝过啤酒。我说没有，当然没有，我只有 14 岁啊。他笑了，说现在我正好可以尝试一下。他让我尝了尝他的克诺伯啤酒，这让我感到极其的浪漫，或许至少是因为啤酒是严格配给的。所以，我喝了一小口，然后又喝了一口，然后又一口——尽管我一点儿也不喜欢那种味道——但是我希望让·吕克认为我喜欢喝。太阳渐渐西落了。我知道必须得离开了——现在。但那时，我的头有些眩晕，而且天几乎已经黑了，而我羞愧地意识到，那晚我根本无法去谷仓了。所以，我决心黎明时再去，安慰自己这只不过是迟到几个小时而已。"

贝尔夫人仍然在抚摸着那件外套，像是在安慰它一样。"让·吕克说他要送我回家。在暮色中，伴着夜空中亮起的星星，我们一起穿过广场，走过教堂，我感到这是如此的浪漫。当时我已经意识到这一晚将会很晴朗——并且很冷。"贝尔夫人瘦削的手指漫无目的地摸索着外套的纽扣。"我对莫妮可非常内疚——但我浑身却感觉轻飘飘的，非常奇怪。这时，我突然想到让·吕克或许能帮助她。他爸爸是个宪兵，毕竟——当局或许弄错了什么。于是……就在我们快到我家门口时……"贝尔夫人的手攥起了外套，她的指关节隐隐发白。"我告诉了让·吕克关于莫妮可的事情……我告诉他我在一个陈旧的谷仓中发现了莫妮可。我解释道，我告诉他是因为或许他能帮助莫妮可一下。让·吕克显示出一副非常关心的样子，我记得当时我甚至感到了一点点的妒忌，然后我就想到了他给莫妮可围围巾时那种含情脉脉的举动。不管怎么样……"贝尔夫人哽咽了，"他问我那个谷仓在哪里，然后我就描述了那个地址。"她摇了摇头。"有一刻让·吕克没有说话，然后他说他听说过其他孩子也藏在类似的地方，甚至藏在了别人家里。他又说道，对于所有的当事人来说这都是非常艰难的处境。然后我们走到了我家，互道再见。"

"我的父母当时正在听无线广播的一个音乐节目，所以就没有听见我溜进了屋子上了楼梯。我感到非常口渴，喝了很多水，然后就上床睡觉了。在我的椅子上是那件蓝色的外套，它在月光的映照下如此清晰……"贝尔夫人拿起外套，抱在怀里。"第二天早上我一醒来——但不是在我计划的黎明时分醒来，而是晚了两个小时。我为自己没有完成对莫妮可的承诺而深感愧疚。但是我安慰自己，我一会儿就能到谷仓了，给她带去那件可爱的外套——我提醒自己，这是一次很大的付出。这样莫妮可就能在晚上睡着了，一切都会好起来的——而且或许让·吕克也能够帮到她。"这时，贝尔夫人冷冷地笑了。

"我为昨晚没去看她感到非常内疚，所以就往篮子里装了好多能够瞒过妈妈的食物，然后朝着谷仓奔去。当我到的时候，我径直走了进去。'莫妮可。'我脱下外套，低声地喊道。但是没人应答。然后我看到她的毛毯被丢在一边。我又喊了她的名字，但还是没有回应——只有屋檐下雨燕飞过的声音。这时，我的胃开始难受起来。我走向了谷仓后面，看了干草堆后面，还察看了莫妮可之前睡觉的那块地方，在那里我看到莫妮可的项链珠子散落在稻草里。"

贝尔夫人抓住了一只衣袖。"我想不出莫妮可能去什么地方。我走到了小溪边，但她没在那里。我一直盼着莫妮可能突然回来，这样我就可以给她那件外套了——她需要这件外套。"贝尔夫人情不自禁地将外套递给了我，然后她意识到自己的举动，又将外套放回到膝盖上。"我在那里等了大约两个小时，然后我觉得到了午餐时间，父母一定会在想我在哪里，所以我就离开了。当我到家时，父母看到我失落的样子就问我怎么了。我撒了个谎，说是因为那个我喜欢的男孩——让·吕克·奥马热——我觉得他不喜欢我。"让·吕克·奥马热！"爸爸喊道，"勒·奥马热的儿子吗？上梁不正下梁歪的东西！别再浪费你的时间了，我的女儿——还有比他好得多的男人呢！"

"嗯……"贝尔夫人的眼睛中闪着愤怒的光。"我想过去扇我父亲一巴掌，因为他的话是如此令人讨厌。他不知道我所知道的事情——让·吕克已经同意帮助莫妮可了。接着，我在想他有没有帮莫妮可。或许，这就是她不在谷仓的原因吧，也许现在让·吕克正带着她去见她的父母和兄弟。我非常确信让·吕克会尽可能地帮助莫妮可。我满怀着希望跑到了让·吕克家，但他妈妈说他去了马赛，第二天下午才会回来。"

"那天晚上我又去了谷仓，但是莫妮可还是没在那里。尽管天气越来越冷，我还是不能允许自己穿上外套，因为现在我已经将它视为莫妮可的衣物了。当我回到家中，我走进了自己的房间。我的床下面是一块松动的地板，下面珍藏着我的小秘密。我决定把外套藏在那里，直到我将它交给莫妮可。但首先我得用报纸将它包好。所以我就找了份爸爸经常看的《普罗旺斯报》。但当我在撕报纸时，一篇文章吸引了我的目光。内容是有关 4 月 19 日和 20 日在阿维尼翁的卡庞特拉地区、奥朗日地区和尼姆地区'成功逮捕外籍人士及其他无国籍人士'的报道。文章继续写道，这次围剿的'成功'得力于在犹太人的配给券上盖上印的政策。"贝尔夫人看着我。"现在我知道莫妮可家都发生了什么事情了。文章中提到了开往北方的列车，'装载了外国犹太人和其他外籍人士'。把外套藏好之后，我走下了楼，头晕晕的。"

"第二天下午我又跑到了让·吕克的家，我砰砰地敲门。令我欣慰的是，让·吕克打开了门。我的心怦怦乱跳，小声问他，他有没有帮助莫妮可。让·吕克大笑起来，说他已经'帮助了她，没有事了'。

但是我却感到有些恶心，我问他是什么意思。他没有回答，然后我告诉他莫妮可需要人照看。让·吕克回答说她会被好好地照看的——与其他的'她的同类人'。我要求知道莫妮可在哪里，他回答说他帮他爸爸将莫妮可护送到了马赛的圣皮埃尔监狱，莫妮可将会被从那里尽快送上一列前往德朗西的火车。我知道德朗西是什么地方——一处在巴黎郊区的集中营。而我不知道的是，"贝尔夫人补充道，"犹太人从那里被送往更东边的地方——奥斯维辛、布痕瓦尔德或达豪。"贝尔夫人的眼睛闪闪发光。"然后，当让·吕克关上大门的时候，我被这种突如其来的巨变击倒了。"

　　"我倒在墙上，小声地问自己：'我到底做了什么？'我试图帮助我的朋友，却因为自己的幼稚愚蠢而暴露了她的藏身之处，而且还被送到了……"贝尔夫人的嘴唇在发抖，之后我就看到两滴泪珠滴到了外套上，打湿了那一片面料。"我听到远处火车的呼啸声，想到莫妮可也许就在那列火车上——我真想沿着轨道跑过去将那辆车拦下来……"她接过了我递给她的纸巾，擦了擦眼泪。"在战争结束后，我们都知道了犹太人所经受的残酷命运，我就……"贝尔夫人哽咽住了，"悲痛欲绝……每一天，我不停地想象着我的朋友所遭受的磨难，莫妮可·黎塞留——出生时名叫莫妮卡·里克特——一定备受折磨。我陷于那种心理折磨无法自拔，我知道莫妮可一定已经去世了，在只有上帝才知晓的那种地狱般的地方，遭受着地狱般的惊恐——这全是因为我。"贝尔夫人又砰砰地捶着自己的胸口。"我从未原谅自己，永远也不会。"我的喉咙在隐隐作痛——为贝尔夫人，同样也为自己。"至于这件外套……"她捏紧了纸巾，"我一直藏在地板下面，即使我母亲非常生气，让我把它找出来。可我不在乎——因为它是莫妮可的。我是多么渴望能将这件外套交给她。"她用手指触摸着其中一个纽扣。"我也渴望能把这个交给莫妮可——"她将手伸进了最近的口袋里，拿出了一条项链。那红棕色的珠子在阳光下闪闪发光。贝尔夫人将珠子缠在手指上，轻轻地触碰着脸颊。"我幻想着有一天能把这件外套和这条项链一起交给莫妮可，你能相信吗……"她看着我。"我还在这么幻想着，"她忧郁地笑了笑，"你或许觉得这很奇怪，菲比。"

我摇了摇头："不。"

"但是我将这件外套一直藏在那里，直到 1948 年。正如我之前所告诉你的，那一年我离开了阿维尼翁，来到伦敦开始了新生活——远离了那些惨事发生之处。我不会在街上碰到让·吕克或他的父亲，也不会路过莫妮可一家曾经住过的房子。我受不了再看到那个房子，因为我知道他们永远不会再回来了。而我确实也再没看到过它。"贝尔夫人深深地叹了口气。"但是在我搬到伦敦的时候，我也将这件外套带了过来，我仍然希望某一天能有机会兑现我的承诺——这确实是有些疯狂的，因为我早已经知道莫妮可最后被人见到是在 1943 年 8 月 5 日，也就是她到达奥斯维辛的那一天。"贝尔夫人眨了眨眼睛。"尽管如此，这么多年来我依然保存着这件外套。它是我的……我的……"她看了看我。"那个词怎么说来着？"

"忏悔。"我静静地回答道。

"忏悔。"贝尔夫人点点头，"当然。"接着她将那串项链放进了原来那个口袋。"而这，"她总结道，"就是这件蓝色小外套的故事。"她站起来。"我要把它放回去了。谢谢你的倾听，菲比。你不知道你为我做了什么。这么多年来，我一直渴望能有个人倾听我的故事，如果不谴责我的话，至少能……理解我。"她看着我，"你理解我吗，菲比？你理解我的做法吗？为什么我现在依然能感受到那种感觉？"

"是的，我能理解，贝尔夫人，"我轻轻地说道，"比你想到的还要多。"

贝尔夫人走进了卧室，我听到衣柜门被关上的声音，然后她走回来坐了下来，她的脸上已经没有任何情绪化的印迹了。

"但是……"我在椅子上移了移身子，"你为什么不告诉你的丈夫呢？我从你对他的描述中能感觉到你非常爱他。"

贝尔夫人点点头："我非常爱他。但就是因为我这么爱他，我不敢告诉他这件事。我害怕，如果他知道了我的过去，他或许会以不同的眼光来看我，甚至会谴责我。"

"为什么？因为一个小女孩想要做件好事，但是结果却……"

"最坏的事情。"贝尔夫人总结道。

"我所做过的最坏的事情。当然，这不是有意的背叛，"她继续说道，"就像莫妮可说过的，我不理解。我当时很小，我一直在安慰自己，或许无论怎样莫妮可都会被人发现，谁知道……"

"是的，"我赶紧说，"也许是的。无论怎样，她都可能会离去的，或许这根本与你没有任何关系，贝尔夫人——根本没有任何关系，什么关系也没有。"贝尔夫人疑惑地看着我。"你只不过是判断失误而已。"我低声说道。

"但是这不会让我过得轻松一点的，因为这个判断失误导致了我朋友的死亡，"她吸了口气，然后慢慢地呼了出来，"而这事是如此让人难以承受。"

我拿起帽盒放在膝盖上："我确实……明白——非常理解。就好像你胸口整天压着一块巨石，没有任何人能替你接过去，而你也找不到一个地方能将它放下……"突然间，一阵静默笼罩过来。我甚至能察觉到火苗温柔的叹息。

"菲比，"贝尔夫人喃喃地说道，"你的朋友到底发生了什么事情？艾玛。"我盯着帽盒上的花束，虽然花束的设计风格是半抽象的，但我还是能看出那是郁金香和风信子。

"你说她是生病……"

我点点头，我现在能听到旅行钟轻轻的滴答声："将近一年前，在 10 月初。"

"艾玛生病了？"

我摇摇头："导致这个结局的事情——在某种程度上，导致了这个结局。"我告诉了贝尔夫人有关盖伊的事情。

"那么，艾玛一定是被这件事伤害到了。"

我点点头："我没有意识到她受到了多大的伤害。她一直说自己很好，但是很显然，她一点儿也不好——她很痛苦。"

"那你觉得这是你的错？"

我的嘴里开始发干："是的。艾玛和我是将近 20 年的密友。她以前几乎每天都给我打电话，但自从我开始和盖伊约会后……她就不再打了。我试图给她打电话时，她要么不接，要么就刻意远离我。她就是从我的生活中抽身而去了。"

"但是你还在继续和盖伊发展恋情？"

"是的，你知道，我们无法分手——我们陷入了热恋中。盖伊认为我们没有做任何错事。他说，如果艾玛认为自己与他的关系超出了友谊的范围，那么这不是我们的错误。他说，她迟早会好转的。他还说，如果艾玛是我真正的朋友，她就会接受现在这个局面，并努力为我而感到高兴。"

贝尔夫人点点头："你觉得他说的对吗？"

"是的——当然。但是说起来容易做起来难，尤其是当你的感情受到伤害时。而且从艾玛接下来的行为中，我知道了她受伤到底有多深。"

"她做了什么？"

"圣诞节后盖伊和我一起去滑雪。新年前夕我们一起去吃晚餐，刚开始我们点了一瓶香槟。当盖伊将杯子递给我时，我看到杯子里有个东西。"

"啊，"贝尔夫人说，"是戒指！"

我点点头："一颗耀眼的美丽钻石。我高兴极了——应该说是极其惊喜，因为我们刚认识三个月。当我接受他的求婚并接吻时，我已经在纠结艾玛会怎么反应了。我很快就能知道，因为第二天早上艾玛出人意料地主动给我打电话祝我新年快乐。我们聊了一会儿，她问我现在在哪里。我告诉她我在瓦尔迪赛。她问我是和盖伊在一起吗，我说是的。然后我就脱口说出了我们订婚的消息。有一阵……不知所措的沉默。"

"可怜的孩子，"贝尔夫人喃喃地说道。

"之后，艾玛用她那细细的颤抖的声音说，她希望我们会非常快乐。我告诉她，我想见见她，我回家后会给她打电话。"

"那你是在努力维持你和她的友谊？"

"是的——我以为如果她能习惯看到盖伊与我在一起，或许她就能用另一种方式看待盖伊。我也认为她很快会与其他人坠入爱河，我们的友谊又会回到正常。"

"但是这些并没有发生。"

"是的。"我将帽盒上的丝带缠到手指上。"她对盖伊的感情已经非常浓烈，而且确信他们会发展出一种特殊的关系。如果……他……"

"没有爱上你。"

我点点头："不管怎么样，我在1月6日回到了伦敦，然后我打电话给艾玛，但是她没有接听。我又打了她的手机，还是没有接通。我给她发短信和电子邮件，她也不回复。她的助手思安不在伦敦，所以我就无法知道艾玛在何处。之后我给艾玛的妈妈达芙妮打话。她告诉我，艾玛三天前决定去南非拜访老朋友。她去的那个地方是在纳塔尔，手机信号很差。达芙妮问我艾玛还好吗，因为艾玛最近很不开心，但是又不肯说出原因。我装作不知道出了什么问题。达芙妮接着说，艾玛有时喜怒无常，希望没什么事就好了。我满口答应着，感觉自己是个十足的伪君子。"

"艾玛在南非时你收到过她的消息吗？"

"没有。但是在1月的第三个星期，我知道艾玛回来了，因为我送了盖伊和我在下个周六订婚派对的邀请给她，而她回复说很遗憾无法参加。"

"你一定很伤心。"

"是的。"我低声说，"我说不出来有多么伤心。接着情人节就到了……"我犹豫了一下，"盖伊在离他公寓不远的咖啡厅订了一个桌位。让我惊讶的是，正当我们准备出发时，艾玛给我打了电话——这是自元旦那天以来艾玛第一次给我打电话。我觉得她的声音有些奇怪——好像呼吸急促一样——所以我问她还好吗。她说她觉得'糟糕极了'。她听起来很虚弱，并在战栗，好像得了流感。我问她有没有吃药，她说她吃了一些乙酰氨基酚。她还说她觉得'如此难受'，她'想死去'。这让我警觉起来，所以我说我想过去看看她。然后，我听到艾玛低声说：'你会吗？你会来吗，菲比？请过来一趟吧。'我说我半个小时后就到。"

"当我挂上电话时，我看到盖伊非常失望。他说他已经预订了一席美妙的情人节晚宴，他希望我们能尽情享受——而且他不相信艾玛的病情有这么严重。'你知道她总是夸大其词，'他说，'或许她只是想得到你的注意而已。'我坚持说艾玛听起来病得很重，并说现在很多人都得了流感。盖伊说，你知道艾玛的，这可能不过是场感冒而已。他说我不过是因为没有缘由的内疚感才反应过度的，应该是艾玛感到愧疚才对。是她三个月来一直在生闷气，还没有出席我们的订婚派对。因为她打来电话，我就提出来跑过去看她。我告诉盖伊，艾玛是有些脆弱的，她需要细心的呵护。他说，他受够了这个'疯狂做帽子的女人'。他已经开始这么称呼艾玛了。他坚持我们要去吃晚饭。然后他穿上外套。"

"我的每根神经都告诉我应该去看看艾玛，但是我却无法忍受与盖伊之间可能引起的冲突。我记得，当时我站在那里，来回转动着我的订婚戒指，说'我不知道该做什么……'。然后，作为一种妥协……"我陷入了回忆中，"盖伊建议我们去吃晚饭，回来后我再给艾玛打电话。我们不会在外面待太长时间的，所以我就同意了。我们就去了蓝鸟咖啡厅。我记得我们讨论了婚礼，那本来是这个月就要举行的。现在想来我觉得非常怪异。"我补充道。

"你难过吗？"

我看着贝尔夫人。"很奇怪。我觉得……没有什么。不管怎么样……当我们10点回到盖伊的公寓时，我又给艾玛打了电话。一听到我的声音，艾玛就开始哭起来。她说，之前对盖伊和我不够好，她非常抱歉。她说她是个差劲的朋友。我告诉她没有关系，她不用担心任何事，因为我就要去看她。"我觉得泪水涌了出来。"然后我听到她喃喃自语：'今晚，菲比？''今晚。'我重复道。我看着盖伊，但是他在摇头，做着酒后驾驶的手势。这时我意识到我可能过线了，所以我对她说……"我欲言又止，喉咙里好像塞了块破布。"我告诉她……我明天早上去看她。"我停顿了一下。"起先，艾玛没有反应，然后我听到她微弱地说：'……要睡了。'我说：'是，你现在去睡觉，我明早一起来就去看你。睡个好觉。嗯。'"我看着帽盒，分不清哪是郁金香，哪是风信子。

"早上6点我醒来时，胃里翻腾不止。我想给艾玛打电话，但又不想叫醒她。所以，我开车去了马利波恩，把车停在了艾玛在诺丁汉街租的房子旁边。我知道她的备用钥匙放在哪里，我小心地找出钥匙，打开了门。房间里显得非常凌乱，垫子上有成堆的信封，厨房的水槽里堆满了没洗的盘子。"

"这是自从那次毁灭性的晚宴后，我第一次来艾玛的家中。我站在那里，想起了艾玛第一次将盖伊介绍给我时，我正沮丧不已。之后他打电话给我，我又惊喜至极。我们的友谊经受了严峻的考验，但我想现在一切都将好起来。接着我走进了客厅，那里也是一片狼藉，沙发上散落着毛巾，废纸篓里装满了用过的纸巾和空瓶子。很显然，艾玛最近状态非常糟糕。我顺着狭窄的楼梯走了上去，经过一排照片，照片上是戴着她做的可爱帽子的模特儿，然后我就站在了卧室门外。里面一片沉静，我记得自己松了口气，因为这说明艾玛正在沉睡，这是对她最好的事情。"

"我推开门，悄悄地走了进去。我走到床边，艾玛睡得太沉了，我都听不到她的呼吸声。这时我想起来艾玛一向善于屏住呼吸，她游泳技术很棒。小时候，她经常跌倒，屏住呼吸很长时间来吓唬我。但是我接着想到，现在我们都 33 岁了，为什么艾玛还要这么做呢？我站在那里，耳边突然响起我们在上学时艾玛演奏的钢琴曲——《梦幻曲》。她一定在做梦，我心想。"

"'艾玛，'我轻声地叫她，'是我。'她没有动弹。'艾玛，'我低声说，'醒来吧。'她还是没有动静。'起床，艾玛，'我说，我的心跳开始加快了，'求求你了。我要看看你怎么样了。快点啊，艾玛。'她没有应答。'艾玛，请你醒一醒。'我说，我有点儿恐慌起来。我在她头旁边拍了两下手掌。这让我想到有次我们在玩捉迷藏时，艾玛装死装得那么逼真，我真以为她死去了，心急如焚。但之后，她突然跳起来，哈哈大笑。我又伤心又生气，难过得哭起来。"

"我当时隐隐地期望艾玛能跳起来，又笑又叫：'骗你的，菲比！你以为我死了，是不是？'但这时，我想起她发过誓再也不装死了。可艾玛还是没有动弹。'你别对我这样做，啊，'我抱怨道，'求求你了。'我伸出手去摸了摸她……我拉开羽绒被，艾玛侧躺着，穿着牛仔裤和 T 恤衫。她半睁着眼睛，皮肤呈暗灰色，手里攥着电话。"

"我记得我当时失声痛哭，然后就摸索我的手机。我的手抖个不停，一直按不下'9'那个按键，我试了三四次才打通了电话。我在地板上看到了一瓶乙酰氨基酚，我捡起瓶子，发现是空的。这时，我听到 999 女接线员问我有什么紧急状况。我大口喘着粗气，几乎说不出话来。我说我朋友马上需要一辆救护车，就在此刻，所以请他们立刻派一辆车过来,现在……"我想忍住哽咽。"虽然我那时拨通了急救中心的电话,我已经知道……嗯……艾玛已经……"

一滴泪水啪地滴在了帽盒上。

"哦,菲比。"贝尔夫人轻声地说。

我抬起头望着窗外。"之后他们告诉我,艾玛大约是在我到之前三小时去世的。"我坐在那里静默了片刻,轻轻抱着帽盒,指尖来回拨着那浅绿色的带子。

"实在太可怕了,"贝尔夫人轻轻地说道,"无论多么痛苦……她做出……"

我看着她。"但事实不是这样的——尽管一开始好像如此。有一段时间我搞不清楚艾玛到底发生了什么事……到底是什么导致她……"贝尔夫人的脸渐渐开始模糊起来,我缓缓地低下了头。

"我很抱歉,菲比。让你谈论这些实在太让你伤心了。"

"是的——确实是。因为我觉得这是我的错。"

"但是,盖伊爱上了你而不是艾玛,这并不是你的错。"

"可我知道艾玛有多么喜欢他。有些人或许会说,既然我知道这一点,我就不应该发展这段恋情。"

"但,这或许是你一生中唯一一次获得真爱的机会啊!"

"我也是这么告诉自己的。我对自己说,我或许永远也不会从其他人身上感受到这种感情了。我自我安慰,认为艾玛可以摆脱盖伊的影响,会爱上其他人,因为她一直都是这么做的。可这次她没有这么做。"我叹了口气。"我能理解她痛恨看到我和盖伊在一起,因为她是如此渴望与盖伊在一起!"

"可她寄托了错误的希望,这并不是你的错,菲比。""是的。但是那晚上我没有去看望她,尽管我的直觉告诉我应该去,所以这确实是我的错。"

"嗯……"贝尔夫人摇了摇头。"或许即使你去了也无济于事。"

"我的医生也是这么说。她说，那时或许艾玛已经昏迷了，再也不能……"我颤抖着吸了口气。"我永远也不会知道的。但是我相信，要是在她第一次给我打电话时，我就去看她，而不是过 12 个小时后再去的话，或许她还会活着。"

我放下了帽盒，走到窗边，楼下是荒芜的花园。

"所以，这就是你为什么觉得与我有种亲密感的原因，贝尔夫人。因为我们曾经都有一个朋友，在等待着我们赶去。"

Chapter 7
约会

　　周四晚上约了和迈尔斯一起吃饭。在赴约的路上，我的思绪又开始漫天飞舞起来。现在有那么多人声称自己擅长打理生活，对他们来说，将郁闷的情绪收进大脑的抽屉里，等到适宜的时候再取出来，好像也是可能的。这确实是个不错的想法，但我却不信这一套。我的经历告诉我，悲伤和遗憾总是在你毫不知晓的情形下悄悄潜入你的意识，然后再突然跳出来狠狠地给你一棍。唯一能够击退它们的也就只有时间了，尽管人生最美好的阶段总是一晃而过，贝尔夫人的故事就说明了一切。当然，工作也是驱赶郁闷的一剂良药，能很好地分散注意力。对我而言，去见迈尔斯也是很好的排解忧伤的方式。

　　为了赴约，我小小地打扮了一番，特地挑选了一件淡粉色丝绸质地的鸡尾酒礼裙，搭配了一条金黄色古风披肩。

　　"阿坎特先生来了有一会儿了。"牛津塔酒店的领班一边告诉我，一边领着我进去。走了一会儿，我就看到迈尔斯坐在一个靠窗的桌子旁，正在研究菜单。他的头发有些灰白，戴着一副半月形的老花镜。

看到这些，我的心顿时一沉。这时他抬起头看到了我，脸上立刻浮现出一丝欣喜而又焦急的笑容，这一笑就驱散了我刚才的失落。他立刻站起身，把那副老花镜放进了最上方的口袋。为了不让那黄色丝质领带左右晃动，他干脆用手一把抓住了它。这样一位高雅的男士竟然做出如此笨拙的动作，还真讨人喜欢。

"菲比。"他亲了亲我的脸颊，把手放在我的肩膀上，似乎想把我拉近一些。这时我才发现迈尔斯先生竟是如此富有魅力，我突然萌生了对他的兴趣。这着实让我大吃一惊。

"你要来一杯香槟吗？"他问我。

"那再好不过了。"

"来点儿最佳年份的香槟怎么样？"

"如果没有更好选择的话。"我开了个玩笑。

"我已经问过了，他们的库克陈年香槟酒卖完了。"我笑了，这才发现迈尔斯并没有开玩笑的意思。

我们一边聊天，一边欣赏窗外的美景，视野从波光粼粼的河面一直延伸到牛津塔和圣保罗大教堂。迈尔斯跟我在一起看起来特别开心，他一直在努力赢得我的好感，这让我深受感动。我问了问他工作的事，他告诉我他跟别人合伙成立了一家律师事务所，现在他在那里当顾问，每周只需要工作三天。

"我快要退休了，"他抿了一口香槟，"但我总不舍得放手，总会尽力满足客户需求，新的业务也就发展起来了。现在跟我讲讲你的服装店吧，菲比。你怎么会突然想到要开这样一个店？"我跟他简短地说了我在苏富比的那段日子。听完我的故事，他瞪大了眼睛："这么说当时我是遇见了一个行家啊！"

"是的，"等他将手中的酒水单递给了侍者，我接着说道，"但是我看起来像个十足的门外汉，是吗？看到那件衣服，我难以抑制心中的激动之情。"

"我不得不说，你当时确实很激动。到底那个设计师，不好意思，她叫什么来着？有什么令人称奇之处啊？"

"格蕾丝夫人，"我耐心地告诉他，"她是世界上最伟大的女装设计师。她随手拿过一大块布料，打上灵动的褶皱，然后直接在模特儿身上调整固定，就成了一件美妙绝伦的礼裙。穿上这件礼裙的女人都会变得如雕塑一般美丽。可以说格蕾丝夫人是个'布料'雕塑家。此外，她还十分勇敢。"

迈尔斯合拢双臂："这话怎么说？"

"在 1942 年，她开办自己的服装店的时候，在窗户外面挂了一面法国国旗，以示对德国侵占法国的反抗。每次德国人发现了，就会把国旗撕扯下来，而她又会挂上一面新的。德国人知道她是犹太人，但也由着她去，主要是他们希望她能帮军官夫人们做衣服。她却拒绝了德国人的要求，服装店也被迫关闭。她死的时候默默无闻，贫困潦倒。但她是个伟大的天才。"

"那你打算怎么处理你拍得的那件衣服呢？"

我耸了耸肩："我也不知道。"

他笑了："你可以留到婚礼时穿。"

"也有人这么建议过我，但我也不知道会不会有这么一天。"

"你结过婚吗？"我摇了摇头。"曾经快要结婚？"我点头。"你订过婚？"我又点了下头。

"可以问你订婚的事吗？"

"不好意思，我不太想谈这个。"把盖伊从脑海里赶走后，我开始问他："你呢？"这时，侍者端上了第一道菜。"你这 10 年以来一直独自一人，为什么不……"

"再婚吗？"迈尔斯耸了耸肩。"我是交过几个女朋友，"他拿起了汤勺，"她们都很好，但……我就是没有再婚的欲望。"于是我们自然而然地聊到了他的妻子。"艾伦是那么惹人怜爱，我深爱着她，"他继续说，"她是个美国人——一个成功的肖像画家，爱画儿童肖像。在10年前的6月，她永远离开了我。"他深吸了一口气，然后屏住呼吸，像在思考什么艰难的问题似的。"仅仅一个下午的时间，她就倒下了。"

"怎么会这样？"

他放低了汤勺。"是脑出血。那天她一直头疼得厉害，她一直就有偏头痛的毛病，也就没太在意，以为是老毛病又犯了。"迈尔斯摇了摇头，"你能想象当时我有多震惊吗……"

"我能。"我轻声说道。

"但至少我可以安慰自己这不是任何人的错。"一阵强烈的嫉妒感袭上我的心头。"她的死只是人生中那些可怕的、不可避免的事情之一，是上帝的旨意。"

"罗克珊多么可怜啊。"

他点了点头："那时她只有6岁，我抱着她坐在我的腿上，试着跟她解释妈妈……"他的声音哽咽了，"我永远忘不了当时她脸上的表情，她又怎么能理解她小小宇宙的一半已经……已经坍塌了。"迈尔斯叹了口气，"我知道罗克珊一直有阴影，只是没有表现出来。她一直有种强烈的，一种，一种……"

"缺失感？"我轻声提示他。

迈尔斯看了看我。"缺失感，对，就是这个词。"

突然他的黑莓手机响了，他从最上方的口袋里拿出眼镜，架在鼻子上，盯着手机屏幕看了一会儿。"是罗克珊找我。亲爱的菲比，请允许我出去接一下电话。"接着他取下了眼镜，走出酒店，靠着阳台的一个角落，领带在空中随风飘扬，他好像在跟罗克珊很严肃地讨论些什么。然后我就看到他把手机放进了口袋。

"我很抱歉，"他边走回餐桌，边对我说道，"我这种行为肯定很不礼貌，但是如果是你的小孩……"

"我能理解。"我说。

"她在为古代史的论文犯愁。"他向我解释道,"明天就要交这篇论文了,但她还没开始动笔。对于自己的功课,她有时候会有些计划不周。"他无可奈何地叹了口气。

我拿起了叉子:"她喜欢现在的学校吗?"

迈尔斯眯起了眼睛:"看起来似乎是这样,不过她在这个学校待的时间还不长,也就两周。"

"那她以前在哪儿上学?"

"在多金的圣玛丽女子学校。但是……"我看着他。"效果不太好。"

"她不喜欢寄宿吗?"

"她并不介意,但是发生了……"迈尔斯迟疑了一下,"一点儿小误会——就在她考普通中等教育证书的几周前。"

"现在都……已经解决了,"他继续说道,"但自那件事以后,我觉得她需要一个新的开始,于是就让她转学来贝灵厄姆了。看起来她挺喜欢这儿的,但愿她科科都能优秀。"他抿了抿酒。

"然后上大学?"

迈尔斯摇了摇头。"罗克珊觉得那是浪费时间。"

"她真这么想?"我放下叉子。"其实……并不是这样。你是不是说过她想进入时尚行业工作?"

"是的,不过我并不知道她到底想做什么。她只是说过想去时装杂志社工作,比如《Vogue》之类的。"

"这是个竞争极其激烈的行业——如果她真的想从事这行,最好还是拿个学位。"

"我也这么跟她说过了,"迈尔斯疲惫地说道,"但她太固执。"

侍者走过来帮我们换餐碟,我趁这个时候开始转换话题。"你的姓很特别,"我说,"我见过一位名叫塞巴斯蒂安·阿坎特的人,芬利城堡就是他的。我曾去过那里鉴定一批18世纪的纺织品。"我记得那批古董衣当中有18世纪80年代的天鹅绒燕尾服和马裤,上面绣着银莲花和勿忘我，极其精美漂亮。"那批古董衣大部分都被送进博物馆了。"

"塞比①是我的第二个堂弟，"迈尔斯解释着，他似乎有些疲倦了，"你别告诉我他试图在葡萄藤后占你便宜。"

"倒不是葡萄园，"我转了转眼睛，"因为工作量很大，附近又没有什么宾馆，我只得在城堡住了三晚。"想想那时发生的事情我还有些后怕。"他想闯进我的房间，我不得不用一个大树干抵着门——当时的情况真有点儿恐怖。"

"塞比就是那样一个人，我恐怕——也不能责怪他的意图。"迈尔斯跟我的眼神相接，他注视了我好一会儿。"你是这样的可人，菲比。"听到他这么直白的称赞，我屏住了呼吸，内心泛起了涟漪。"我跟法国那边的亲戚走得更近一些。"我听迈尔斯说道。"他们酿造葡萄酒。"

"在哪里？"

"在教皇新堡，往南几公里就是——"

"阿维尼翁。"我插了一句。

他盯着我：""你对那儿很了解？"

"我时不时会去阿维尼翁进货。其实我下周就会去那儿。"

迈尔斯放下手中的红酒："你会住在哪儿？"

"住在欧洲酒店。"

他摇晃着脑袋，显得非常开心。"那么，斯威夫特小姐，你愿意跟我第二次约会吗？很凑巧，我也即将去那边，到时我想邀你一起外出晚餐。"

"你也去？"

迈尔斯开心地点了点头。

"有事？"

---

① 塞比是塞巴斯蒂安的昵称。——编者注

"我的另外一个堂弟，帕斯卡，在那儿有个葡萄园。我们一直关系很好，每年9月大丰收的时候我都会去帮忙。现在葡萄采摘还刚开始，这个月的最后三天，我就会去那里。你大概什么时候到？"我告诉了他日期。"那我们刚好可以碰上。"他一阵欣喜，同时牵动了我的心弦。"你知道吗？"这时，侍者端上了咖啡。他又接着说，"我有种强烈的感觉，这肯定是命运的安排。"他突然停了下来，然后去拿手机。"电话又来了——不好意思，菲比。"他戴上眼镜，看了看手机屏幕，皱起了眉头。"罗克珊还在纠结她的论文。她说她快要抓狂了，都用上了咆哮体。"他叹了口气，"我得回去了。你能原谅我吗？"

"当然。"天色也不早了，看到他这么关心孩子，我竟然有些感动。

迈尔斯示意侍者埋单，然后看着我说："今晚我过得很愉快。"

"我也是。"我真诚地说道。

迈尔斯对我笑了："那就好。"

他结完账后我们坐电梯下楼。走到人行道的时候，我本打算跟他说再见然后步行去伦敦桥地铁站，这时一辆出租车停在我们身旁。

司机摇下车窗："是阿坎特先生吗？"

迈尔斯点了点头，然后转向我："我叫了这辆车送我去坎伯韦尔，然后再送你回布莱克西斯。"

"啊，我还打算坐地铁呢。"

"我可不想听到你这么说！"

我看了看表。"现在还不到10点15分，"我争执道，"我一个人没关系的。"

"但如果有幸载你一程的话，我就可以和你多待一会儿了。"

"如果那样的话……"我对他笑了，"谢谢。"

车子开过伦敦南部的时候，迈尔斯和我在回忆有关布狄卡（Boudica）的故事，这是罗克珊的论文内容。我们只记得她是铁器时代的王后，曾奋起反抗罗马人的统治。我想起来我爸爸应该很了解布狄卡的故事，但现在打电话问他太晚了，他还得半夜起床去喂路易斯。

"她是不是彻底摧毁了伊普斯威奇？"在车子驶到沃尔沃思路的时候，我说了一句。

迈尔斯正用他的黑莓手机上网查找。"是科尔切斯特。"他透过半月形眼镜看着屏幕，更正我的说法。"在大英百科网站上有她详细的介绍。回家后，我可以从中挑出重要的几点，然后扩展一下，就可以写篇文章了。"我不禁在心中感叹，罗克珊已经 16 岁了，这些都应该她自己独立完成的。

车子穿过坎伯韦尔格林，驶进丛林里，走到半路的时候靠左停下。这里就是迈尔斯的家。我看到离马路不远，一幢乔治王朝时代的房子优雅地立在那里，楼下的窗帘拉开了，露出罗克珊苍白的脸。

迈尔斯转向我。"今天很高兴见到你，菲比。"他倾身上前，吻了吻我，他的脸贴着我的脸，久久不舍得离开。"那么……我们法国见咯。"他脸上露出焦急的神色，这是在告诉我，他在征询我的意见。

"我们法国见。"我回应道。

伦敦广播电台邀请我参加他们的节目，讨论古董衣的话题，我很高兴。当我意识到电台的录音室是位于马利波恩大街时，心里就有些不是滋味了。周一早上，我做了很久的思想准备才走向了马利波恩大街。当我经过那个艾玛经常去买帽子饰物的丝带店时，想到艾玛的家离这儿只有几条街，现在也肯定有了其他住户了。我想象着她的物品打包放进她父母的行李箱的场景。然后我还想起了艾玛每天都会写的那些日记，悲伤之情一度向我涌来。那些日记，艾玛的母亲想必也在不久前读过了。

快要走到我跟艾玛以前常去的位于马利波恩高街的阿米奇咖啡店时，我多么希望可以再见她一次啊，她可以坐在窗边，用一种受伤而又困惑的眼神看着我。可惜，那不可能是艾玛，只是跟她长得有点儿像罢了。

推开伦敦广播电台的玻璃大门后，门卫给了我一张名牌，让我稍等一会儿。我坐在前台听到广播里传出来的声音。"下面是路况消息……南环线……在海布里角附近发生一起交通事故……94.9兆赫……伦敦的天气……最高温度22摄氏度……在我身边的是吉妮·琼斯……几分钟之后，菲比·斯威夫特将加入我们，一起谈论古董帽——不，应该是古董衣。"听完这段话，我开始忐忑不安起来。这时，主持人迈克拿着写字夹板走了过来。

"只是一场5分钟的轻松谈话。"他边领着我走进明亮的通道，边跟我解释。他用肩膀推了一下播音室厚重的大门，门嗖的一声就打开了。"我们现在是预先录制，所以可以说话。"在我们走进播音室的时候，他跟我说道。"吉妮，来跟菲比打声招呼。"

"您好，菲比。"吉妮在我坐下的时候跟我打招呼。她向我点头示意让我戴上摆在面前的耳机。我打开耳机，预先录制快要结束了。里面传来体育记者打趣的声音，好像在谈论伦敦奥运会。"现在开始了，"吉妮对我笑了笑，"菲比·斯威夫特白手起家，如今在布莱克西斯开了一家古董衣店——古董衣部落——现在她就坐在我身边。菲比，伦敦时装周刚刚结束，今年复古成了一种流行风尚吧？"

"是的，有几家品牌的时装展上都融入了复古元素。"

"为什么如今复古路线大行其道呢？"

"时尚界的风向标如凯特·摩丝等大走复古风，我认为正是她们带动了复古的潮流。"

"有次她穿了一件20世纪30年代的金色缎质礼裙，后来礼裙不幸撕开了好几个口子，是不是有这么回事？"

"是的，一件名贵的衣服转眼就伤痕累累，据说那衣服价值2 000英镑呢！许多好莱坞明星都爱穿古董衣走红地毯，例如茱莉亚·罗伯茨在奥斯卡颁奖典礼上就是其中一个，还有瓦伦蒂诺。芮妮·齐薇格也穿过一件 20 世纪 50 年代的让·德赛（Jean Desses）浅黄色礼裙。明星效应彻底改变了人们对古董衣的看法，以前人们认为穿古董衣这一行为怪诞而难以接受，现在却变成了一种高雅时尚的选择。"

吉妮在讲稿上飞快地写下了几行文字："那么穿上古董衣会带来什么样的感觉呢？"

"当你知道自己穿上的是一件极富个性而又做工精致的衣服时，就会变得更加自信。此外，你意识到身上这件衣服历史悠久，它是一种文化遗产，这就是它的精髓所在。现代的任何衣服都不会给你带来这样的感觉。"

"那么对于挑选古董衣，你有什么好的建议呢？"

"在挑选古董衣的时候一定得有耐心，要清楚地知道什么样的衣服才适合你。如果你曲线优美，那么千万不要选择 20 世纪 20 年代或 60 年代的四四方方的衣服，它们不能衬托你完美的曲线，正确的选择是四五十年代的修身剪裁式设计。如果你喜欢 20 世纪 30 年代的风格，那么一定得清楚：这个时代设计的服装如果穿在过度丰满的女性身上就会让人大跌眼镜了。另外，我还要说的一点是买古董衣的时候要切合实际。大家千万不要走进一家古董衣店，然后要求店员把你变成《蒂凡尼的早餐》里的奥黛丽·赫本，因为那种风格很有可能不适合你，你也有可能因此错过其他更好看的衣服。"

"菲比，你可以跟我们分享一下今天的着装吗？"

我看了看身上的裙子："我今天挑了一件 20 世纪 30 年代的印花雪纺茶会礼服，我偏爱这个年代的衣服，然后外面搭配了一件复古开司米披肩。"

"搭配得很不错，有一种很帅气的感觉。"我笑了。"那你是经常穿戴古董服饰吗？"

"是的，如果不是穿一整套古董衣的话，我也会搭配一些古董配件。我不走复古风的时候是少之又少的。"

"但是，"吉妮做了一个鬼脸，"我总觉得穿上别人的旧衣服有些不太习惯。"

"是有一些人会这么想，"我想到了妈妈，"但是我们这些粉丝对古董衣的痴迷是与生俱来，而不是后天养成的。因此我们一点儿也不讨厌穿上旧衣服的感觉。相反，我们会觉得，为拥有一件独一无二甚至还可能引领潮流的衣服付出一些小小的代价也是值得的，所以即使衣服上有一点儿污迹，我们也不会介意。"

吉妮拿起了笔："那么古董衣的主要问题在哪里呢？是价格吗？"

"不，古董衣一般做工精细、历史悠久，因此高价位也是合理的。主要是它的大小问题：古董衣一般会偏小一些。20世纪从40年代到60年代一直流行杨柳细腰，因此裙装和夹克都流行紧身设计，那时的女性都要穿上紧身胸衣系上腰带才能把自己塞进衣服里。现在的女性比以前丰满多了，要穿上古董衣就更具挑战性了。我的建议是在买古董衣的时候不要管它的尺寸大小，先试试再说。"

"古董衣应该如何保养呢？"吉妮问我，"你能跟我们分享一下怎样才能让古董衣看起来不像古董吗？"

我笑了："还是有一些保养秘诀的。针织衣服一定要用婴儿沐浴露手洗，不能浸泡，因为浸泡会让衣服变形。晾干的时候一定要翻转铺平。"

"那可以放樟脑丸吗？"吉妮边问边捏了捏鼻子。

"樟脑丸有一股难闻的味道，可是换成其他香型的驱虫剂又不太管用。最好的办法就是将容易被虫蛀的衣服收进聚乙烯塑料袋里，再在衣橱里喷上一点儿香水就能起到神奇的效果，像芬迪这类香味浓郁的香水就可以起到很好的驱虫效果。"

"也会'赶走'我。"吉妮大笑。

"如果是丝质衣服，"我继续说道，"那么就应该用衬垫衣架悬挂储存，避免日光直射，因为丝绸极易褪色。如果是缎质衣服，千万不要近水，缎子是很容易起皱的。还有，不要买太过轻薄、表面已经磨损的缎子，会很不耐穿。"

"这点相信凯特·摩丝最有经验了。"

"是的。我还建议听众朋友们如果看到那种亟须清洗的古董衣，就千万不要购买了，有些衣服是根本不能洗涤的。比方说一些胶质珠片如果采用现代洗涤工艺清洗就容易融化。胶木或玻璃珠子也极易破碎。"

"你刚提到了一个古董词——'胶木'，"吉妮打趣地说道，"购买古董衣有哪些好去处呢？当然，除了古董衣商店，比如说你开的店。"

"拍卖会上，"我回答，"还有古董衣集市，一般每年在大城市会举办几次。最后就是易趣网，不过在网上购买的时候一定要向卖家询问清楚衣服的尺寸。"

"慈善商店呢？"

"在那儿也可以找到古董衣，但价格相对较高一些，因为那些慈善团体更加清楚古董衣的价值。"

"我推测应该有一大群人要把衣服卖给你，或者请你去查看他们的衣橱或阁楼吧？"

"是的——我特别喜欢这点，因为你想不到将发现什么。如果看到特别喜欢的，我就会有一种奇妙的感觉——在这里，"我把手放在胸口，"就像……就像恋爱了一样。"

"这就是古董衣情缘啊。"

我笑了笑："也可以这么说。"

"还有其他的建议吗？"

"嗯。在出售古董衣的时候，一定记得检查口袋。"

"口袋里会藏着什么东西吗？"

我点头："各种各样的，有钥匙、钢笔、铅笔等。"

"你发现过现金吗？"

"可惜没有，不过我找到过一张价值两先令六便士的邮票。"

"所以听众朋友们，一定记得检查好口袋哦，"吉妮说道，"也要记得光顾菲比·斯威夫特位于布莱克西斯的古董衣部落，如果你想了解……"她向麦克风靠了靠，"当下流行的穿衣风格的话。"吉妮给了我一个热情的微笑。"菲比·斯威夫特，非常感谢。"

在我出门走向地铁站时，接到了妈妈的电话。她在工作的时候听到了我的电台节目。"你太棒了，"她显得很激动，"我都被你迷住了。你是怎么得到这个机会的？"

"多亏了登在报纸上的那个访谈，就是丹在宴会那天的采访。你还记得他吗？你那天刚到的时候他正要离开。"

"我记得，就是那个穿得很糟糕、一头卷发的男人吧。我喜欢卷发男人，"妈妈补充道，"因为那样显得很特别。"

"是的，妈妈。伦敦广播电台的制作人碰巧读到了这篇访谈，他刚好打算做一个有关伦敦时装周复古潮流的节目，所以就打电话给我了。"

我突然发现，最近的所有好运几乎都是丹的那篇文章带给我的：安妮来到了我的店，我认识了贝尔夫人，这次上电台的节目，更不用说那些因为读了报纸而光顾古董衣部落的顾客了。这一切的一切都多亏了丹的那个访谈。一股感激之情顿时涌上我的心头。

"我不打算做飞梭激光了。"我听到妈妈说。

"谢天谢地！"

"我打算改做电波拉皮。"

"那又是什么东西？"

"就是用激光加热皮肤里层，使皮肤细胞收缩，达到除皱的效果。通俗一点儿说来，就是'烘烤脸蛋'。我的一个牌友贝蒂就做了这个，她兴奋极了。不过手术的过程很难熬，她说就像有人在她的脸颊上碾灭烟蒂一样，足足痛苦了一个半小时。"

"那多折磨人啊。那贝蒂现在看起来怎么样呢？"

"老实告诉你吧，其实跟以前没多大区别，但是她坚定地认为自己变年轻了，这个手术没有白做。"我实在想不明白其中的逻辑。"噢，我得走了，菲比，约翰在朝我挥手。"

我推开了古董衣部落的门，安妮抬头看我。

"那个节目我恐怕只听了一半，后来我跟店里的一个小偷起了点儿小冲突。"

我的心顿时一惊："发生什么事了？"

"我在摆弄收音机的时候，一个男人溜进商店，企图偷走这个鳄鱼皮夹。"安妮示意了一下我放在柜台上篮子里的皮夹。"幸好我从镜子里面看到了，及时阻止了他，这样就不用去追他一条街了。"

"你报警了吗？"

她摇了摇头："那个扒手求我别报警，我警告他如果再有下次绝不放过他。后来店里又来了位女顾客。"安妮滴溜溜转动着眼睛，"她看中了这条比尔·吉博（Bill Gibb）蕾丝迷你裙，啪的一声把裙子放在柜台上，说想花 20 英镑买下。"

"活见鬼。"

"我告诉她 80 英镑已经是这裙子的最低价了，如果要还价的话她应该去露天市场。"我哼笑了一声。"此外还有一件令人兴奋的事，科洛·塞维尼来了。她在伦敦南部拍电影，我一直在跟她聊拍戏的事，聊得很开心。"

"她是不是一身复古装扮？有买什么东西吗？"

"买了一件让·保罗·戈蒂埃设计的人体图案的花纹上衣。对了，此外还有给你的电话留言。"安妮拿起了一张纸。"丹打电话过来，说买到了周三《安娜·卡列尼娜》的票，约你那天晚上 7 点在格林尼治的影院外面见。"

"他现在会……"

安妮盯着我："你不去吗？"

"我不知道……但……好吧，我看起来很想去，是吗？"我有点儿焦躁不安了。

安妮困惑地看了我一眼："瓦尔也打电话过来了，她说衣服已经修补好了，让你尽快去取。电话录音机还有个留言，是纽约的里克·迪亚兹打来的。"

"他是我在美国的供货商。"

"他给你弄到了更多的舞会裙。"

"太好了，宴会季快到了，我们正好需要多进一些舞会裙。"

"是的。他还说有一些包包也很好，觉得你会喜欢。"

我叹息道："我这里待售的包包够多了。"

"我知道，但他请你一定给他回邮件。最后还有一件同样重要的事，有人送东西来了。"安妮走进了厨房，抱了很大一束玫瑰花出来，那些花把她上半身都遮住了。

我盯着这一大束玫瑰花。

"3打。"我听见安妮在花后面说。"是丹送的吗？"在我取出信封拿出卡片的时候，她问我。"我并不是想过问你的私事啊。"她一边把花放在柜台上，一边跟我解释。

卡片上写着"爱你的迈尔斯"。这仅仅是句问候还是个命令呢？我很好奇。

"这些花是我最近认识的一个人送的，"我对安妮说，"我在上次的拍卖会上认识了他。"

"是吗？"

"他叫迈尔斯。"

"人好吗？"

"看起来挺好的。"

"是做什么的？"

"他是个律师。"

"应该是个出色的律师，从他送的花就可以看出来了。他多大了？"

"48 岁。"

"噢，"安妮吃了一惊，"那他也算得上是古董了。"

我点了点头："1960 年左右的，有些许磨损……还有一点儿褶皱……"

"很有特色？"

"我觉得是……我只见过他三次。"

"嗯，很明显他爱上你了，所以我希望你会跟他再见面。"

"可能吧。"我还不想告诉安妮我跟迈尔斯已经约好了这个周末在普罗旺斯见。

她在剪花束的缎带："我想这需要两个花瓶。"

我脱下了外套："对了，你这周五和周六能来上班吗？"

"可以，"安妮边除去外层的包装纸边回答，"你周二一定会回来吧？"

"我周一晚上就回来了。怎么了？"

安妮用剪刀剪掉下面的叶子："我周二早上有个试音，要午饭后才能回来，周五补上这半天的时间，行吗？"

"没问题。是什么试音？"我的心一沉。

"只是一个地区轮演，"安妮没精打采地说，"会在特伦特河畔斯托克上演三个月。"

"好吧，祝你好运。"我嘴上虽然这么说，心里却有些不希望安妮选角成功，可没过多久我又开始为自己这么邪恶的想法感到罪恶了。但安妮找到工作是迟早的事情，到时候……

我的思绪被铃声打断了。我打算让安妮来招呼客人，这时我一眼就认出了来者是谁。

"嗨！"红发女孩跟我们打了个招呼，她三个星期前来试过一件橘绿色蛋糕裙。

"嗨！"安妮把一半的玫瑰花放进花瓶后，也热情地跟她打了个招呼。那个女孩盯着那件橘绿色蛋糕裙，然后慢慢地闭上了眼睛。"感谢上帝，"她呼了一口气，"这条裙子还在。"

"还在呢！"安妮把第一瓶花放在中间的桌子上，开心地回应。

"我都没抱希望了，"女孩说完转向了我，"我几乎都不敢走进来，生怕它已经被买走了。"

"我们最近卖了两条这样的舞会裙，你的还在——我说的是你想要的这条，"我更正了一下，"绿色的这条。"

"我要买下它。"她开心地说。

"是吗？"我从墙上取下这条裙子，眼前的这个女孩显得比上次自信多了，上次和她一起来的那位男士……叫什么名字来着？

"基思不喜欢它，"女孩打开包包，"但我可是爱极了。"她看了看我，"他也知道我喜欢这裙子。我不用再试了。"她看到我把裙子挂进更衣室，于是对我说道。"这裙子太完美了。"

"是很完美，"我说，"特别是在你身上。你回来买这条裙子，我真的很开心，"我把裙子放到了柜台上。"当顾客穿上店里的衣服很合适时，就像你穿这条裙子一样，我就会真心地希望她们可以带走那件衣服。你有什么迷人的晚会要穿这条裙子吗？"我想着她在多切斯特穿着一身黑色，郁郁寡欢地跟讨厌的基思和所谓的上流人士在一起的样子。

"我还不知道什么场合可以穿这条裙子呢！"女孩平静地说。"我只知道我必须买下它。自从试了它以后……"她耸了耸肩，"我就爱上它了。"

我叠好裙子，压了压宽大的衬裙，以防它从袋子里跑出来。

女孩从包里拿出个粉红色的信封，递给了我。这是迪士尼公主系列的信封，角上印着灰姑娘。我打开了信封，里面是 275 英镑的现金。

"我决定给你打个九五折。"我说道。

女孩犹豫了一下："不，谢谢你。"

"我真的不介意……"

"这条裙子值 275 英镑，"她坚持，"这是它应值的价格。"她十分坚定。"我们就按这个价格来吧。"

"既然这样，那好吧。"我耸了耸肩。将裙子递到她手上后，她轻轻地舒了一口气，欣喜若狂。接着她高高地抬起头，大步迈出了商店。

"她终于买到她心爱的裙子了。"我看着那女孩穿过马路，安妮感叹道。她在整理剩下的玫瑰花。"我只是希望她能找到一个如童话般的男朋友。她今天看起来很不一样，你有没有这么觉得？"安妮边把花瓶放在柜台上边继续说道。她走到窗边，朝窗外看去。"她走起路来也更加自信了——快看。"安妮眯起了眼睛，一直目送着女孩远去。"古董衣就可以做到这样，"过了一会儿，她继续说，"不知不觉地让人发生改变。"

"确实是这样。但是她拒绝我给的折扣，还真是不可思议。"

"我猜可能对于她来说，用自己的钱买下这衣服至关重要吧。但我不明白她怎么突然这么有钱了。"安妮沉思起来。

我耸了耸肩："可能基思心软了，给了她买衣服的钱吧。"

安妮摇了摇头。"基思不可能这么做。可能她偷了基思的钱。"她猜测道。我突然想象着女孩穿着裙子在监狱里的场景。"也可能是她朋友借钱给她了吧。"

"谁知道呢，"我边走回柜台边说，"我很高兴她买下了裙子，即便我们永远也无法得知她是怎么有钱的。"

安妮还在看着窗外。"或许我们会知道的。"

周三跟丹在电影院外见面时，我告诉了他这天发生的小故事，心想也许不知什么时候，这个小插曲可以缓和下气氛。

在电影开始前，我们坐在附近的一个酒吧休息，这时我就跟丹聊了起来："她想买一件 20 世纪 50 年代的舞会礼裙。"

"我知道那种裙子，你称它们为'蛋糕裙'。"

"是的。我主动提出给她打九五折，可是她拒绝了。"

丹喝了一口他的勃朗尼酒："这真是不可思议。"

"不只是不可思议，简直是太疯狂了。有多少女人会拒绝可以省下十几英镑的机会啊？但这个女孩却坚持付 275 英镑的全款。"

"你说的是 275 英镑？"丹又重复了一遍。我向他解释了一下这个故事的背景，试图解开他的困惑。

"你还好吗？"我问。

"什么？噢，不好意思……"他很快恢复了过来。"我刚刚有点儿分神了，最近工作太忙了，"他站了起来，"电影快开始了。你要再来一杯吗？可以带着去看电影。"

"再来杯红酒的话就再好不过了。"

丹向吧台走去，我开始回想刚才发生的事。7 点到电影院的时候，丹给我打了个电话说会晚到一会儿，于是我坐在楼上的沙发上透过窗户欣赏格林尼治的美景。我瞥到桌上留下来的报纸，报纸的最后一页是整页的库房广告。我看了看，然后漫不经心地想象着丹那传说中的库房的样子。会是老虎牌尖顶拼板型，还是带有双层门的华顿经典木片重叠型？又或者是一个诺福克尖顶大房型，还是一个老虎牌小型仓库？正当我在想象会不会是由神奇的钛金属打造的多重功能的库房时，丹跑着过来了。

他在我旁边坐下，捧起我的手，迅速吻了一下，然后放回我的膝上。

我看着他："对于只见过两次面的女人，你经常这么做吗？"

"不。"他回答，"只对你才这样。不好意思，我迟到了一会儿。"他继续说着，我努力让自己保持平静。"我在忙着写一个故事……"

"是关于岁月流转中心的那个吗？"

"不，那个已经写完了。这个是跟商业有关的，"他有些含糊地向我说明，"本来是马特在写的，后来我也加入了。我们写的时候遇到了一些麻烦，不过现在都解决了。好吧。"他拍了拍手。"让我帮你叫杯喝的。喝什么好呢？不要跟我说'给我来一杯威士忌'，"他故意用沙哑的声音说着，"'再加一杯姜汁汽水，别太吝啬了，宝贝。'"

"你说什么？"

"嘉宝在她的第一部有声电影里的台词。在这之前她的电影全是无声的。所幸她的声音和她的脸蛋简直是绝配。对了，你想喝什么？"

"威士忌就不用了，一杯红酒就好了。"

丹拿起了酒吧的酒水单：("有奥克地区的嘉朵梅乐干红，口感柔软、圆滑、醇厚，很可口。还有教皇新堡地区的 Chante le Merle（画眉吟痛）葡萄酒，浓郁的红色浆果气息，酒香扑鼻。"

这让我想起了我的普罗旺斯之旅："就点教皇新堡的那个，好吗？我喜欢那名字。"

我们聊了将近半个小时，现在丹给我点了另外一杯红酒了，接着我们回到了楼下的电影院，在黑色皮革椅子上坐下，开始观看《安娜·卡列尼娜》，为嘉宝的绝世美貌所倾倒。

"嘉宝那张脸简直让人神魂颠倒，"我们看完电影走出影院时，丹感叹道，"她的身材都没人会注意了，演技也是，尽管她是个很好的演员。人们只议论她的脸——那臻于完美的脸蛋。"

"她的美就像一张面具，"我说道，"像是一尊狮身人面像。"

"是的。她给人一种冷漠忧郁、难以接近的感觉。你也是。"他漫不经心地补充了一句。丹再一次让我大吃一惊。或许是因为我喝了点儿酒，或许是因为跟他在一起很开心，不想破坏这个夜晚，我决定不去在意丹这句脱口而出的话。"我们去吃点儿什么吧！"他指的是现在。没等我回答，他就挽起了我的手。对于他这种热情的身体接触，我还是不太介意的。事实上，我觉得我还挺喜欢的。这让事情……变得容易多了。"红餐厅①怎么样？"我听到他问我，"可能没有里文顿餐厅那种正式餐厅的气氛。"

"红餐厅可以啊……"我们走了进去，找到一个角落的桌子。"嘉宝为什么那么早就选择息影呢？"在等待侍者给我们点单时，我问丹。

"她的最后一部电影《双面女人》反响不好，对她打击很大，很快她就决心放弃了。最可能的解释就是她知道那是她最美的时候，不想让岁月一点点侵蚀她在观众心目中的美好形象。玛丽莲·梦露36岁时离开了我们，"丹继续说着，"如果她是在76岁逝世的，她留给我们的印象还会一样吗？嘉宝想好好地活着，但不是在公众的注目下。"

"你什么都懂啊。"

丹打开餐巾："我喜欢电影，特别是黑白电影。"

"是因为你识别颜色有困难的缘故吗？"

侍者给了他一块面包。"不是，是因为我觉得彩色电影太平淡无奇了，因为我们每天都生活在色彩中，而黑白电影的本身就宣告了它是一门艺术。"

"你手上沾了点儿颜料，"我说，"你是在自己动手做吗？"

丹仔细地看了看手指："我昨晚在弄我的库房，已经在收尾了。"

"你那神秘的库房里究竟有什么？"

"到了10月11号你就知道了，到时候我会举办一个盛大的开幕典礼，很快就会发出邀请函。你会来吧？"

我想着这个晚上过得可真愉快："是的，我会来。那天的着装规则是什么？园艺服？还是要穿惠灵顿长靴？"

丹看起来有些被冒犯了："便服就行。"

"不用系上黑领带？"

"那就有些太过了。不过如果你喜欢的话，还是可以穿上你华丽

---

① 红餐厅（Café Rouge），法式平价连锁餐厅。——编者注

的古董裙。其实你可以穿那条淡粉色的裙子，你说已经属于你的那件。"

我摇了摇头："我肯定不会穿那件。"

"我很好奇为什么。"

"我只是……不喜欢那样。"

"你知道吗，你有时候也会给人一种狮身人面像的感觉，"丹说，"至少可以说你像个谜一样难以捉摸。我总觉得你在挣扎着什么。"他的话再一次让我感到吃惊。

"是的，"我静静地说，"我是。我是在挣扎，因为你真的是太鲁莽了。"

"鲁莽？"

我点头："如果不能说是直率的话。也可以说你总是非常直接地说出自己的看法。你一直在说一些让我……很受困扰的话。你总是……那个词是什么来着？"

"率直？我总是很率直吗？"

"不。你总是让我感到很尴尬……让我难堪……让我惊慌失措!就是这个词——你总是让我惊慌失措，丹。"

他笑了。"我喜欢你说这个词的样子。你可以再说一遍吗？真是一个美妙的词语。"他继续说着。"我们平时可听不到这个词。惊慌失措。"他又开心地念了一遍。

我转了转眼睛："现在你又让我不痛快了。"

"对不起。可能是因为你过于冷淡矜持。但我是真的喜欢你，菲比。就是有时候我总是忍不住想……我也不知道……让你不那么泰然自若。"

"我明白了。好吧，你还是没有达到你的目的。我依旧十分镇定。丹，说说你吧，"我转换了话题，决心掌握话语的主动权，"我的事你知道得够多了，毕竟你采访过我。我却不怎么了解你。"

"除了我很鲁莽这点。"

"那绝对了。"我笑了笑，感觉到自己又放松起来，"你为什么不跟我谈谈你自己呢？"

　　丹耸了耸肩说："好吧。我在肯特长大，离阿什福德很近。父亲是个非专科医生，母亲是个老师——现在他们俩都退休了。我们这个家最好玩的事是养了一只帕尔森·杰克·罗塞尔梗犬，它活了18年，如果用人的年龄来计算的话，应该是126岁。我从当地的男子学校毕业后去了约克大学读历史。然后干了10年的直销，这也是我人生最辉煌的10年，现在在《黑与绿》当记者。没结过婚，没孩子，交过几个女朋友。最近的一个女朋友只谈了三个月，就和平分手了。好啦，我的简介说完了。"

　　"你在报社工作开心吗？"我再一次镇定下来，问他。

　　"这是一场奇遇，但不是我想长期干的事。"我还来不及问丹什么事是他想长期做的，他就已经转换话题了。"我们刚刚看完了《安娜·卡列尼娜》。周五在这儿还会上映《日瓦戈医生》，你还想看吗？"

　　我看着丹："我很想看，但是我来不了。"

　　"噢，"丹说，"为什么来不了？"

　　"为什么来不了？"我重复了丹的话，"丹，你又来了。"

　　"让你惊慌失措？"

　　"是的。因为……听着……我没有必要告诉你我不能来的原因。"

　　"是的，你不用告诉我，"他说，"我已经猜到了。是因为你有男朋友了，如果他看到我们在一起，就会把我痛打一顿。我说得对吗？"

　　"不对。"我无力地说道。丹笑了。"是因为我要去法国，去进货。"

　　"啊！"他点头，"我记起来了。你是说过要去普罗旺斯。如果那样的话，等你回来的时候，我们再一起去看其他的电影。不，对不起，你有6周的时间可以考虑，好吗？我应该在11月中旬给你打个电话。别担心，在给你打电话之前，我会先发个邮件告诉你的。可能我还应该提前一周告诉你我即将发邮件给你，这样的话，你就不会认为我鲁莽了吧。"

　　我看着丹："我想如果我直接答应你的话，事情就会容易多了。"

CHAPTER 8
葡萄园里的爱情

今天一大早我就在圣潘克拉斯火车站登上了前往阿维尼翁的"欧洲之星"列车。我决定让自己好好享受这6个小时的愉快旅程，中途会在里尔转车。等待火车出发的时候，我浏览了一下《卫报》。在城市版，我惊讶地看到了基思的照片。配套的文章讲述了他的房地产公司凤凰地产专业于收购棕色地带（指城中旧房被清除后可盖新房的区域）进行再次开发。它最近被估价市值为两千万英镑，即将在另类投资市场上市。这篇文章回顾了基思的发家史。他最初通过邮购方式销售自行组装的厨房用具，但是在2002年，他的仓库被一名心怀不满的雇员纵火烧毁。文章中引用了他的几句话："那是我生命中最糟糕的晚上。但是当我看着被烧毁的大楼时，我发誓要从这些灰烬中创造出一些有价值的东西。"当列车驶离站台的时候，我想他的新公司名称可能也是由此得来。

现在我打开一份在布莱克西斯火车站拿的《黑与绿》。之前我太累了，一直没有看。上面有一些可以料想到的当地新闻，关于不断上涨的商业租金，高街连锁店对当地个体商店的威胁，还有一些停车和交通问题。还有一个周末揭幕战板块，一整版详细描述在 O2 体育场将会发生什么。在"忙碌的社交"板块里，有一些著名人士来当地参观的照片，包括一张科洛·塞维尼看着古董衣部落橱窗的照片。还有一些外出活动的著名居民的照片——有一张是歌手裘斯·霍兰在买花，另一张是女演员格伦达·杰克逊在布莱克西斯礼堂参加募捐音乐会。

中间几页是丹的一篇关于岁月流转中心的文章，大标题是"追忆似水年华"。"岁月流转中心是一处珍藏过去岁月的地方，"他写道，"在这里，年长的人们互相间，或和年轻一代分享他们的记忆……讲述故事的重要性。"他继续写道，"口述历史……精心挑选的纪念品帮助人们触发那些回忆……通过彰显回忆对年老和年轻一辈的价值，来提高老年人的生活质量……"

这是一篇饱含深情的好文章。

现在，随着火车的加速，我合上报纸，凝视着窗外的乡间风景。秋收刚结束，由于焚烧秸秆，苍白的田野上到处是点点的黑斑，一些仍在闷烧的地面升起袅袅的烟雾，乳白的烟雾散入夏末秋初的空气中。当我们经过阿什福德的时候，我突然想象着丹穿着不搭配的衣服，站在月台上，当我经过的时候，冲我挥手。然后火车迅速陷进了海底隧道，出现在比利时的平原，这块毫无特色的土地上耸立着一座座巨大的高压线铁塔。

在里尔，我换乘列车，登上了巴黎至里昂的高速列车，去往阿维尼翁。倚着窗户，我睡着了，梦到了迈尔斯、安妮、回来买绿色蛋糕裙的女孩，以及那位买走了粉色蛋糕裙的无法生育的女士。然后我又梦到了贝尔夫人是一个年轻女孩的样子，她带着蓝色的外套穿越田野，拼命地搜寻可能再也找不到的朋友。然后我睁开眼，讶异地发现普罗旺斯的乡间已经闪过去了：那些陶土色的房屋，银色的土壤，还有一棵棵像感叹号一样矗立在风景中的墨绿色柏树。

四面八方都是葡萄树，一排排笔直地排列种植，看起来就像这片土地刚被梳理过。农业工人们穿着色彩鲜艳的衣服跟在葡萄采摘机的后面。这些机器一排排地滚动前进，扬起一道道灰尘。葡萄收获显然正进行得如火如荼。

"到达阿维尼翁车站，"我听到广播里说道，"请下车。"

我走出车站，眯眼看着热烈的阳光。然后我取到租来的汽车，开着去往城里，沿着围绕中世纪城墙的马路，穿过狭窄的街道，来到旅馆前。

入住完毕之后，我洗漱换衣，然后沿着阿维尼翁的主街道漫步。街道上的店铺和咖啡馆由于傍晚的生意而变得熙熙攘攘。我在钟楼广场驻足了几分钟。那儿，在雄伟的市政厅前，一个露天的旋转木马正在轻轻地转动。当我看着孩子们在绘成金色和米色的木马上爬上爬下的时候，我想象着阿维尼翁曾经的那段不怎么纯真的岁月。我想着德国士兵就站在我此刻站着的地方，身侧佩着枪。我想象着贝尔夫人和她的弟弟对那些士兵哈哈大笑，指指点点，然后被焦急的父母要求肃静下来。当太阳西沉，天空几乎变成蓝绿色的时候，我走到了教皇宫，坐在这座中世纪堡垒前的一家咖啡厅里。

然后我的思绪回到了现代，计划接下来几天我的旅程安排。当我看着地图时，手机响了。我看着屏幕，按下接听键。

"迈尔斯！"我欢快地打招呼。

"菲比——你到阿维尼翁了吗？"

"我正坐在教皇宫的前面。你在哪儿？"

"我们刚到我堂弟家。"我意识到迈尔斯用了"我们"这个词，那就意味着罗克珊和他在一起。尽管我不怎么惊讶，心还是沉了下去。"你明天准备干什么？"我听到迈尔斯问道。

"上午我会去阿维尼翁新城，之后再去皮若的集市转一圈。"

"哇，皮若就在去教皇新堡的半途中。你完工之后为什么不来这里呢，我会带你出去吃本地的晚餐。"

"我很想去，迈尔斯。但是你说的'这里'是在哪里呢？"

"'这里'被称作博凯酒庄。很容易找到。你直接开车穿过教皇新堡，然后当你离开村庄之后，转到通往奥朗日的道路，右边一英里处有一所正方形的大房子。尽早过来。"

"好的——我会的。"

所以第二天早晨，我开车穿过罗讷河，来到阿维尼翁新城。我把车停在村庄地势最高的地方，然后沿着窄窄的主街道走回集市，小商贩们已经在地面上铺好布匹，摆出他们的古董了。集市上有旧自行车，褪色的躺椅；有缺口的瓷器，划伤的雕花玻璃；还有古旧的鸟笼，生锈的旧工具，皮爪子起了折痕的秃毛泰迪熊。还有一些小货摊出售旧油画和褪色的普罗旺斯棉被。这些被子同旧衣服一起挂在梧桐树之间的晾衣绳上，在微风中拍打着，扭动着。

"它们是真正的古董，夫人。"一位小贩信心十足地说，我仔细打量着她那些衣服。"这些东西质量都很好。"

集市上要看的东西太多了。我花了几个小时，挑选了几件20世纪四五十年代的简单印花裙，还有几件二三十年代的白色睡袍。这些衣服中，有几件质地是粗麻布的，其余几件是混纺的，还有几件是瓦朗西纳的，这是一种随风飘扬、像蛛丝一样轻盈的薄纱。许多睡袍都有着精美的刺绣。我在想，到底是谁的双手绣出了我现在触摸的如此精美的小花和树叶？这些精细的手工活是否给她们带来了乐趣？她们可曾想过后人将会如何欣赏这件作品，如何想了解她们？

买完所有我想要的东西之后，我坐在一家咖啡厅，吃了早午餐。我短暂地想了一下盖伊现在在做什么，他是什么感受，然后给安妮打了个电话。

"店里一直很忙，"她说道，"我已经把那件Vivienne Westwood的垫臀裙子和迪奥罗缎外套卖掉了。”

“那太好了。”

“但是你还记得你在电台上关于奥黛丽·赫本说了些什么话吗？”

“记得。”

“好吧，今天早上有个女人过来，让我把她变成格蕾丝·凯莉，这实在是有些棘手啊！”

“她不够漂亮？”

“哦，她漂亮极了，只是她更适合变成格蕾丝·琼斯。”

“啊！”

“还有，你妈妈顺道过来看看你能不能陪她一起吃午饭——她忘了你在法国了。”

“我会给她打电话的。”说着我就直接打了过去，但是她又开始喋喋不休地说起一些她从别人那儿看到的新的疗法——等离子皮肤再生治疗。“我昨天上午请假去那家诊所了解详情。”她一边说着，我一边啜饮着我的咖啡。“这对除深皱纹很有好处。”我听到她解释说，“他们用氮等离子体激活皮肤里的自然再生过程——他们把氮等离子体注射到你的皮肤下面，让纤维组织母细胞活动起来。不管你信不信，这样的结果就是长出全新的表皮。”我翻了个白眼。“菲比，你还在听吗？”

“是的，但是我得走了。”

“如果我不用这个等离子皮肤再生技术，”妈妈继续说，“我还可以试试其他注射液——他们说有透明质酸、玻尿酸或者左旋乳酸——他们还说可以进行自体脂肪转移，就是提取屁股上的脂肪移到脸上，从屁股到脸颊，就是这样的，但是问题是……”

“抱歉，妈妈——我得走了。”我感觉有点儿恶心。

我走回车里，强迫自己不去想妈妈刚才讲的那些奇怪的手术过程，然后动身前往皮若。

当我看到“教皇新堡”的牌子时，我对即将再次见到迈尔斯开始感到惴惴不安。到那之前我买了一条裙子准备换上，因为我一整天都穿着同样的衣服。

皮若的集市很小，但是我又买了 6 件睡袍和几件白色网眼花卉刺绣背心，女孩子们喜欢用它们来搭配牛仔衣物。现在已经是下午 3 点半了，我找了一家咖啡店，换上刚买的裙子，这是一件 20 世纪 60 年代早期的蓝白条相间的 St. Michael（圣·迈克尔）的棉质无袖连衫裙。

离开皮若的时候，我看到四面绵延的葡萄园里农业工人们正在辛苦地劳作。路边的各个牌子都在邀请我在这个酒庄或者那家庄园停下来品品酒。

在我的正前方的一座小山上坐落着教皇新堡，那些奶油色的建筑聚集在一座中世纪的塔楼之下。我开车穿过村子，向右转向通往奥朗日的道路。走了一英里左右，我看到了"博凯酒庄"的标志。

我一直向前驶到一条两边种满柏树的路上，在这条路的尽头，我看到一座巨大的正方形城堡。道路两旁的葡萄园里，男男女女们弯腰伏在葡萄藤上，我看不清他们被帽子遮挡着的脸。听到我的车声，一个头发花白的身影站了起来，他把手放在眼前挡住太阳跟我打招呼，我挥挥手表示回应。

我停下车，看到迈尔斯正大踏步地从葡萄园里向我走来。我摇下车窗，看到他笑了，他的脸上布满了灰尘留下的条纹，眼睛周围的线条凸显出来，就像是一条条辐射线。

"菲比！"他打开我的车门，"欢迎来到博凯酒庄！"我站起身来，他吻了我一下。"过一会儿你就会见到帕斯卡和塞西尔了，这会儿大家都在全力工作呢！"他朝着葡萄园的方向点点头。"明天就是我们的最后一天了，所以我们都感到时间紧迫。"

"我能帮什么忙吗？"

迈尔斯看看我："你吗？干这工作会让你满身灰尘。"

我耸耸肩："没关系。"我看着那些工人，人人都拿着黑色的桶和整枝大剪刀。"你们不用葡萄收割机吗？"

他摇摇头："在教皇新堡，所有的葡萄都必须用手摘，以求名副其实——这也是我们为什么会需要这支小型部队的原因。"他看了一眼我的系带鞋："你的鞋很好，但你还需要一条围裙。在这里等着！"迈尔斯朝房子走去，我突然发现罗克珊坐在一棵巨大的无花果树旁的长凳上看杂志。

"嗨，罗克珊！"我喊道，并向她走近了几步。"你好啊，罗克珊！"罗克珊抬头看了看，连太阳镜都没有抬一抬，只对我浅浅一笑就继续看她的书了。我感到自己被冷落了，过了一会儿才想起大多数16岁的孩子都不太注重社交礼仪，而且她只见过我一次，为什么她要对我表示友好？

迈尔斯从屋里走了出来，手里拿着一顶蓝色太阳帽。"你需要这个。"他把帽子扣在我头上。"你还需要这个……"他递给我一瓶水。"这围裙会保护你的裙子，这是帕斯卡的妈妈的，她是一位和蔼的女士，是不是，罗克珊——但是体型有点儿大。"

罗克珊喝了一口可乐："你是说她胖。"

迈尔斯伸展开那条巨大的围裙，把它套在我的头上，然后他转到我的身后，把后面的带子递到前面，他的呼气喷到我的耳朵上。之后，他把带子系在我的身前。"这儿！"他说道，把它们系成一个蝴蝶结。他向后退了一步，对我评价道："你看起来真可爱！"我忽然很不舒服地意识到，罗克珊正从她的雷朋太阳镜后面注视着我。迈尔斯拎起两个空桶朝葡萄园走去，两只手来回晃动。"来吧，菲比！"

"需要什么技能吗？"追上他之后我问道。

"几乎不需要什么技能。"他回答说，我们在这些粗糙的藤蔓里穿行前进。我们沿着垄往前走，不时会有一只小麻雀飞起来，或者一只蚱蜢在我们的面前飞过去。迈尔斯捡起一小串葡萄递给我。

我咬破一粒："很好吃，这是什么品种？"

"这些是Grenache（歌海娜）——这些藤都已经很老了，是20世纪60年代种的，年龄跟我差不多大。但是它们仍然生命力旺盛啊！"他顽皮地说道。他把手挡在眼睛前面，眯着眼看着天空说："真是感谢上帝啊，今年的天气不错。2002年的时候这里发洪水，葡萄都腐烂了——所以，那年我们只产了5 000瓶酒，本来预计会有10 000瓶的产量——那真是一场灾难啊！村里的牧师总是祈祷丰收，看来今年他的工作做得不错呀！今年确实是个丰收年啊！"

我们周围散落着一些巨大的鹅卵石，从一些鹅卵石的缝隙里我瞥见了那些时而发光的白色石英。"这些大石头真讨厌！"我一边从它们中间穿行一边说着。

"它们确实令人讨厌！"迈尔斯也同意，"它们是多年前罗讷河沉积下来的，但是我们很需要这些石头，因为它们白天储存热量，晚上就会释放出来，这正是这个地方享有优质葡萄酒盛名的原因之一。好了，你可以从这儿开始干吗？"迈尔斯弯腰伏在一株葡萄藤上，扒开那些金红色的叶子就露出了一大串黑葡萄。"从下面接着！"我把它们托在手里，感觉很温暖。"把葡萄蔓剪断——不要叶子——再把它们放到第一个桶里，尽量不要用手碰。"

"那第二个桶用来干什么？"

"用来放那些我们不要的葡萄——我们摘的葡萄中大约有20%要被淘汰，它们会被用来酿制**佐餐酒**了。"

在我们周围弥漫着一种舞会的氛围，大约有十几个人边笑边说，还有些人在听随身听和iPod（苹果播放器）。 一个女孩正在唱歌，那是歌剧《魔笛》中的一首咏叹调，讲的是夫妻之间的事。她清澈甜美的女高音飘荡在整个葡萄园里：

"男人和女人，女人和男人……"

"偏偏在今天听到这首歌，真是奇怪。"我想。

"神的帝国……"

"这些摘葡萄的人都是谁？"我问迈尔斯。

"每年都会有几个当地的人来帮我们，加上一些学生和几个外国工人。这片庄园需要 10 天左右才能摘完，采摘完了帕斯卡就会开个宴会感谢大家。"

我把剪刀放在藤蔓上："我可以从这儿剪吗？"

迈尔斯弯下腰，把手放在我的手上。"最好是从这儿，"他说，"就这样。"我感到一股欲望之流席卷了我的全身。"好了，剪吧！这些葡萄很沉，不要让它们掉在地上！"我把这串葡萄小心翼翼地放到了第一个桶里。"我就在那儿。"迈尔斯说着回到了他自己的桶旁边，离我有几步的距离。

这项工作真是又热又累，我真感谢迈尔斯给我的水，我更感谢这件围裙，现在已经落满了灰尘。我站起身来伸伸腰，这时我看见罗克珊依然坐在树荫底下，看着杂志，喝着冰可乐。

"我应该让罗克珊过来帮忙。"我听到迈尔斯说，仿佛是他读懂了我的想法。"但是对青少年来说，你催促她往往会产生事与愿违的效果。"

我感到一滴汗珠从我的肩胛骨中间流下来："她的古代史论文进展得怎么样了？"

"结果还不错，我期待着能得 A 呢！"他冷淡地说。"这是我应得的，为了它我整夜都没睡。"

"那你就是 A 之父了。我的这个桶已经满了——怎么办？"迈尔斯走过来，把那些不太好的葡萄挑选出来放到第二个桶里，然后把两只桶都提了起来。"我们把这些提到葡萄压榨机那边。"他朝房子右侧那些巨大的混凝土库房点点头。

我们进了第一间库房，一阵甜甜的发酵气味扑鼻而来，还有我们面前这个巨型白色滚筒工作时发出的震耳欲聋的噪音。这个机器的旁边是一个高大的梯子，一个穿蓝色工作服的男人站在梯子的最顶端，他从一个穿黄色衣服的金发小女人那里接过葡萄，然后倒进滚筒里。

"这是帕斯卡，"迈尔斯说，"这是塞西尔。"他朝他们俩挥挥手："帕斯卡，塞西尔，这是菲比！"

帕斯卡向我友好地点点头，然后接过塞西尔递过来的桶，把葡萄倒进滚筒里。塞西尔转过身，亲切地向我微笑。

迈尔斯指着远处墙边四个巨大的红色水缸说："这些都是发酵桶，葡萄汁从滚筒里经过那根水管直接抽到那里边。我们从这儿过去……"我跟着他进了第二间库房，那里面的温度更低一些，放着许多钢制容器，上边用粉笔标记着日期。"这就是那些发酵的葡萄汁存放的地方，我们还把它们放到那边的栎木桶中等待成熟，大约一年之后就可以装瓶了。"

"那什么时候能喝？"

"佐餐酒 18 个月就可以喝了，稍好点儿的得两到三年，陈年佳酿得保存 15 年。这里产的酒大部分都是红酒。"

库房另一边的桌子上放着许多半空的瓶子，瓶子都用灰色的塞子密封着，另外还有一些杯子、几个开瓶器和一些关于葡萄酒的书。墙壁上装饰着各种各样镶着镜框的荣誉证书，这些都是"博凯酒庄"葡萄酒在各个国际葡萄酒节上获得的。

我注意到其中一瓶酒上贴着一个漂亮的标签，一只画眉站在瓶顶，嘴里还衔着一串葡萄，我走近看了看。"Chante le Merle！"我转向迈尔斯，"上周我刚喝过这种酒——在格林尼治影院！"

"影院连锁店确实也卖我们的葡萄酒，你喜欢吗？"

"太好喝了，有一种……诱人的酒香，我似乎记得。"

"你那时在看什么电影？"

"《安娜·卡列尼娜》。"

"和谁……"

"葛丽泰·嘉宝主演的。"

"不——我是说，谁跟你一起看的电影？我……我只是好奇而已。"他漫不经心地说。

我发觉迈尔斯的局促不安很令人同情——尤其是我第一次遇见他时，他看起来是那么平静柔和。"我跟我一个朋友丹去的，他是个电影迷。"

迈尔斯点点头。"好了，"他看了看手表，"差不多6点了，我们最好先准备一下，待会儿要去村子里吃晚饭，罗克珊可能会跟帕斯卡和塞西尔待在一起，这样她可以练习法语。"他又接着说，"现在，我猜你一定想先洗一洗吧……"

我伸出那双被染成紫色的手。

我们绕了一圈朝着房子走回去，我看见罗克珊已经离开了长椅，只剩下她喝空的可乐瓶，瓶颈处停留着几只黄蜂。迈尔斯推开巨大的前门，我们走进凉爽的室内。房子的大厅很大，拱形的房顶，横梁露在外面，还有一个凹进去的壁炉，壁炉旁堆着一堆圆木，一面墙边放着一个旧木桶做成的长凳。楼梯口处放着一只填充玩具熊站岗，熊的牙齿和爪子都露在外面。

经过玩具熊旁边时，迈尔斯说："不用担心，它从来没咬过任何人，我们上去吧。这里……"我们穿过楼梯平台，迈尔斯推开一扇镶板门，露出一个巨大的石灰石浴缸，形状就像一口石棺。他从横杆上取下一块毛巾："我要泡个澡。"

"也许得去别的地方吧。"我开玩笑说，怀疑迈尔斯是否要在我面前直接把衣服脱了。我忽然意识到即使他真的把衣服脱了，我也不会介意的。

"我有一间套房，"他走出去的时候，我听到他这样解释道，"我就在楼梯平台的那头。多久……20分钟后在楼下见？"他一边往外走，一边关上门，喊道："罗克珊……罗克珊……我需要和你谈谈……"

我解开围裙——它把我的裙子保护得完好无损，擦掉鞋子上的灰尘。我用那个看起来很古老的黄铜喷头冲了个澡，把湿漉漉的头发打成结，然后又把裙子穿上，稍微化了一点儿妆。

我往楼梯平台上走的时候，听到迈尔斯低声说话的声音飘过来，然后是罗克珊悲伤的语调。

"我不会出去很久的，亲爱的……"

"她为什么在这儿？"

"她在这儿有事要做……"

"我不想你出去……"

"那你就跟我们一起去。"

"不要……"

我脚下的第一级台阶咯吱作响，

迈尔斯抬头一看，似乎有些吃惊："你来了，菲比。"他说，"你准备好出发了吗？"我点点头。"我刚才在问罗克珊想不想一起来。"我下楼的时候他又说道。

"我希望你能一起来，"我对罗克珊说，决心试着吸引她，"我们可以谈论一下衣服，你爸爸说你对时装行业很感兴趣。"

她闷闷不乐地看了我一眼："那就是我要从事的行业，是的。"

"那你为什么不跟我们一起呢？"她的父亲热情地问。

"我不想出去。"

"那样的话，你就跟那些采摘葡萄的人一起吃饭吧。"

她做了一个厌恶的表情："不，谢谢。"

迈尔斯摇摇头："罗克珊——这儿有很多可爱的年轻人，那个波兰女孩贝娅塔是要当歌唱家唱歌剧的，她的英语很棒，你可以跟她聊天。"罗克珊耸了耸瘦小的肩膀。"那就跟帕斯卡和塞西尔一起吃饭吧！"那孩子把双臂交叉起来，放在胸前。"不要不好意思，"她父亲说，"拜托，罗克珊，我只是希望——"但是，她已经过了大厅的一半了。

迈尔斯对着我说："不好意思，菲比。"他叹口气，"罗克珊正处在那个难以管教的年龄。"我礼貌地点点头，忽然想起了法语中一个形容青少年的词语——l'âge ingrat (令人讨厌的年龄)。"过几个小时她就没事了。那……"他晃了晃他的汽车钥匙,"我们走吧!"

迈尔斯一路开到村子里,把他租来的雷诺汽车停在主干道上。下了车,他朝一家饭馆点点头,饭馆的外面放着餐桌,白色的桌布迎风拍打着。我们走过去,迈尔斯推开饭馆的门。

"噢……阿坎特先生,"一个看上去和蔼可亲的店主一边开门一边说,"见到你真高兴,真是太高兴了。"那个人的脸上瞬间绽放出满面笑容,两个人互相拍拍后背,放声大笑。

"见到你真好,皮埃尔,"迈尔斯说,"给你介绍一下,这位是漂亮的菲比。"

皮埃尔抬起我的手亲吻了一下:"真漂亮!"

"皮埃尔和帕斯卡是同学。"迈尔斯解释说。皮埃尔把我们引到角落里的一张桌子旁,"我们过去经常夏天一起外出度假,35年前?是吧,皮埃尔?"

皮埃尔噘了噘嘴:"是的——是35年前,那时你还没出生呢!"他笑着对我说。恍惚间我忽然看到十几岁的迈尔斯抱着还是婴儿的我。

"要不要来一杯红酒?"迈尔斯一边打开葡萄酒的酒单,一边问我。

"好啊!"我轻轻地回答。"但是,我可能不应该喝酒,我还得开车回阿维尼翁呢!"

"你自己决定,"迈尔斯说着戴上了眼镜,他瞅了瞅酒单说,"毕竟你还要吃晚餐的。"

"那我只喝一杯——就一杯。""如果你想多喝些的话,那你可以住在这儿,"他随意地说道,"我们还有空余的房间——里面有一个大树干!"

"哦,我不需要——我是说,我不需要房间,"我马上红着脸纠正自己说的话,"我是说,我不用住下,谢谢。"看到我尴尬的样子,迈尔斯笑了笑。我问:"嗯……你说你每年都会帮着摘葡萄?"

他点点头："我这么做是为了维系家庭成员之间的关系——这个庄园是我的曾祖父菲利普创建的，也是帕斯卡的曾祖父。我来这儿是因为这个家族企业中也有我的一小部分，我希望让自己参与其中。"

"所以，博凯酒庄就是你的'葡萄酒故乡'。"

"我想是这样，"迈尔斯笑着说，"但是我也喜欢葡萄酒的整个制作过程，我喜欢那些机器、机器的噪音、葡萄的芬芳，还有这份跟土地的亲密接触。我喜欢葡萄栽培，这其中牵扯到这么多知识——地理、化学、气象学——还有历史。我喜欢这些，还因为葡萄酒越久越醇，这可是为数不多的时间产物之一。"

"就像你一样？"我开玩笑地说。

他笑了笑："好了，你想喝什么？"我选了教皇城堡的凡斯罗酒。"我来一杯女皇酒。"迈尔斯对皮埃尔说。"我从不在外面喝博凯酒庄的酒。"当我拿起菜单时，他对我说，"这样就会知道竞争对手是什么样子了！"

皮埃尔把我们的酒放在我们面前。迈尔斯举起他的酒杯："菲比，再次见到你真是太好了。上周跟你一起吃饭的时候，我就希望能再次见到你。但是，我从来都没想过我们会……哦……"他把手伸到口袋里去拿他的黑莓手机："听着，罗克珊……"我在看菜单，他小声说，"我确实跟你说过我去哪儿——我跟你说过了——我们在蜜拉贝尔餐厅。"他站起来继续说，"我们邀请过你了。"我听到他一边叹气一边往门口走："你知道我们邀请过你了，亲爱的，现在说这些话有什么意义？"

迈尔斯站在外面跟罗克珊聊了一会儿回来了，看上去很生气。"非常抱歉！"他一边叹着气，一边把手机装到口袋里。"她现在生气了，因为她没来！我不得不说，罗克珊有时候让人很为难——但是实际上她内心是个很好的孩子。"

"当然！"我低声说。

"她永远都不会做……"迈尔斯迟疑了一会儿,"错事。"皮埃尔又走过来,我们点了菜。"但是我想说说你,菲比,"迈尔斯继续说,"上周我们一起吃饭的时候,你回避了我所有的问题——我想再知道一些事情。"

我耸耸肩:"你想知道什么?""嗯……一些个人的情况,跟我说一下你的家庭吧!"于是,我跟迈尔斯说了我的父母,还有路易斯。

迈尔斯摇了摇头:"这真是个难题,那肯定让你很矛盾。"这时皮埃尔给我们上了开胃菜。

我把餐巾铺在腿上。"是的,我真希望我能够多了解一些路易斯,但是一切都让人这么为难。我已经决定以后多去看看他,而且什么都不跟我妈妈说。正常来说,她是很喜欢孩子,"我继续说,"但是,现在她怎么可能喜欢这个婴儿呢?"

"嗯……"迈尔斯摇了摇头,"我不知道。"

"她现在很脆弱,"我把面包卷掰成两半,继续说道,"她说她从来都没有想过我的父亲会离开她,但是,如果让我想的话,他们真的没在一起做过什么事——或者说很多年没在一起了。反正,我是不记得了。"

"不过,这对你母亲来说肯定很难过。"

"是的——不过至少她有自己的工作。"接着,我跟迈尔斯说了我母亲工作的情况。

他拿起自己的汤匙,说:"她已经为这个男人工作了 22 年了?"

我点点头。"这就像一场职业婚姻,约翰退休之后,她也要退休了——但是,就像他说的,他想工作到 70 岁,那还有一段时间呢,谢天谢地。她需要工作来分散注意力,而且她也很需要钱,尤其是,我爸爸正在……失业期间。"我认真地总结道。

"你母亲和她的老板没有机会……?"

"哦,不行,"我笑着说,"约翰是喜欢她,但是他对女人不感冒。"

"我明白了。"

我喝了一口红酒，问："你的父母一直住在一起吗？"

"住了43年——一直到他们去世——他们在几个月内相继去世。"

"那你父母之间的事情没有影响你对婚姻的看法吗？"我放下我的叉子，说："你认为我有过婚姻吗？"

"因为你告诉过我，你订过婚，所以我这么认为。"迈尔斯抿了一口酒，对我的右手点点头："那是你的订婚戒指吗？"

"哦，不是，"我看了看手上这枚戒指上镶着的菱形祖母绿，旁边镶了两颗小钻石，"这是我外祖母留下来的，我很喜欢它，因为戴着它能让我想起许多关于外祖母的回忆。"

"这么说来，你订婚已经是很久以前的事了？"

我摇了摇头："就是今年早些时候订的。"迈尔斯的脸上掠过一丝惊讶的表情。"事实上……"我看向窗外，"我应该今天结婚的。"

"今天？"迈尔斯放下他的杯子。

"是的，我应该今天下午3点在格林尼治登记处登记结婚，接下来还要在布莱克西斯的克拉伦登酒店聚餐，80个人将一起跳舞。但事实上，我却在普罗旺斯和一个不太认识的人采摘葡萄。"

迈尔斯看起来有些惊讶："你看上去并不是……很伤心啊！"

我耸了耸肩："是有些怪异，但是我感觉……没什么。"

"也就是说，是你结束了这场婚姻。"

"是的。"

"但是，你为什么要这么做？"

"因为……我必须这么做，那已经很明了了。"

"难道你没爱过你的未婚夫吗？"

我喝了一口红酒，说："我爱过，更确切地说，我曾经很爱他，所以我才取消了婚礼。"我看了一眼迈尔斯，"我是不是看起来很无情？"

"有……点……"他说，轻轻地皱了一下眉头，"但是，因为我不知道具体的事情，我不做评判。我觉得可能是他对你不忠，或者他背叛了你。"

"没有，他只是做了一些我无法原谅的事，"我看了看迈尔斯一脸困惑的表情，"我可以告诉你，如果你喜欢听的话。或者我们可以换个话题。"

迈尔斯有些犹豫，过了一会儿，他说："好吧！我不否认我现在充满好奇。"于是，我简要地跟他说了艾玛的事，说了盖伊的事。迈尔斯把一根面包棒掰成两段，说："那一定很令人尴尬。"

"是的，"我又喝了一口酒，"我希望我永远都没遇见过盖伊。"

"但是……这个可怜的人，他做了什么？"

我喝干了我的酒，感到红酒的温暖流遍我的血液，我告诉迈尔斯我订婚的事，还有情人节那天的事，还有艾玛打电话的事。接着，我跟他说了去艾玛家的事。

迈尔斯摇着头，说："这是错觉，菲比！"

"错觉？"我又问道。错觉？"是的，这个场景总是回到我的脑海里，我经常梦见自己在艾玛家里，把她的被子往回拉……"

迈尔斯的脸因为伤心而变得忧郁起来："她已经吃了所有的乙酰氨基酚吗？"

"是的，但是医生说她只吃了四粒——很明显，是最后四粒，因为药瓶已经空了。"

迈尔斯看上去很困惑："那她为什么……"

"刚开始我们并没有意识到艾玛怎么了，看上去就像是服药过多的症状。"我紧紧地攥着我的餐巾。"但是，很讽刺的是，却是因为用药不足才导致她……"

迈尔斯盯着我："你说你以为她感冒了。"

"是的——她第一次给我打电话的时候，听起来就像是感冒了。"

"那段时间她去过非洲吗？"

我点点头：“那时她已经从非洲回来三周了。”

“是不是疟疾？”他轻轻地问道，“没有诊断出来的疟疾？”

我又有了那种熟悉的下沉的感觉，仿佛我正在堕入深渊。“是的，”我低声说，“就是。”我闭上眼睛。“我要是能像你一样迅速地做出诊断就好了。”

“我妹妹崔西很多年前也得了疟疾，”迈尔斯静静地说，“是去加纳旅游回来之后得的，不过她很幸运地活了下来，因为那是致命的一种——”

“恶性疟原虫，”我突然插话说，“由感染了的疟蚊传播——但是只有雌性的疟蚊才会传播。我现在是这方面的专家了——很遗憾。”

“崔西并没有吃完她的抗疟疾的药，艾玛的情况是不是也这样？我猜这是你刚才所说的‘用药不足’？”

我点点头。“她去世后没几天，她的母亲从她的化妆包里找到了抗疟疾的药，从这些罩板包装上，她看出来艾玛只服了 10 天这种药，而不是 8 周，而且她开始服药太晚了——她应该在去旅游前一周就开始服用。”

“她之前去过非洲吗？”

“去过很多次，她过去经常住在那儿。”

“所以，她应该知道被感染的概率有多大。”

“是的，”皮埃尔过来收我们的盘子，我暂停了一下，“即使那儿得疟疾的危险很小，但是艾玛给我的印象是她一直很小心，按时服药。但是，这次她似乎很不小心。”

“你为什么这么认为？”

我手里摆弄着玻璃杯：“一定程度上，我认为她是故意的。”

“你是说——她自己故意感染的？”“可能吧！那段时间她情绪很低落——我觉得因此她才忽然决定去非洲的。或者，她只是忘了带药，或者她想跟自己的健康玩一次俄式轮盘赌。我只知道她第一次给我打电话的时候我应该过去看她。"我把视线转向一边。

迈尔斯过来握住我的手："当时你并不知道她病得那么严重。"

"不是的，"我悲切地说，"我只是没有想到她可能已经……"我摇了摇头。"艾玛的父母可能已经意识到了，但是他们正在西班牙徒步旅行，不能回来——很明显，她试图给她妈妈打过两次电话。"

"那他们将要一辈子带着这个遗憾生活了。"

"是的，再加上事情是以这样的方式发生的……事实上，艾玛一个人很孤独……他们很难过，我也是。我必须要告诉他们……"我感到眼睛里充满了泪水，"我必须要告诉他们……"

迈尔斯过来握着我的手："这真的令人很痛苦。"

我的喉咙因哽咽而生疼："是的，但是她父母仍然不知道艾玛去世前几周是在生我的气。如果她不是跟我生气，可能她就不会去非洲，她也就不会生病。"一想起艾玛的日记，我的心忽然剧烈地抽搐起来。"我希望他们永远都不会发现……迈尔斯，我能再喝一杯酒吗？"

"当然可以，"他对皮埃尔挥挥手，"但是，如果你再喝的话，我觉得你今晚最好住在这儿——行吗？"

"可以，但是我不会喝多的。"

迈尔斯看着我："我仍然不明白为什么你觉得必须取消婚约呢？"

"是盖伊劝我不要去看艾玛的，我无法面对这一事实。他说她只不过是在吸引我的注意力。"一想起这些，我心里升起一阵怒火。"他说那可能只是一场重感冒。"

"但是……你真的因为艾玛的去世而怪罪他吗？"

皮埃尔给我倒酒的时候，我稍停了一会儿，继续说道："我首先最怪罪的是自己，因为我是那个本来能够阻止悲剧发生的人。我怪艾玛，为什么不带上药。是的，我也怪盖伊，因为要不是他阻止我……我就直接去艾玛家了……要不是因为他，我就能够看到艾玛病得多重，我就能叫救护车，她有可能就活下来了。但是，盖伊劝我再等等，所以我直到第二天早上才去看她，那个时候……"我闭上双眼。

"你把这些告诉盖伊了吗？"

我又喝了一口酒："刚开始没有，我那时还处在震惊之中，我想一个人承担一切。但是，艾玛葬礼的那天早上……"想起艾玛的棺材，我停了下来。棺材上面，一片粉色的玫瑰花海里放着她最喜爱的那顶绿色的帽子。"我取下了我的订婚戒指，后来盖伊送我回家的时候问我戒指去哪儿了，我说我不能在艾玛的父母面前戴着它。接下来，可怕的一幕就发生了。盖伊坚持说我没什么要感到内疚的，他说艾玛是因为自己的过失才去世的，因为她无视自己的健康，所以她不仅付出了自己的生命，而且给她的父母和朋友也带来了不幸。我告诉盖伊，我确实感到内疚，也会一直内疚下去。我告诉他，一想起他和我坐在餐厅里又吃又喝，而艾玛却在垂死挣扎，我就备受煎熬。然后，我说出了我两个星期以来一直想要说的话——要不是他拦着，艾玛现在可能还活着。"

"盖伊看着我，就像我打了他一样。对于我的指责，他极度愤怒。然后我上楼把戒指拿下来还给他——那是我最后一次见他。这就是我为什么今天没有去结婚的原因。"我平静地总结说。

我叹了一口气："你说关于我个人的事你一无所知——现在你知道了，但是这可能比你想知道的更深入了吧！"

"嗯……"迈尔斯握着我的手说，"我很难过，我不知道你经历了这么……痛苦的事，但是，很高兴你能把这些事都告诉我。"

"我也很惊讶我竟然把这些都告诉你了，而我几乎都不了解你。"

"是的——你不了解我，至少现在还不了解我。"他温柔地说。他摸了摸我的手指，我忽然感觉到一阵电流穿过。

"迈尔斯……"我看着他，"我还想再喝第三杯。"

我们没有在餐馆待太长时间，因为罗克珊开始打电话过来。迈尔斯告诉她，他会 10 点前回去。然后当我们的甜品上来的时候，她又打来了一次。我必须强忍住。罗克珊拒绝和她父亲一起出来，但是似乎也决心不让她父亲好过。

"她不能读本书吗？"我提议道。或许再多看几份花花绿绿的时尚杂志，我轻蔑地想。

迈尔斯拨弄着他的酒杯。"罗克珊是一个聪明的女孩，但是不像……我希望的那样机智，"他小心翼翼地说道，"也难怪如此，因为这些年我太迎合她的心意了。"他举起手，仿佛在说这是依法逮捕。"不过作为一个独生女的单亲家长，这几乎是难以避免的——而且，因为以前发生的事情，我还想尽力补偿她，我自己也明白这点。"

"但是 10 年真是一段漫长的时间。你是一个非常有魅力的男人，迈尔斯。"他摆弄着叉子。"我很惊讶你至今还没有找到一个人成为罗克珊母亲的化身，并满足你自己的情感。"

迈尔斯叹了一口气："没有什么令我更开心——会令我更开心。几年之前有一个我非常喜欢的人，但是也没有结果。但是也许，如今，事情会走上正轨……"他微微一笑，眼角的皱纹加深了。"无论如何……"他推开椅子，"我们得回去了。"

回到家，帕斯卡告诉迈尔斯罗克珊已经上床睡觉了。我想那是因为她已经成功地逼迫她父亲从餐馆回来了。迈尔斯解释说，我需要留下来过夜。

"当然可以，"帕斯卡拊掌笑道，"非常欢迎。"

"谢谢。"

"我要再去铺张床，"迈尔斯说道，"你能来帮忙吗，菲比？"

"当然。"我跟着他，因为酒劲的缘故，略微有些脚步不稳地上了楼。在顶楼，他打开一个巨大的烘衣柜，柜子里闻起来是暖暖的棉花味道，他从木架上取下一些被褥。

"我的房间就在尽头，"当我跟着他沿着长长的楼梯平台走下时他说，"罗克珊的房间就是对面。你的房间在这里。"他推开门，我们走进这间大卧室，卧室的四面墙上挂着深粉色的印花布，布上描绘着青年男女采摘苹果的田园景象。

和迈尔斯一起铺床有点儿怪异。当我们在摆弄蓬松的羽绒被的时候，我发现这种亲密感既让人尴尬又让人兴奋。当我们铺平床单的时候，两人的指尖碰在了一起，我感觉一股突然而至的电流经过我的身体。迈尔斯把亚麻床套拉到靠枕上方。"好了……"他羞怯地一笑，"需要我借你件衬衫睡觉穿吗？"我点点头。"条纹还是素色的？"

"T恤吧。"

他向门口走去："一件T恤，马上就来。"

迈尔斯很快就拿着一件灰色的Calvin Klein（卡文·克莱）T恤回来了，递给我。"嗯……我想我也应该去睡了。"他亲吻了一下我的脸颊。"明天在葡萄园还有漫长的一天。"他又亲吻了另外一边，然后搂着我几秒钟。"晚安，亲爱的菲比。"他轻声说道。我闭上眼睛，享受着被他拥抱的感觉。"我很高兴你来了。"他在我耳边轻声说，气息喷在我的耳朵里，暖暖的。"但是想想这原本是你的新婚之夜，多么奇怪啊。"

"是很奇怪。"

"现在你在这里，在普罗旺斯和一个陌生人同处一室。但是……我有个问题。"我看着迈尔斯——他的脸上满是焦虑。

"什么？"

"我想吻你。"

"哦。"

"我的意思是，真的吻你。"

"我明白。"他的手指沿着我的脸颊滑下。"那么……"我嗫嚅道，"你可以。"

"亲吻你？"他小声说。

"亲吻我。"我小声回答。

迈尔斯双手捧住我的脸，然后俯下身，把上唇轻轻印上我的上唇——凉爽而干燥的感觉——我们就那样站了片刻。此刻我们更加激烈地热吻，然后是迫切地贴合在一起。我还发现迈尔斯将手伸向我的衣服背后试图拉开拉链，但是他没有成功。

"抱歉，"他止不住笑意地说道，"我很长时间没有这么做过了。"他又摸索了一会儿。"啊……找到了。"他把肩带从我的肩头拉下，裙子就掉落在地上，我从中走了出来，迈尔斯带着我向床边走去。他解开自己的衬衫，我解开他的牛仔裤，把他的勃起释放出来，然后我躺到床上，看着他一丝不挂。他也许快 50 岁了，但是身体还是很苗条结实，他的确像他出生那年种的那些葡萄树，依然"生机勃勃"。

"你想要吗，菲比？"他躺在我旁边，抚摸着我的脸颊，耳语道。"我和你说过那截树干就在那边。"他吻着我。"你只需要用它抵着门。"

"把你挡在外边？"

"是的，"他又吻了我，"不让我进来。"

"但是我不想那么做。"我回吻着他，更为急切地，然后随着一阵战栗的欲望，我把他拉向我。"我要你进来。"

CHAPTER 9

在贝尔夫人的故乡

"男人和女人，女人和男人……"

楼下的葡萄园里有一个波兰女子正在歌唱，我闻声醒来。

"努力达到神仙般的境界……"

迈尔斯已经走了，只剩下枕上的凹陷和床单上的男性气息。我坐起来，双臂环着膝盖，思索着人生的这个转折。房间内依旧黑暗，只有阳光透过百叶窗在地板上留下的银色光点。我能听到窗外鸽子的呢喃，还有更远处传来的压榨机的轰鸣。

我打开窗子，看着那片微红的土地，种着如波浪般起伏的苍翠松柏。我看到远处迈尔斯正在往拖车上装桶。我在窗前站了一会儿，凝视着他，想着我们做爱时那种激烈、甚至是虔诚的方式，还有他在我身体内注入的欢愉。窗下是一棵无花果树，两只白鸽在树上啄食熟透了的绛紫色的果实。

我洗漱一番，穿好衣服，铺好床，来到楼下。在晨光中，那只玩具熊仿佛在咧着嘴笑，而不是咆哮。

我穿过客厅来到厨房。在一张长长的桌子尽头，罗克珊和塞西尔正在吃早饭。

"早安，菲比！"塞西尔热情地打招呼。

"早安，塞西尔！早安，罗克珊！"

罗克珊扬了扬眉："你还在这儿？"

"是啊，"我平静地答道，"我不想摸黑开车回阿维尼翁去。"

"睡得好吗？"塞西尔带着一丝了然的微笑问我。

"很好。谢谢。"

她指着羊角面包和饼干，然后递给我一只盘子："要喝杯咖啡吗？"

"谢谢。"在塞西尔从咖啡壶里给我倒咖啡的时候，我瞥了一眼这个大厨房，厨房里铺着瓷砖地板，装饰着蒜头和辣椒的花环，架子上搁着闪闪发亮的铜锅。"塞西尔，厨房真漂亮——这房子真好啊！"

"谢谢，"她递给我一块奶油蛋卷，"希望你能再来看我们。"

"这么说，你现在就要走？"罗克珊问我，一边往她的面包上涂厚厚的黄油。她的音调虽然平淡，但其中的敌意却显而易见。

"我吃完早饭就走，"我转向塞西尔，"我要去索尔格岛。"

"不是很远，"她在我啜饮着咖啡时说，"大概只要一个小时。"

我点头。我以前去过索尔格岛，但是没从这里去过。我得找找路线。

我和塞西尔聊着的时候，一只可爱的小黑猫信步走来，尾巴竖得直直的。我向它打了个响吻，它出人意料地跳到我腿上并蜷起身来，高兴地咕噜叫着。

"这是米诺。"塞西尔说。我抚摸着它的头。"我想它喜欢你。"我看到塞西尔在盯着我的右手。"好漂亮的戒指！"她羡慕地说，"你的戒指——太美了！"

"谢谢！"我看了一眼戒指，"这戒指是我外婆的。"

罗克珊突然向后推开椅子站了起来。接着她从水果盘里拿了一只桃子，用右手向上抛出，然后娴熟地接住。

"早饭吃饱了吗，罗克珊？"塞西尔问她。

"吃饱了，"罗克珊答道，"待会儿见。"

"你不会见我了，"我说，"但是我希望能再次见到你，罗克珊。"

她没有回答。她离开房间后，房间里出现一阵令人尴尬的静默，因为塞西尔意识到了她的冷漠。

"罗克珊很漂亮。"她在清理罗克珊剩下的早饭时说道。

"她很漂亮，没错。"

"你喜欢迈尔斯。"

"当然。"我表示同意。我耸耸肩："她是他的女儿。"

"是的。"塞西尔叹气道。"但是……怎么说呢……她也是他的阿喀琉斯之踵。"

我假装对小猫又有了兴趣，它突然背朝下亮出了肚皮。我喝完咖啡，看了下表。"塞西尔，我该走了。谢谢你的款待。"我把小猫从腿上抱下来，想把吃早饭的杯盘放进洗碗机。可塞西尔把杯子和盘子从我手中接过去了，口中啧啧了几声，然后把我送到门口。

"再见，菲比，"当我们走进屋外的阳光里时，她说道，"祝你在普罗旺斯待得开心。"她亲了亲我的双颊。"还祝愿你……"她看了看坐在阳光下的罗克珊，"……好运。"

我走进车里时，暗暗希望塞西尔没向迈尔斯说罗克珊的所作所为。罗克珊可能有些蛮横、自私而又吹毛求疵，但很多青少年不是都这样吗？无论如何，我刚刚遇到了迈尔斯，但我意识到，我真的喜欢他……很喜欢很喜欢。

手搭凉棚遮住了强烈的阳光，我在葡萄园搜寻着迈尔斯，看见他正朝我走来，像往常一样略带焦急，好像担心我会逃跑。我发觉他脆弱又可爱。

"你不是要走吧？"他一边向我走近一边问道。

"嗯，我是要走。但是，嗯……谢谢你……为我做的一切。"

迈尔斯笑了，把我的手放到他唇上，这个动作让我心动。他倚在发动机盖上，向着我的地图点点头。"你找好路线了吗？"

"找到了。几乎是条直线。所以……"

我来到方向盘后，耳边传来画眉银铃般的叫声。迈尔斯弯下身来，透过开着的窗户吻了我一下。"我会在伦敦见到你。至少是希望会在那里见到你。"

我把手放到他的手上，又吻了他一次。"你会在伦敦见到我的。"我说……

我尽情享受着去往索尔格岛的旅程，在明媚的阳光中沿着安静的小路行驶，经过一片片整齐的樱桃园和刚采摘结束的葡萄园，果园金色的边缘开满点点绛红色的罂粟花。我想着迈尔斯，想着我发觉他有多么迷人。我的唇仍能感受到被他咬过的肿痛。

我在美丽的河边小镇的一端停下了车，穿过集市走进拥挤的人群。这里有各式各样的小摊，出售薰衣草香皂、橄榄油瓶、气味辛辣的意大利香肠、普罗旺斯被子，还有在陶土罐碎片中黄绿相间的草篮子。这个地方充满了热闹的商业气氛。

"20 欧元！"

"谢谢你，先生。"

"价格便宜，是吧？"

"是的，相当便宜。"

然后我走上横在小河上的小木桥。这里是小镇的上区，气氛比较安静，顾客在出售古董和珠宝的小摊前悄然思索着。我在其中一家摆着一副旧鞍座、一双红色拳击手套、一艘装在玻璃瓶里的大船、几本邮册和一堆 20 世纪 40 年代的报纸杂志的小摊前停住脚步。我在这些物品中搜寻着。

现在我要做我来这里要做的事了。我看了看采葡萄时所穿的衣

服，选了几件白色棉布衫和▢▢▢▢，还有几件英格兰刺绣马甲，这些
衣服都充满淳朴的乡村风▢▢。我听到教堂的大钟响了三声。到了该回
去的时间了。我想象着迈尔斯仍然在葡萄园里辛苦劳作，帮着做最后
的采收，然后晚上还会有一场专为葡萄采摘工人举办的晚会。

我把袋子放进后备厢，钻进汽车，打开所有的车窗散热。前往阿
维尼翁的路程似乎没有弯路，但当我越来越接近的时候却意识到自己
看错路牌了：我应该朝南走，却往北走了。更让我沮丧的是，没有地
方可以掉头。更糟的是，我身后已经排了一列长长的车队。现在我正
朝着一个叫作罗彻迈尔的地方驶去。

我朝后视镜看了看，身后的那辆车跟得太紧了，我都能看见司机
的眼睛。我被他不耐烦的喇叭声搞得很不安。因为急于摆脱他，我突
然右转进一条窄巷，同时松了一口气。我沿着窄巷开了大约半英里，
突然面前出现一个令人心情舒畅的大广场。广场一边是几家小店，还
有一个外面摆着桌椅的酒吧，长满树瘤的梧桐树投下阴影遮蔽着这
里，一位老人坐在桌前喝啤酒。另一边是座令人惊叹的教堂。驶过的
时候我看了一眼教堂的门，心中颤抖了一下。

不知从什么地方传来贝尔夫人的声音。

*我从小在离市中心 3 英里远的一个村庄里长大，那儿还算大。那
是个闲适的地方，狭窄的街道一直通向一个宽阔的广场，那儿四周种
着梧桐，开着几家商店，还有一家不错的酒吧。*

我在近处的一个面包房外面停下，走出车子进入教堂，贝尔夫人
的声音仍在我耳边回响。

广场的北边有个教堂，门上刻着大大的罗马文：自由，平等，博爱……
这句我曾学过的名言用大写罗马字母刻在石头上，我的心怦怦跳
着，转过身凝视着广场。毫无疑问，这就是贝尔夫人长大的地方。这
就是那个教堂。这就是那个酒吧，米斯特拉酒吧——我现在能看见酒
吧的名字了——这就是她那晚坐着的地方。我突然想到坐在那里的老

人可能是让·吕克·奥马热。他大概都80多岁了，所以很可能是他。我站在那里的时候，他喝完了啤酒，站起身来，扯下头上的贝雷帽，拄着拐棍缓缓穿过广场。

我回到车中继续向前开。房屋越来越少，我能看到零零星星的葡萄园和小果园，不远处横着一条铁路。

铁路嵌在村庄的边上，村子四周是广阔的乡野。我父亲在房子不远处有一个小小的葡萄园……

我开进一条岔路，坐在车里想象着特蕾莎和莫妮可走过这些土地，穿过葡萄园和果园。我想象着莫妮可为了生存藏身于谷仓中。此刻，黑漆漆的柏树在我看来犹如控诉的手指伸向长空。我打开车灯继续向前开。村庄最远的一边是几座新房子，但还有一排有些旧的房子。我驶过最后一座房子，把车停下，走了下去。

一个漂亮的花园出现在我面前，里面种着好多天竺葵。花园里还有一口井，门上面有一块雕刻着狮子头的椭圆形木板。我站在那里，想象着这房子是70多年前盖的，它被遗弃在抗拒、恐惧的声音里。

突然，我看到百叶窗后有移动的身影——只是一个飞逝的影子，但不知为什么我脖子后的汗毛都竖了起来。我犹像了一会儿，回到车中，心还怦怦跳个不停。

我坐在车里，从后视镜看着这座房子，然后颤抖着双手把车开走。

现在我又来到村子的中央，感到心跳缓了下来。我很高兴命运将我带到罗彻迈尔，但是现在该离开了。我寻找着出去的路，左转进一条窄巷。在巷子尽头我停下车摇下车窗。这里竖了一座战争纪念碑。细长的白色大理石上刻着黑色的文字：荣耀的死亡者。碑上还刻着一战和二战中伤亡者的名字，这些名字我之前都有所耳闻——卡龙、迪迪尔、马里尼和帕热。当我看到"1954年，印度支那，让·吕克·奥马热"的时候，心中一颤，就像我认识他一样。

　　贝尔夫人肯定知道。我在挂起她的皮尔·卡丹犬牙纹套装时想，她肯定回过罗彻迈尔几次。我整理着衣服时，想着她发现时心中会作何感想。接下来，我想拿出贝尔夫人的晚装，但我突然想起来她的晚装差不多都还放在瓦尔那里。我正想着什么时候去取回来时，有人敲门，是两个女学生趁着午饭时间来逛逛。她们在衣架中翻找的时候，我把贝尔夫人的 Jean Muir 绿色小山羊皮外套穿到模特儿身上。我把衣服扣子系好时，向上看了眼挂在墙上的最后一件蛋糕裙，猜想着谁会把它买走。

　　"打扰一下。"我闻声转过身。那两个女孩站在柜台前。她们和罗克珊差不多年纪——或者比她小一些。

　　"我能为你效劳吗？"

　　"嗯……"留着齐肩黑发、地中海肤色的女孩手中拿着一个蛇皮钱包说，"我在看这个。"这个钱包本来和别的钱包、女包一起放在篮子里。

　　"这个钱包是 20 世纪 60 年代的，"我介绍说，"卖 8 英镑。"

　　"是的。价格签上是这么写的。但是这件东西……"她要开始讲价了，我疲惫地想。"它有个暗格。"我看了看她。"在这儿，"她拉开一片皮子，露出一个暗藏的拉链，"我觉得你不知道这里有个暗格，是不是？"

　　"嗯，我的确不知道呢。"我轻声说道。这个钱包是拍卖得来的，在放进篮子之前我就简单擦了擦。

　　这个女孩拉开拉链："看！"里面是一卷钞票。她把钱包递给我，我把钞票拿出来。

　　"80 英镑！"我惊奇地说。我脑中闪过在伦敦时吉妮·琼斯问过我是否在出售的商品中发现过钞票。我现在很想打电话告诉她的确有这种情况。

　　"我觉得我应该告诉你。"女孩说。

　　我看着她。"你真是太诚实了！"我拿出两张 20 英镑的纸币递给她。"给你！"

女孩脸红了："我不是这个意思……"

"我知道你不是这个意思，但是请你拿着吧——我只能做这么多了。"

"好吧，谢谢了！"她接过钞票高兴地说，"给你，莎拉……"她把其中一张钞票给了她的朋友，这个女孩和她差不多高，但是头发更短，而且是金色的。

莎拉摇了摇头："这是你找到的，凯蒂——不是我找到的。不管怎样，咱俩得快点儿了——我们时间不多啦。"

"你们在找什么特别的东西吗？"我问她们。

她们说正在找两条特别的裙子，希望能穿着参加青少年白血病基金会的舞会。

"舞会在自然历史博物馆举行。"凯蒂说。这么说，正好是罗克珊要去的舞会。"那里会有 1 000 多人，所以我们都千方百计打扮得出众一些。我担心我们的钱不够。"她又有些歉意地加了一句。

"嗯……那就好好看看吧。这里有一些很吸引眼球的 20 世纪 50 年代的裙子——就像这件。"我取下一条无袖棉布裙，上面印着闪烁的半抽象方块和圆圈。"这一条要 80 英镑。"

"这条裙子很特别。"莎拉说。

"这是 Horrocks 的——他们在 20 世纪四五十年代制作最好的棉布裙。上面的图案是爱德华多·保洛齐设计的。"两个女孩子点点头。接着我看到凯蒂的目光移到那件黄色的蛋糕裙上。

"那条多少钱？"我告诉了她价格。"噢——太贵啦！我是说对我来说。"她匆忙解释说。"但我想肯定有人会买它的，因为它实在是……"她叹了口气，"太惊艳了。"

"你得中彩票才能买得起，"莎拉看着裙子说，"或者周六找个薪酬高的兼职。"

"我倒是想啊。"凯蒂说，"我现在一天只能赚 4.5 英镑，所以我得工作多长时间……两个月才能买得起这条裙子，可那时候舞会早就结束啦！"

"嗯，你这里有40英镑，"莎拉说，"所以只需要凑齐剩下的235英镑就行啦。"凯蒂转了转眼睛。"穿上试试！"她的朋友鼓励她。

凯蒂摇了摇头："有什么意义？"

"意义就是我觉得它很适合你。"

"就算适合我，我也买不起呀。"

"试试看，"我说，"权当好玩——另外我喜欢看着我的顾客试穿店里的衣服。"

凯蒂又看了眼裙子："好吧。"

我把裙子取下来，把它挂到更衣室。凯蒂走进更衣室，几分钟后出来了。

"你看起来像……一朵向日葵。"莎拉微笑着说。

"你穿着非常可爱，"凯蒂看着镜中的自己时，我也同意道，"黄色很难穿，但是你温暖的肤色正好很适合。""不过你得把胸部垫高。"莎拉在凯蒂整理胸衣时果断地说，"你可以买那种垫胸的东西。"

凯蒂沮丧地转向莎拉："你说得好像我要买这条裙子一样——我不会买的。"

"你妈妈不能帮你买吗？"莎拉问她。

凯蒂摇摇头。"她要被贷款逼疯啦。可能我得去找个夜间兼职。"她轻声说道，手放在腰间不停变换着姿势，衬裙沙沙作响。

"你可以看小孩啊，"莎拉建议道，"我帮邻居看小孩，一小时能赚5英镑。有一次我把他们哄上床，我自己就写作业去了。"

"这主意不错。"凯蒂想了想说。她踮着脚尖，在镜中看着自己的侧影。"我可以在玩具店里放张卡片——或者在超市的窗子上放。不管怎样，看着这条裙子就已经很好啦。"她盯着镜中的身影好一会儿，就像是要记住自己如此美丽的样子。然后她遗憾地叹了口气，拉上了帘子。

"有志者事竟成。"莎拉鼓励她说。

"是的，"凯蒂答道，"但是当我攒够了钱，说不定裙子就被别人买走了。"一分钟后她从更衣室出来，难过地看着身上灰色的校服裙。"我感觉好像舞会后的灰姑娘啊。"

"要是能有个仙女教母，我宁愿没有眼睛！"莎拉说。"你的衣服能留多久？"她问我。

"一般来说不会超过一个星期。我很想留得久一些，不过……"

"唉，你不需要。"凯蒂背上包说。"你要知道，我可能再也不会回来买这条裙子啦。"她看了一眼手表。"1 点 45 了。我们最好快走。"她看了看莎拉。"我们要是迟到了，多伊尔小姐会发狂的，是吧？无论如何，"她朝我笑笑，"谢谢啦。"

女孩子们离开时，安妮回来了。"她们看起来不错。"她说。

"挺可爱的。"我告诉了她凯蒂如何诚实地告诉我钱包的事。

"太令我吃惊了！"

"她爱上这件黄色的蛋糕裙啦，"我说，"我想留到她攒够钱来买，可是……"

"太冒险了，"安妮果断地说，"你可能因此失去一桩买卖。"

"是的……不过你的试镜如何？"我急迫地问。

她脱下外套："毫无希望。什么人都有。"

"那么……为你祈祷。"我心虚地说。"但是你的经纪人不能给你找些别的工作机会吗？"

安妮摸了摸她短短的金发。"我没有经纪人了。上个经纪人一无是处，我就炒了他，至今也没找个新的，因为我没有他们看得上的东西。所以我四处投简历，偶尔才会得到试镜机会。"她开始擦拭柜台。"我讨厌表演的一点就是它无法控制。一想到我这个年纪还要坐等哪个导演给我电话我就受不了。我真正需要的是写自己的东西。"

"你说过你喜欢写作。"

"我喜欢。我想写个故事，然后改编成单人表演。这样我就可以写、表演、编造场景——一切都在我掌控之下。"我脑海中闪现过贝尔夫人的故事，我想把这个故事告诉安妮，可它的结局也太悲惨了。

我听到短信声，看了看手机。我感到自己的双颊喜悦得发红——是迈尔斯邀我周六去剧院。我给他回了信息，然后告诉安妮我要去帕拉冈。

"你又要去见贝尔夫人吗？"

"我就是去和她喝杯茶。"

"她是你新的最好的朋友，"安妮和蔼地说，"我希望等我老了的时候也有个漂亮的年轻姑娘来看我。"

"我希望你不会介意我不请自来。"20分钟后我对贝尔夫人说。

"介意？"她重复了一遍这个词儿，一边引我进门。"我看到你高兴极啦！"

"贝尔夫人，你还好吧？"她比我上周看到她时瘦了一圈儿，两颊更凹陷了。

"我……挺好的，谢谢你。嗯，当然了，不是特别好……"她慢吞吞地说。"但是我喜欢坐着看书，或者只是望着窗外。我有一两个朋友。我的精神支柱保拉，每周来两次，我的侄女周四会过来——和我住三天。我多希望我也有孩子啊。"我随贝尔夫人去厨房时她这么说。"但是我十分不幸——鹳鸟不想来看我。如今女人们可以得到帮助了。"她打开壁橱，叹气道。她们的确能得到帮助，我想着，但是并不一定管用——我想着那个买了粉色舞裙的女人。"不幸的是，我的子宫唯一给我带来的是癌症。"贝尔夫人在拿下牛奶罐时又加了一句。"它太吝啬了。现在你可不可以帮我拿托盘……"

"我刚从阿维尼翁回来。"几分钟后我倒茶时说。

贝尔夫人若有所思地点点头："旅途愉快吗？"

"如果从我买了些可爱的旧货这点来看，挺愉快的，"我把杯子递给她，"我还去了教皇新堡。"我告诉了她迈尔斯的事。

她双手捧着茶杯啜饮着："听着好浪漫啊。"

"嗯……不全是浪漫。"

我跟她说了罗克珊的表现。

"这么说你有些麻烦。"

我笑了笑。"感觉的确是这样的。罗克珊非常吹毛求疵，如果轻点说的话。"

"肯定挺棘手的。"贝尔夫人审慎地说。

"确实，"我想起罗克珊的敌意，"但是迈尔斯似乎……喜欢我。"

"他要不是喜欢你，他就是疯了。"

"谢谢……但是我告诉你这些事的原因是我在回阿维尼翁的途中迷路了——然后发现自己到了罗彻迈尔。"

贝尔夫人在椅子上动了一下："啊！"

"你没有告诉我你小时候住的村庄的名字。"

"没告诉你，我不想告诉你——而且我觉得你没有必要知道。"

"我完全理解。但是我从你的描述中认出它来了。我看到一位老人坐在广场的酒吧外喝酒，我甚至想过他就是让·吕克。"

"不会的。"贝尔夫人突然说。她放下茶杯："不会的不会的。"她摇着头。"让·吕克死在印度支那了。"

"我看到了战争纪念碑。"

"他在奠边府战役中死去了。显然是在试图救一个越南女人的时候死的。"我盯着贝尔夫人。"这样想感觉很奇怪，"她轻声说道，"我有时候会想他的英雄救美或许是被他 10 年前的所作所为产生的罪恶感激发的。"她举起双手，"谁知道呢？"贝尔夫人看向窗外。"谁知道呢……"她轻声重复着。突然她从椅子上站起来，整理衣服时扮了下鬼脸。"菲比，我有东西给你看。"

她离开房间，穿过走廊去了卧室，我听到抽屉拉开的声音。一两分钟后，她拿着个大大的棕色信封回来了，信封的边缘已经褪色成土黄色了。她坐了下来，打开信封，从里面拿出一张大照片，她看着照片寻找着，几秒钟后招呼我过去。我拉了把椅子坐在她旁边。

这张黑白照片中有上百个男孩女孩，热切地站在队伍里，有的无聊地把头歪向一边，有的被阳光照得眯眼睛，大点儿的孩子在后排直挺挺地站着，最小的孩子在最前排盘腿坐着，男孩子的头发生硬地分往两边，女孩子扎着发带。

"这是 1942 年 5 月拍的照片，"贝尔夫人说，"我们学校那时候大概有 120 个学生。"

我在这些脸庞中搜寻着："哪个是你呢？"

贝尔夫人指着第三排的左边一个长着高高的额头、大大的嘴巴、齐肩棕色头发的女孩，柔软的波浪形头发勾勒出她清秀的脸庞。然后她的手指指向站在她左边的一个女孩子——这个女孩有黑亮的头发，高颧骨，乌黑的眼睛友善而警觉地盯着前方。"这就是莫妮可。"

"她的表情透着一丝谨慎。"

"是的，你可以看出她的不安，"贝尔夫人叹气道，"可怜的孩子。"

"他在哪儿呢？"贝尔夫人又指向一个站在后排中央位置的男孩子，他的头是整张照片构图的顶点。我看着他精致的面庞和麦金色的头发，很容易理解贝尔夫人在少女时代对他的迷恋。

"有趣的是，"她喃喃道，"战后每次我想起让·吕克，我都会充满苦涩地想他为什么不能慢慢变老，然后在睡梦中悄然逝去，床边围满他的子孙。事实上，让·吕克死的时候才 26 岁，他远离家乡，在战火纷飞中为救一个陌生人死去了。马塞尔寄给我的剪报上的评论说他是回头去救那个越南女人的，那个人活下来了，称他为'英雄'。至少对她来说，他的确是个英雄。"

贝尔夫人放下照片："我经常想让·吕克为什么那样对待莫妮可。

当然那时候他太年轻了——尽管这不是理由。他崇拜他的父亲——但很不幸的是，他父亲并非英雄。莫妮可的拒绝也可能是激发他的一部分原因——莫妮可跟他保持距离，理由充分。"

"但是让·吕克一点儿都不知道莫妮可真正的命运会是什么样子的。"我轻轻地说。

"他无法知道，因为不到最后没有人会知道的。那些知道却不说的人只是因为没人相信——人们会说他们疯了的，"贝尔夫人摇着头喃喃地说，"但事实仍然是让·吕克的所作所为令人不齿，那时候很多人都那样，但也有很多人表现得十分英勇。"她补充道，"就像安蒂尼亚克一家，他们保护了别人家的四个孩子，最后这四个孩子都活下来了。"她看了看我："有许许多多像安蒂尼亚克一家的人，这些人才是我所怀念的。"她把照片放回信封。

"贝尔夫人，"我柔声说，"我还看到了莫妮可的房子。"听到这里，她有些畏缩。"我很抱歉，"我说，"我不是想让你难过的。但是我认出它来是因为那口井——和前门上方的狮子头。"

"我有 65 年没看到那房子了，"她轻声说，"当然，我回过罗彻迈尔，但是我从没去过莫妮可的房子——我受不了。我的父母 20 世纪 70 年代去世后，弟弟马塞尔搬到里昂去了，我和村子的联系至此结束。"

我搅了搅茶："对我来说很奇怪，贝尔夫人，因为我站在那里的时候看到百叶窗后有个移动的身影，就像一个迅速消逝的影子。但是不知怎么回事，那使我感到……震惊。让我觉得……"

贝尔夫人头发竖了起来："觉得什么？"

我盯着她："我说不清楚——是种无可解释的感觉，只能说我努力抑制住去上前敲门问问究竟的冲动……"

"问什么？"贝尔夫人尖声问。她的声调吓了我一跳。"你能问什么？"她再次问道。

"嗯……菲比，你能发现什么我还不知道的？"贝尔夫人淡蓝色的眼睛冒着怒火。"莫妮可和她的家人都在 1943 年去世了。"

我也盯着她，尽力保持平静："但是你确信吗？"

贝尔夫人放下茶杯。我听到茶杯在托盘里轻轻震动了一下。"战争结束时，我去寻找他们的消息，同时也害怕我可能会发现的事实。我通过国际红十字会的寻亲服务用他们的法语和德语名字都找过了。他们发现的记录——这花了两年的时间——表明莫妮可的母亲和兄弟都在 1943 年 6 月被送往达豪集中营了；他们的名字在运送名单中。但是之后就没记录了，因为没有活下来的人就没有登记——带着小孩子的妇女都没有存活下来。"贝尔夫人哽咽了。"但是红十字会的确发现了一份莫妮可父的记录。他被选中做苦工，但是 6 个月后死去了。至于莫妮可——"贝尔夫人的嘴唇开始颤抖。"战后，红十字会无法找到她的消息。他们知道她在被送往奥斯维辛集中营前在德朗西待了 3 个月。她的集中营记录——纳粹有着很详尽的记录文件——表明她在 1943 年 8 月 5 日到达那里。事实上，她有一份记录表明她活下来了。但是人们确信她就在那里被害了，或者在之后的某一天死在那里。"

我感到自己心跳加快："但是你确定她到底发生了什么事吗？"

贝尔夫人在椅子上挪了挪："不，我不确定，但是——"

"战争过后你有再找过吗？"

贝尔夫人摇了摇头："我花了三年时间寻找莫妮可，我找到的结果是我相信她的确死了。我感觉再找下去是徒劳的，而且会使我越来越不安。那时我快结婚了，要移居英国，我有机会开始崭新的生活。我做了一个或许有些鲁莽的决定，我要在已经发生的事情后面画条线：我不能一辈子都拽着这条线，永远惩罚我自己……"贝尔夫人的声音再次哽咽了："我也没跟我丈夫提起过这件事——我怕在他眼中看到对我的失望，这会……毁掉一切。所以我把莫妮可的故事埋在心底……埋了几十年，菲比……谁也没告诉。一个都没有。直到我遇见了你。"

"但是你不能确定莫妮可死在奥斯维辛。"我仍坚持道。我的心脏在胸腔内跳得厉害。

贝尔夫人盯着我："她真的死在那里了。即使不是，她也很有可能死在别的集中营，或者在 1945 年盟军进入德国的时候，纳粹强迫还能站起来的囚犯在风雪中去往德国境内其他集中营的过程中死了——只有一半的囚犯活了下来。那几个月中太多人被送往别处或者直接被杀害，成千上万的人死后都没有记录，我相信莫妮可就是其中一个。"

"但是你并不知道——"我想把话吞下去，可是嘴唇发干，"不是百分之百确信的话，你肯定有时候会想有无可能——"

"菲比，"贝尔夫人说，她淡蓝色的眼睛闪动着，"莫妮可死了 65 年了。她的房子就像是你卖的衣服，已经开始新生活，有了新主人。无论你站在她房子外面时是什么感觉，都是……不理智的。因为你看到的只是现在住在里面的人的影子，不是……我不知道怎么说……'显灵'——如果你是这个意思的话——使得你——我什么都不知道！现在……"她一手按住胸口，仿佛一只受伤的小鸟在颤抖。"我累了。"

我站起来。"我该回去了。"我把茶盘放进厨房然后回到客厅。"如果我让你生气了，很抱歉，贝尔夫人。我不是有意的。"

她痛苦地喘息着："我很抱歉我变得这么……易怒。我知道你是好意，菲比，但是这对我来说太痛苦了——尤其是现在，我正面临着生命即将结束的现实，而且心里清楚我永远无法弥补自己曾经犯下的错。"

"你是说你犯的错误。"我轻轻纠正她。

"是的。错误——可怕的错误。"贝尔夫人伸出手来，我握住了它。她的手又小又轻。"但是我很感激，你在思考我的故事。"我感觉她的手指绕上了我的手指。

"的确。我想了很多，贝尔夫人。"

她点点头："对你的故事，我也一样。"

CHAPTER 10
与迈尔斯再次相约

　　星期四，瓦尔又给我打来电话，要我去她那儿拿修补好的衣服。下班之后，我便开车直接去了基德布鲁克。当我把车停在她家门口的时候，我有些绝望地盼着玛吉不在家。想到通灵那件事，我就觉得尴尬而且……心情低落。

　　当我把手放在瓦尔家的门铃上时，我发现一只肥嘟嘟的秋天常见到的蜘蛛已经在门铃上结网落户了。于是，我便大声地敲门。当瓦尔来开门时，我把蜘蛛指给她看。

　　她盯着蜘蛛说了句："哦，很好啊，蜘蛛可是吉祥的标志——你知道为什么吗？"

　　"不知道。""因为，蜘蛛结网是为了把小耶稣藏起来，以避免被犹太人发现。是不是很神奇？所以啊，你永远都不该把蜘蛛打死。"瓦尔说道。

　　"我真没想到是这么回事。"

　　"啊……很有意思，"瓦尔依然凝视着那只蜘蛛，"它在网上爬来爬去，意味着你已经出去旅行了一趟，菲比。"

我惊讶地看着她："我的确刚去了法国。"

"它刚才从网上爬下来，预示着你又要外出了。"

"真的吗？你知道的可真多啊。"我说道，走进了房子。

"哦，我觉得知道这些事是挺重要的。"

当我跟着瓦尔走过客厅的时候，闻到了玛吉身上标志性的烟味，我觉得心里暗沉沉的。

"嗨，玛吉。"我说道，挤出一个微笑。

"嗨，亲爱的。"玛吉粗声粗气地回应，她整个人陷在瓦尔缝纫室的扶手椅里。她正在吃消化饼干。

"那天真不走运。但是你应该让我继续试试的。"她用一根涂着深红色指甲油的手指刮着嘴角。"我觉得艾玛要来了。"她说道。

我盯着玛吉，听到自己最好的朋友被她这么冷酷地说起，突然觉得很生气。"我倒不这么想，玛吉，"我极力让自己保持平静，"事实上，既然你提到了那件事，那我也不介意告诉你了，我觉得那次完全是浪费时间。"

玛吉看我的样子，就像我扇了她一巴掌似的。然后她从胸前拿出一包纸巾并且抽出一张。"问题是，你并不真的相信。"

我盯着她说道："错了。我并非不信一个人的灵魂还可能在死后继续存在，也不是不相信有人能测出一个死人的存在。但你把我朋友的每一件事情都弄错了，包括她的性别——我忍不住就对你的能力有些怀疑了。"

玛吉一边擤鼻子一边说："我那天不太舒服，"她吸了吸鼻子说道，"而且星期二早上我总是有些状态不佳。"

这时，瓦尔诚恳地说道："玛吉真是个好人。那天晚上她还让我和我奶奶联系上了，是吧？"玛吉点点头。"我把她给我的柠檬豆腐的菜谱丢啦，所以要她再给我一份。"

"菜谱里是 8 个鸡蛋，"玛吉说，"不是 6 个。"

"我就是忘了这个，"瓦尔说，"不管怎样，多亏玛吉，我才和奶奶好好谈了一下。"我小心翼翼地转了转眼睛。"事实上，玛吉很优秀，因此受邀到电视台的一档节目中做嘉宾，是不是啊，玛吉？"玛吉点点头。"我相信很多观众会喜欢她的。菲比，你该看看这个节目，"瓦尔亲切地说，"每周日的两点半。"

我拿起行李箱。"我会记住的。"我说。

第二天早上我给安妮展示瓦尔补好的衣服时——贝尔夫人的黄色褶皱晚礼服，闪闪发光的粉色 Guy Laroche 丝绸外套，Ossie Clark 长裙，还有绛紫色斜纹套裙。安妮惊叹："穿着肯定很漂亮！"我给她看那件边上被虫子咬坏的彩虹色 Missoni 针织裙。"补得真巧！"安妮仔细看了看说。瓦尔缝了一小片布用来挡住破洞。"她肯定是用细针缝的，所以针脚这么匀称，颜色也配得很好。"安妮举起那件香奈儿的宝石蓝半袖丝绸外套，"这件太美了。应该把它挂在橱窗上，你不觉得吗？或许可以替代那件 Norma Kamali（诺玛·卡玛丽）裤装。"她若有所思地说。

在开店门之前，安妮 8 点进来帮我理货。我们把至少一半的衣物收了起来，取而代之挂起一些秋季色彩的衣服——深夜的湛蓝、番茄的鲜红、大海的碧绿、紫色还有金色——一种令人想起文艺复兴时期画作的珠宝色调。我们选取了一些诱人的面料——刺绣、蕾丝、绸缎、拷花丝绒、格子呢，还有花呢。

"不能因为我们卖古董服饰，就忽视衣服造型和色彩的流行趋势。"我手里抓着几件衣服再次从储物间下来的时候说。

"事实上，或许这更重要，"安妮说，"这一季有种'清单'式的感觉。"我从 20 世纪 60 年代中期的衣服里翻出一件 Balmain（巴尔曼）的樱桃红裙子、一件 Alaia Couture（阿拉亚·库蒂尔）巧克力色掐腰翻领皮衣和一件Courrèges（库雷热）未来主义味道的橘黄色绉纱裙递给她。"件件都又大又夺目。"安妮接着说。"热烈大胆的色彩，精心设计的造型，不贴身的硬挺的衣料。菲比，这些你这里都有——我们要做的就是把它们组合在一起。"

安妮几乎把贝尔夫人所有的晚装都拿了出来，然后盯着一套绛紫色斜纹裙装看。"这套裙子很可爱，但我觉得我们应该给它加上一条柔软的宽腰带和一个人造皮毛的领子——我能去找找吗？"

"去找吧。"

我把衣服挂到架子上，想象着贝尔夫人在 20 世纪 40 年代末穿着它的样子。我想着三天前跟她的谈话，再次想到在战争余波中努力寻找莫妮可的行踪对她来说有多难。如果是在今天，她就可以在广播和电视上发布寻人启事；可以在全世界广发邮件，或者通过Facebook（脸谱网）、MySpace（我的空间）或者Youtube（全球最大的视频分享网站）等网络渠道去发布信息。她可以仅仅把莫妮可的名字输入搜索引擎，看看会不会出现什么消息……

"找到啦，"安妮手里拿着一个"豹皮"领子走下楼来，"我觉得这个就可以。"她把领子放在衣服上。"的确很搭。"

"你能把这些放到套装上吗？"我走进办公室时对安妮说，"我得——上会儿网。"

"没问题。"

自从贝尔夫人把她的故事讲给我听，我就开始想着能不能在网上找到莫妮可，不管这想法听着有多不现实。但是我要是真找出什么信息来，我又该怎么办呢？我怎样才能瞒住贝尔夫人？这样的结果即便不是毁灭性的，也不会是什么好事，于是我努力抑制住这么做的冲动。但是去过莫妮可的房子之后，我的想法变了。我被自己想找出真相的欲望攫住了。然后因为无法解释的内在的冲动，我坐在电脑前，在谷歌搜索引擎中输进了莫妮可的名字。

　　什么重要的消息也没出现。我又输入了一次"莫妮卡·里克特"，出现了一个加州精神分析师、一个德国儿科医生和一个澳大利亚环境保护主义者的名字，都跟莫妮可一点儿关系也没有。接着我又输了一遍"莫妮可"，然后加上"奥斯维辛"，想着亿万个描写这个集中营的搜索结果中会不会有些提到她的目击记录。我又加上"曼海姆"，因为我记得那是她最早待过的地方。但是依然没有出现一点儿关于莫妮可和她家人的消息。

　　我盯着屏幕。这么说，就只能这样了。正如贝尔夫人说的，我在罗彻迈尔看到的不过是现在房屋主人的影子，房子早就没有了它战争时期主人的记忆。我打算关掉浏览器，看看红十字会的网页。

　　在红十字会主页上，有战后开始的寻人服务的介绍，现在德国的档案已经包含了将近 5 000 万份与集中营有关的纳粹资料。任何人都可以咨询红十字会的档案管理员。每次咨询需要大概一到四个小时。基于咨询的数量较多，咨询者"最多"需要等三个月才能拿到查询报告。

　　我点开"表格下载"，惊讶于表格是这么简短：只需要被寻找的人的个人信息以及最后看到他们的地方。咨询者需要提供自己的信息，并说明自己与被寻的人的关系。还需要说明寻人的理由，有两个选择——"赔款"或者"想知道发生了什么事"。

　　"想知道发生了什么事。"我喃喃自语。

　　我把表格打印出来放进信封。我要在贝尔夫人的侄女走之后带给贝尔夫人，然后一起填好，用电子邮件发给红十字会。如果他们在信息库中找到任何关于莫妮可的信息，我觉得至少贝尔夫人最终会得到结束整个事件的机会。"最多"三个月说明查询报告很有可能会少于三个月——甚至只需要一个月就出来了，我想，甚至是半个月。我想着在里面写个备注，说明由于生病，时间紧迫。但是对于像贝尔夫人一样年纪的人来说，这种情况有很多，我想，当年最年轻的现在也已经 70 多岁了。

"你有很多网上订单吗？"我听到安妮问我。

"噢……"我努力把思绪拉回店中，迅速打开乡村葡萄酒酿造网页，然后打开邮箱。"有……三个。有人想买翡翠绿凯莉手包，有人对Pucci睡裤感兴趣，还有……太好了——有人要买那件格蕾丝夫人。"

"你不想要的那条裙子。"

"正是。"就是那个人给我的那件。我回到店里，把它从架子上取下来包好，寄了出去。"这个女人上周问我尺寸来着，"我把它从衣架上取下来时说，"现在她又拿着钱回来买了——谢天谢地。"

"你迫不及待想摆脱它，是不是？"

"我想是的。"

"因为这是你曾经的一个男朋友送给你的？"

我看着安妮："是的。"

"我猜就是这么回事，可是我不了解你，就没打算问。现在我了解你了，我觉得自己可以八卦一下……"我笑了笑。安妮和我现在的确了解彼此了。我十分喜欢她友好轻松的相伴，还有她对服饰店的热情。"是不是有点儿刻薄？"

"嗯，你可以这么说。"

"这么说，卖掉这条裙子就完全可以理解了。如果蒂姆甩了我，我很可能会把他给我的所有东西都撕碎——除了那几幅画，"她补充道，"万一哪天那些画变得很值钱了呢。"她把一双布鲁诺·玛格莉（Bruno Magli）绯红色细高跟鞋放到鞋架上。"送红玫瑰的人呢？要是你不介意我这么问的话。"

"他……挺好的。事实上，我在法国见过他。"我解释了一下原因。

"听着不错——他显然被你迷倒了。"

我微笑着系上一件粉色羊绒衫的扣子，一边告诉安妮更多关于他的事情。

"那么，他女儿长什么模样呢？"

我在木质模特儿的脖子上挂上几条沉甸甸的镀金项链："她16岁了，很漂亮——而且被惯坏了。"

"跟很多孩子一样，"安妮评论道，"但她不会永远是个孩子的。"

"倒也是。"我高兴地说。

"可是孩子有时会很邪恶。"

突然有人敲玻璃窗，是穿着校服的凯蒂在向我们招手。孩子也有很可爱的，我想着。

我打开门让凯蒂进来。"你好！"她打招呼道。接着她紧张地看了一眼那件黄色舞裙。"谢天谢地！"她笑了，"它还在这儿。"

"是啊。"我说。我不想告诉她前一天还有人来试过这条裙子。她们穿上之后就像圆溜溜的葡萄一样。"安妮，这就是凯蒂。"

"我记得一两周前在这里见过你。"安妮热情地说。

"凯蒂很喜欢那件黄色舞裙。"

"我爱死它啦，"她满心向往地说，"我在攒钱买它。"

"我能问问情况怎么样了吗？"我说。

"嗯，我在给两家做保姆，所以我现在已经有120英镑啦。但是舞会在11月1日举行，所以我得努力工作了。"

"嗯……加油干。我真希望自己也有孩子——这样你就可以照看他们……"

"我在上学的路上，忍不住又来看它一眼——我能给它拍张照吗？"

"当然可以。"

凯蒂把手机举起来对准裙子，我听到"咔嚓"一声。"好啦！"她看着照片说，"这会让我有动力工作的。不管怎样，我最好马上走了——8点45啦。"凯蒂背上书包转身要走，接着停了一下捡起刚才掉到地毯上的报纸，递给安妮。

"谢谢你，小甜心。"安妮说。

我朝凯蒂挥手再见，开始重新整理晚装衣架。

"上帝啊！"我听到安妮大叫。

她瞪大双眼盯着报纸头版，然后把报纸拿给我看。

《黑与绿》头版的一半是基思的照片。他那张被拉长的脸上方是大标题：独家报道——本地地产大亨遭到欺诈调查！

安妮把新闻读给我听。"本地地产大亨凤凰地产集团主席基思·布朗，在本报披露其大型保险欺诈证据之后，今天可能面临犯罪调查。"我带着一丝同情的痛楚想着基思的女朋友，这对她来说肯定非常痛苦。"布朗在 2004 年创立凤凰地产集团，"安妮继续往下读，"他用两年前厨房贸易失火获得的巨额保险收益做本钱。布朗的保险公司星空联盟投诉说他的仓库是被一个心怀不满的店员点火，后来这个店员就失去了行踪……拒绝赔付。"我边整理着衣服边听她说。"布朗开始诉讼……星空联盟最后撤诉……两百万英镑……"我听见安妮倒抽一口气。"现在《黑与绿》报社提供了有力证据证明火是基思·布朗自己点的……"安妮盯着我，眼睛瞪得有茶盘大，然后又把目光收回到报纸上。"昨晚，布朗先生拒绝回答我们的提问，但是他起诉《黑与绿》报社的努力失败了……哎！"她带着一股挑剔的满足大声说道。"很高兴我们没对他太苛刻。"她把报纸递给我。

我快速地浏览了一遍这篇报道，然后我记起基思在《卫报》上说过的话，他看到自己的仓库被烧是多么"震惊"，他如何"发誓从灰烬中重新创造价值"。这些听起来都让人感觉有点儿虚伪，现在我知道为什么会有这种感觉了。

"我想知道《黑与绿》报社是怎么发现真相的。"我对安妮说。

"大概是保险公司说出来的，他们一直在怀疑，正好提出这项'有力证据'，不管是什么。"

"但是为什么他们把消息放到本地报纸上呢？他们明明可以直接报警啊。"

"哎,"安妮咂了下舌头说,"你这个问题提得好。"

这么说,这就是丹一直在从事的"困难重重的"商业故事了——我和丹坐在岁月流转中心时,马特打电话给他说的应该就是这件事。

"我希望他的女朋友别支持他。"我听见安妮说。"提醒你一句,她总是可以穿着她的绿舞裙去监狱看他的,就像一个'该死的小叮当',"她咯咯笑着说,"说起舞裙,菲比——你给你的美国客户发邮件了没?"

"还没有——我得发了是不是?"之前我脑子里一直想着莫妮可,早把这事抛到九霄云外了。

"你是该发邮件去啦,"安妮说,"派对季节来了——加上时尚杂志说舞裙正流行——衬裙越多越好。"

"我现在就给他发邮件去。"

我回到电脑前,打开电子邮箱准备联系里克,却发现他的邮件早就发来了。我打开邮件。

*你好,菲比——我前几天给你电话留了言,告诉你我又有 6 条舞裙给你,都是一流品质,而且保存完好。*我点开照片看。*是可爱的蛋糕裙,色彩绚丽,正适合秋季——靛蓝、朱红、橘黄、可可色、深紫还有翠蓝。*我把图片放大,看看放到网上会不会褪色,然后又继续看正文。*我还附上了我提到过的包包的图片——抱歉,是"手袋"——我想和裙子一起卖,成批出售……*

"该死的。"我嘀咕道。我不想要这些手袋,尤其是最近英镑对美元的汇率降低了。但是我又意识到,我可能不得不买,以防他以后连我喜欢的东西也不寄给我了。"那我们就瞧瞧吧。"我有气无力地说。

所有的手袋都被放在一张白床单上拍了照片,大部分是 20 世纪八九十年代的。它们样式相对普通,其中只有一个很帅气轻便的皮革旅行包,大概是 20 世纪 40 年代的,还有一个 70 年代初期的优雅的白色鸵鸟皮信封包。

"他想要价多少？"我咕哝了一句。价格是包括运费在内的 800 美元。

我摁了回复。"好的，里克，"我打下这样的话，"就这么定了。我拿到发票时会付给你钱。请尽快把东西寄给我。干杯！菲比。"

"我又买了 6 条舞裙。"我回到店里对安妮说。

她正在给一个模特儿换装："好消息啊——应该会很快卖出去。"

"我还买了 12 个手袋，大部分我都不想要——但是我不得不买，因为这是条件。"

"储物间地方不多啦。"她重新摆弄着模特儿的胳膊说。

"我知道。所以这批货到时我会把跟古董衣无关的那些东西送给乐施会。不过现在我要去寄出那件格蕾丝夫人啦。"

我回到办公室，迅速把裙子用包装纸包好，打上一条白色缎带，然后放进大信封里。然后我把店门上的"打烊"牌子翻到"营业"一面。"一会儿见，安妮！"

我正要离开衣服店时，妈妈打来电话。她刚去工作。"我决定了。"她小声说。

"决定什么了？"我一边向蒙彼利埃谷走去一边问她。

"我决定忘掉我曾经调查的所有那些愚蠢的治疗——所有血浆重生、分段换肤、高频皮肤保养这些烂东西。"

我看着美容沙龙的橱窗："妈妈，这是个好消息。"

"我觉得这些都没法带来任何变化。"

"确实如此。"我穿过马路时说。

"而且还很费钱。"

"的确很费钱——纯粹是浪费钱。"

"对啊。所以我决定直接去做整容手术。"

我呆立住了："妈妈……不要。"

"我要去做拉皮手术。"我站在一个运动和风筝店门前时，听她轻轻重复说。"我心情十分低落，整容手术会让我好起来。这是我给自己的 60 岁礼物，菲比。我工作了这么多年了。"我继续走时，她接着说，"所以为什么我不能给自己一次美容'新生'呢？"

"不为什么，妈妈——这是你的生活。但是如果结果并不能使你高兴呢？"我想象着母亲漂亮的脸被怪异地拉伸或者变得凹凸不平的怪模样。

"我做过调查啦，"我经过一个玩具店时听到她说，"昨天我没上班，咨询了三个整容医生。现在我决定去请梅达谷诊所的弗雷迪·丘奇医生操刀，11 月 24 日之前他已经被预约满啦。"我想知道母亲还记不记得那天正好是路易斯一岁的生日。"别想说服我，亲爱的，我主意已定。我已经付了定金，马上就要做手术了。"

"好吧。"我穿过马路时叹气道。多说无益——一旦妈妈决定了什么事，她肯定会坚持到底。再加上我脑子里乱极了，没有精力跟她吵。"我只希望你别后悔。"

"我不会后悔的。不过，给我讲讲你的新男朋友怎么样？你们还在交往吗？"

"我明天跟他见面。我们要去艾尔美达剧院。"

"嗯，看起来你很喜欢他，所以别做傻事。我是说，你都 34 岁啦。"妈妈在我拐进布莱克西斯路时补充说。"你还没回过神儿来，就会到 43 岁了——"

"抱歉，妈妈，我现在得挂电话了。"我挂掉手机。邮局里没什么人，所以不到两分钟我就把包裹寄了出去。走出来时，看到丹正微笑着朝我走来。看来今天他有高兴事儿。

"我往窗外看时正好看见你了。"他朝着自己的办公室点点头，儿童图书馆就在我们的右侧。

我顺着他的目光看去："这么说你就在这里——市中心。顺便祝贺你啦——我刚看过报纸上你的独家新闻。"

"那不是我的独家新闻，"丹谨慎地说，"是马特的——我只是旁听了律师们的谈话。对于我们这样的本地报纸来说，这是个很棒的故事。我们都有点儿飘飘然了。"

"我很想知道你是从哪儿得知这个故事的，你有消息来源……是不是？"我满怀希望地问。

丹微笑着摇摇头："恐怕不是。"

"但是我为他的女朋友感到难过。她有可能因此丢掉工作。"

丹耸耸肩。"她会找到新工作的——她年轻着呢。我看见过她的照片。"他补充道。然后他问我关于法国的事，提醒我要再跟他去看一次电影。"我不知道你明晚有没有空，菲比。我知道这有些突然，但是之前我一直忙于写基思·布朗的故事。我们可以去看科恩兄弟的新电影——或者只是去哪儿吃顿晚餐。"

"嗯……"我看了看他，"听着很不错。但是我……有点事儿。"

"噢，"丹对我遗憾地笑笑，"可是为什么像你这样的女孩子周六晚上会很忙呢？"他叹气道。"我太傻了。我应该早点儿约你的。这么说……你在跟谁交往吗，菲比？"

"哦……我……丹，"我说，"你又来了。"

"噢，对不起，"他耸耸肩，"我好像忍不住。不过你接到 11 日的邀请函了吗？我把它寄到你店里了。"

"嗯，我昨天收到了。"

"嗯，你说会来的，我等着你啊。"

我看了看丹："是的，我一定会来。"

今天上午我发现自己无法集中精力工作，因为我不停地想着迈尔斯，想着我多么盼望在剧院看见他。我们要看哈利·格兰维尔–巴克（Harley Granville-Barker）的《荒原》。空闲时我在网上读了几条关于它的评论，这让我记起了几个情节——我几年前看过了——也让我可以用几条尖锐的评论让迈尔斯大吃一惊。但是接下来店里开始忙了，周六都是这样子的。我卖掉了贝尔夫人的 *Guy Laroche* 丝绸外套——看着它卖出去我几乎有些伤心，还有一件边上嵌着金色珠绣的 **Zandra Rhodes**（桑德拉·罗德斯）杏黄色丝绸外套。然后又有人要试那件黄色舞裙，这是一周之内第三次有人试穿了。那个女人走进更衣室时，我紧张地看了一眼她的身形，意识到这条裙子可能很适合她。我拉上帘子，暗暗祈祷她不会喜欢。我听到薄纱的摩擦声和拉链被拉上的声音，接着是一声咕哝。

"我喜欢这条裙子！"我听到她大喊。她拉开帘子，盯着镜中的自己，不停变换着姿势。"太美了，"她踮起脚尖说，"我特别喜欢它蓬蓬的，闪着光。"她朝我笑着，"我买了！"

想象着凯蒂失望的表情，我心里咯噔一下。我记得她给裙子拍了照片，也记得她穿着这条裙子是多么可爱——比这个女人美丽十倍，这个女人太老了，肩膀和胳膊上全是肉，穿这条裙子不够苗条。

她转身向她的朋友："苏，你不觉得这裙子很美吗？"

苏比她高点，也瘦些，正咬着下唇，轻轻咂着嘴："哦……说实话，吉尔，亲爱的，我不觉得。你的肤色太白了，不太适合这条裙子，而且胸部太紧——看——这让你背上的肉都凸出来了，这里——"她把她的朋友转过身来。吉尔现在看到挺直的后背上有半尺厚的肉像块面团一样堆在那里。

苏把她的头歪向一侧："你知道那种布丁——塞满冰沙的冻柠檬，冰沙有点儿挤出来的那种……"

"嗯？"吉尔说。

"你就有点儿像那种布丁。"

我屏住呼吸，看着吉尔如何反应。她看着自己的影子，慢慢点点头："你说得对，苏。比喻很残忍——不过很对。"

"最好的朋友是做什么用的？"苏亲切地说。她有些愧疚地对我笑笑："抱歉——让你失去一桩买卖。"

"没事的，"我高兴地说，"得完全合身才好，不是吗？不管怎样，我很快就会进几条新的舞裙，可能会有适合你的——下周就到货了。"

"我们会来看看的。"

这两个人一走，我立刻把这件黄裙子放到"已预订"的架子上，写上了"凯蒂"——我的神经已经受不了再有人试穿了。然后我取下一件 20 世纪 50 年代中期的 Lanvin Castillo（朗万）树莓粉色晚礼服裙，把它挂到黄裙子原来的位置上。

我在五点半准时关了店门，在急着去伊斯灵顿见迈尔斯之前匆匆回家洗了个澡，换了衣服。我几乎跑着去到艾尔美达街时，看到他站在剧院门口，四处找我。他看到我就挥了挥手。

"很抱歉我迟到啦。"我上气不接下气地说。铃声响了。"这是提前 5 分钟闹铃吗？"

"是提前一分钟，"他吻了吻我，"我还担心你不来了呢。"

我挽着他的胳膊。"我当然要来。"我们进去时，我发现了迈尔斯微微有些紧张，想着是不是我们之间 14 岁的差距使他这样的，还是不管他喜欢的人年龄多大他都会有些不安全感。

"是一部好戏。"一个小时左右之后，剧院里亮起灯中场休息时他说道。我们站了起来。迈尔斯说："我看过了——几年前看的，在国家大剧院。我想是在 1991 年。"

"是在 1991 年，因为我也看过——和同学一起看的。"我想起当时艾玛回来看下半场演出时一身杜松子酒的气味。

迈尔斯笑了："这么说你那时和罗克珊差不多大；那时我 31 岁——还是个年轻人。如果那时遇见你，我也会爱上你的。"

我笑了。我们来到大厅，又来到酒吧，大家都在这里。

"我要喝点儿东西，"我说，"你想喝什么？"

"一杯罗讷河葡萄酒，如果他们有的话。"

我看了看酒水单："有。我想来杯桑塞尔葡萄酒。"我站在酒吧里，迈尔斯在我身后等着。"菲比……"几秒钟后我听到他轻声说。我转过身来。他突然不安起来，脸也红了。"我在外面等你。"他小声说。

"好。"我有些不解地答道。

"你没事吧？"几分钟后我看见他站在入口处时问他。我把酒杯递给他："我还担心你不舒服呢。"

他摇摇头："我很好。不过……你在等着拿酒的时候我看到几个不想见到的人。"

"真的吗？"我的好奇心被激起来了。"谁啊？"迈尔斯小心翼翼地点头示意，大厅另一头有一个 40 岁左右、穿着松绿色裙子、金发碧眼的女人和一个淡黄色头发、穿着黑色外套的男人。"他们是谁？"我轻声问他。

迈尔斯双唇紧闭。"威克利夫夫妇。他们的女儿在罗克珊原来的学校读书，"他叹了口气，"我们关系……不是很好。"

"我明白了。"我说，想起来迈尔斯说过在圣玛丽学校时有些"误会"。不管这误会是什么，此刻他仍然为此感到不安。听到下半场的铃声，我们回到观众席上。

演出之后我们在等着过马路去剧院对面的餐厅时，我看到威克利夫太太斜眼看了迈尔斯一眼，然后轻轻扯了一下她丈夫的衣袖。开始吃晚餐时，我问迈尔斯威克利夫夫妇做了什么事让他如此生气。

"他们对罗克珊很不好。实际上，事情很……难堪。"他举起水杯时，手在发颤。

"为什么？"我问道。迈尔斯有些犹豫。"这两个孩子合不来吗？"

"噢，她们很合得来。"迈尔斯放下杯子。"事实上罗克珊和克莱拉是最好的朋友。然后夏天到来时……有些争执。克莱拉丢了点儿东西，"迈尔斯解释道，"一个……金手镯。克莱拉说是罗克珊拿的。"

迈尔斯又闭紧双唇，嘴边的肌肉扭曲着。

"噢……"

"但我知道事情不是这样的。我知道罗克珊可能有些无礼，青少年经常都是这样的，但是她绝不会做出这样的事。"他把一根手指放在衣领下。"不管怎样，学校打电话给我，说克莱拉和她父母一口咬定罗克珊偷了那个该死的镯子。我十分愤怒。我说我不会允许我的女儿受委屈的。但是校长的表现……太让人生气了。"迈尔斯说这些时，我看到他左侧太阳穴上的筋都鼓起来了。

"她怎么了？"

"她有偏见。她不肯听罗克珊的话。"

"罗克珊是怎么说的？"

迈尔斯叹气道："正如我所说，罗克珊和克莱拉曾经是很好的朋友。她们这个年纪的女孩子经常互相借用东西。复活节克莱拉和我们在一起时我还看到过那只镯子。"迈尔斯接着说，"她有一天早上下来吃早饭时，身上穿的全是罗克珊的衣服，戴着罗克珊的首饰……罗克珊也穿戴过她的。她们经常这么做——觉得很有趣。"

"这么说来……你是说罗克珊戴过那只镯子？"

迈尔斯脸红了。"最后发现镯子就在她抽屉里——但是重点在于，她没有偷。我是说，她自己有，为什么还要从别人那里拿东西呢？她解释说是克莱拉把镯子借给她的，克莱拉也有她的首饰——她的确有——她们经常互换东西。事情本来这样就该结束了。"迈尔斯叹了口气。"但是威克利夫夫妇不依不饶。他们太坏了。"他痛苦地叹了口气。

"他们做什么了？"

"他们威胁说要报警。所以我别无选择，只好也威胁说如果他们毁我女儿的声誉，我就以诽谤罪起诉他们。"

"学校什么反应？"

迈尔斯嘴抿成一条线："他们站在威克利夫一家那一边——显然

是因为他们为学校的新剧院捐了 50 万英镑。太恶心了。所以……我把罗克珊带走了。她参加最后一次普通中等教育证书考试的时候，我等着带她回家。是我决定要让她离开那所学校的。"

迈尔斯又喝了一口水。我正想着该说什么，服务生来收盘子了。他刚走，又立刻端着我们的主菜过来了，迈尔斯的怒气稍减，罗克珊旧学校所引起的不快慢慢消散，然后似乎完全忘记了。为了缓和气氛，我跟他谈了谈刚才的戏剧。然后迈尔斯结了账。"顺便说一句，我开车来的，"他说，"也就是说我可以送你回家。"

"谢谢。"

"我可以送你回你家，"迈尔斯说，"或者你愿意的话，回我家。"他看着我脸上的反应。"我又可以借给你衬衫穿啦，"他轻声补充道，"我还可以给你把牙刷。罗克珊有吹风机，如果你需要的话。她今晚有个派对。"这就解释了为什么他今天没有接到她 20 多个电话。"我明天下午去接她。所以我想我们可以共度明天上午，然后找个地方吃午饭。"我们站在那里。"听着怎么样，菲比？"

服务生把外套递给我们。"听着……不错。"

迈尔斯朝我笑着："那就好。"

我们开车回到伦敦南部时，我感到十分快乐。我们在他房前停下车，我看了看花园，低矮的方形树篱围成了非常漂亮的造型。迈尔斯打开门，我们走进有着高高的天花板和水洗黑白大理石地板的走廊。

迈尔斯帮我放外套时，我瞥了一眼餐厅，有着深红色墙壁和一张长长的桃心木餐桌。然后我跟着他走到通往厨房的走廊上，厨房里的灯照得天花板闪闪发亮，也照得手绘的花纹和花岗岩操作台闪烁着光芒。我透过法式风格的窗子，看到暗夜里一大片树木围起来的草坪。

迈尔斯从冰箱里拿出一瓶依云矿泉水，然后我们走到一楼宽阔的楼梯上。他的卧室是黄色的，带一个双人浴室，浴室里有钢质浴缸和一个壁炉。我在里面脱下衣服。"能给我一把牙刷吗？"我说。

迈尔斯走进浴室，用欣赏的目光看了看我赤裸的身体，接着打开壁橱，里面有几瓶洗发水和沐浴露。"哪儿去了？"他嘟哝着。"罗克珊经常在这里面找东西……啊，找到了！"他递给我一把新牙刷。"要不要T恤？我给你找一件，"他撩起我的头发，吻了吻我的脖子和肩膀，"如果你觉得需要的话。"

我转身面向他，胳膊绕住他的腰。"不用，"我低声说，"我不需要。"

我们很晚才醒来。我看了看我身边床头柜上的闹钟，感到迈尔斯抱住了我，双手握住我的胸。

"你太可爱了，菲比，"他喃喃道，"我想我爱上你了。"他吻了吻我，把我的手放到我的头顶上，又和我做了一次爱……

"这个浴缸都能用来游泳啦。"过会儿我泡在浴缸里的时候说。迈尔斯又倒了些沐浴露，然后也来了，他躺在我身后，我在一片泡沫中倚着他的胸膛。

几分钟后，他拿起我的一只手仔细看着。"你的指尖发皱了。"他把每个手指都吻了一遍。"该出来擦干啦。"我们出了浴缸，迈尔斯从凳子上的大包中取出一条柔软的白色浴巾包住了我。我们刷了牙，然后他把我的牙刷也放进了他的牙缸里。"就放在这里吧。"他说。

"我的头发，"我摸了摸头发，"能借个吹风机给我吗？"

迈尔斯把浴巾系到腰上。"跟我来。"我们穿过楼梯平台，初秋的阳光透过落地窗不遗余力地洒进来。我抬头看到墙上挂着一幅罗克珊的画像，很美。

"那是艾伦，"我们在画像前停下时迈尔斯介绍说，"我们订婚的时候我请人画的。那时候她23岁。"

"罗克珊和她太像了，"我说，"尽管……"我看看迈尔斯。"她的鼻子像你……下巴也像你。"我用手背抚摸了一下他的下巴。"这就是你和艾伦住的地方吗？"

"不是。"迈尔斯打开一个卧室的门，门上装饰着粉红的信封和罗克珊的照片。"我们原来住在法尔汉姆，但她去世之后我就想搬家了——我受不了睹物思人的痛苦。有一次我应邀来这座房子吃晚餐，就爱上了它，所以房子的主人在出售的时候就优先考虑了我。现在……"

罗克珊的房间很大，铺着厚厚的白色地毯，四角大床上装饰着粉色金色相间的绸幔。白色的梳妆台上放着一系列昂贵的面霜、护肤露和几瓶大大小小的真我香水。挂着粉色金色相间的窗帘的窗前放着一把铺着淡粉色织锦的躺椅，躺椅旁边的小矮桌上放着大约二十几本杂志，杂志的封皮闪着冰冷的光。

我还看到侧桌上放着一个娃娃屋，有着闪闪发亮的黑色大门和大大的落地窗。"跟这座房子好像。"我说。

"就是这座房子。"迈尔斯说。"就是这座房子的模型。"他打开前门，我们朝里面看。"每个细节都一模一样，连吊灯都一样，还有百叶窗、铜质门把手。"我注视着刚才差点溺死在里面的浴缸。"罗克珊7岁生日的时候我送给她当礼物的。"我听到迈尔斯说。"我那时想这可能会让她更有家的感觉——她现在还喜欢玩呢。"他直起身来。"这就是她放吹风机的地方。"他向着一张放着美发用具的桌子点头示意道。"我去做早饭。"

"我会很快的。"

我坐在罗克珊的"美发屋"里，这里有专业的吹风机、直发器、卷发钳、烫发棒、发刷、梳子和分发器。我迅速吹干头发，看着三面墙壁的架子上挂着的衣服。这里肯定有至少一百件衣服和裙子啦。我左手边是一件砖红色的Gucci小山羊皮外套，我在去年的春季系列中看到过。我前面是一套Matthew Williamson（马修·威廉姆森）缎子裤装和一件Hussein Chalayan（侯赛因·卡拉扬）鸡尾酒裙子。至少有四五套滑雪衫和至少八条包在细棉布套里的长裙。衣服下面是一个黄色的鞋架，上面放了约有六十双鞋子和靴子。沿着其中一面墙挂着几个剑麻编的篮子，里面放着大概有三四十个包包。

我脚边是一本当月的《Vogue》杂志。我把书捡起来，翻到一页流行趋势上，其中一半的衣服都用心形的粉色便利贴做了记号。一件价值 2 100 英镑的 Ralph Lauren 天蓝色丝绸晚礼服旁边有一张；一件 Zac Posen（扎克·珀森）单肩黑色礼服裙旁边也有一张。一件价值 1 595 英镑的 Robinson Brothers（罗宾逊兄弟）粉色迷你裙也同样做了记号，上面用大写字母潦草地写着：西安娜·芬威克还未取走此衣服。一件 Christian Lacroix（克里斯汀·拉克鲁瓦）的"彩色玻璃"丝质晚礼服也做了记号，价值 3 600 英镑。"仅按照特殊顺序。"罗克珊写道。我摇了摇头，想着罗克珊会买其中的哪一件。

我关掉吹风机放回原处。我走出她的卧室时，停在娃娃屋前，迈尔斯没有关上它的屋门。我又朝里看了一眼，这次注意到起居室里有两个模型小人——一个穿着棕色西装的爸爸、一个穿着粉白相间围裙的小姑娘坐在旁边的沙发上。

我回到迈尔斯的卧室，穿上衣服化好妆，从浴室壁炉架上的绿托盘里拿回耳环，楼下传来咖啡的香气。

迈尔斯站在餐桌前，手里举着一盘吐司和一瓶橘子酱。

"厨房很不错，"我环视了一下，"不过跟娃娃屋的厨房不一样。"

迈尔斯按下咖啡壶盖。"去年我把厨房重新装修了——因为我想要个专业的藏酒窖。"他朝我左侧点头示意，我看到放着两个大冰箱的酒库和落地定制红酒木架。他拿起托盘。"要是你喜欢，我们什么时候喝点儿 Chante le Merle。"

法式窗子旁边的墙上挂着一组照片，是各式各样的罗克珊滑雪、骑车、打网球的照片。有一张她在桌山前笑着的照片，还有一张她站在艾尔斯岩石顶上。

"罗克珊太幸运了。"我看着她的一张照片说，照片上她像是在加勒比海里的游艇后面坐着钓鱼。"对于这个年纪的女孩子来说她经历过这么多——而且，像你说的，她拥有这么多。"

迈尔斯叹了口气。"可能太多了。"我没接话。"但是罗克珊是我的独生女儿，她就是我的世界——另外，她是艾伦留给我的唯一的纪念。"他的声音哽咽了。"我只希望她快快乐乐的。"

"那当然。"我喃喃道。她是你的阿喀琉斯之踵。塞西尔是这个意思吧？仅仅是迈尔斯把罗克珊宠坏了吗？我们站在阳台上时，我看着宽阔的草坪，草坪两边栽着起伏的藤木和灌木。迈尔斯把餐盘放到铁质餐桌上。"你可不可以去拿报纸呢？就在前门外面。"

他倒咖啡的当儿，我去取回《星期天报》带回花园里。我们沐浴在柔和的秋日阳光中吃早餐的时候，迈尔斯读头版，我瞄了几眼时尚版面。然后我打开商业版面，找出《新闻纵览》，看到大标题"凤凰地产倒闭"。我看了看这篇占了半个版面的文章，讲的还是《黑与绿》说过的事儿，重复了一下对诈骗罪的起诉。就有一点不同，有一张基思·布朗女朋友的照片，标题是"凯莉·马科斯：公开揭发"。这么说，她是告密者？

文章说，有一次布朗喝得醉醺醺的，向他女朋友吹嘘自己如何计划并实施了那次诈骗；他把事情怪罪到一个心怀不满的店员身上，而这个店员的身份证是伪造的，大火之后就失去了行踪，大概就是为了躲避追捕。警方已经发布了通缉照片，但是再也没人看到过这个人，他仍然被视为失踪人口。布朗在得到巨额赔偿之后得意扬扬，十分愚蠢地告诉了凯莉·马科斯，根本没有这么个人，是他自己纵火的。两周之后，她"审视了一下内心"，决定向《黑与绿》报社揭露真相。

"太不可思议了！"我说。

"什么事？"我把报纸递给迈尔斯，他快速看完了。"我知道这个案子。"他说，"一个律师朋友为保险公司辩护抗诉布朗。他说他从未相信过布朗的故事，但是无法证明，因此星空联盟被迫支付赔偿。布朗很显然以为他能逃过去——可是他太大意了。"

　　"我的确想过可能是他女朋友说的。"我告诉了迈尔斯他们那次不愉快的"古董衣部落"之旅。"可是我想不明白——既然他是她的老板和男朋友，她为什么还要出卖他呢？"

　　迈尔斯耸耸肩。"出于报复。布朗可能脚踏两只船——这是常见的戏码——或者他想甩了她，却被她发现了。也有可能是他答应给她升职，最后却升了别人。她的动机总会真相大白的。"

　　我突然想起凯莉·马科斯买裙子时曾经说过的话：

　　"275 英镑。就这个价格。"

CHAPTER 11
库房电影院

今天早上，我给贝尔夫人打了电话。

"我很想见你，菲比，"她说道，"但是这周不行。"

"你的侄女还在你那里吗？"

"没有，但是我的侄子邀请我去多塞特他们家做客。他明天就来接我，周五再把我送回来。我必须趁现在去，在我还能够出行的时候……"

"那么之后，我能来看你吗？"

"非常欢迎。我什么地方也不会去了，"贝尔夫人说道，"因此，我特别高兴你能抽空来陪我。"

我想到还在包里的红十字会的表格："那周日下午我过来？"

"我等你，下午 4 点。"

我放下电话，看了看丹发的这周六的派对邀请函。上面除了他家的住址和派对的时间，什么也没说，甚至提都没提他的库房。我琢磨着，那应该是一个很漂亮的屋子，有可能是一栋避暑小屋，或是一间花园型的办公室，又或是一间娱乐室，里面有着一张巨大的台球桌，若干台水果老虎机——说不定会是一间有着望远镜和滑动屋顶的瞭望室。仅仅是出于好奇我就想去看看——何况我也喜欢和丹聊天，喜欢他对生活的享受和他的热情。我也想问问他凤凰地产的事。对于布朗的女朋友为什么会这么做，我还是很好奇。

周一的报纸上披露了更多的消息。凯莉·马科斯在《独立报》上承认，她就是举报者，但是被问及动机的时候，她拒绝回答。

"是那条裙子。"周二早晨，安妮看到《黑与绿》的最新报道时说道。她放下报纸。"我和你说过——古董衣有着让人改变的力量。我觉得是这条裙子让她做出了这个举动。"

"什么？你的意思是，这条裙子控制了她，'告诉'她去告发他？"

"不是这个意思……但我认为，是她对这条裙子的强烈渴望给了她甩掉这个男人的力量——以如此轰轰烈烈的方式。"

周四，《每日邮报》刊载了一篇题为"了不起的马科斯"的文章，褒扬了凯莉告发布朗的行为，同时也引用了其他女人揭发自己狡诈男朋友的事例。《每日快报》发表的文章把这起欺诈案和那起纵火案联系起来，直指 2002 年基思·布朗宣称的仓库起火案。

"报纸怎么可以把这些都登出来？"下午我对迈尔斯说道。他在回坎伯韦尔的路上顺道进店里来看我。这个时段也没有客人，索性他就留下来和我聊天。"这难道不是有偏见的报道吗？"当他坐在沙发上的时候，我问他。

"因为司法程序现在还没有开始，所以算不上偏见报道。"他拿出黑莓手机，戴上眼镜，开始手指运动了。"目前媒体可以重复布朗的辩解，刊载一切能说得通的新闻——就像揭发男朋友犯罪的那个女朋友的角色一样。但是一旦他被司法指诉，媒体就要小心自己口中的报道了。"

"那他为什么还没有被起诉？"

迈尔斯抬起头看了看我。"因为保险公司和警察也许正在争论应该由谁提起起诉——这显然是个烧钱的活。现在我们能谈一些让人高兴的事情吗？周六我想去歌剧院。那天演出《波西米亚人》，现在正厅前座还有一些座位，不过我必须今天就预订。我可以现在就打电话……我正好有号码。"迈尔斯开始拨号了，然后抬头看着我，表情困惑。"你看起来似乎不那么感兴趣。"

"我很感兴趣——或者说肯定会感兴趣，听起来会是一场不错的演出。但是……我去不了。"

迈尔斯的脸沉了下来。

"为什么去不了？"

"我手头已经有事了。"

"哦。"

"我要去参加一个派对，本地的一个派对。是很低调的一个。"

"我明白了……这是谁的派对？"

"我的一个朋友——丹。"

迈尔斯看着我："你之前提到过他。"

"他在一家报纸工作。这个邀请是很长时间之前的了。"

"比起去歌剧院听《波西米亚人》，你更想去这个派对？"

"不是这样的，只是我既然说了会去，我希望能够遵守承诺。"

迈尔斯用探询的目光看着我："我希望……他仅仅是你的朋友，菲比？我知道我们很长时间没有在一起了，但是如果你有了其他的……请让我知道。"

我摇着头。"丹只是一个朋友，"我笑了，"事实上，还是一个相当古怪的朋友。"

迈尔斯站了起来："好吧……我还是有些失望。"

"我很抱歉——但是我们之前好像也没有约定周六要做些什么。"

"话虽如此，我以为……"他叹了口气，"没关系。"他拿起包。"我得去接罗克珊了。下午我得带她去买她的舞会裙，那么作为交换，她得陪我去歌剧院了。"

我难以理解迈尔斯为罗克珊买下一条昂贵的裙子，罗克珊所要付出的代价只是陪着去一趟歌剧院……

"也许下周我们可以一起做点儿什么。"迈尔斯站起来时，我说道。"你想去节日大厅吗？周二？我负责弄票。"

这似乎让他安心不少。"好的，"他吻了吻我，"明天给你电话。"

周六，还是像往常一样，非常繁忙的一天。生意非常红火，我很开心，但是我也意识到了自己一个人还是有些忙不过来。

午饭过后，凯蒂走了进来，看到原来挂那条黄色蛋糕裙的地方已经挂上了别的衣服，脸立刻垮了下来。我一度以为她会哭出来。

"别担心，"我赶紧说道，"我把它取了下来，放进预留的衣架里。"

"啊，太感谢了，"她拍了拍胸口，"我现在已经攒了160英镑了，所以一半目标已经达成了。我这几天休假，不能去便利店工作，所以我得加快速度了。也不知道为什么，我就是痴迷于这条裙子。"

我原本打算5点半关店离开，但是5点25分的时候，一个女人走了进来，试穿了8套衣服，还包括一套我从橱窗里的模特儿身上扒下来的裤装，但是没有一件入得了她的眼。"不好意思，"她一边穿上自己的外套，一边说道，"我想我只是心情不好。"现在已经6点05分了，我的情绪也变得不好。

"没关系。"我尽可能温和地说道。如果你要经营一家店，你就得忍住脾气。我锁上店门，回到家为丹的派对做些准备。他在请柬上写的时间是7点半，要求我们8点之前一定要到那儿。

我乘坐的出租车在希斯格林火车站附近一条宁静的路边停下，旁边是一座维多利亚风格的别墅，天已经黑了下来。丹为这次派对付出了不少心力啊，我一边付钱给司机一边思忖着。门前花园的树丛间挂上了一闪一闪的小彩灯。他请了负责宴会招待的公司，一个穿着围裙的侍应生为我开了门。进门之后，我就听到了人们谈笑的声音。等我走进客厅看到那儿只有十几个人的时候，才意识到这次派对的参加者真是精挑细选出来的。丹就在人群中，首次聪明地穿着一件深蓝色的丝绸外套，和每个人亲切地交谈，为他们加满香槟。

"请先吃些小点心，"我听到他说道，"我们要晚一些才开始正式晚宴。"所以这是一场晚宴。

"菲比。"他看到了我，热情地喊道。他吻了吻我的脸颊。"来，和大家认识一下。"丹马上把我介绍给了他的朋友：其中一个就是马特，还有马特的妻子西维利亚；还有艾丽，也是报社的一名记者，她的男朋友麦克也随同一起；在场的还有一些丹的邻居，不过让我惊讶的是，我看到了那个乐施会商店里脾气暴躁的女人，现在我知道了她的名字叫琼。

琼和我聊了一会儿，我告诉她我那儿有些美国来的手袋，也许哪一天可以拿给她。然后我问了问，她那儿是否有些古董的金属拉链，我现在正急缺它们。

"我的确看到过有一批，"她说道，"还有一大罐的旧纽扣，啊，我想起来了。"

"你能为我留下它们吗？"

"当然可以，"她喝了一口香槟，"顺便问一句，你喜欢《安娜·卡列尼娜》吗？"

"很不错！"我回答着，然后思忖她是怎么知道我去看过的。

她从经过的侍者盘子里取了一块小点心。"丹带我去看过一场《日瓦戈医生》，真是美妙的电影。"

"哦。"我看向丹，我想他身上充满了惊喜——令人愉悦的惊喜。"嗯……一部非常出色的电影。"

"非常棒，"琼回应道，回味般地闭上眼睛，然后又睁开，"那是5年来我第一次去电影院——之后他还请我吃了晚餐。"

"真的？多么体贴，"我发现自己得忍住眼泪，"你们去了红餐厅？"

"不，"琼看起来有些惊讶，"他带我去了里文顿餐厅。"

"啊。"

我看向丹。他敲了敲杯子的边缘，高声说道，既然大家都齐了，那么是时候请主角登场了，请我们都移步屋外。

丹的后花园相当大——大概有 60 英尺长——花园的尽头是一个巨大的……工具棚。原来如此——是库房：让人意想不到的是那块通向它的红地毯，还有门口两根金属柱上系着的红绸。棚子的墙上还钉着一些金属板，从上面盖着的一幅金色幕帘来看，它正等待着被人们正式揭去神秘的面纱。

"我不知道里面有些什么，"我们沿着地毯走去的时候，艾丽说道，"但是我觉得里面肯定不是割草机。"

"你是对的——不是割草机，"丹说道，拍了拍手，"那么，感谢各位今晚光临寒舍。"当我们都在棚子外站定时，他说道："我现在邀请琼为我们揭幕……"

琼上前一步，接过幕帘的绳子。当丹对她点点头的时候，她转身面对我们。"很荣幸能为丹的这个工具棚揭幕，我荣幸地将它命名为……"她拉动绳子。

"鲁滨逊·里约。"

"鲁滨逊·里约，"琼说道，然后盯着那块金属板。她显然也和我们在场的众人一样迷惑。丹打开棚门，摁下电灯开关："请进。"

"太棒了！"西维利亚走进之后喃喃道。

"啊！"我听到有人惊叹。

天花板上悬着闪闪发亮的枝形吊灯，金红色的地毯上排列着 4 排 3 列 12 张红色天鹅绒座椅。最里面的一面墙上是一幅悬着帘幕的屏幕；屏幕前不远的地方，有一台巨大的老式放映机。右手边的墙上是一块蓝色的木板，上书几行白色大字：这周的节目安排：《卡米尔》

和预告片《生死攸关》。左手边的墙上是一幅镶框的老旧的《第三个人》电影海报。

"请随意坐下，"丹一边摆弄着放映机，一边说道，"地板下有供暖系统，所以一点儿也不会凉。《卡米尔》只有 70 分钟长，但是如果你们不感兴趣的话，也可以回到屋子里，再喝一轮。电影结束后，差不多 9 点，我们正式开始晚宴。"

我们各就各位——我和琼还有艾丽坐在一起。丹关上门，调暗灯光，然后我们听到了放映机转动的声音，当链条到尽头的时候，我们听到胶卷催眠般的咔嗒声。自动帘幕缓缓向两边拉开，米高梅的狮子跳了出来，咆哮着，然后是音乐和开场字幕，突然我们就置身于 19 世纪的巴黎了。

"太棒了，"当灯光再次亮起来的时候，琼说道，"就像置身于那时的电影院中——我喜欢那时放映灯的味道。"

"就像回到了老时光。"马特在我们后排说道。

琼在座位上转过身，看着他："你还年轻，谈不上老时光吧。"

"我指的是那时丹在学校里经营电影社的事，"马特解释道，"周二的午饭时间，他常常会放映喜剧电影，哈罗德·劳埃德导演的电影，还有《猫和老鼠》。我很高兴看到他的镜头焦距明晰了不少。"

"那时我用的是老式的通用牌放映机，"丹说道，"现在这个放映机是贝灵巧的，而且我还做了些现代化的改装——装上了空调。我把这个工具棚设置成隔音的，所以邻居们也不会抱怨。"

"我们没有抱怨，"他其中一个邻居说道，"我们都在这儿！"

"你打算怎么使用这个电影院？"当我们走出库房往屋子走回去的时候，我问丹。

"我想搞一个经典影片俱乐部。"我们走进大大的正方形厨房时，他回答道。厨房里已经摆了一张长长的可供 12 个人用餐的松木桌。"我每周会放映一部电影，任何感兴趣的人都可以基于先到先得的原则，观看电影，浅酌小酒，参与讨论。"

"听起来很不错，"麦克说道，"你的那些电影底片搁在哪里呢？"

"我放在楼上的一个有湿度调节的屋子里。这些年，从要倒闭的图书馆或拍卖会上，我已经收集了几百部电影。我一直想拥有自己的电影院。事实上，这间巨大的工具棚是我两年前买下这栋屋子的主因之一。"

"你从哪儿弄来的这些椅子？"当丹为琼拉开椅子的时候，她问道。

"5年前我从埃塞克斯的一个剧场弄来的，那个剧场现在已经倒闭了。我一直收藏着。现在……艾丽，你为什么不坐在那里呢？菲比，你坐这儿，挨着马特和西维利亚。"

当我坐下时，马特给我倒了一杯酒。"我认得你，"他说道，"我们为你做过一篇专题报道。"

"那真是帮了我的大忙，"当厨师把一盘看起来相当美味的意大利烩饭放在我面前的时候，我说道，"丹做得不错。"

"他虽然看起来有些不修边幅，但是他是一个……好人。你是一个好人，丹。"马特高声笑道。

"谢谢你，兄弟！"

"他是一个好人，"西维利亚回应道，"你知道你看起来像谁吗，丹？"她补充道，"我才意识到——米开朗琪罗的大卫。"

当丹给西维利亚感激的飞吻时，我知道她说的是对的。就是我一直要努力想起的那个"有名的男人"。

"你和他一模一样，"西维利亚歪着头继续说道，"不过，是一个可爱的版本。"她哈哈大笑。

丹拍了拍他橄榄球运动员似的胸腔："那我得好好考虑去健身房了。谁还想再来一杯？"

我摊开餐巾，转头和马特说话。"《黑与绿》做得……相当出色。"

"我们也没想到，"马特回答道，"显然是多亏了那个故事。"

我拿起叉子："你能说说这件事吗？"

"既然都已经公开了，说说也无妨。全国媒体对这件事的关注，使得我们的发行量激增到 16 000 份——这就意味着我们开始盈利了——增加了 30% 的广告收入。我们本来需要再花费 10 万英镑在公关上，才能使报纸达到这个故事带给我们的知名度。"

"你们怎么得到这个故事的？"我问道。

马特啜了一口酒。"凯莉·马科斯直接找的我们。我在《卫报》的那段时间，就听说过布朗了，"他继续说道，"这些年一直有一些关于他的流言。总之，他正准备让公司上市，在财经媒体上频繁露面，然后出乎意料地，我接到这个女人的匿名电话，说她有一个关于基思·布朗的'好故事'，问我是否感兴趣？"

"所以你就感兴趣了，"西维利亚接口道，递给我一碗沙拉，然后冲马特点点头，"告诉菲比。"

他放下酒杯。"于是——那是三周之前的一个周一——我邀请她过来。"马特抖开他的餐巾。"第二天午饭时分她过来了——我意识到她是他的女朋友，因为我看过她和布朗在一起的照片。当她把这个故事告诉我的时候，我知道我想写这个故事——但是我告诉她，除非她能签一份详细的声明，证明这个故事是真实的，否则我没办法报道出来。所以她说她……"马特拿起叉子。"那个点上，我想起我最好咨询一下丹。"

我点点头，但是我奇怪他为什么要咨询丹的意见，丹似乎并不是助理编辑，也不是一位有经验的记者。我看着丹。他正在同琼聊天。

"你当然得征询丹的意见，"我听到西维利亚说，"他是你的合伙人！"

我看向西维利亚："我以为丹只是在为马特工作。这是马特办的报纸，他只是雇用了丹为他做市场营销。"

"丹的确负责市场部分，"她回答道，"但是马特没有雇用他。"她似乎觉得这个问题很有趣。"他找丹给他提供资金支持。他们各自出了一半的报纸的启动资金，那就是 50 万英镑。"

"我明白了。"

"所以写这个故事，马特当然得征得丹的同意。"西维利亚说道。这就是为什么和律师讨论时，丹需要在场的原因吧，我现在才意识到。

"丹对这个故事和我一样兴奋，"马特把意大利干酪递给西维利亚时，接着往下说，"所以接下来就是如何得到凯莉的签名声明的问题了。我告诉她，我们通常不会向提供故事线索的人支付报酬，但是她坚称，她并不是想要钱。她似乎对布朗有某种道德上的谴责，尽管事实上她知道这个纵火案已经一年多了。"

"所以肯定是发生了什么事，让她对这个男人气愤不已。"西维利亚说道。

马特放下叉子。"我也是这么想的。总之，她来了，然后我们得到了她的声明。但是，就在那个时候，就要签名的时候，她突然放下了笔，看着我，说她改主意了——她想要钱。"

"哦。"

马特摇了摇头。"我的心里一沉。我以为她会要求两万英镑，而这些从头到尾都是她的阴谋。我正想说那此事我们就算了的时候，她说道：'价格是 275 英镑。'我愣住了。然后她又说了一遍：'我需要275 英镑，这就是代价。'于是我看向丹，他耸耸肩，然后点了点头。我打开零用现金柜，取出 275 英镑，装入信封中，递给她。她看起来非常开心，好像我给了她两万英镑一样。然后她签署了声明。"

"那个信封是粉红色的，"我说道，"迪士尼公主。"

马特惊讶地看着我。"是的。公司会计的小女儿前天跟着来过公司，她把她的文具都带来了。我一眼就看到了这个信封，因为急于了结此事，所以我就用了这个信封。但是，你是怎么知道的？"

我向他解释了，凯莉·马科斯来过我的店里，买走了那件布朗不愿意为她买的橘绿舞会裙。丹正好加入我们的谈话。"我之前告诉过你吧，丹？"我说道，"凯莉拒绝接受折扣的事。"

"是的，你说过。我那时没和你说，"他说道，"但是我坐在那里，想搞清楚这个事件。我以为，好吧，衣服是 275 英镑，她向我和马特要了 275 英镑，所以两者之间肯定有些联系……但是我不明白。"

"我觉得我能明白，"西维利亚说道，"她想结束和布朗的关系，但是发现很难做到，因为他也是她的老板。"西维利亚看向我，"你说过，布朗拒绝为凯莉买下那条裙子。她是不是看起来很伤心？"

"伤心透了，"我说道，"她满含泪花。"

"嗯，那也许就是最后一根稻草了吧。"西维利亚耸耸肩。

"所以她想做些事情决绝地结束这段关系，没有任何挽回的可能。裙子事件引发了报复的导火索。"

"我喜欢这条裙子。他也知道……"

我看向西维利亚。"我觉得说得通。275 英镑只是一个象征，代表了那条舞会裙——和她的自由——这就是为什么她不愿意降价买下它的原因……"

马特看着我："你是在说，我们之所以得到这个故事，是由于你的裙子吗？"

"我试穿上这条裙子……它就在呼唤我。"

我意识到安妮是正确的。"我想，我就是这个意思。"

马特举起酒杯。"那为你的古董衣干杯，菲比，"他摇了摇头，继而又哈哈大笑，"天哪，那条裙子打动了她。"

我点点头。"那些裙子拥有那样的力量。"我说道。

第二天下午，秋日阳光灿烂，在去看贝尔夫人的路上，我琢磨着丹。他有好几个机会告诉我，他是《黑与绿》的合伙人，但是他没有这么做。也许他以为这看起来会有吹嘘之嫌。也许他压根儿就没有想过。但是现在我想起来，他说马特需要他的"帮助"去创办这家报社——显然是资金上的帮助。但是丹并没有给人他很富有的印象——恰恰相反，他穿着乐施会商店的衣服，一副略微邋遢的样子。我想也许这笔钱是他借的，或是贷款来的，这样的话他对报社投入这么一大笔钱却又不想长期做下去，也令人惊讶。当我进入帕拉冈街区的时候，我在想，他想把什么事情做得长久呢。

那次派对我待到了午夜，等我拿起手袋的时候，发现有两个迈尔斯的未接电话。等我回到家的时候，答录机上也有他的两通电话。他的声音很随和，但是对我没有接电话的行为明显有些不悦。

我走上台阶，来到 8 号门前，按了贝尔夫人的门铃。等待的时间比往常要长，然后我听到了对讲机拿了起来。

"你好，菲比。"我推开门，走上楼梯。

从我上次见到贝尔夫人以来，已经两周多了。她身上的变化是如此的明显，以至于我本能地就抱住她。她说过，第一个月，她感觉还凑合，然后就不那么好了……她现在显然是"不那么好"。她瘦得厉害，淡蓝色的眼睛在干枯的脸上看起来更是大了一圈，双手脆弱可怜，瘦骨嶙峋。

"好漂亮的花啊，"当我把为她买的银莲花递过去的时候，她赞叹道，"我喜欢它们宝石般的颜色——就像彩色玻璃。"

"需要我把它们插进花瓶里吗？"

"好的。今天还泡茶吗？"

"当然。"

我们进了厨房，我给水壶添上水，拿下杯子和杯托，搁进托盘里。"我希望您不是整天自己一个人待着。"我一边说着，一边找出一个水晶花瓶将银莲花插了进去。

"不是，早晨社区护士会过来。她现在每天都会过来。"

我往水壶里添了 3 勺罗望子："在多塞特的旅行愉快吗？"

"嗯，很开心。和詹姆斯夫妇相处很愉快。从他们的屋子里能眺望到大海，我会久久地坐在窗边，凝视着远处的大海。你介意把花搁到客厅的桌子上吗？"她补充道，"我已经不指望自己会打理它们了。"

我把茶盘也端到客厅的时候，贝尔夫人走在我前面，她仿佛忍受着痛苦，背部似乎也在剧痛。她在往常坐的锦缎椅子上坐下后，没有像以前那样双腿交叉，而是双手紧握，放在膝盖上。她交叉着双踝，身子后仰，一副疲惫不堪的样子。

"请不要介意屋子里的杂乱，"她说道，点头示意桌子上的一摞纸，"我一直在处理一些堆积着的信件和账单——我生命的残留。"当我把一杯茶递到她手中时，她说道。"就这么多了。"她点头示意椅子旁满了的废纸筐。"但这会让詹姆斯的工作轻松点儿。顺便提一句，上周他来接我的时候，开车经过了蒙彼利埃谷。"

"这么说，您看见了我的商店？"

"嗯——我的两套衣服正陈列在橱窗中！你在我那套华达呢衣服上加了条皮领，看起来非常时髦。"

"我的助手安妮觉得这能很好地诠释秋天的味道。我希望，您看到自己的衣物在那儿展示给这个世界，不会感到伤心……"

"恰恰相反——我感到很开心。那时我发现自己试图猜想将来是什么女人会穿走它们呢。"

我笑了。接下来贝尔夫人问了我迈尔斯的事情，我告诉她我去过他的家了。

"这么说来，他非常宠溺他的小公主。"

"是的——有点儿不可理喻，"我老实说，"罗克珊被宠坏了。"

"嗯……比起对女儿不闻不问，这样还算好些。"话是不错。"他似乎也很关心你，菲比。"

"我准备慢慢进行，贝尔夫人——我刚认识他 6 个星期——他比我大了将近 15 岁。"

"我明白。那么……这一点上你占优势。"

"我想是这样，尽管我不确定自己是否想要这个优势。"

"不过，他的年龄并不重要——重要的是，你是否喜欢他，他是否对你好。"

"我喜欢他——非常喜欢。我觉得他很有魅力，而且，他也对我很好——毫无疑问，他是一个迷人的男人。"然后我们的话题又岔开了，我发现自己正在同贝尔夫人说鲁滨逊·里约的事。

"丹听起来是一个阳光快乐的人。"

"是的。他深知生活的乐趣。"

"这种性格在任何人身上都很招人喜欢。我正试图培养一些'生活的乐趣'，"她苦笑着补充道，"这并不容易做到。但是至少我有时间来整理这一切……"她点头示意那一摞文件。"去看看我的家人，和他们告别。"

"也许仅仅是暂时的告别。"我略微轻率地说道。

"谁知道呢？"贝尔夫人说道。突然我们之间一阵静默。是时候了。我拿起我的手袋。

贝尔夫人看起来精神不佳："你准备走了吗，菲比？"

"不，不是，而是……有些事情我想和您说说，贝尔夫人。也许现在并不合适，因为您身体不好……"我打开手袋。"也许这样才显得更重要。"

她把茶杯放到杯托上："菲比，你想说什么？"

我从包里拿出一个信封，取出红十字会的表格搁在膝上，把弄皱的地方抚平。我深吸一口气："贝尔夫人，我最近一直在查看红十字会的网站。我认为您应该再试一次——弄明白莫妮可到底发生了什么事——也许您能得到想要的信息。"

"哦，"她嗫嚅道，"但是……我要怎么做呢？我已经试过了。"

"是的——但那是很久以前了。现在有更多的信息被添加到红十字会的档案馆中。他们的网站能找到这一切，尤其是 1989 年，苏联将二战后他们在占领期间获得的大量的纳粹资料移交给了红十字会。"我看着她，"贝尔夫人，你在1945年开始搜寻的时候，红十字会只有卡片索引。现在他们有将近5 000万份和进入集中营中的成千上万的人有关联的档案。"

贝尔夫人叹了口气："我明白了。"

"您能再搜一遍。只要在网上递交申请。"

她摇了摇头："我没有电脑。"

"没关系，我有电脑。您只需要填一份表格——我这儿就有一份……"我把它递给了贝尔夫人，她用双手接过，眯缝起一只眼睛费力地读着。"我可以为您回复邮件，表格会被送给德国北部的巴特阿尔罗森的红十字会的档案保管员。几周之内，您就能得到消息。"

"因为我也就只剩下几周了，不妨这么试试。"她苦笑着评论道。

"我知道时间……对您来说不多了，贝尔夫人。但是我以为如果有机会能了解到当年的一切，您是会乐意知道的。不是吗？"我屏住了呼吸。

贝尔夫人放下表格："我为什么要知道呢，菲比？或换句话说，我为什么现在要知道呢？我为什么要在一些官方的信件上去了解莫妮可的事情，去得知她确实像我所怀疑的那样悲惨地丧命？你觉得，那对我有任何帮助吗？"贝尔夫人在椅子里坐直了身子，痛苦地皱着眉，然后她的表情放松了下来。"菲比——我现在需要平静，来面对我的余生。我需要放下我的悔恨，不再为之自我折磨。"她拿起表格，然后摇了摇头。"这个只会给我带来混乱。你必须意识到这一点，菲比。"

"我知道——我当然不想给您带来混乱，贝尔夫人，或是任何不快，"我觉得自己的喉咙有些发紧，"我只想帮助您。"

贝尔夫人看着我："你想帮助我，菲比？你确定吗？"

"是的，我当然确定。"她为什么要这么问？"我觉得那是我闯进罗彻迈尔的原因——我不相信那纯属偶然——我以为那是冥冥之中命运的引导——不管你想把它称呼为什么。那天之后，我就对莫妮可产生了挥之不去的感觉。"

贝尔夫人看着我。"我有种强烈的感觉，贝尔夫人——我也说不出为什么——我觉得她也许活下来了；你只是以为她死了，因为……好吧……看起来似乎如此。但是也许有某种奇迹产生，你的朋友确实没有死去，她没有死，她没有，她没有……"我把脑袋深深地埋了下去，终于没忍住一声啜泣。

"菲比，"我听到贝尔夫人静静地说道。我感到泪水滑进了嘴角。"菲比，这和莫妮可无关，是吗？"我盯着我的衬衫，上面有一个小洞。"是艾玛。"现在我抬起头看着贝尔夫人，她的五官有些模糊。"你想把莫妮可复活，因为艾玛死去了。"她轻声说道。

"也许吧……我不知道，"我哽咽地吸了口气，然后看着窗外，"我知道，我很……伤心……迷惑不解。"

"菲比，"贝尔夫人温柔地说道，"你帮助我'证明'莫妮可还活着，并不能改变艾玛死去的事实。"

"是的，"我嘶哑地说道，"没有任何人能改变。没有什么能够改变。"我双手抚脸。

"可怜的孩子，"我听到贝尔夫人喃喃道，"我能说什么呢？只能说，你得试着活下去，不要为无法改变的事背负太多悔恨——那些事，无论如何，也许不是你的错。"

我痛苦地咽了口气，然后抬头看着她。"我这么想是罪有应得。我会永远谴责自己，我会永远背着这个包袱，度过我的余生。"这一想法让我感到很疲惫。我合上眼睛，听着火苗发出的轻轻的哔哔声和闹钟有节奏的嘀嗒声。

"菲比，"我听到贝尔夫人叹了口气，"你的生命还很长，也许还会有 50 年——也许是更多。"我睁开眼睛。"你必须找到一些方法让自己快乐地生活下去。或者像我们任何人一样尽可能快乐地生活下去。给……"她递给我一张纸巾，我敷在了眼睛上。

"似乎毫无希望。"

"不是现在，"她静静地说道，"但是，会来的。"

"您一直没有克服自己的心理……"

"是的，我没有做到。但是我学着把它放到一处，让它不要压垮我。菲比，你仍然招架不住。"

我点点头，然后又盯着窗外："我每天都去店里，帮助顾客，和助理安妮聊天。我做好一切该做的事。空闲时间，我和朋友聚会，我去见迈尔斯。我照常生活——甚至过得很好。但是我的内心……纠结不已……"我的声音低沉了下去。

"这不奇怪，菲比，因为艾玛的事情才过去几个月。我认为，这也是你为什么对莫妮可执着的原因。出于自己的悲痛，你对她念念不忘——你好像坚信，通过让莫妮可复活，某种程度上艾玛也能复活一样。"

"但是，我做不到，"我擦了擦眼睛，"我做不到。"

"那么……不要再纠结这件事了，菲比。拜托了。为了让我们俩都好——不要再追究下去了。"贝尔夫人拿起了红十字会的表格，撕成了两半，将废纸扔进了纸篓。

CHAPTER 12

寻找米利亚姆

后来我才意识到，贝尔夫人是对的。我在厨房里坐了一个多小时，就盯着桌子底下，脸埋在手里。我这些天一直在纠结莫妮可的事情——一个充满了悲痛和内疚的执念。现在我才意识到，我是一直在挑起一个虚弱的老妇人的痛苦情绪。

我等了几天，等到心绪平静了下来，又去看望了贝尔夫人。这一次，我们没有谈论莫妮可或是艾玛。我们就聊些生活琐事：播报的新闻，当地的事件——烟火晚会就要举行了——和一些电视节目。

"有人买走了您的蓝色丝绸外套。"我们开始玩拼字游戏时我说道。

"真的吗？是什么人？"

"一位年近 30 岁的十分漂亮的模特儿。"

"那就可以穿着它出席一些可爱的派对。"贝尔夫人一边填字一边说道。

"我想会的。我告诉她，这件衣服曾与肖恩·康纳利共舞——她听了之后兴奋不已。"

"我希望你也可以从中挑出一件衣服。"贝尔夫人又说道。

我没有想到这一点："我喜欢那套华达呢女装，现在仍在我的橱窗中。也许我应该留下那套——我觉得比较适合我。"

"想象一下你穿它的样子。哦，亲爱的，"她说道，"我现在手上有6个字母，现在应该怎么做？啊……"她颤抖着把一些字母放到拼板上。"那儿，"正好是一个"thanks"（感谢），"你的浪漫感情进展如何？"

我数了数她的得分："和迈尔斯？"

她看着我："是的。你以为我在说谁？"

"39分——高分。我一周和他见两三次面。给……"我掏出相机，把我拍的迈尔斯在花园里的照片给她看。

她赞许地点点头。"他是一个英俊的男人。我有些好奇他为什么一直没有再婚。"她思忖着。

"我也同样好奇，"我一边重新排列了我的字母，一边说道，"他说过，大概8年前，他喜欢过一个人。上周五我们在米其林餐厅吃饭的时候，他说起没有和那个叫伊娃的女人在一起的原因——是因为伊娃想要孩子。"

贝尔夫人看起来和我当时一样不解："这为什么是个问题？"

我耸耸肩："迈尔斯不想再要孩子了。他觉得这对罗克珊来说很难接受。"

贝尔夫人的眼睛闪动了一下："对她来说，这说不定是件好事——也许是最好的事情。"

"我也那么说……但是迈尔斯说，罗克珊强烈渴望父爱，他担心如果有其他的孩子来分散他的注意力，会对她造成消极的影响。当时她的母亲才去世两年。"

我看着楼下的花园，回忆起当时的对话。

"我一直在为此苦恼挣扎，"我们喝着咖啡时，迈尔斯说道，"时间飞逝，伊娃那年35岁，我们在一起已经一年多了。"

"我明白，"我说道，"所以就到了摊牌的时候。"

"是的，她自然想知道……我们的关系何去何从。我不知所措。"他放下杯子。"所以我问了罗克珊的意见。"

我看着迈尔斯："你怎么和罗克珊说的？"

"我问她是否想要一个小弟弟或是小妹妹。她似乎……被打击到了，然后泪流满面。我觉得自己即使只是有这么一个念头，就已经是在背叛她了，所以……"他耸了耸肩。

"所以你和伊娃分手了？"

"我不想让罗克珊承受更多的压力。"

我摇了摇头："可怜的女孩。"

"是的——她已经承受了那么多的痛苦。"

"我指的是伊娃。"我轻声说道。

迈尔斯吸了一口气："她是很伤心。我听说她很快地又找了一个男人，也生了孩子。但是我却觉得……"他叹了一口气。

"自己犯了一个错误？"

迈尔斯迟疑了一下："我为孩子做了我认为对的事……"

"可怜的女孩。"当我把这些事告诉贝尔夫人的时候，她说道。

"你是指伊娃？"

"我指的是罗克珊——她的父亲给了她太多的权利。这对一个孩子的个性成长来说并不是件好事。"

这是他的阿喀琉斯之踵……也许在博凯酒庄的时候塞西尔想表达的就是这个意思。迈尔斯对罗克珊百依百顺——允许她为本该由他自己做决定的事拿主意。

我把手中的字母放下，正好是"chance"（机会）这个单词："12分了。"

贝尔夫人把包递给我。"当然我也为他的女朋友感到难过。菲比，如果你也想要孩子呢？"她微微噘了嘴。"我希望迈尔斯不会再征询罗克珊的意见。"

我摇了摇头："他说他告诉我这件事就是想让我明白，如果我确实想生儿育女组建自己的家庭，他没有任何反对意见。正如他所说的，罗克珊已经长大了。"我又拿起一些字母。"不过现在考虑这事还为时过早，更不用说和他讨论这件事了。"

贝尔夫人看着我："一定要有孩子，菲比——如果有这个能力的话。不仅仅因为孩子能给你带来快乐，更在于繁忙的家庭生活才会让你无暇追悔过去。"

我点点头："我知道是这个道理。不过……我才 34 岁，还有时间……"我反思着，只希望自己足够幸运，别让我像那个买走粉红色蛋糕裙的女人。"轮到你了，贝尔夫人。"

"我这次要拼一个'peace'（和平），"她笑着说道，看着手中的字母，然后一一放下排列，"P，E，A，C，E……"

"那就是……10 分。"

"和我说说，店里忙吗？"

"现在是派对季，所以生意很不错。再说圣诞节也快来了。"我随口说道，话一出口就为自己欠缺考虑而脸红了。

贝尔夫人惨淡一笑："我想没有人会和我一起庆祝的。不过……谁知道呢？"她耸耸肩。

"也许我可以。"

周四，一个 40 多岁的女人拿了一些衣服来让我评估。

"都是女士内衣。"我们在办公室里坐下时她说道。她打开一个小皮箱："这些内衣都没有穿过。"

皮箱里是一些精美的丝缎睡袍和蕾丝花边的浴袍，还有一些漂亮的束身衣和吊袜带。其中还有一件聚拢型文胸，一件渔网下摆的雍容华丽的冰蓝色丝质肩带式长款内衣。

"即使穿这件内衣去参加派对也没问题吧？"我把它拿起来时，女人说道。

"这些都是很漂亮的东西。"我用手摸了摸一件橙红色的夹棉绸缎短睡衣。"它们都是 20 世纪 40 年代中期至末期的衣物，质量精良。"我挑出一件橙红蕾丝镶边的斜纹丝绸肩带式长款内衣，两件桃红色的绸缎胸罩，都有配套内裤。"这些是 Rigby & Peller（瑞贝 & 皮勒①）的。那时这个内衣品牌还没有成立多久。"大多数的衣物都留有标签，并保存良好，只除了一件紧身衣上有一两个橙色的斑点，那应该是衣架上的金属夹子生锈留在衣物上的。"这是谁的嫁妆吗？"

"并不完全是，"这个女人回答道，"因为最终没有婚礼。这是我姨妈莉迪亚的衣物，她今年去世了，86 岁。她是一位小学老师，一个老派的'未婚阿姨'，人非常好。"女人继续说道，"她对时尚从不感兴趣，总是穿着朴素实用的衣服。几星期前，我去普利茅斯整理她的屋子，翻看衣橱后把她大部分的物品都捐给了慈善商店。然后我就上了阁楼，在那儿发现了这只箱子。我打开箱子的时候，整个人愣住了。我怎么也不会相信这些是她的东西。"

"你想说，它们太漂亮……性感了？"女人点点头。"那么说来，你的阿姨曾经订过婚？"

"不，可悲的是，她没有订过婚。"女人叹了一口气。"我知道她有一个遗憾，"她继续说道，"但是细节我已经记不清了，除了知道那个男人是个美国人。所以我立即给我妈妈打了电话——她今年 83岁——她告诉我莉迪亚姨妈曾经爱上过一个名叫华特的美国大兵，她是 1943 年春天在托特尼斯的德里尔舞会上遇到他的。那时那个地方有许多美国大兵在斯拉伯顿海滩和托克罗斯为诺曼底登陆接受训练。"

---

① 瑞贝 & 皮勒是英国皇家指定内衣供应商品牌，为诸多名流和明星提供专门的定做服务。——编者注

"那么……他牺牲了吗？"

她摇摇头："他活了下来。我的母亲说他是一个英俊的男人，为人也很好——她还记得他为她修过自行车，给她们姐妹带过糖果和尼龙长袜。他同莉迪亚经常见面，在回国之前，他再次来见了莉迪亚，告诉她'安顿好了'之后就会立刻来接她，他原话就是这么说的。华特回了美国密歇根，他们有通信往来，在每一封信上，他都说他'很快'就会来接走我的姨妈，但是……"

"他没有做到？"

"是的。就这样过了三年——那些互通消息的信件中有时会夹带他的照片以及他父母兄弟的照片，还有家养的小狗照片。但是在 1948 年，他写信来说他结婚了。"

我挑出一件白色的绸缎胸衣："所以在那期间，你的阿姨一直在收集这些衣服？"

"是的——为那个不可能有的蜜月作准备。母亲说，她和外婆之前一直劝她忘了华特——但是莉迪亚坚信他会回来。她的心都碎了，从此再也没有看上过任何人。"

"看到这些美丽的衣物，想到你的姨妈从未……在其中得到快乐，真是让人难过伤心。"显而易见她是多么满怀憧憬和希望地买下这些衣服。"我想，她在这上面花了很多钱——和所有的衣服优惠券吧。"

"肯定如此，"女人叹了一口气，"不管怎样——这些衣服不穿就被弃置至今，真是太遗憾了。我衷心希望有人能喜欢上它们。"

"我愿意把它们买下。"我说了一个价格，她对此很满意。我给她写了张支票，然后将衣物拿进了储衣间。这些衣物从未被穿过，所以我得把它们晾一晾，去除衣服上的些微霉味儿。我正在把它们一一挂上衣架的时候，门铃响了，一个男子的声音响起，要求安妮签名。

"是包裹，"我听到她大声喊道，"两个巨大的箱子——肯定就是舞会裙。啊，就是！"我走下楼梯的时候，她继续说道："寄件人是……里克·迪亚兹——纽约。"

"他花了这么长时间。"我说着，安妮已经用剪刀打开了第一只箱子。她打开纸箱，把裙子一一取出，那些薄纱衬裙就像装了弹簧一样立即弹跳出来。"真漂亮，"安妮说道，"你看，这些衬裙多么密实——多么漂亮的颜色！"她拿起一条朱红色的裙子："这条裙子浓烈似火——而这条靛蓝色的就像仲夏的夜空。菲比，这些裙子肯定很好卖。如果我是你，我会再多订购一些。"

我拿起一条橘红色的裙子，把它的折痕抖平。"像之前那样，我们挑出四件挂在墙上，两件放在橱窗中——红色那件和棕色那件。"安妮接着又打开第二个箱子，如预料中一样，是一箱子的包包。

"我猜对了，"我迅速浏览了一下这些东西，说道，"大多数都不是古董皮包——而且质量也有些差。首先那个路易·威登就是假的。"

"你怎么知道？"

"从它的衬里能看出来——真正的那款包是棕色的棉布衬里，而不是灰色，而且肩带底部的针脚也不对——本来应该是精确的 5 针。这个包我不想要。"我一边说着，一边把一个 Saks（萨克斯）20 世纪 90 年代中期的海军风肩带挎包拣出来。"这个黑色的 Kenneth Cole（凯尼斯·柯尔）包包太破旧了，这上面的钉珠已经没了……所以不行，不行，不行——不行。"我一边说着，一边打开一个里面有 Loehmann's（洛曼）品牌折扣店标牌的爱马仕铂金包风格的包包。"我讨厌自己必须买下这些东西，"我说道，"但是为了让里克高兴，我又不得不这么做，否则我想要的那些漂亮衣服就泡汤了。"

"这个包不错，"安妮说道，挑出一个 20 世纪 40 年代的 Gladstone（格莱斯顿）皮包，"保存得也不错呢！"

我检查了一遍。"有点儿磨损，但是可以打蜡抛光……啊——我喜欢这个包。"我翻出一个白色的鸵鸟皮晚宴包。"优雅大方，我也许可以自留。"我拿起包夹在胳膊下，看着镜子中的自己。"好吧，现在先把这些都放进储藏室吧。"

"那件黄色的蛋糕裙怎么办？"安妮把新的舞会裙挂上衣架时问道。"那条裙子还在预留区——凯蒂发生什么事了吗？"

"我已经两星期没有看到她了。"

"舞会是什么时候？"

"10 天后，所以还有时间……"、

但是一个星期过去后，凯蒂依然没有来店里或是打电话过来。转眼到了周三，舞会临近了，我想我应该主动联系她。当我把一只大南瓜挂进橱窗里的时候——我对万圣节唯一的让步——我才意识到我根本没有她的电话号码，连她姓什么也不知道。我给她打工的卡斯特卡特便利店的答录机留了言，问他们是否能代我给她个电话，但是直到周五我也没有收到任何消息。于是午饭过后，我又把这条裙子挂回了墙上，和另外三条橘红色、紫色、翠绿色的裙子排在一起——那条靛蓝色的裙子已经被买走了。

我一边拍打着裙子的下摆，一边在想凯蒂是否买到了另一条她同样喜欢但是价格更便宜的裙子，或者是她不去舞会了。然后我想起了罗克珊会穿的那条裙子——那是《Vogue》上展示的 Christian Lacroix 这季的"花窗玻璃"晚礼服，价值 3 600 英镑。

"令人吃惊的一笔巨款啊！"我们坐在厨房里时，我对迈尔斯说道。前一天，他已经买下了这件晚礼服。这天是他第一次来我家做客。我准备了一些牛排，他带来了一瓶美味的 Chante le Merle。我喝了两杯，感觉浑身放松了下来。"3 600 英镑？"我怀疑地又重复了一遍。

迈尔斯啜着红酒："是一大笔钱。但是我能说什么？"

"说什么，比如说'太贵了'？"我笑着说道。

迈尔斯摇了摇头："哪有那么简单？"

"不简单吗？"我突然想知道罗克珊是否曾从她爸爸那里听说过"不"这个字。

迈尔斯放下叉子。"罗克珊对那条裙子一见倾心——这是她第一次真正的慈善舞会。到时会有媒体报道,她觉得她也许会被拍摄照片。而且舞会计划评出'最佳着装嘉宾'奖,她有点儿跃跃欲试,所以……"他叹了一口气,"我同意了。"

"她不需要做些事作为回报吗?"

"什么事——比如洗车或是除草?"

"是啊。类似的事情——或者在学校加倍努力学习?"

"我不需要这一套,"迈尔斯说道,"罗克珊知道这条裙子多少钱,她很感激我为她买下这条裙子——我觉得这就够了。她现在没有住校,学费减了不少,所以我并不吝惜这笔钱。而且我本来就准备好花钱买下那件格蕾丝夫人,还记得吗?"

我翻了个白眼。"怎么可能忘记?"我给迈尔斯添了一些沙拉,回想起那条有着雪纺裙裾的白色丝质垂顺长裙,我是否有机会穿上它。

"你难道不认为应该让罗克珊觉得她必须付出努力才能得到这条裙子——至少要为此做一些事情?"

迈尔斯又耸耸肩:"我不这么觉得。意义何在?"

"嗯……我以为意义在于……"我喝了一口红酒,"你让罗克珊轻而易举得到一切——她不用付出任何努力。就好像她想要什么,理所当然就能得到什么。"

迈尔斯盯着我:"你到底是什么意思?"

听到他的语气,我瑟缩了一下:"我的意思是……孩子们需要激励因素。仅此而已。"

"哦,"迈尔斯的脸色有所缓和,"当然……"然后我和他说起了凯蒂的事情和那条黄色的蛋糕裙。

他啜着红酒:"所以你拿这个例子来教育我,是吗?"

"也许是吧。我认为凯蒂的行为值得赞扬。"

"确实如此。但是罗克珊的情况不一样。在她身上花这么多钱,我并不感到心疼，因为我有这个能力，而且我对慈善事业也慷慨解囊，所以对于如何花费自己的钱，我一点儿也不觉得自己自私。以自己喜欢的方式支配纳税后剩下的钱是我的权利——我选择把它大部分花在我的家人身上——那就意味着是罗克珊。"

"嗯……"我耸耸肩，"她毕竟是你的孩子。"

迈尔斯摩挲着酒杯："是的。我独自一人抚养了她10年——这不是一项容易的活，因此我讨厌由别人来告诉我，我做错了。"

这么说，其他人也注意到了迈尔斯对罗克珊的溺爱，周六早晨我一边向店里走去一边想着。不可能注意不到吧。当我打开门的时候，我在想，迈尔斯和我会不会有一个孩子呢，他也会这样对那个孩子吗。我想，我是不会让他这么做的。然后我发现自己又在胡思乱想，我们的家庭生活会怎么样呢。也许罗克珊对我的强硬态度会随着时间的推移而软化，如果没有呢……她16岁了，我这么告诉自己，然后脱下外套。她不久就会有自己的生活。

当我将牌子翻到"营业"面的时候，我多希望有人来帮把手，星期六总是最忙碌的一天。我已经和安妮说过此事了，但是她说她不希望在周末工作，因为她通常要去布赖顿。我也打消了让母亲过来帮忙的念头，因为她对古董衣一点儿也不感兴趣，加上她平时也是全天工作，周末需要放松。

开店第一个小时，我就接待了8位客人。一条紫色的舞会裙和一件男式的巴宝莉风衣被买走了。接着进来一位男士为他的妻子挑选礼物，最后买走了几套那位莉迪亚姨妈的内衣。之后店里安静了一会儿，我倚靠着柜台，欣赏着西斯的景色。窗外孩子们骑着自行车和摩托车来来往往。人们有的在慢跑，有的推着婴儿车，有的在放风筝。我凝视着布莱克西斯的天空，大朵的白色堆积云和低矮的雨云，远处有丝丝缕缕的卷云。当我伸长脖子的时候，可以看到在阳光下闪闪发光的飞机，拖着长长的尾线划过碧蓝的天空。再往低处看，一朵巨大的云朵因光照不足而带着令人惊奇的光滑晕圈，像一艘宇宙飞船，悬停在西斯的上空。我想象着一周后烟花布满这片天空的情景。我热爱布莱克西斯的烟火大会，和迈尔斯在一起欣赏会是多么美好。突然我听到门铃响了。

是凯蒂。她脸红扑扑地进来了，扫了一眼墙上，看到那条黄色的舞会裙和新裙子一起排列在那里。"你把它挂回去了。"她泄气地说道。

"是的——我不可能再留着了。"

"我明白，"她叹了口气，"我真的很抱歉。"

"嗯……这么说你不要这条裙子了？"

她又挫败地叹了口气："我想要。但是上个星期我的手机被偷了，妈妈说由于我的不小心，我得自己花钱买个新的。本来预约的两个照看孩子的任务也取消了，我在卡斯特卡特便利店的工作也丢了，因为我仅仅是替人顶班。恐怕我买不起这条裙子了，我还差100英镑。"她耸了耸肩，"我一直拖着不告诉您，因为我希望会有转机。"

"真遗憾——那你穿什么去呢？"

凯蒂耸耸肩。"不知道。我有一条穿了好几年的舞会裙，"她苦笑一下，"苹果绿的涤纶波纹裙。"

"哦。听起来……"

"太丑了？是这样——我还得为它配一个同样恶心的包。我也许要去耐斯特（Next）商店买些东西，但是之后再考虑吧。我也许不会去这次舞会了，"她翻了翻白眼，"实在是……太憋屈了。"

"这儿有稍微便宜一些的，看看你喜欢吗？"

"嗯……也许吧，"凯蒂快速翻找了一遍晚装区，摇了摇头，"没有看中的。"

"你现在挣了175英镑？"她点点头。我看着那条裙子。"你真的很想要吗？"

她目光落在裙子上面。"我很喜欢，做梦也想要。手机丢了，最糟糕的事情是把它的照片也丢了。"

"那就算是回答了我的问题。听着——你用 175 英镑拿走吧。"

"真的？"突如其来的惊喜让她要跳起来。"你肯定能以全价卖掉这条裙子的。"

"是的。但是我更想把它卖给你——只要你真的想要它。不过 175 英镑也仍然是一笔不小的钱——至少对大多数 16 岁的年轻人来说——你确定想要吗？"

"我确定。"凯蒂说道。

"你需要先给你妈妈打个电话吗？"我点头示意柜台上的电话。

"不用。她也觉得很好看——我给她看过照片。她说可惜不能为我买下，但是给了我 30 英镑，这是她很大方的投入了。"

"好吧，"我取下裙子，"这是你的了。"

凯蒂拍着手。"太感谢了。"接着她打开手袋，拿出信用卡。

"你的鞋子呢？"当她输入密码的时候，我问道。

"妈妈有一双黄色的露跟皮凉鞋，我有一条黄色玻璃花朵的项链——我还有一些闪亮的小发卡。"

"听起来真棒。你有披肩吗？"

"还没有。"

"等一会儿。"我去拿了一条柠檬黄的银丝薄绸纱巾，披在裙子上试了试。"这条行——但是之后你得还给我。"

"当然没问题。谢谢您。"

我把披巾和裙子一起叠进购物袋里，递给她："享受这条裙子——还有舞会……"

第二天一早，迈尔斯打开了厨房里的电视，我们一边吃早饭一边在看。"为了帮助青少年白血病信托基金，一千名青少年汇聚博物馆参加蝴蝶舞会。这次隆重的盛会由英国蝶蛹公司（Chrysalis）提供赞助，由永远年轻的主持人安东尼和德克兰主持，到场嘉宾还包括比阿特丽斯公主……"现在我们看到公主穿着粉紫色的丝质长裙一边步入博物馆，一边冲镜头微笑。"享受着美酒和佳肴，随着翻唱披头士乐队的音乐翩翩起舞，《歌舞青春》舞台剧的主创人员到场演出。现场还有苹果手机、数码相机、各种名牌商品，还包括《量子危机》美国首映式门票在内的纽约之旅的抽奖活动。舞会共募得 65 000 英镑的善款。"

"我想知道我们能否看见罗克珊。"我们盯着屏幕时，迈尔斯说道。

她此刻仍在床上，还没从昨晚的狂欢中恢复。午夜 1 点之前，一个朋友的母亲把她送回了家。迈尔斯一直在等她，我一个人先上床了。

"你告诉罗克珊我在这儿了吗？"我一边在吐司上抹着橘子酱，一边问道。"你说过你会的。"我赶忙又加了一句。

"还没说。昨晚她有些醉了，倒头就睡了。"

"希望她没事。"

"哦……肯定没事。"

突然罗克珊穿着鸽灰色的羊绒睡衣，蹬着一双粉红色的兔子拖鞋出现在我们面前。我的膝盖开始有些发抖，我把它们按在桌子底下，然后提醒自己比她年长一倍。

"早上好，亲爱的。"迈尔斯笑着打招呼。罗克珊以一种傲慢、探究的困惑表情看着我们。"你还记得菲比吗？"

"你好，罗克珊，"我的心怦怦直跳，"舞会怎么样？"

她直接往冰箱走去："还好。"

"我认识去那儿的有些孩子。"我说道。

"太棒了。"她边说边拿出橙汁。

"你的很多朋友也去了吗？"迈尔斯递给她杯子的时候问道。

"哦——去了几个。"她慵懒地坐在早餐桌边的凳子上，给自己倒了些果汁。"西安娜·芬威克，露西·库茨，伊沃·史密森，伊兹·哈尔福德，米洛·德贝纳姆，米琪·桑顿……哦，还有老好人卡斯帕——冯·谢伦伯格，不是冯·欧伦贝格。"她瓮声瓮气地打了个哈欠。"我在厕所碰到了皮茨斯·盖尔多夫。她真的很酷。"罗克珊从烤面包机上拿下一片吐司。

"克莱拉也去了吗？"迈尔斯问道。

罗克珊拿起小刀。"去了。我装作没看见她。这个贱人。"她边往面包上抹着黄油边随意地说道。

迈尔斯叹了口气："除了这件事，你玩得很愉快？"

"是的。本来如此——直到有个白痴毁了我的裙子。"

"有个白痴毁了你的裙子？"我傻傻地重复道。

她瞄了我一眼："我刚刚不是才说过嘛。"

"罗克珊……"我的心里一跳。迈尔斯应该为罗克珊的无礼而训斥她吧——还有她晚归的时间。结果我听到迈尔斯说："那条裙子那么贵，你不应该让这种事发生的，亲爱的。"我觉得自己的心又沉了下去。

罗克珊愤怒地回嘴道："又不是我的错。当所有人都上台参加'最佳着装嘉宾'评选时，那个傻女人踩上了我的裙子。裙子后端被撕开了一个口子。"

"我也许可以为你修补那条裙子，"我说道，"如果你把它给我看看的话。"

她耸耸肩："我会把它送回专卖店。"

"那就太贵了。我很乐意帮你把那条裙子送去给我的裁缝师——她相当出色。"

"我们可以打网球吗，爸爸？"罗克珊对我的建议置之不理。

"或者我自己也可以为你修补——如果只是简单的撕裂的话。"

"我真的想打网球。"她又从架子上拿下一片面包。

"你做完你的功课了吗？"迈尔斯问道。

"你知道，现在学期才过了一半——还没有任何作业。"

"我怎么记得你有一篇地理报告要写呢。期中前你就应该完成的。"

"哦，是的……"罗克珊把一缕睡乱的金发别到耳后，"那不需要很长时间——也许你能帮助我。"

他宠溺地叹了口气。"好吧——我们去玩会儿，"他看着我，"你为什么不加入我们呢，菲比？"

罗克珊将面包一撕两半："网球不能三个人打。"我看向迈尔斯，等待他去斥责罗克珊，但是他没有。我咬着唇。"而且我想练一下发球，所以我需要你给我击球，爸爸。"

"菲比？"迈尔斯说道，"你想玩吗？"

"没关系，"我静静地说道，"我觉得我可以走了，手头还有很多事情要做。"

"你确定吗？"迈尔斯说道。

"是的，谢谢招待。"我拿起包。一步一步来。这次罗克珊已经知道我在这所房子里过夜了……

周一早晨，我要求安妮速去一趟银行，从柜台取些现金回来。她回来时，拿回了一份《标准晚报》。"你看过这个了吗？"

报纸的中央版块是一大篇关于舞会的报道，其中还有一张"最佳着装嘉宾"的照片——一个女孩穿着自制的未来风格的裙装，利用层叠的圆形银色皮革制成的——太漂亮了。还有一组两个男孩和两个女孩的照片，其中一个女孩就是凯蒂。她被引用的话语是，她的舞会裙来自于布莱克西斯的"古董衣部落"，在那儿你能以合理的价格买到精美的古董衣。

"谢谢你，凯蒂！"安妮笑了。

"真是一次不可思议的公关，这么说来，她去舞会了。"

"差点儿没去成。"我把发生的事告诉了安妮。

"现在你得回了你的 100 英镑，菲比——还有利息，"她边脱下外套边说道，"今天还有什么事需要我知道的吗？"

"我今天准备去锡德纳姆看一批衣服，这个女人退休后要搬去西班牙，所以要把她的大部分东西清理掉。我会出去两个小时……"

结果我花了将近四个小时，因为我无法让普莱斯夫人——一个穿着豹纹的 60 岁退休老太太——住嘴。她一件又一件往外掏衣服，同时非常详细地向我解释，她的第一任丈夫在哪儿给她买了这件衣服，她的第三任丈夫在哪儿买了那件衣服，以及为什么她的第二任丈夫忍受不了她穿某件衣服，一谈到衣服，男人就变成一个讨厌的东西。

"您应该穿您喜欢的衣服。"我笑道。

"如果那么容易就好了，"她叹了口气，"不过我现在正准备离婚，所以我会随心所欲的。"

我买了 10 件衣物，包括两条非常漂亮的由奥斯卡·德拉伦塔（Oscar de la Renta）设计的酒会礼服，一条 Nina Ricci 的黑色丝绸面料、肩膀上缀有白色丝绸玫瑰的舞会礼服，一条马克·博昂（Marc Bohan）为迪奥设计的扇形饰边的乳白色绉纱长袍。我给了普莱斯夫人一张支票，约定一个星期之内过来取衣服。

在开车回布莱克西斯的路上，我担心起自己是否有足够的空间来存放这些衣物——储藏室的墙壁要被撑爆了。

"你可以把从里克那里买的一些手袋处理掉。"当我和安妮讨论此问题时，她提议道。

"有道理。"

我跑上楼，找出装里克寄来的手袋的箱子，挑出 10 个我不想要的包，从 Saks 手袋里掏出一根自动铅笔，从那个假的路易·威登包中掏出几张收据。我看了看那个 Kenneth Cole 的手袋，不确定我是否应该把它捐给乐施会，内衬被一支漏水钢笔给严重弄脏了。我把这些包装进三个大购物袋里，然后翻看我想留下来的那两个包。

我拿出那只Gladstone包，这个可以马上放进店里。它的皮革是可爱的法国干邑白兰地的颜色，包底部有一些划伤，但是不明显。我快速给它擦了擦油，然后查看另一只白色鸵鸟皮的信封式手拎包。这只包造型简洁优雅，包面干净无瑕——看来很少使用。我查了查搭扣，状况良好，但是当我把包盖掀开的时候，我发现里面有东西——一张传单，或者是什么节目单。我把它拿了出来，展开细看。这是一场室内音乐会的演出，日期在1975年5月15日，地点在多伦多的梅西音乐厅，由"悠扬四重奏弦乐团"演出。那么这只包来自加拿大，怪不得保存良好，那晚过后它明显没有再被使用过了。

节目单用黑白两色印制得非常简单。前页是4样乐器的抽象图案，后页是一组乐团成员的照片——三男一女，年龄看起来都在40岁左右。上面说，音乐会前半段，他们会演奏戴留斯和希曼诺夫斯基，中场休息后是门德尔松和布鲁赫。其中有一张乐团的照片，注明自1954年以来他们就组团演出，这次演出是他们全国巡演的其中一站。我翻到封底内页，那儿有乐手的个人简介。我浏览了一下他们的名字——鲁宾·凯勒，吉姆·克雷斯韦尔，赫克托·莱文，还有米利亚姆·丽普兹卡……

仿佛所有的空气都被挤出了肺部。

*"她的名字是米利亚姆。米利亚姆……丽普兹卡。"*又出现了。

现在我能够呼吸了，我急促地呼吸着，比对着和名字匹配的那张照片——她有一头深色的头发，表情稍微有些严肃，45岁左右。这场音乐会在1975年举办，那么她现在应该是……80岁了。我一边读着她的生平简历，一边止不住地双手颤抖。

米利亚姆·丽普兹卡（第一小提琴手），1946年至1949年间在蒙特利尔音乐学院接受音乐训练，师从乔吉姆·斯科特。接

下来 5 年间服务于蒙特利尔交响乐团，之后和丈夫赫克托·莱文（大提琴手）共同创办了"悠扬四重奏弦乐团"。丽普兹卡女士在多伦多大学定期进行演出，并为高级研修班授课。"悠扬四重奏弦乐团"就驻扎于多伦多大学。

我匆忙中差点儿从楼梯上摔下来。

"小心！"安妮喊道。"你还好吗？"当我从她身边冲过直奔电脑时，她说道。"我……很好。我得忙活一会儿。"我关上门，坐了下来，在谷歌搜索栏里输入"米利亚姆·丽普兹卡，小提琴"。

当相关结果加载时，我心想，肯定是她。"快点儿！"我对着屏幕呻吟道。现在关于米利亚姆·丽普兹卡的相关搜索都出来了，有链接到"悠扬四重奏弦乐团"的信息，有加拿大报纸上有关他们音乐会的评论，有他们制作的唱片，还有一些她教的年轻小提琴家的名字。但是我需要关于她生平更详细的资料。我点开加拿大的音乐百科全书的链接，登录上她的主页。我的眼睛贪婪地盯着上面的字眼。

> 米利亚姆·丽普兹卡，著名的小提琴家，小提琴教师，"悠扬四重奏弦乐团"的创办者，出生于 1929 年 7 月 18 日，乌克兰……

是她。毫无疑问。

> 她和家人 1933 年搬去巴黎，1945 年 10 月移居加拿大，乔吉姆·斯科特发现了她的才能……蒙特利尔音乐学院奖学金……随后 5 年在蒙特利尔交响乐团，跟随乐团进行全国和世界巡演。然而，丽普兹卡女士的演出生涯却是始于二战期间，当时她年仅 13 岁，却在奥斯维辛女子管弦乐队演奏。

"哦。"

丽普兹卡是那支乐队最年轻的成员之一。乐队 40 个成员中还包括安妮塔·拉斯克·瓦尔菲施，法尼亚·费奈隆，乐队指挥是古斯塔夫·马勒的侄女阿尔玛·罗斯。

那么就是她，她显然还活着，因为网页上没有其他信息，而且这些搜索结果刚被更新过。但是我该怎么联系她呢？我又看了一遍谷歌的搜索结果。"悠扬四重奏弦乐团"在德洛斯（Delos）唱片公司录制了一张贝多芬晚期的四重奏的唱片——也许我可以通过这条线索找到她。但是当我查找这张唱片的时候，却发现它太久远了。于是我又登录多伦多大学的主页，找到他们的音乐学院。我拨打了音乐学院网页上的联系电话，响了 5 声之后，电话被接起来了。

"早上好。这里是音乐学院。我是卡罗，有什么能帮助您吗？"

我紧张得几乎语无伦次，我说我想和小提琴家米利亚姆·丽普兹卡取得联系。我说我知道她 20 世纪 70 年代中期曾在这里教过书，除此之外我就没有其他的相关信息了。我希望大学能够帮忙找到她。

"嗯，我是新来的，"卡罗说道，"我需要进一步去询问此事才能给您答复。您能留下您的号码吗？"

我把座机号码给了他，同时还加上我的手机号码。"您觉得什么时候能给我答复呢？"

"尽快。"

我挂上电话的时候，心里确信那儿肯定有人会认识米利亚姆。也许只要几个电话我就能联系上她了。我推断她和莫妮可也许同一时间都在奥斯维辛。无论是在集中营中，还是在那之后，她们也许彼此之间都有联系——如果莫妮可最终活下来的话。

冥冥之中自有一股力量在迫使着我去发掘莫妮可身上发生的事情，这种感觉又一次在我心里激荡。也许我对莫妮可的追寻并不是自己的一个执念。命运让我开车的时候拐错弯去罗彻迈尔，现在又通过一张在一个白色的小手袋里躺了 30 多年的音乐会节目单，引导着我接近莫妮可。我甩不掉这个念头，冥冥之中我被引导着接近莫妮可。

我无意识地打了一个哆嗦。

"你还好吗，菲比？"我听到安妮问道。"你今天看起来有些……过分激动。不像你平常的冷静。"

"我很好，谢谢你，安妮。"我想向她吐露这个秘密。"我……很好。"为了让自己不再想这件事，我专注地回复网店上的询问。现在已经是下午 5 点了——我和音乐学院的卡罗通话后的一个小时。

突然店门上的铃铛响了，凯蒂穿着校服走了进来。

《标准日报》上的照片很不错。"安妮说。

"也为店里做了很好的广告，"我补充道，"谢谢。"

"我能做的就只有那些——而且我说的是真的，"凯蒂打开她的帆布书包，拿出一个手提袋，"总之，我是来还这个的。"她拿出那条用心叠好的黄色披巾。

"你留着吧，"我说道，我还处于前一个小时发生的事带来的兴奋中，"好好利用。"

"真的？"凯蒂惊讶地看着我。"那么……再次谢谢您。我得称呼您为'仙女教母'了。"她把披巾放回包里时说道。

"那天的舞会怎么样？"安妮问道。

"太棒了，只除了一件事，"凯蒂做了一个鬼脸，"我把一个女孩的裙子给弄坏了。"

"发生什么事了？"我问道，心想也许是一个推搡或是一杯红酒。

"这真的不算我的错，"她有气无力地回答道，"我正要上台，就走在这个女孩的后面——她穿着带有飘逸的雪纺下摆的多彩丝绸长裙——那条裙子真漂亮。总之，她突然停下来和人讲话，我肯定一脚踩了上去，因为她再次动身的时候，我们就听到了撕裂声。"

"唉哟！"安妮说道。

"我窘迫极了，还没来得及说'抱歉'，那个女孩就开始对我吼叫。"我的心里感到有些纠结。

"她说，她的裙子是Christian Lacroix的当季新品，她的父亲花了3 600英镑买下它，我必须支付它的修补费用——如果它还能修复的话。"

"肯定能补好的。"我说道。我不打算说我认识礼服的主人，事实上也看过了这件被毁的礼服——迈尔斯给我看的——我能够把这件礼服修复。

凯蒂噘着嘴："然后她跺着脚走开，接下来的整个晚上我都尽力避着她。除了这件事，整个舞会就像一个童话——所以要多谢您，菲比。但是我还想时不时进店里来看看——我只是喜欢看着这些衣服。我能给您帮忙吗？"

"什么？"

"如果您还需要一个帮手的话，叫我就行。"她在纸上写下的她的手机号码，然后递给我。

我笑了："我也许会接受你的提议。"

"现在差不多5点半了，"安妮说道，"是时候打烊了？"

"好的——把'打烊'的牌子翻过来。"

电话响了。"我得去办公室接电话。"我关上门，拿起话筒。"古董衣部落。"我忐忑地说道。

"我是多伦多大学音乐学院的卡罗。你是菲比吗？"

我的脉搏加速："是的。谢谢您给我回电。"

"关于丽普兹卡小姐，我找到了一些信息。"我浑身的血都冲到头上了。

"20世纪80年代后期，她就没有在学院工作了。但是现在学院里还有一位老师和她保持密切的联系——她以前的学生，卢克·克雷默。不过他现在正在休陪产假。"

我的心沉了下去："他还接电话吗？"

"不会接。他要求不被打扰。"我挫败地叹息一声。"但是万一他打电话回学院，我会告诉他您来找过他。在此期间，我想您只需要等待了。周一他会回校。"

"还有其他人……"

"没有了，我很抱歉。就像我说的，您只需要等待。"

CHAPTER 13
寂寞的烟花

第二天早晨，当我拿着那些不需要的手袋向乐施会商店走去的时候，我一路谴责自己没有立马翻看这些手袋，否则的话，我也不会错过卢克·克雷默。我在想，我要怎么才能等一个星期呢。

"你好，菲比。"当我推开门的时候，琼向我打招呼。她放下手上的《黑与绿》。"你是给我们店里拿些东西来的吗？"

"是的——一些不是特别好的手袋。"

"旧爱，"当我把购物袋和其中的手袋一并递给她的时候，她说道，"我们这儿现在要这么说——不是二手货，是旧爱。"她不屑地翻了翻白眼。"不过，总比'破烂货'好，是吧？你现在还需要那些拉链和纽扣吗？"

"是的，拜托了。"

琼在柜台下翻了翻，找出了它们——一打色彩缤纷的金属拉链，还有一大罐形形色色的纽扣。在罐子的底部，我能看到小小的飞机纽扣，泰迪熊和瓢虫形状的纽扣——它们让我想起了当我还很小的时候，妈妈为我编织的一件羊毛衫。

"你错过了周四的一场好电影，"琼说道，"一共 4.5 英镑。"我打开皮包。"1948 年的《盖世枭雄》，鲍嘉和巴考尔主演——这是一部黑色情节剧，讲述了一位战后归来的老兵和一群黑帮在佛罗里达群岛交手的事。事后，我们进行了很好的讨论，当然有提到那部《逃亡》，同样是战后的绝望背景。我觉得，丹一直在希望你能来。"当我给她一张 10 英镑纸币的时候，琼说道。

"下次我会去。我最近……有些事要忙。"

"心事重重？"我点点头。"丹也是这样。报社要赞助周六烟火大会那天的热狗小摊，所以他得弄到四万条香肠。你会去吗？"

"是的——我非常期待。"

琼把她的《黑与绿》放到柜台上。我扫了一眼，头版头条是这次烟火大会的介绍，第二页的下方有一条小新闻，宣告报纸的发行量达到了两万份——是刚发行时的两倍。我很开心地想到，这个成功中也有我的一份，虽然有点儿拐弯抹角，毕竟这份报纸还帮助过我。要不是因为丹的采访，我也不会遇见贝尔夫人，我觉得她的友谊正把我引向……一些重要的地方。我不知道会是哪里。我只是感到它坚持不懈的引力。

周五傍晚，我去看了贝尔夫人。她看起来非常虚弱，双手保护性地搁在肚子上，她的肚子明显是肿胀的。

"这周过得愉快吗，菲比？"她问道。她的声音显然比以前微弱了。我盯着楼下的花园，园中的树木已枝叶凋零。垂柳变黄了，干枯了。

"相当有意思。"我回答道，但是我没有告诉她我得到的消息。正如她自己说的，她需要平静。

"你准备去烟火大会吗？"

"是的，和迈尔斯一起。我很期待。我希望当天的噪音不会吵到你。"我一边倒茶，一边说道。

"不会。我喜欢看烟花。我会从卧室的窗户里观看它们，"她叹了口气，"我觉得这会是最后一次……"

然后贝尔夫人看起来突然有些劳累，所以现在大部分就是我在说话。我发觉自己在和她说安妮以及她的演艺生涯，以及她是如何渴望自编自演。然后我和贝尔夫人说起舞会的事，提到了罗克珊的裙子。贝尔夫人淡蓝色的眼睛惊讶地睁大了，然后摇了摇头。接着我又和她说起凯蒂一直在努力攒钱的事。贝尔夫人的脸由于爆笑都皱在了一起，然后她突然皱了皱眉。

"如果不舒服的话，不要再笑了。"我把手抚在她的手上。

"这点痛也值得，"她静静地说道，"我不得不承认，从我知道这个女孩起，我还从来没有多么喜欢过她。"

"是呢，罗克珊不易相处——事实上，她是麻烦得要命。"我突然说道，很高兴终于能够吐露心中的郁闷。"她对我很粗鲁，贝尔夫人。昨晚我又去了迈尔斯的家里，每次我同她讲话，她都完全无视我——如果我开始同迈尔斯讲话，她又会开始打断我，仿佛我不存在。"

贝尔夫人难受地动了动身子："我希望迈尔斯因为她无理的行为责备了她。"我痛苦地长叹一声。"他有吗？"贝尔夫人盯着我，追问道。

"算不上……他说这会让他和罗克珊吵架，他讨厌和罗克珊吵架——这些天他也一直闷闷不乐。"

"我明白，"贝尔夫人双手合十，"那么我担心，接下来你就要闷闷不乐了。"

我咬着下唇："这是有点儿困难——但是我相信，我和罗克珊的关系会改善的。毕竟，她只有 16 岁，不是吗？"

"我猜，迈尔斯也是这么说的。"

"是的，确实如此，"我叹了口气，"他说我应该对罗克珊多些'怜爱'。"

"嗯……"贝尔夫人声音不大。"既然她就是这么长大的，也许你应该这么试试。"

星期六的早晨，我趁顾客来往的间隙，给迈尔斯打了电话讨论烟火大会的事情。"大会是晚上 8 点开始，你什么时候来接我？"透过橱窗玻璃，我可以看到人们正在设置围栏，搭建休息帐篷，在远处，为篝火准备的一大堆木板和旧家具正在被堆积起来。

"大概 7 点 15 分我们来接你，"我听到迈尔斯说道，所以罗克珊也会一起来，"罗克珊带上她的朋友阿莱格拉一起来，可以吗？"

"当然可以。"事实上，我觉得，这反而会让我们好过些。"你不能够开车，"我加了一句，"西斯附近的道路会全部封锁。"

"我知道，"迈尔斯说道，"我们乘地铁过来。"

"我会准备一些吃喝的东西，然后我们走路去西斯。"

当我傍晚回到家的时候，我收到了一条爸爸的留言，提醒我路易斯的生日是 11 月 24 日。"我觉得我们可以陪他在海德公园玩一玩，然后找个地方吃午餐。只有你，我，还有路易斯，"爸爸小心地说道，"露丝那天会在萨福克拍戏。"

我打开收音机，调到 6 点的新闻频道。又是一篇关于银行危机的报道。突然盖伊的名字跳入我的耳中，我立马摁掉了开关。仅仅是听到他的名字，就让我感觉他正和我同处一室。

我把回来的路上买的烤面包放入烤箱低挡加热，然后为晚上的大会作准备。7 点 10 分的时候，迈尔斯打电话过来了。阿莱格拉不能来了，所以罗克珊也不想过来了。"这让我有点儿为难。"他说道。

"但是为什么呢？她已经 16 岁了——如果她不想来，那她可以在家里待几个小时吧？"

"她说她不想独自一个人。"

"那么她可以和你一起来布莱克西斯——因为你们本来就打算要来。"

我听到迈尔斯叹了口气："她不容易被劝服。我一直在努力。"

"迈尔斯，我一直期待着今天晚上。"

"我知道……放心吧，我会让她和我一起来的——我们待会儿见。"

7 点 40，他们还没有出现。我给迈尔斯打了电话，告诉他，如果
7 点 50 他们还没有到的话，我就会走去"古董衣部落"，在那儿等他
们。8 点差 5 分，我已经失望了，于是穿上外套加入那些后来的人群，
匆匆忙忙向西斯走去。

当我们一群人沿着宁静谷走去的时候，我们可以看到激光灯已经
射向天空，远处的火堆发出杏黄色的光。当我倚靠着商店，人群倒计
时的欢呼声已盖过了从游乐场传遍西斯公园的音乐声。

"4……3……2……1……"吱——！砰——！啪——！

烟火像巨大的炽热的花朵在夜幕下炸开。为什么罗克珊要让我如
此不好受——为什么迈尔斯要如此的软弱？

砰!!! 砰!!! 砰!! 随着越来越多的烟花盛开、闪烁，我想起了
贝尔夫人，她也在窗户边看着吧。

啪……啪……啪……罗马焰火筒升上了天空，就像遇险火焰弹一
样，拖着一道粉色和绿色的光芒互相交织。

噼啪，噼，噼啪!! 砰!!! 银色喷泉在我头顶绽放，洒下或蓝或
绿或金色的火花。

突然我感觉到手机的震动。我戴上耳机，用手捂住一边耳朵。

"抱歉，菲比。"我听到迈尔斯的声音。

我咬紧了嘴唇："我想你不会来了。"

"罗克珊兜了一个大圈子。我尽力想让她过来，但是她不肯。现
在她说如果愿意的话，我可以一个人过来，但是我想现在已经太晚了。"

咝!!! 咝!!! 咻……一些小小的白色烟花，尖叫着，呼啸着，呈
螺旋状向四周散开。空气中传来刺鼻的味道。

"是太晚了，"我平静地说道，"你已经错过了。"我挂了电话。

砰! 啪，噼，啪，噼，啪! 砰!

最后一个超新星礼花。五彩缤纷的火花颤抖着，消逝了。夜空澄澈。

我并不想现在就转过身回家，所以我穿过街道挤入汹涌的人群，

从挥舞着光剑和小烟花的孩子们身边走过。

几秒钟过后，迈尔斯又打电话过来了。"今晚我很抱歉，菲比，"我听到他说道，"我不想让你失望。"

我在寒风中颤抖了一下："嗯，你还是让我失望了。"

"我很为难。"

"真的？"空气中传来炸洋葱的味道。我能看到右手边一顶灯火通明的热情好客的帐篷，上面装饰着《黑与绿》的招牌。"行了，我得走了，去和我的朋友丹聊几句。"我挂了电话，挤过人群。如果迈尔斯觉得自己在受惩罚，那就让他受去吧。

我感到电话又在震动，不情愿地按下接通键。"请不要这样，"迈尔斯说道，"这不是我的错。罗克珊有时候会比较难缠。"

"难缠？"我克制住自己想用更恶劣的形容词的欲望。

"青少年有时候会极端以自我为中心，"迈尔斯又说道，"他们以为世界是围绕他们在转的。"

"他们并不是都会那个样子，迈尔斯。"我想起了凯蒂。"今晚罗克珊本应该听你的——天知道，你为她做了那么多。一周前，她穿着你为她买的 3 600 英镑的裙子。"

"嗯……是这样，"我听到他叹了口气，"确实如此。"

"一条我很好心地为她修补的裙子！"

"听着——我知道，我很抱歉，菲比。"

"行了，我们现在可以不谈这些了吗？"我不想在公众场合和人吵架。我按下了通话结束键，然后戴上帽子，抵挡渐渐密集的雨点。

当我靠近那顶大帐篷的时候，我可以看见厨师们穿着帅气的《黑与绿》围裙在制作热狗。西维利亚、艾丽、马特还有丹在一边帮忙，丹负责挤番茄酱。我发现自己在猜他眼中的番茄酱会是什么颜色的——大概是绿色的吧。他看到我，挥了挥手。他看起来那么高大结实，友善温和，我突然发现自己渴望得到他的一个拥抱。我站在队伍一边，这样就能够和他聊天。

丹看着我："你还好吗，菲比？"

"嗯……我很好。"

他在一个热狗上又胡乱挤了些番茄酱，把它递给下一个顾客："你看起来……有些不高兴。"

"哪有……"

"那么，我们去喝一杯？"他点头示意旁边供应啤酒的帐篷。

"你正忙着呢，丹，"我拒绝道，"你哪有时间。"

"对于你，我有时间，菲比，"他反抗道，"给，艾丽。"他把番茄酱的瓶子递给艾丽。"亲爱的，现在你来负责挤番茄酱吧。走吧，菲比。"

当丹解下围裙的时候，我感觉到手机又在震动了。我戴上耳机。还是迈尔斯，他的声音听起来有些沮丧。"菲比，我已经说过我很抱歉了，所以不要再惩罚我了，好吗？"

"我没有，"当丹走出帐篷的时候，我轻声对着电话说道，"我只是不想这个时候再和你讨论下去了，拜托不要再打过来了。"我按下结束键。

丹已经拉过我的一只手，带我穿过依然汹涌的人群，向啤酒帐篷走去。"你想喝点儿什么？"

"嗯……一瓶斯特拉——好吧，我去买。"但是丹已经站在了啤酒屋门前，然后拿了几瓶酒回来了，幸运的是离我们最近的那桌客人刚刚走开，所以我们能够坐下来。

丹拉出他的椅子，看着我："那么……发生了什么事？"

"没什么。"我叹了口气。丹怀疑地看着我。"好吧……我本来应该在这儿和朋友见面，还有他的女儿。我一直期待着今晚，但是她拒绝过来，所以他也没有过来，即使她已经 16 岁了，能够独自待在家里。"

"哦，天哪——所以就是溺爱的事情？"我点点头。"但是，她为什么不愿意来？"

"因为她喜欢破坏我们的约会，她的父亲屈从了她，因为她的父亲只会听她的。"

"我明白了。所以他有点儿溺爱孩子，是吗？"我惨淡一笑。"你和这个男人交往多久了？"

"几个月，我喜欢他——但是他的女儿……她总是捣乱。"

"啊，这么说来——事情不好办。"

"是的。事实就是这样，"我盯着他的围裙，"我喜欢这件商品。"

丹低头看了看："谢谢。我认为赞助这个活动能够进一步提升报社的形象，毕竟这是一个很大型的活动，所以我预订了这些有报社形象的行头。我还制作了一些《黑与绿》的雨伞——待会儿给你一把。"

"丹……"我呷了一口啤酒，"你没有告诉我，你是这家报社的老板。"

他耸耸肩："我不是老板——只是一半。我为什么要告诉你呢？"

"我不知道。因为……好吧，为什么不呢？"我放下斯特拉的酒瓶。"你经常买下报社吗？"他摇摇头。"之前从未干过——我想以后也不会再干了吧。这仅仅是因为我和马特的友谊。"

"但是你们能够做到这一点，是多么不容易。"我说道，猜想他从哪儿弄到的那么多钱，不过我是不会问的。

丹喝了一口啤酒："这一切多亏了我的祖母。没有她，这一切都不可能。"

"你的祖母？"我回应道，"就是那个留给你卷笔刀的吗？"

"是的。就是她——鲁滨逊奶奶。要不是为了她，我也不会这么做。这一切都出乎意料，事情——"

"哦，抱歉，丹。"我的手机又在震动了，铃声勉强盖过周围的噪音和细语。我戴上耳机，按下绿色的通话键，作好又会是迈尔斯的心理准备。但是屏幕上的号码不是他的。"请问您是菲比·斯威夫特吗？"是个男子的声音。

"我就是，请讲。"

"我是多伦多大学的卢克·克雷默，"我感到肾上腺素上涌，"我的同事卡罗说，你想和我讲话？"

"是的，"我激动地说道，"是这样。我的确有话同你说——"我站了起来。"但是我现在在外面……非常吵，克雷默先生——我需要回到家。你能给我 10 分钟的时间让我冲回家，再打给你吗？"

"没问题。"

"这个电话似乎很重要。"当我把手机收起来的时候，丹说道。

"是很重要，"我突然又欢欣鼓舞了，"非常重要。事实上它……"

"生死攸关？"丹打趣道。

我看着他。"是的，你可以这样说。"我围上围巾，"我很抱歉我得走了，但是谢谢你让我高兴起来。"我拥抱了他一下。

丹头一次有些惊讶。"有时间，我再……打电话给你，"他说道，"可以吗？"

"可以。说定了。"我向他挥了挥手，就告别离开了。

我冲回家里，把电话拿到厨房的桌子上，拨通了号码。"是克雷默先生吗？"我气喘吁吁地问。

"你好，菲比——是我，卢克。"

"首先祝贺您喜得贵子。"

"谢谢。我还是有点儿没从震惊中缓过来——她是我们的第一个孩子。不管怎样，我听同事卡罗说道，你想和米利亚姆·丽普兹卡取得联系。"

"是的，是这样。"

"我会把这个要求转达给米利亚姆，我能问一句为什么吗？"

我泛泛地解释了一遍。"你觉得她会联系我吗？"我问道。

那边有短暂的停顿。"我不知道。但是我明天会见她，我会把你告诉我的转达给她。让我把相关的名字记下来。你的朋友是特蕾莎·贝尔夫人。"

"是的。她少女时的名字是劳伦。"

"特蕾莎……劳伦,"他重复了一遍,"她们共同的朋友是莫妮可……你说是黎塞留吗?"

"是的。虽然她出生时的名字是莫妮卡·里克特。"

"里克特……所以和战争有关的就是这些了?"

"是的。莫妮可去过奥斯维辛集中营,1943 年 8 月去的。我正在尽力找出那之后她发生了什么事;当我在那期演出名单上发现了米利亚姆的名字时,我觉得她也许会知道——或者至少知道一些……"

"好的,我会和她说。但是容我说一句,我已经认识米利亚姆 30 年了,她很少谈起她的战时经历,显然这些记忆是如此痛苦。她也许并不知道这个朋友……莫妮可发生了什么事?"

"我明白您的意思,卢克。但是请问……"

"烟火大会怎么样?"周一安妮来工作时问,"我在布赖顿,所以错过了这次盛会。"

"有点儿令人失望。"我不打算解释原因。

安妮饶有兴味地瞥了我一眼:"真遗憾。"

接着我就开车去了锡德纳姆,去拿我从喋喋不休的普莱斯夫人手上买来的衣服。当她和我闲扯的时候,我能看到她不自然"睁大"的眼睛和过于绷紧的下颌,她的双手比面部要老上 10 岁。一想到母亲看起来也会这个样子,我的心顿时沉了下去。

当我午饭时开车回去的时候,电话响了。我赶快把车开到侧路上,停下来。等我看到电话上显示的多伦多区号时,我的胃缩紧了。

"你好,菲比。"卢克的声音。他已经同她说过话了。"我昨天去看米利亚姆的时候,出了点儿问题。"

我稳住自己:"她不想谈论这个话题吗?"

"我没有问。因为我到达那里的时候，我能看出她的身体状况不好。她有严重的胸部感染，尤其是在秋天——这就是战争的后遗症。医生给她开了些抗生素，要求她休息。所以我没有告诉她你的电话号码。"

"哦——当然得这样，"我感到一阵失望，"那么，谢谢你告诉我，也许等她好一些的时候……"我的声音低了下去。

"也许——但是暂时，我觉得我不会告诉她。"

暂时……也许是一个星期。又或者是一个月——或者永远都不。

等我回到店里的时候，我很惊讶地看到迈尔斯也在。他正坐在沙发上，和安妮聊天。安妮热情地向他微笑，她似乎意识到了我们之间出了问题。

"菲比，"迈尔斯站了起来，"我正在想你是否有时间，我们去喝杯咖啡怎么样？"

"好……啊……让我把这些衣物箱放进办公室，然后我们去金盏花咖啡屋。我会走开半个小时，安妮。"

她对我们笑笑："没问题。"

咖啡屋里人很多，所以迈尔斯和我就坐在外面的一张空桌子旁——外面阳光照耀，温度正好，我们也有足够的隐私。

"对于周六的事情我很抱歉。"迈尔斯开口了。他翻了翻衣领。"对于罗克珊，我应该态度坚决起来。我知道我总是向她屈服。这样做不对。"

我看向他："我确实觉得很难和罗克珊相处。你已经见识过，她对我的态度多么具有敌意——她总是能有方法破坏我们的约会。"

迈尔斯叹了口气："她把你当成了一个威胁。这 10 年以来，她一直是我生活的重心，所以许多方面我都能理解。"他停顿了一会儿，这时候皮帕把我们的茶端来了。"昨天我和她促膝长谈。我告诉她，对于周六的事情，我很生气。我告诉她，她一直是我的世界的重心，以后也会是，但是我也有自己开心的权利。我告诉她，你对我来说已经多么重要，我离不开你。"我震惊地看到迈尔斯的眼中突然泛着泪光。"所以……"我看到他咽了下口水，然后抓住我的手。"我会让我们之间变得更加快乐起来，菲比。我向罗克珊解释说，你是我的女朋友，那就意味着你有时会到我家，为了我，她必须……变得友好起来。"

我感到自己的愤恨瞬间消散了。"谢谢你这么说，迈尔斯。我……确实想和罗克珊友好相处。"我说道。

"我知道你也是这么想的。确实，她是有些耍小心眼儿，但是本质上她还是一个很好的姑娘，"迈尔斯握紧我的手指，"所以我希望你现在感觉好一些，菲比——让你能够感觉好起来，对我来说很重要。"

我看着他。"的确好点了。"我笑了笑。"好多了。"我轻声补充道。

迈尔斯倾身向前，吻了我。"那就好。"

迈尔斯对罗克珊说的一番话似乎使她有了改变。她不再对我有明显的敌意，但是还是表现得对我漠不关心。如果我同她说话，她会回答，但是其他时候她会无视我。我欢迎这种中立的态度。这意味着进步。

与此同时，我再也没有收到卢克的消息。一周后，我给他留了言，但是他没有回复。我想米利亚姆要么身体还不好，要么就是她身体好转了却不愿意和我讲话。我去看贝尔夫人的时候，没有告诉她这件事。她现在明显比之前要承受更多的痛苦，她告诉我她现在需要注射吗啡来止痛。

路易斯的周岁生日就要来了——同时还有母亲的脸部拉皮手术。周二她过来吃晚饭的时候，我又对她说了自己对这个手术很担忧。

"我可以反复保证，您依然很有魅力，并不需要这些，"我给她倒了一杯酒，"如果稍有差池，那怎么办？"

"弗雷迪·丘奇已经做过上千例这样的手术，"她谨慎地说道，"没有一例死亡。"

"这也不是最佳建议。"

母亲打开手袋，拿出她的记事本。"现在，我把你作为我最近的血亲，你需要知道那时我在哪里。我在梅达谷的列克星敦诊所。"她翻了翻笔记。"这是号码……手术在下午 4 点 30 分进行，我需要上午 11 点半就到达，作术前准备。我会在那儿待四天，所以我希望你能来看我。"

"你和同事说了吗？"

母亲摇摇头。"约翰以为我要去法国待两周。我也不准备告诉任何一个朋友。"她把记事本放回包里。"保密。"

"当他们看到你突然看起来年轻了 15 岁，就不会是保密了——或者更糟，你看起来像变了一个人！"

"这是不可能的。我只会看起来更好。"母亲用手指推了推她的下颌。"只是一个小小的拉皮手术。我可以弄个新发型转移大家的注意力。"

"也许你需要的只是——一个新发型。"再加上一个新妆容，我在心里嘀咕。她又抹了那可怕的珊瑚色口红。"妈妈，对这个手术我有不好的预感——您能够取消吗？"

"菲比，我已经支付了不能退还的 4 000 英镑的保证金——付了一半的钱了——所以我不可能取消。"

路易斯生日那天，我带着一种不祥的预感醒来。我告诉安妮，我要整天出去，然后乘地铁去见父亲。当我在中心线的列车上晃荡的时候，我读了一份《独立报》，让我讶异的是，我看到了它的创办者崔蒂尼·米勒正计划买下《黑与绿》报纸。当我走向诺丁山车站的时候，我在想，这对丹和马特来说，是件好事还是坏事呢。

我沿着贝斯沃特路走下去，阳光灿烂，11 月的末尾，天气还是令人惊异地温和。我和父亲约好了 10 点之前在肯辛顿花园的榆树入口处见。当我 9 点 55 分到达那里的时候，我看见他推着一辆童车走过来。我以为路易斯会像往常一样冲我挥动手臂，但是今天他只是冲我羞涩地一笑。

"你好，小寿星！"我弯下腰抚摸他红扑扑的脸颊。他的脸又可爱又暖和。"他能走路了吗？"当我们向公园走去的时候，我问道。

"还不能。但是很快就可以了。他仍然在金宝贝'自信满满的小爬虫'班练习，我也不想操之过急。"

"当然不需要。"

"但是在猴子音乐上，他已经上了一个等级。"

"太好了，"我拿起我的手提包，"我给他买了把木琴。"

"哦，他会很高兴敲击它的。"

现在我们可以听到草丛间从戴安娜王妃游乐场传来的风铃声。当我们拐过一个弯的时候，海盗船已经若隐若现了，仿佛它正在草浪上航行。

"这个游乐场看起来有些荒凉。"我说道。

"那是因为它到 10 点才开门。我经常在周一早晨的这个时候过来，因为这时候很美好安静。我们就快到了，路易斯，"父亲低声哼道，"他通常到这个地方就在皮带里挣扎了——是吧，小可爱？但是他今天早晨有些疲惫。"

看门人打开大门，父亲把路易斯从童车里抱了出来，我们把他放到一架秋千上。当我们推动他的时候，他似乎就喜欢静静地坐在那里。他还把小脑袋靠着链子，闭上了眼睛。

"他看起来的确有些累，父亲。"

"我们昨晚过得不安稳——他有一点儿莫名的呜咽——也许是因为露丝走了。她去萨福克拍电影去了，但是到了午饭时她会开车回来。来，路易斯，让我们看看你能否站起来。"

父亲把他抱下秋千，放在地面上，但是路易斯立马看起来不高兴，举起两只小手要求抱抱。所以我就抱着他在游乐园走动，带他去小木屋，把他放在滑梯上，然后父亲在下面接住他。但是我脑海中一直在想着母亲。如果她对麻醉剂反应不好怎么办？我瞥了一眼钟楼——10点40。现在她应该在半路了吧。她说她要一路乘出租车从布莱克西斯过去。

当路易斯歪歪扭扭地滑下滑梯的时候，父亲再次接住他。"他今天看起来的确有些昏昏欲睡——是吧，亲爱的？"父亲抱着他。"早晨也不想从小床上起身。"突然路易斯开始大哭起来。"不要哭，小可爱，"父亲抚摸着他的脸，"没有必要哭啊。"

"你觉得他还好吗？"

父亲碰了碰他的脑袋："他有一点点发烧。"

我回想起刚才吻他的时候，感觉他头上是有些热。

"我得说，他的体温比正常体温高出半度，但是我觉得他应该没问题。让我们把他再放到秋千上——他喜欢这样。"、

所以我们就照做了，看起来这暂时让路易斯高兴了起来，他停止了哭泣，坐在那里，但是无精打采的，又合上了他的眼睛，晃荡着小腿。

"我得给他吃些感冒退烧药，"父亲说道，"你能把他抱起来吗，菲比？"

当我这么做的时候，路易斯的绿色小外套被扯了上去。我的心里一抖，因为看到他的肚皮上有些星星点点的红斑。

"爸爸，你看到这些皮疹了吗？"

"我知道——他最近有些湿疹。"

"我觉得这不是湿疹。"我摸了摸路易斯的皮肤。

"这些斑点很平，像小小的针孔——他的手像冰块一样凉。"我盯着路易斯。他的脸颊绯红，但是嘴角有些淡蓝色。"爸爸，我觉得他现在的情况不好。"

父亲看了看路易斯的气色，然后从童车后面取下小背包，拿出感冒退烧药。"这个能行——对退烧有帮助。你能抱住他吗，菲比？"于是我们在一张野餐桌边坐下，我抱着路易斯，父亲把粉色的药剂倒入

勺子中。然后我托着路易斯的头。"真乖，"父亲把药喂进去的时候说道，"他平常都会挣扎，但是今天表现很好。棒极了，小子……"路易斯突然皱起了脸，把药全吐了出来。当父亲把他擦干净的时候，我摸了摸他的额头，像在燃烧一样。他尖声大哭。

"爸爸，如果情况严重怎么办？"

他瑟缩了一下。"我们需要一个玻璃杯，"他安静地说道，"菲比，去给我拿个玻璃杯。"

我冲向咖啡屋，向店员要一个杯子，但是她告诉我戴安娜游乐场里不允许有玻璃杯。我开始惊慌了。"爸爸——你随身带杯子了吗？"

他看着我。"在宝宝包里有一个蓝莓布丁的杯子，用那个。"

我拿出布丁，冲向厕所，把紫色的布丁倒掉，冲干净杯子，用颤抖的手指尽可能撕掉上面的标签。当我出来的时候，我四下观望，想看看是否有人能帮助我们，但是游乐场空空荡荡，只有几个人在很远处。

父亲抱着路易斯，我把杯子贴着他的肚皮。因为杯子的凉度，路易斯瑟缩了一下，然后开始哭叫，泪水汹涌而出。

"我该怎么做，爸爸？"

"你按着杯子，注意斑点是否消退了？"

我又试了一次："很难判断它们是否在消退。"现在父亲在拨打手机了。"你打给谁？露丝？"

"不是，我们的家庭医生。该死的——电话占线中。"

"有一个国民保健热线——你可以从电话簿里查查那个号码。"现在路易斯已经半闭上眼睛，转着头，好像阳光让他不舒服。我又把杯子贴着他的肚皮，但是底部的玻璃太厚了，很难清楚地看穿它；然后我看到父亲仍然在打电话。

"他们为什么都不接电话呢？"他在呻吟。"别这样……"

突然我的手机响了。我按下通话键。"妈妈。"我吸了一口气。

"亲爱的，我刚刚想到要给你打个电话，"她快速地说道，"我实际上感觉很是紧张……"

"妈妈——"

"我快到诊所了，我胃里的确有些不舒服，我得说……"

"妈妈！我和父亲还有路易斯在戴安娜游乐场。路易斯现在很不好。他的肚皮上有些红斑，正在哭闹。他发着高烧，忍受不了阳光，昏昏欲睡，他病了。我正在尽力作玻璃杯测试，但是我不知道该怎么做。"

"把杯壁贴着他的皮肤，"她说道，"你在做吗？"

"是的，我在做，但是我仍然看不到。"

"再试一下。但是必须用杯壁。"

"问题是这是一个小杯子，上面还粘着一些标签——所以我看不到红斑是否在消退，路易斯真的很痛苦。"他仰着头，又发出一波高声哭喊。"这是不到一个小时之内才加剧的。"

"你的父亲在做什么？"母亲问道。

"老实说，不是很好。"我悄声说道。

父亲正在试图给医生打电话。"他们为什么都不接电话？"我听到他在喃喃自语。

"他联系不上家庭医生……"

"停车！"我突然听到母亲说道。她在说什么？"你能停在右边吗——就在那儿的停车场？"现在我能听到车门打开的声音，然后是母亲匆忙的脚步声。"我就过来了，菲比。"她说道。

"什么意思？"

"把那个孩子放进婴儿车，现在离开游乐场，回到贝斯沃特路上来。我在那儿等你们。"

我把路易斯放进了他的童车，现在和父亲一起推出了游乐场，我们快速地向公园门口走去，脑中想着到底发生了什么，突然母亲出现了，向我们走来——不是，跑来。她几乎没有和父亲打招呼，把注意力都放在路易斯身上。"把那个杯子给我，菲比。"

她拉起路易斯的上衣，把杯子按上他的肚皮。"很难判断，"她说道，"有时候红斑会退去，但仍有可能是脑膜炎。"她触了触他的眉头。"他在发热。"她拿掉他的帽子，解开他的外套。"可怜的小东西。"

"我们去家庭医生那里，"父亲说道，"他们在科尔维尔广场。"

"不，"母亲说道，"我们直接去急诊室。我的出租车就在那里。"我们跑向出租车，把童车塞进去。"计划有变——去圣玛丽医院，"当她上车后，母亲对司机说道，"急诊通道，尽快。"

5分钟就到了，我们走下车子，母亲付了钱，然后我们冲进医院。她和前台讲话，我们就坐在了儿科的急诊候诊室，屋子里都是摔断手臂或是切着手指的孩子，父亲在尽力安抚路易斯，路易斯仍在不住地哭闹。一个护士走了出来，快速地给路易斯作了检查，量了他的体温，现在她告诉我们直接往前走，我注意到她的步速很快。在会诊区接待我们的医生告诉我们，我们不能都进去，他以为我是路易斯的母亲，所以我解释说我是他的姐姐。父亲问母亲，她是否愿意陪他进去。母亲把她昨天晚上就准备好的包扔给我，我拿着包、路易斯的童车和木琴回到候诊室，等待着……

我的等待似乎永无尽头。我坐在蓝色塑料椅上，听着冷饮机的呼呼声和扑通声，听着其他人的低声交谈和墙上电视喋喋不休的瞎扯。我盯着它，看到1点的新闻开始了。路易斯在里面已经待了一个半小时。那就意味着他得了脑膜炎。我试图忍住呜咽，但是喉咙里像是有一把刀子。我看着他空空的童车，感到眼眶里充满了泪水。从他出生起我就一直很烦——最初的8周，我都没有见他。现在我喜欢上了他，他却要走了。

突然我听到一个孩子在尖叫。我确信那是路易斯，于是快速走到前台窗口，问护士是否知道里面发生了什么。那位护士走开了，然后回来告诉我，他们正在给路易斯作进一步的检查，看是否需要做腰椎穿刺。我能想象到他的小身体拖着滴注器和电线的样子。我拿起一本杂志，尽力想看进去，但是上面的图文都是扭曲模糊的。然后我抬起头，母亲向我走来，她看起来很伤心。拜托了，上帝。

她含着泪对我笑了笑。"他还好。"我如释重负。"是病毒性感染。它们发作得很快。但是医院要留路易斯住一晚。没事的，菲比。"我看到她忍下哽咽，从口袋里抽出一包纸巾，递了一张给我。"我现在得回去了。"

"露丝知道了吗？"

"是的。她不久就会到。"

我把包递给母亲。"我猜你不会去梅达谷了。"我静静地说道。

她摇了摇头。"太迟了。但是我很高兴，我在这里。"她给了我一个拥抱，然后走出了医院。

一个护士带着我去儿科病房。我乘电梯上去之后，发现父亲坐在椅子上，在尽头的小床旁边，路易斯靠坐在床上，玩着一个玩具汽车。他看起来又或多或少恢复了往日的精神，手上还有一片医生注射后粘着的胶布。他的脸色似乎又恢复到了正常，除了……

"那是什么？"我问道。"在他脸上？"

"什么什么？"父亲说道。"在他脸上——哪儿？"

我盯着路易斯的脸，然后意识到了那是什么——一个完美的珊瑚色的唇印。

戒指与故人

我花了一天的时间，才从路易斯去急诊室给我带来的伤痛中缓过来。我给母亲打电话，看看她现在怎样。

"我很好，"她安静地说道，"委婉些说，只是感觉有些……奇怪。你的父亲怎么样？"

"不是很开心。他和露丝在冷战。"

"为什么？"

"露丝很生气。"

"那么她应该自己为路易斯多负起责任来！你的父亲已经 62 岁了，"母亲说道，"他已经做到最好了，但是他的直觉……不是那么靠谱。路易斯需要合适的儿童看护。你的父亲不是一个保姆——他是一个考古学家。"

"是这样——但是他现在没有任何工作。你的'手术'怎么样了，妈妈？"

我听到一声痛苦的叹息。"我又花了 4 000 英镑。"

"你的意思是，你因为一个没有做成的拉皮手术，总共花了 8 000 英镑？"

"是的——他们不得不租用手术室，给护士和麻醉师付钱，还有给弗雷迪·丘奇的费用，所以这钱也不可能要回来了。当我向他们解释发生了什么事，他们和蔼地提议道，如果我决定再去做，他们可以给我 25% 的优惠。"

"那什么时候进行？"

母亲迟疑了一下："我不……确定。"

这个事情过去两天了，迈尔斯今天直接来店里接我，我们开车去他家共进晚餐。因为我感到身上有点儿脏，所以快速地冲了个澡，下楼来准备晚餐。我们坐下吃饭的时候，聊起了路易斯的事情。

"谢天谢地，你的母亲就在附近。"

"是的。很……幸运，"我没有告诉迈尔斯她本来准备去哪里，"她的母性本能显现了出来。"

"但是你的父母如此会面是多么奇怪啊。"

"我知道。自从父亲离开后，这是他们第一次见面。我觉得他们俩都有些震惊了。"

"嗯——结果好就是真的好，"迈尔斯给我倒了一杯白葡萄酒，"你是说最近店里很忙吗？"

"都要忙疯了——一部分原因是我在伦敦《标准晚报》上有个很好的宣传。"我决定不告诉他，这是由于弄坏了罗克珊裙子的那个女孩。"所以带来了一部分客户，还有一些美国人也要来店里为感恩节挑选衣服。"

"感恩节是什么时候？明天？"

"是的。我还卖了一批贴身剪裁的过膝裙子——都非常复古。"

"不错，"迈尔斯举起酒杯，"所以一切进展顺利？"

"似乎是的。"

　　除了我没有收到来自卢克的任何消息。已经过去两个星期了，我认为米利亚姆也应该得知了我的请求，但是不知道为什么，她的选择是不答复我。

　　晚饭过后，迈尔斯和我坐在客厅看电视。当 10 点的新闻开始的时候，我们听到前门开了——罗克珊之前和一个朋友出去了，迈尔斯走进门厅和她讲话。

　　我听到她打了个哈欠。"我要睡了。"

　　"好的，亲爱的，但是不要忘了明天一大早我要送你去上学，因为我有一个早餐会议。我们 7 点离开。菲比晚一些离开的时候会锁上门。"

　　"没问题。晚安，爸爸。"

　　"晚安，罗克珊。"我高声说道。

　　"晚安。"

　　迈尔斯和我又待了一个小时左右，看完了一半的《晚间新闻》，然后上床依偎在彼此怀里。既然和罗克珊的问题有所改善，现在和他在一起时我就觉得很舒服。我第一次能够想象今后两个人共同的生活。

　　早晨，我模模糊糊意识到迈尔斯出了卧室。我听到他在楼梯口同罗克珊讲话，然后就传来烤吐司的香味和远远的关门声。

　　我洗了个澡，用吹风机吹干头发，现在迈尔斯已经把这个吹风机放在房间里供我使用。然后我回到浴室刷牙、化妆，然后去壁炉架去取昨晚搁在那里的戒指。我看了看搁戒指的绿色小碟。碟子里有迈尔斯的三对袖扣，两枚纽扣，一包火柴，但是除此之外什么也没有……

　　我的第一反应就是，迈尔斯是否挪动了戒指为我保管起来。但我想他不会不说一声就这么做。所以我又沿着壁炉架查看，看看它是否被弄出了碟子。但是什么也没有，地面上也没有，我搜过的任何一寸地方都没有。可能再也找不到戒指的压力越来越大，我感到呼吸也越来越快。

　　我坐在浴室的椅子上，脑中回想前一晚我做了什么事。我和迈尔斯回到这栋屋子，因为我整天都很忙，所以我快速地洗了个澡。那个时候我脱下了戒指，把它放进了绿色碟子里。我在迈尔斯家里的时候，经常会把一些首饰搁在那里。我决定暂时不戴上戒指，因为待会儿要准备晚饭。所以我就把它放在那里，然后下了楼。

我看了看我的表——7点45分了，我得马上赶回布莱克西斯，但是现在我还在为丢失的戒指惊慌失措。我觉得应该给迈尔斯打个电话。他可能在车里，但是他有蓝牙。"迈尔斯？"电话接通的时候，我说道。

"我是罗克珊。爸爸叫我接电话，因为他忘了戴耳机。"

"你能帮我问他点事情吗？"

"什么事？"

"麻烦你告诉他，昨晚我把我的戒指放在他的浴室里，就在壁炉架的碟子上，但是现在找不见了。所以我想问问他是不是挪动了戒指。"

"我没见到。"她说道。

"你能问问你的父亲吗？"我重申道，心怦怦直跳。

"爸爸，菲比找不到她的戒指了。她说她落在你浴室的绿色碟子里，想问问你是不是动了它。"

"不——我当然没有动，"我听到他说，"我不会那样做。"

"你听到了吗？"罗克珊说道，"爸爸没有碰它。没有人碰过。你肯定弄丢了它。"

"不，我没有弄丢。肯定在那儿，所以……如果他待会儿能给我回个电话……我……"

电话挂掉了。

我心烦意乱地想着戒指的事，几乎要忘了设置防盗报警器了。我把钥匙通过门口塞了回去，走到丹麦山，搭乘回布莱克西斯的地铁，然后直接去了店里。

当迈尔斯给我回电话的时候，答应会帮我找找戒指。他说肯定是掉在别的什么地方了——这是唯一的解释。

那晚我开车去了坎伯韦尔。

"你把它放在哪里了？"我们站在浴室里的时候，迈尔斯问道。

"在这个碟子里，这儿……"

突然灵光一闪，我想起早晨打电话时因为紧张没有说是哪个碟子，但是罗克珊却转告迈尔斯是"绿色的碟子"，然而我只说了"碟子"。事实上，这儿有 3 个不同颜色的碟子。我顿时觉得胃里一阵翻腾，连忙用手撑住壁炉架稳住身体。

"我把戒指放在这儿，"我重复道，"我快速冲了个澡，然后决定不戴上它，因为要去做晚饭，接着我就下楼了。今天早晨想戴上的时候，发现它不见了。"

迈尔斯看着绿色的碟子："你确定你是放在这儿的吗？因为我不记得昨晚我摘下袖扣的时候有没有看到它。"

我感到内脏在翻腾。"我昨晚确实放了这里——大概 6 点半左右。"我们之间有一阵怪异的静默。"迈尔斯……"我的嘴里就像放入了吸水纸一样有些发干。"迈尔斯……对不起，但是……我忍不住想……"

他盯着我："我知道你在想什么，答案是不可能。"

我感到脸上发热："但是屋子里除你我之外，就是罗克珊。你不觉得她有可能捡了起来？"

"她为什么要这么做？"

"拿错了吧，"我绝望地说道，"或许……只是看看，然后忘了放回去。"我盯着他，心里跳个不停。"迈尔斯，拜托了——你能去问一问她吗？"

"不可能，我不会问的。我听到罗克珊在电话里告诉你，她没有看到过你的戒指，那就意味着她没有看到过，就是这样。"于是我告诉他，罗克珊似乎知道放戒指的是那只绿色的碟子。"嗯……"他挥了挥手，"她知道有绿色的碟子，因为她时常也进来。"

"但是这儿还有蓝色和红色的碟子。电话里我并没有告诉她，她怎么知道我把戒指放到绿色碟子里？"

"因为她知道我总是把我的袖扣放在绿色的碟子里，所以她以为你也放在那个碟子里——或许只是简单的联想，因为戒指也是绿色的。"他耸耸肩，"我真的不知道——我唯一知道的是，罗克珊没有拿你的戒指。"

我的心怦怦乱跳："你怎么能断定？"

迈尔斯看着我，好像我扇了他一耳光。"因为本质上她是一个好女孩。她是不会做出……这样的错事。我告诉过你，菲比。"

"是的，你说过——事实上你经常挂在嘴边，迈尔斯。我不确定你为什么会这样。"

迈尔斯的脸腾地红了。"因为这是事实……别这样，"他用手搔了搔头皮，"你见过罗克珊拥有的东西。她不需要任何属于别人的东西。"

我沮丧地叹了口气。"迈尔斯，"我静静地说道，"你能查看一下她的房间吗？我不能亲自去查。"

"你当然不能！我也不会去的。"

绝望的泪水没能忍住。"我只是想要回我祖传的戒指。我认为罗克珊昨晚来过，拿走了它，因为除此之外，没有其他的解释。迈尔斯，你能去看看吗？"

"不可能。"我看到他太阳穴的青筋暴出。"我认为你的要求很无理。"

"我认为你拒绝才是无理！尤其你明明知道，罗克珊比我们早一个小时上楼睡觉，所以她有足够的时间进来——你刚才说，她平时也会进来……"

"是的，拿洗发水——但不是去偷我女朋友的珠宝。"

"迈尔斯，有人从碟子里拿走了我的戒指。"

他盯着我："你没有证据证明是罗克珊。你有可能只是弄丢了——却归咎于她。"

"我没有弄丢，"我感到眼中已满是泪水，"我知道我把戒指放在哪里。我只是想弄明白……"

"我只是想保护我的女儿不受你的谎言污蔑！"

我张大了嘴，下巴几乎掉下来。"我没有撒谎，"我轻声说道，"我的戒指就在那里，今天早晨却不见了。你没有拿——屋子里除我之外还剩下另外一个人。"

"我不会接受你的这种说法！"迈尔斯怒斥，"我不会让自己的女儿被指控。"他是如此生气，以至于脖子上的血管像电线一样凸出。"我以前不会接受，现在也不会接受！你现在的所作所为，菲比——就像克莱拉和她可怕的父母一样。"他摸了摸他的衣领。"他们也指控她，而且也是毫无根据。"

"迈尔斯……那个金手镯是在罗克珊的抽屉里发现的。"

他的眼睛像要喷火一样："有充分的理由来解释这一点。"

"真的吗？"

"是的！确实如此！"

"迈尔斯，"我强迫自己保持镇定，"当罗克珊出去的时候，我们可以解决此事。我认为她是一个非常年轻的人，她也许是受蛊惑才会拿起那枚戒指，却忘了放回去。但是你能进她的房间看一看吗？"他走出浴室。好了，他会去看一看。但是当他大踏步下楼的时候，我的心却沉了下去。"我心里不是滋味。"我跟着他来到厨房后，无力地说道。

"我也是——你知道吗？"他打开酒柜的门。"也许你的戒指根本就没丢。"迈尔斯从木架上拿下一瓶酒。

"你这话什么意思？"

他翻了翻抽屉，找出一个开瓶器："也许你已经找到了，而你在说谎。"

"但是……我为什么要这么做？"

"报复罗克珊，因为她有时候对你使些小手段。"

我火冒三丈地盯着迈尔斯。"我疯了才会那么做。我从没想要报复她——我只想和她好好相处。迈尔斯，我相信戒指在她的房间里，所以你现在只需要找到它，然后我们就闭口不提此事。"

迈尔斯咽了一下嘴唇："它不在罗克珊的房里，菲比，因为她不会拿。我的女儿不会偷东西。她不是个贼——我告诉过克莱拉的父母，我现在也告诉你！罗克珊不是小偷——她不是，不是，不是——"他甩手把瓶子砸到地上，砰的一声砸在石灰石地板上四溅开来。我盯着四散的绿色玻璃碴儿，看着蜿蜒流淌的深红色酒液，还有一分两半的漂亮的画眉商标。

迈尔斯倚靠着柜子，一手掩面。"请你走吧，"他嘶哑着声音道，"请你走吧，菲比——我做不到……"

我异常平静地绕过碎玻璃碴儿，拾起外套和围巾，走出了这栋屋子。

我在车里坐了一会儿，试图在开车之前平复烦乱的情绪。我发动车子引擎的时候，双手还在颤抖。我注意到袖口溅上了一滴红酒。

我知道罗克珊一直有阴影……

没有其他解释。

罗克珊一直……都缺乏……安全感。

迈尔斯给了她太多的东西。让她轻而易举得到，是的，好像什么都是理所应得。

"你这话什么意思？"

她觉得理所当然——她理所当然地拿走朋友的手镯，花上几千英镑买一条裙子，别人辛苦劳动时她可以坐着休息，把她看到的贵重戒指放进口袋里。她怎么就不会拿走别人的东西，既然她从没有被拒绝过？但是迈尔斯的反应……我真没有预料到。现在我明白了。

这是阿喀琉斯之踵。

迈尔斯只是不能接受，罗克珊会做错事。

当我打开屋门的时候，迟来的震惊才涌上心头。我坐在厨房的桌子边，哭得上气不接下气。当我用纸巾拭泪的时候，我意识到隔壁有人搬进来了。住在那儿的一对夫妇似乎正在开某种派对。然后我记起来了，他们是从波士顿过来的。那肯定是感恩节晚宴。

然后我意识到电话铃正在响。我就让它一直响着，因为我知道那是迈尔斯的电话。他要打电话过来说对不起——他做错了。他刚刚查看了罗克珊的房间，是的，他找到了戒指，我是否能原谅他？电话铃还在响。我希望它能停下来——但是还是在响。我肯定没有开电话的答录机。

我走进客厅，拿起听筒，一声不吭。

"你好！"一个年长女人的声音。

"你好！"

"是菲比·斯威夫特吗？"我一时以为是贝尔夫人，然后才意识到这是带有法国口音的北美语调。"我找菲比·斯威夫特。"我听到对方又问了一遍。

"是的——我是菲比。抱歉——您是？"

"我的名字是米利亚姆……"

我一屁股坐到椅子上。"丽普兹卡小姐？"我把头靠在墙壁上。

"卢克·克雷默告诉我……"我现在能够听出她有一些气喘，当她讲话的时候，胸腔似乎发出呼呼的声音。"卢克·克雷默告诉我——你想和我通话。"

"是的，"我嗫嚅道，"我的确——的确有话和您说。我以为没有这个机会了。我听说您身体不太好。"

"哦，是的，但是我现在好些了。因此我准备……"她停住了，然后我听到了她的叹息。"卢克解释了你电话的来意。我必须说，那是我不愿提起的一段日子。但是当我再次听到那些名字的时候，对我来说如此的熟悉，我知道我必须有所回应。所以我告诉卢克，我觉得准备好的时候，就会给你打电话。现在我觉得我准备好了……"

"丽普兹卡小姐——"

"请叫我米利亚姆。"

"米利亚姆，我给您打过去吧——这是长途。"

"我是靠音乐家津贴过活的，好吧。"

我拿起便笺本，记下电话号码，然后快速写下我想问米利亚姆的几件事，确保我不会忘记。我镇定了一会儿，然后拨通了号码。

"这么说，你认识特蕾莎·劳伦？"米利亚姆开口问道。

"是的。她住在我家附近，现在已经是我的一个好朋友。她是战后搬来伦敦的。"

"啊，我从没见过她，但是我总是感觉认识她，因为莫妮可从阿维尼翁写给我的信中总是提到她。她说，她和一个叫特蕾莎的女孩成了朋友，她们在一起很开心。我还记得当时真有点儿嫉妒。"

"特蕾莎和我说，她才有点儿嫉妒你，因为莫妮可总是提起你。"

"嗯，莫妮可和我曾经非常亲密。我们相识于 1936 年，那时她刚搬来位于巴黎玛法区医院骑士街的我们的小学校——这是一个犹太人街区。她从德国的曼海姆过来，几乎不会讲法语，所以我就充当她的翻译。"

"你们家是从乌克兰过来的吗？"

"是的，从基辅搬来的，我 4 岁的时候，全家搬来了巴黎。我还清楚地记得莫妮可的父母，还有莉娜和埃米尔。我现在能看到他们，仿佛一切就在昨天。"她自己也略感惊奇地说道。"我记得双胞胎出生之后——莫妮可的母亲病了很长时间，我还记得，莫妮可当时只有 8 岁，却包揽了所有做饭的事情。她的母亲躺在床上告诉她怎么做。"米利亚姆停顿了一会儿。"她绝对想不到，她实际上传给了自己的女儿多么棒的礼物。"我在猜米利亚姆指的是什么，但是我猜不出。她准备以自己的方式来讲述这段艰难的岁月，我只需要耐着性子。

"莫妮可一家像我家一样住在玫瑰街上，所以我们经常见面。他们后来搬去普罗旺斯的时候，我伤透了心。我记得自己放声大哭，告诉父母我们也应该搬去那里，但是他们对局势似乎没有莫妮可的父母那么着急。我的父亲还在工作——他是教育部的一个公务员。总体上来说，我们的生活还可以。后来事情就开始变化。"我听到米利亚姆咳了一声，然后她停下来喝了一些水。"1941 年年底，父亲被解雇了——他们在大量削减犹太人在政府部门的职位。接着宵禁令就强制出台了。1942 年 6 月 7 日，我们被告知已经通过一项法令，要求在占领区的所有犹太人佩戴黄色星星。母亲根据规定，在我的外套左侧缝了一颗星星，我记得我们在大街上被人围观，我讨厌这一切。然后到了 7 月 15 日，我和父亲站在一起看着窗外，他突然说'他们来了'，然后警察就冲进了屋子，带走了我们……"

现在米利亚姆在描述被带到德朗西之后，她和父母还有妹妹莉莉安在那儿待了一个月，接着被送上了运输车。我问她当时是否害怕。

"没有那么害怕，"她回答道，"我们被告知要去一个劳动营，我们没有怀疑。因为那时我们是乘火车去的——不像后来他们用运送牲畜的卡车。两天后我们到达了奥斯维辛。我记得当我们踏入这块不毛之地的时候，我听到有乐队在演奏莱哈尔的一首欢快的进行曲。我们之间彼此安慰，说如果这里有音乐演奏的话，又怎么会是一个恐怖的地方呢？但其实那四周都是通电的铁丝网。一个纳粹军官负责接管我们。他坐在椅子上，一只脚搁在凳子上，膝盖上搁着来复枪。当人们从他身边经过的时候，他用大拇指指示他们该去哪个方向——左边或者右边。我们根本不知道，随着这个男人拇指的摆动，我们的命运就被决定了。莉莉安当时只有 10 岁，一个女人告诉我母亲可以在莉莉安的头上扎条丝巾，让她看起来年长一些。我的母亲对这个建议很疑惑，但是不管怎样还是照做了——这拯救了莉莉安的生命。然后我们被迫把身上值钱的东西都扔进大盒子里。我不得不把我的小提琴也放进去——我当时并不明白原因。我记得母亲把结婚戒指和有着外祖父母照片的金项链吊坠扔进去的时候，她忍不住号啕大哭。然后我们和父亲分开了：他被带去了男子工房，而我们去了女子工房。"当米利亚姆又喝了一口水的时候，我看了看我的笔记，虽然字迹潦草，但是还能看得清楚。之后我会誊写一份。

米利亚姆停顿了一会儿继续说："第二天我们就被迫参加劳动了——挖掘壕沟。我挖了三个月的壕沟，晚上爬进我的小铺位睡觉——我们三人一张床，悲惨地挤在薄薄的稻草垫上。我常常在一个假想的小提琴上'练习'指法，以此来抚慰自己。有一天，我碰巧听到两个女警卫在聊天，其中一人提到了莫扎特的第一小提琴协奏曲，说她是多么喜欢这首曲子。我不禁脱口而出：'我能演奏这首。'这个女人目光如针刺般地看了我一眼，我以为她要打我——或者更糟——因为我没有得到她的允许就和她讲话。我的心跳到了嗓子眼儿。但是接下来让我惊讶的是，她的脸上突然露出愉悦的笑容，问我是否真的会演奏。我说我去年学过，而且在公共场合也演奏过。然后我就被送去见阿尔玛·罗斯。"

"您就是这时加入了女子管弦乐队？"

"他们把它称为女子管弦乐队，但是我们都还只是小女孩儿——大多数还是十几岁。阿尔玛·罗斯到存放我们进营时丢下的财物的巨大仓库，这些财物被送去德国前都堆放在那里，我们称它为'加拿大'，因为里面都是财宝。她从那里给我找来了一把小提琴。"

"莫妮可呢？"我现在问道。

"话说我就是这样遇到了莫妮可——因为当劳工们早晨出营和晚上回来的时候，乐队需要在门口演奏，运输车来的时候我们也会在门口演奏。听到肖邦和舒曼的音乐，这些劳累而迷惑的人们就不会想到他们正处于地狱的入口。1943 年 8 月初的一天，我正在门口演奏，这时一辆火车到达了，在新来的人群中我看见了莫妮可。"

"你什么感受？"

"兴奋——然后是恐惧，她没有通过挑选程序。但是谢天谢地，她被送去了右边——生的一边。几天以后，我又看见了她。就像其他人一样，她被剃了光头，瘦得厉害。她没有穿大多数因犯要穿的蓝白条衣服，而是穿着一件长长的金色晚礼服，这肯定是从'加拿大'仓库里拿出来的，脚上穿着一双对她来说明显大很多的男士鞋。也许已经没有囚服提供给她了，或者只是为了'取乐'。她就穿着这条漂亮的丝绸长裙，为道路建设拖运石头。在乐队回营区的路上正经过她身边时，莫妮可突然抬起头看到了我。"

"你能和她说话吗？"

"不能，但是我设法传了信息给她，3 天后我们在她的营区旁见面了。那个时候她已经穿上了女囚犯应该穿的蓝白条裙子，扎上了头巾，蹬着木屐。乐队成员能比其他囚犯得到更多的食物，所以我给了她一片面包，她藏在了衣服下面。我们走了一会儿。她问我是否看见了她的父母和兄弟——但是我没有看见。她问起我的家人，我告诉她，父亲在到这儿三个月后已经死于斑疹伤寒，母亲和莉莉安被送去了拉文斯布吕克的一个军需厂工作。直到二战结束后我才再次见到她们。所以当时看到莫妮可给了我莫大的安慰——但同时我也非常为她担心，因为她的生活比我的艰苦得多。她做的工作太繁重了，食物又是如此的稀少和糟糕。每个人都知道变得虚弱而不能工作的囚犯是什么下场。"我听到米利亚姆的声音哽咽了，然后她吸了一口气。"因此……我开始为莫妮可省下食物。有时是一根胡萝卜，有时是一些蜂蜜。记得有一次我给她拿了一个小土豆，她看到的时候是如此开心，禁不住哭了出来。每次有新囚犯到达的时候，如果有可能，莫妮可总是会去门口，因为她知道我会在那里演奏，离朋友近点儿能够给她带来安慰。"

我听到米利亚姆哽咽了。"接下来……我记得是 1944 年的 2 月，我看到莫妮可站在那里——我们刚刚结束演奏——一个高级女警卫，那个……畜生，我们称她为'野兽'。"米利亚姆停住了。"她走到莫妮可面前，抓住她的胳膊，质问她在那儿干什么，这么懒散，她要求莫妮可和她一起走——马上就走! 莫妮可开始哭起来。透过乐声，我看到她在看我，好像我能帮上她，"米利亚姆的声音又哽住了。"但是我必须开始演奏了。当莫妮可被拖走的时候，我们正在演奏施特劳斯的《闲聊波尔卡》——如此生动迷人的一首曲子——自此我再也不能演奏或听这首曲子……"

当米利亚姆继续讲述的时候，我看着窗外，然后盯着自己的手掌。我丢了一枚戒指，但是和我现在听到的故事比起来，又算得了什么呢? 现在米利亚姆的声音又哽咽了，我听到压抑的啜泣声；接着她把她的故事讲完，我们互相告别。当我放下电话的时候，邻家宴会的声音穿过墙壁飘了进来，他们在大声谈笑，互相致谢。

"这件事过后，迈尔斯联系你了吗? "接下来的一个周日的下午，贝尔夫人问我道。我刚刚告诉了她在坎伯韦尔发生的事情。

"没有，"我回答道，"我也不指望，除非是他找到了我的戒指。"

"可怜的男人，"贝尔夫人喃喃道，摸了摸她总是放在膝盖上的浅绿色马海毛围巾，"这明显让他想起了在他女儿学校发生的事。"她看着我。"你觉得有和解的可能吗? "

我摇了摇头："他都要气疯了。也许和一个人待久了，你能够忍受这种奇怪的剧烈的争吵。但是我刚认识迈尔斯 3 个月，加之他对这件事的态度……是错的。"

"也许罗克珊拿走戒指，只是为了要引起你和迈尔斯之间的争吵。"

"我想过这种可能性，这下她可以把这当做'额外奖励'了。我以为她拿走戒指，只是因为她习惯索取。"

"但是你应该把它拿回来……"

我摊开手："我能做什么呢？我没有证据证明罗克珊拿走了戒指。即使我有，这还是会……太可怕了。我面对不了。"

"但是迈尔斯不能就这么算了，"贝尔夫人说道，"他应该找找那枚戒指。"

"我认为他不会——要是他这么做了，也许他已经找到了。这会破坏他对罗克珊的信任。"

贝尔夫人摇着头："这是一枚你需要吞下的苦果，菲比。"

"是的。我正试着去放手。而且，我也明白了，比起一枚戒指，世界上还有更多珍贵的东西也是会失去的，不管它是多么珍贵。"

"你怎么会这么说？菲比……"贝尔夫人看着我。"你的眼里有泪水。"她握住我的手。"为什么？"

我叹了一口气。"我很好……"现在告诉贝尔夫人我知道的事是不理智的。我站了起来。"不过我现在得走了。还有什么我能做的吗？""没什么了。"

她看了看钟。"麦克米伦的护士一会儿就会来了。"她双手捧住我的手。"我希望你很快就能再过来看我，菲比。我喜欢见到你。"

我弯下腰吻了她："我会的。"

星期一安妮带了份《卫报》来店里，给我看媒体版的一个简短通告，《黑与绿》以 150 万美元的价格卖给了《镜报》集团。"你觉得这对他们是好消息吗？"我问。

"不论《黑与绿》的老板是谁，这都是一个好消息，"安妮回答道，"因为他赚钱了。但是对报社的员工来说，未必是个好消息，新的管理层也许会解雇原来的员工。"

我想问问丹这件事情——也许我应该去下次的放映会。安妮边脱掉外套边问："圣诞节店里要怎么装饰？毕竟这是第一次过圣诞。"

我茫然地看着她。最近心烦意乱，竟然忘了这件事。"我们确实需要布置一些东西——但是必须是古董。"

"纸链？"安妮扫了一眼店里，提议道，"金色和银色的纸链。我去托特纳姆法院路参加面试的时候，可以顺便去一趟约翰路易斯大超市。我们还应该买一些冬青树——我会从车站旁边的花店里买些回来。当然还要一些圣诞节彩灯。"

"我母亲那儿有些用过的漂亮彩灯，"我说道，"优雅的金色，天使般的白色，还有一些星星。我去问问能否从她那儿借一些。"

"当然可以，"几分钟过后我给母亲打电话时，她回答道，"事实上我现在就能去把它们找出来，然后带过来——我现在好像没什么好忙的。"母亲还想继续将她正在放假的事伪装下去。

她一个小时后就到了，捧着一个大纸盒。我们沿着前面的窗台将一串串彩灯挂上去。

"真漂亮！"当我们将彩灯通上电后，安妮称赞道。

"这些都是我父母用过的彩灯，"母亲解释道，"那是 20 世纪 50 年代初期我还是一个孩子的时候，他们买下的。他们更换新的灯泡，但是其他部分都保留着。事实上以它们的年龄来看确实很不错。"

"恕我多言，斯威夫特夫人，"安妮说道，"您也是。我知道，我只见过您几次，但是此刻您看起来确实很迷人。您换了新发型吗，还是别的什么？"

"哪有，"母亲拨了拨金色的卷发，看起来很开心但是也很困惑，"还是老样子。"

"嗯……"安妮耸耸肩。"您看起来很不错。"她进去穿上外套。"我得走了，菲比。"

"没问题，"我说道，"这次面试什么？"

"儿童剧，"她翻了翻白眼，"《穿睡衣的羊驼》。"

"我和您说过安妮是位演员吧，妈妈？"

"说过。"

"但是我受够了这些，"安妮拿起包说，"我真想写一部自己的戏剧——我现在就在搜集一些故事。"

我希望我能告诉她我知道的那个故事……

安妮离开后，母亲开始翻看店里的衣服。"这些衣服真不错。过去我很讨厌穿古董衣，是吧，菲比？那时我是相当蔑视。"

"的确这样。您现在为什么不试试呢？"

母亲笑了笑。"好吧，我喜欢这件。"她从绳架上拿出一件带着小小棕榈树图案的 20 世纪 50 年代的 Jacques Fath 开襟明纽长外套，走进了更衣室。一分钟以后，她拉开印花门帘。

"穿在你身上真漂亮，妈妈。你身材苗条，所以很修身——非常优雅。"

母亲既喜悦又惊讶地盯着镜中的形象。"看起来的确不错，"她伸手摸了摸一只袖子，"料子……很有意思。"她又看了一遍自己，然后拉上门帘。"但是我现在什么也不会买。最近几周花钱太多了。"

因为店里很安静，所以母亲就留下来陪我聊天了。"你知道，菲比，"她坐在沙发上说道，"我觉得我不会回去找弗雷迪·丘奇。"

我长出了一口气："明智的选择。"

"即使有 25% 的折扣，还是要 6 000 英镑。我出得起，但是，现在不知怎么的我总觉得是浪费钱。"

"就您的情况来说，妈妈，的确是这样。"

母亲看着我："在这件事上，我越来越向你的思维屈服了，菲比。"

"为什么？"我问道，尽管我已经知道理由。

"从上周开始，"她静静地回答道，"从遇见路易斯开始。"她摇摇头，自己似乎也觉得惊讶。"我的一些愤恨和悲伤就……消散了。"

我靠着柜台："那看见爸爸的时候，你有什么感觉？"

"嗯……"母亲叹了口气,"我也觉得释然了。也许我被他如此深爱着路易斯而打动了,我感觉不到生气。现在莫名的,一切就看起来……就好多了。"我突然明白安妮刚才看见了什么——母亲看起来的确不一样了:眉目神态莫名放松了,看起来更漂亮,而且也显得更年轻了。"我想再看看路易斯。"她温柔地说道。

"嗯,为什么不呢?也许有时间你可以和父亲吃顿饭。"

母亲缓缓地点点头:"我离开的时候,他也这么说。或者当你去看他的时候,我可以一同前往。我们可以一起带路易斯去公园——如果露丝不介意的话。"

"她工作那么忙,我怀疑她不会介意。不管怎么说,她感激你为路易斯做的一切。想想那张她寄给你的漂亮卡片。"

"话虽如此,这并不代表她乐意我和你父亲相处。"

"我不知道——我觉得没问题。"

"嗯……"母亲叹了口气,"再看看吧。迈尔斯怎么样?"我把发生的事情告诉了母亲。她的脸沉了下来。"我出生的时候,父亲把那枚戒指给了母亲;我40岁的时候,母亲把那枚戒指给了我,你21岁生日的时候,菲比,我给了你。"母亲摇着头。"真是……太伤心了。唉……"她抿着嘴。"他大错特错——至少从一个父亲的角度来说。"

"我也不得不说,他这样教育罗克珊并不好。"

"你还能把戒指拿回来吗?"

"不可能了——所以我就试着不去想了。"

母亲再次看向窗外。"是那个男人。"她说道。

"哪个男人?"

"一个大个子,卷头发,衣服却穿得很糟糕的男人。"我循着她的目光看去。丹在街的另一边走着,现在他穿过街道向我们走来。"不过反过来说,我喜欢卷发的男人。显得不同寻常。"

"是的，"我笑着说道，"你以前说过。"丹推开门。"你好，丹，"我打招呼，"这是我母亲。"

"真的？"他有些茫然地看着母亲。"不是你的姐姐？"

母亲咯咯笑起来，突然间美丽炫目。这是她唯一需要的拉皮手术——一个笑容。

现在她站了起来。"我得走了，菲比。我约了桥牌俱乐部的贝蒂12点半吃午饭。很高兴再次见到你，丹。"她冲我们挥了挥手，离开了。

丹开始翻找男装的衣架。

"想找什么东西？"我笑着问道。

"没什么。我只是觉得我应该过来花些钱，因为我觉得自己欠这个店一个大人情。"

"丹，这有点儿言过其实了。"

"没有夸张。"他挑出一件外套。"这件不错——很棒的颜色，"他盯着它，"是优雅的浅绿色，是吗？"

"不是。是粉红色——范思哲的。"

"啊？"他放了回去。

"这件会适合你。"我挑出一件鸽灰色的Brooks Brothers（布克兄弟）的羊绒夹克。"和你的眼睛很配。胸部也撑得开。是42码的。"

丹试穿上之后，欣赏着镜中的形象。"我要了，"他高兴地说道，"接下来我希望你能过来，和我共进庆祝午餐。"

"我很荣幸，但是午休期间我不打烊。"

"嗯，为什么不做一次从来没有做过的事情呢？我们只需要一个小时——我们可以去查普斯特酒吧，就在附近。"

我拿起包。"那好吧——现在店里也没什么顾客。为什么不呢？"我将牌子翻到"打烊"，锁好门。

当我和丹经过教堂的时候，他说起《黑与绿》的收购事件。"对我们来说简直不可思议，"他说道，"马特和我就是希望如此：我们希望报社能够成功，然后被人收购，这样我们既收回成本，还有希望拿到利息。"

"我想你们已经实现了？"

丹露齿一笑："资金翻倍。我们谁也没有想到会如此之快，但是凤凰地产的故事的确让我们一夜成名。"我们进了查普斯特酒吧的白天餐饮区，找到一张靠窗的桌子。丹点了两杯香槟。

"报社接下来怎么办？"我问道。

他拿起菜单："没什么变化，因为《镜报》集团不想有什么变动。马特依旧是编辑——他还拥有小额股份。目前的想法是在伦敦南部的其他地区创办类似的刊物。每个人都留在原位——除了我。"

"为什么？你喜欢这份工作。"

"过去是。但是现在我能够做我一直想做的事情了。"

"什么事情？"

"经营我自己的电影院。"

"但是你已经做了啊。"

"我的意思是，一所真正的电影院——独立的公司，可以上映新片，当然，也同样看重经典影片，包括一些现在很难看到的影片，比如《彼得·艾伯特逊》，1934年加里·库珀主演的电影，或者是法斯宾德的《佩特拉的苦泪》。这就像一个迷你的英国电影协会，有演讲有讨论。"侍者端来了香槟。

"我猜，也会有一些现代放映机？"

丹点点头："贝灵巧公司的放映机只是好玩。圣诞节过后，我会开始寻找新场地。"我们点完了菜。

"太好了，丹，"我取起酒杯，"祝贺你。你冒了很大的风险。"

"是的——但是我非常了解马特，我相信他会做出一份好报纸，然后我们走了一个大好运。这杯酒敬给'古董衣部落'，"丹端起酒杯，"谢谢你，菲比。"

"丹……"过了一会儿我说道，"我对一些事情很好奇：烟火大会那天，你和我说起你的祖母——说多亏了她，你才能够投资这份报纸……"

"是的——但是那时你得走了。哦，我想我告诉过你除了那只银色的卷笔刀，祖母还留给我一幅极其丑陋的画。"

"是的。"

"这幅可怕的半抽象画作，曾经在楼下的厕所里挂了 35 年。"

"你说过，你觉得有些失望。"

"是这样。但是后来，我取下包着画作的牛皮纸，发现后面绑了一封祖母的信。她在信中说道，她知道我一直讨厌这幅画，但是她认为这幅画'也许值点儿什么'。因此我就拿着它去了佳士得拍卖行，发现它竟然是埃里克·安塞姆的作品——我之前根本就不知道，因为上面的签名已经不可辨识了。"

"我听说过埃里克·安塞姆。"当侍者把我们的鱼派端上来的时候，我说道。

"他是当代的小劳森伯格和通布利。佳士得拍卖行的女人看到这幅画的时候非常兴奋，说埃里克·安塞姆被重新发现了，她估价这幅画也许值 30 万英镑……"这就是钱的来源。"但是它卖了 80 万英镑。"

"天哪。这么说来你的祖母对你真是大方。"

丹拿起叉子："非常大方。"

"她收集艺术作品吗？"

"不——她是一名助产士。她说这幅画是 20 世纪 70 年代初，在一次非常危险的生产之后，一位感激涕零的丈夫送给她的。"

我再次举起杯："献给鲁滨逊奶奶。"

丹笑了。"我经常向她敬酒——顺便说一句，她很漂亮。我用了一部分钱买下目前居住的屋子，"我们一边吃着鱼派，他一边说道，"之后马特告诉我，开办《黑与绿》的筹资有困难。我和他说了这笔意外之财的事，他问我是否准备投资报业。我思考过后，决定冒险一试。"

我笑了："明智的决定。"

丹点点头："是的。总之……很高兴见到你，菲比。最近我几乎没怎么见到你。"

"嗯，我纠结于一些事。不过现在……好了。"我放下叉子。"我能告诉你一些事吗？"他点点头。"我喜欢你的卷发。"

"真的？"

"是的。与众不同，"我看了看表，"但是我得走了——时间到了。谢谢你的午餐。"

"很高兴和你一起庆祝，菲比。你想什么时候看场电影吗？"

"哦，好啊。最近有什么好电影上映吗？"

"《生死攸关》。"

我看着丹："听起来……不错。"

所以周四我开车去了西斯格林——库房里坐满了人，丹给了我这部电影的简短序文，说这是一部集奇幻剧、浪漫剧、法庭剧为一体的片子，讲述了二战中一个飞行员逃脱死亡的故事。"彼得·卡特没有降落伞，被迫跳出燃烧的战机，奇迹般地生还，"丹解释道，"结果发现这是由一个本来应该被修正的大错造成的。为了活下去和心爱的女人在一起，彼得上诉到天堂的法院。他会胜利吗？"丹继续往下说。"他是看到真实的景象呢，还是伤痛引起的幻觉？你决定。"

他调暗灯光，拉开窗帘。

电影过后，我们中一些人留下来吃晚饭，谈论电影情节，聊导演鲍威尔和普雷斯伯格使用色彩的方式。

"天空采用黑白二色，大地则是彩色，说明生命最终战胜了死亡，"丹说道，"战后的观众对此深有感触。"

今天晚上过得很愉快，这些天来我第一次觉得如此开心。

第二天早晨，母亲来店里说她决定买下那件 Jacques Fath 长服。"贝蒂告诉我，她和吉姆20号晚上要举行一个圣诞酒会，我想要一件新衣服——一件新的古董衣。"她改口道。

"以旧变新。"安妮欢快地说道。

母亲掏出信用卡夹，但是我不忍心收她的钱。"这算是提前的生日礼物吧。"我说道。

母亲摇摇头。"这是你的生意，菲比。你这么努力工作，而距离我的生日还有6个星期。"她掏出信用卡。"250英镑，是吗？"

"没错，但是你有20%的折扣，所以是200英镑。"

"真超值。"

"这提醒了我，"安妮说道，"我们有新年促销活动吗？人们一直在问我。"

"我想应该有吧，"我把母亲的衣服叠进购物袋时回答道，"其他商家都会做，这也有助于清空库存。"我把袋子递给母亲。

"我们可以试卖一下，"安妮提议道，"广泛宣传一下。我认为我们应该发掘途径来给店里作些宣传，"她一边整理手套，一边说道。我总是被安妮为古董衣店献计献策的热情而感动。

"我知道你应该做些什么，"母亲说道，"你应该举办一场古董服饰秀——你可以对每件衣服作一些简短的评论，那次我听到你上电台的时候就有这个想法了。你可以谈论每件衣服的风格，时代背景，还有设计师——亲爱的，你应该对此了如指掌。"

"理应如此，我已经在这一行12年了，"我看着母亲，"我喜欢您的想法。"

"每位来宾你可以收取包括酒水费在内的10英镑的门票，"安妮说道，"持门票的人购买你店里的任何东西，都可以抵扣掉票价。当地报纸上肯定会有此次服装秀的报道。你可以在布莱克西斯大厅举办这场服装秀。"

我脑海中出现了那个有着拱形天花板和宽阔舞台的大厅："那可

是一个大场馆。"

安妮耸耸肩："我肯定到时候大厅里会人满为患的。这将是一个轻松了解时尚历史的机会。"

"那我得找一些模特儿——花费很贵。"

"你可以让咱们的顾客来做模特儿，"安妮提议道，"她们说不定会受宠若惊的——这会是很有趣的经历。她们可以穿上从店里买走的衣服，也可以展示现在的存货。"

我看着安妮。"的确。"我已经能想象到四条蛋糕裙轻快地在舞台上走着猫步。"盈利可以捐给慈善事业。"

"就这么办，菲比，"母亲说道，"我们都会来帮你。"接着她和安妮和我挥了挥手，离开了。

我开始做这个服饰秀的笔记，打电话给布莱克西斯大厅的工作人员，询问了租金色大厅的价格。这时电话响了。

"这里是古董衣部落。"

"是菲比吗？"

"是的。"

"菲比——我是苏·瑞克斯，照顾贝尔夫人的护士。今天早晨我和她在一起，她要求我给你打个电话……"

"她还好吗？"我急切地说道。

"嗯……我很难回答你。她非常焦虑，一直说想马上见到你。我已经提醒她，你也许没有空过来。"

我扫了一眼安妮："事实上今天我有助手帮忙，所以我能过去——我马上就过去。"我拿起包的时候，感到一阵恐惧的颤抖。"我出去一下，安妮。"她点点头。接着我就离开店里，向帕拉冈走去，我的心像预料到什么似的怦怦直跳。

我到达之后，是苏来开的门。

"贝尔夫人怎么样了？"我进屋就问。

"有点儿意识不清，"苏回答道，"而且非常情绪化。一小时前开始这样。"

我就要走进客厅，但是苏指了指卧室。

贝尔夫人躺在床上，头靠着枕头。我之前从没见过贝尔夫人躺在床上的样子，虽然知道她病得很严重，但是看到她在毛毯下消瘦的身体，仍然震惊了。

"菲比……终于……"贝尔夫人松了一口气，露出了笑容。她的手里握着一张纸——一封信。我盯着这封信，脉搏加速。"我需要你为我读一下这封信。苏主动要为我读，但是除了你，别人不能胜任。"

我拉开一张椅子："您现在读不了信了吗，贝尔夫人？是您的眼睛？"

"不，不是的——我能读。大概 20 分钟前，信一送到，我就已经读过了。但是现在，你必须读一读它，菲比。拜托了……"贝尔夫人将这张两面都密密麻麻写满字的淡黄色的信纸递给我。它的寄信地址是加利福尼亚州，帕萨迪纳市。

> 亲爱的特蕾莎，我希望您不会介意这封陌生的来信——虽然从严格意义上来说，我并不是一个陌生人。我的名字是莉娜·桑兹，我是您的朋友莫妮可·黎塞留的女儿……

我看着贝尔夫人，她浅蓝色的眼睛闪着泪花，然后我把视线又转回信上。

> 我知道，您和我的母亲是多年前在阿维尼翁的朋友。我知道，您得知我母亲被转去了集中营。我知道，战后您一直在搜寻她，结果发现她曾经去了奥斯维辛集中营。我也知道您以为她死了——合理的推论。我写这封信就是想告诉您，我的存在就是个证明，我的母亲当年活了下来。

"你是对的，"我听到贝尔夫人喃喃道，"你是对的，菲比……"

> 特蕾莎，我希望您最后能够了解当年我母亲发生了什么事。我之所以能够这样写信给您，是因为您的朋友菲比·斯威夫特，联系上了我母亲一生的朋友米利亚姆·丽普兹卡，米利亚姆今天早些时候给我打了电话。

"你是怎么联系上米利亚姆的？"贝尔夫人问道，"这怎么可能？我不明白。"

于是我告诉了贝尔夫人我在一个鸵鸟皮包里发现的那张音乐会的节目单。她盯着我，目瞪口呆。"菲比，"过了一会儿，她轻声说道，"不久之前，我告诉你，我不相信上帝。现在我觉得我信了。"

我再次看向信纸。

> 我的母亲很少提起她在阿维尼翁的生活——回忆总是太痛苦了。但是无论何时她提起这段日子，特蕾莎，您的名字总会出现。她满怀感情地讲起你。她记得，在她躲藏的日子里，你帮助过她。她说，您是她的好朋友。

我看着贝尔夫人。她一边看着窗外，一边在摇头，显然在她的脑海中正温习这封信。我看到一滴眼泪沿着她的面颊滑落。

> 我的母亲1987年去世，享年58岁。我曾经和她说过，我觉得她的人生不应该这么短。她说正相反，她觉得这43年是她最棒的意外收获。

米利亚姆曾在电话中向我回忆了当年的那个事件，莫妮可被一个女警卫拉走。

> 这个女人——人们称她为"野兽"——把我的母亲放在下

一轮"甄选"的名单上。但是在指定的那天，我的母亲和其他人一起待在卡车后厢，等着被带去——我几乎打不出这些字——火葬场。这时她被一个年轻的纳粹守卫认出来了。那个守卫为她作过入营登记，当时他听到母亲讲一口纯正的德语，便问她从哪里过来。母亲回答道："曼海姆。"他笑了，说他也是从曼海姆过来的。后来每当他看见我母亲，总是会和她聊起那个城市。那天早晨当他看见她坐在卡车上的时候，他告诉司机这里有个错误，要求我母亲下车。母亲总是和我说起那一天——1944年3月1号——是她的第二个生日。

莉娜的信件接着描述了这个纳粹守卫如何将莫妮可转去集中营的厨房工作，在那里清洁地面。这就意味着她可以在室内工作，而且更为重要的是能够吃到土豆皮，甚至还有一点点肉。她开始保持足够的体力能够生存下来。信中继续说道，几周过后莫妮可成为一个厨房帮工，做一些烹煮事宜。尽管她后来说道，这份工作也很艰难，因为仅有的食材就是土豆、卷心菜、人造黄油和淀粉，有时候有一些意大利腊肠，还有用磨碎的橡子制成的"咖啡"。这份工作她做了三个月。

然后我母亲和另外两个女孩被派去为一些女典狱长在她们的营房里做饭。因为我的母亲在双胞胎弟弟出生后不得不学会做饭，因此她的厨艺不错。典狱长喜欢她做的土豆煎饼、德国泡菜和夹馅儿点心。这份成功保证了母亲的生存。她过去常说，她母亲教会她的东西救了她的性命。

现在我明白了米利亚姆的评论，她说莫妮可的母亲传授给了她女儿真正的礼物。我把信翻过一面。

1944年的冬天，随着苏联人从东边靠近，奥斯维辛集中营被疏散了。那些还能够站着的囚徒被迫步行穿越雪地，去往德国内陆的其他集中营。这是死亡的行军，任何倒下或是停下休息的囚徒都会被击毙。在走了 10 天之后，两万名囚徒到达了贝尔根——我的母亲也在其中。她说，那也是人间地狱，基本上没有食物，同时成千上万的囚徒感染了斑疹伤寒。女子管弦乐队也被派去了那里，因此我的母亲才又看见了米利亚姆。5 月的时候，贝尔根解放了。米利亚姆和她的母亲还有妹妹团聚，不久之后她们移居到有亲戚在的加拿大。我的母亲在一个流民营待了 8 个月，等待她的父母和弟弟们的消息。最后她得到几乎令她发狂的结果，他们都没有活下来。但是通过红十字会，她的叔叔联系上了她，为她在加利福尼亚提供了一个家。所以我的母亲就过来了，在 1946 年 3 月来到帕萨迪纳。

"你确实知道。"贝尔夫人再次喏喏道。她看着我，满含泪水。"你确实知道，菲比。你的那个奇怪的信念……是对的。"她不可思议地重复道。

我继续看信件。

尽管之后我的母亲过着一种她称之为"正常"的生活，结婚生子，但是她从来没有从那段伤痛中"恢复"。之后的好多年，很明显，她总是低头走路。她讨厌人们对她说"您先请"，因为在集中营中，囚犯总是要走在押运的警卫的前面。她看到条纹的衣服就会紧张忧虑，我们的房子中不允许出现任何类似的衣物。她对食物也有很深的执念，总是做蛋糕然后分给别人吃。

母亲去上了高中，但是很难融入学习中。有一天，她的老师说她没有集中注意力。她反驳道，她知道关于"集中"的一切，她生气地撩起袖子，露出左小臂上被刺的编号。之后不久，她离开了学校，尽管她很聪明，她还是放弃了进大学的念头。她说，她想要的只是给人们提供食物。她在一个为无家可归人员服务的州立机构找了份工作，由此认识了我的父亲斯坦，一个面包师，他总是会给帕萨迪纳的两家慈善庇护所捐赠面包。她和斯坦渐渐坠入了爱河，1952 年步入婚姻的殿堂，之后一起在父亲的面包店工作。父亲制作面包，母亲制作蛋糕，之后渐渐专门做纸杯蛋糕。他们的面包店渐渐变成了一家大公司，20 世纪 70 年代，成为"帕萨迪纳纸杯蛋糕公司"。最近这些年我是这家公司的首席执行官。

"我有些不明白，菲比，"我听到贝尔夫人说道，"我不明白，你为什么事先知道这件事，却没有把真相告诉我？你怎么能和我坐在一起，菲比，就几天之前你还和我聊天，却没有告诉我这件事？"我再次看向信件。接下来高声读到最后一段。

> 当米利亚姆今天给我打电话的时候，她说她已经把一切都告诉了菲比。特蕾莎，菲比觉得你不应该从她那儿得知发生的一切，而是应该从我这儿，因为我是莫妮可最亲近的人。所以她和我商量，由我写信给您，告诉您我母亲的故事。我很高兴有这个机会这么做。
>
> 您的朋友，
> 莉娜·桑兹

我看向贝尔夫人。"我很抱歉让您等待。但是这不是应该由我来讲的故事——我知道莉娜会马上写信过来的。"

贝尔夫人叹了一口气，然后眼中又充满了泪水。"我是如此的高兴，"她喃喃道，"又难过。"

"为什么？"我轻声道，"因为莫妮可活了下来，但是您却没有得到她的消息？"贝尔夫人点点头，然后又一滴泪珠滑下脸颊。"莉娜说，莫妮可不喜欢谈论阿维尼翁——鉴于那儿发生的事情，这可以理解。她也许想避而不谈那段日子。另外她也许并不知道，战争之后您是生是死——或者身处何方。"贝尔夫人点点头。"而且您搬来了伦敦，她在美国。如今，通过现代化的通信手段，你们再次找到了彼此。在某种程度上来说，你们现在已经找到了彼此。"

贝尔夫人握住我的手。"你为我做的太多了，菲比——可能比任何人都多——但是我还想再要求你为我做件事……也许你已经猜出了是什么事。"

我点点头，然后又读了一遍莉娜的附注：

> 特蕾莎，2 月末我会来伦敦。我希望我能有机会见到您，我知道我的母亲肯定会为此而高兴的。

我把信还给了贝尔夫人，然后走到衣柜前，取出那件套着防尘罩的蓝色外套。我转向她。

"请交给我吧！"我说。

CHAPTER 15

三个男人

　　圣诞节快到了，店里生意很繁忙，所以我就让凯蒂在周六时也过来帮忙。妈妈也高高兴兴地回去工作了，而且盼望着在圣诞夜再去看看小路易斯和爸爸。她决定在 1 月 10 日生日那天开个派对，还开玩笑地说要在公车上举办。

　　我开始着手策划将在布莱克西斯大厅举办的时装秀。很幸运，2 月 1 日那天格雷特大厅的活动取消了。

　　我又去看了两次贝尔夫人。第一次她还能知道我在身边，尽管当时她服了药物已经开始昏昏欲睡。第二次，在 12 月 21 日那天，她好像已经意识不清了。那时她每天 24 小时注射吗啡。我只能坐在她身边，握着她的手，告诉她能认识她我有多么的高兴，我永远忘不了她，此外，现在每当想起艾玛时，我甚至感到更加坚强。就在那时，我感到贝尔夫人的手指轻轻动了一下。然后，我便吻了她的额头，以作告别。此时暮色渐浓，我往家里走去，看着布满云彩的天空，感到这是最短的一天，而光明很快又会出现。

当我到家时，手机忽然响了起来。是苏打来的。"菲比，抱歉，我打电话是要告诉你，贝尔夫人在 3 点 50 分去世了，就在你离开后几分钟内。"

"我知道了。"

"她非常平静，你也看到了。"我感到泪水溢出眼眶。"很明显，她非常亲近你。"当我在客厅里的椅子上坐下时，我听到苏这样说道。"我想你一定认识她很长时间了。"

"不是的，"我从口袋里掏出一张纸巾，"我们只认识了不到 4 个月的时间。但是觉得就像相识了一辈子一样。"

独自待了一会儿，我打电话给安妮。周日晚上接到我的电话，她听起来很吃惊。"你还好吧，菲比？"她问道。

"我没事，"我哽咽道，"可你现在有空吗，安妮？我想告诉你一个故事……"

接下来的几日都是忙忙碌碌的，圣诞节前一天店铺突然安静下来。看着提着大包小包的人们从窗口经过，我的目光穿过西斯公园朝着帕拉冈那边望去，想着贝尔夫人，想着能够遇见她是多么愉快的事情。在帮助她的同时，我仿佛也在治疗自己的那个小小的伤口。

5 点的时候，我在楼上储物间整理一些待出售的衣物，将手套、帽子和腰带放进箱子里。这时，我听到有人按门铃，然后是一阵脚步声。我下楼去，想着或许是一位在最后一刻搜寻圣诞礼物的顾客。然而来的却是迈尔斯，他穿着一件有褐色天鹅绒衣领的米黄色外套，显得非常干练。

"你好，菲比。"他轻声问候道。

我怔怔地看着他，心怦怦乱跳，接着就走下剩下的几级台阶。"我……我这就关门。"

"哦……我只是……我想和你谈谈。"迈尔斯的嗓音依旧有些沙哑，这每次都让我心神荡漾。"不会占用很长时间的。"

我将门牌翻到"打烊"那一面，然后就走到了柜台后面，装着有事要做的样子。

"你最近还好吧？"我问道，想岔开话题说些其他事情。

"我一直……很好，"他语气凝重地说道，"很忙，但是……"他的手插进了外套口袋里。"我就是想给你这样东西。"他走上前来，将一个绿色的小盒子放在了柜台上。我打开盒子看了一眼，宽慰地闭上了眼。里面放着的，是我外祖母的那个祖母绿戒指，它传给了我妈妈，又传给了我，此刻我突然想到，也许有一天还会传给我的女儿，如果我能幸运地生一个女儿的话。轻轻地，我握着这个戒指，过了一会儿再将它戴在了我的右手上。我看着迈尔斯："能找回这个戒指，我很高兴。"

"当然，你一定会高兴的，"迈尔斯的脖子突然红了起来，"我一找到它，就尽快拿过来了。"

"这么说来，是你找到它的？"

他点点头："昨晚上。"

"哦……在哪里找到的？"

我看到迈尔斯嘴角动了一动。"在罗克珊的床头柜里，"他摇摇头说，"她没有关上抽屉，然后我就瞥见了这个戒指。"

我慢慢地吸了口气："你怎么说的？"

"我非常生气，当然并不只是因为她拿了这个戒指，还因为她对我们说谎。我说我们要去咨询专家，我觉得承认这点非常艰难，但是她确实需要接受心理咨询。"他无可奈何地耸了耸肩。"我觉得自己早已意识到这点了，但就是不想面对它。可罗克珊似乎有种……有种……"

"被剥夺的感觉？"

"是，就是这个。"他噘起了嘴唇。"被剥夺的感觉。"我有种冲动，想要告诉迈尔斯他也需要咨询，但是我控制住了自己。"无论如何，我感到非常抱歉，菲比，"他摇了摇头，"我在各个方面都感到非常抱歉，实际上，因为你对我非常重要。"

"嗯……谢谢你归还这个戒指。我知道这不是很容易的事情。"

"是不容易。我……不管怎样……"他叹了口气，"就这样吧。我希望你圣诞节快乐。"他冲我惨淡一笑。

"谢谢，迈尔斯，我也希望你圣诞节快乐。"现在，已经无话可说了，我就拉开了门，让迈尔斯离开。我看着他走向街道，直到他消失在我的视线里。

尽管戒指的失而复得让我很欣慰，我还是为迈尔斯的出现感到失落和烦躁。我将一些裙子从一个衣架移到另一个衣架上，其中一个衣架卡在了旁边的衣架上，怎么也扯不开。我使劲地拉，想解开那些衣架，可还是不行。我只得将那件衣服从衣架上给扒下来，那是一件迪奥衬衣。可是我用劲太大，又将它给扯坏了。我一下子坐到地板上，眼泪便不由自主地流了下来。坐了几分钟后，听到全圣教堂敲响了 6 点的钟声，我便费力地站起来。当我疲惫不堪地走下楼时，我的手机响了起来。是丹，我的精神为之一振，因为他的声音总是会让我感到精神振奋。他想知道我是否有兴趣待会儿出去逛逛，看一场"极为诱人的"私人放映的经典影片。

"不是《艾绅曼》第三部吧？"我说道，突然间笑了起来。

"不是，但是已经很接近了。是《金刚大战哥斯拉》。我上周从购物网站上刚刚买到了一个 16 毫米的拷贝。可我也有《艾绅曼》第三部，如果你感兴趣，我们下次再看。"

"嗯，实际上我可能感兴趣。"

"7 点以后随时都可以过来。我会做意大利肉汁烩饭。"我发现自己渴望与健壮的丹坐在一起，舒服又惬意，然后在他那个令人称叹的库房里看一部经典老片。

现在，我觉得高兴起来，便将写着"特价销售！"的标语条拿出了盒子，准备在节礼日期间贴在窗子上，宣布第一次的大促销在 27 日开始。安妮直到明年 1 月初才会回来，因为她希望能利用一年中这段安静的时间来写作，所以我就让凯蒂来代替她。从 1 月中旬开始，凯蒂每周六都会在店铺工作。我拿起外套和包包，锁上了店铺的门。

当我往家里走去时，寒冷的风刺痛了我的脸颊。我谨慎地期待着新年的到来。到时候将会有一场减价促销活动，然后是我妈妈的盛大生日，接下来是那场时装秀——这需要很多的组织活动。随后就是艾玛的周年祭，现在我尽量不去想这件事情。

我走到了班纳特街，打开房门，走了进去。我从地毯上捡起了邮件。是一些迟到的圣诞贺卡，还有一张是达芙妮寄出的。我来到厨房，给自己倒了一杯酒。我能听到外面的唱歌声，然后门铃响了起来。我打开门。

"平安夜，圣善夜……"

是 4 个小孩，还有一个大人，来替危机救助中心募集善款。

"一切都平静。一切都明亮……"

我在他们的罐子里放了一些钱，听完了圣诞歌，然后关门走上楼梯，准备出去见丹。7 点，我听到门铃又响了起来。我跑下楼梯，在玄关桌子上抓起钱包，因为我想不到有谁现在会来见我，我以为又是唱圣诞歌的人。

当我打开门时，我觉得自己仿佛突然跃进了冰水里。

"你好，菲比。"盖伊说道。

"我能进来吗？"过了一会，他问道。

"哦，可以，"我觉得自己的腿快要支撑不住了，"我……没想到会是你。"

"是的。抱歉，我就想顺便来看看，因为我要去奇斯尔赫斯特。"

"去看望你的父母吗？"

盖伊点点头。他穿着在瓦尔迪赛买的白色滑雪夹克，我还记得他挑选这件衣服是因为我喜欢这件。"看来你挺过了这场银行业危机？"我们往厨房走时，我说道。

"是的，"盖伊吸了口气，"勉强。但是……我能坐一两分钟吗，菲比？""当然可以。"我拘谨地回答。当盖伊坐在桌边时，我看了他那张英俊明朗的脸庞，那双蓝色的眼眸，还有那头短短的黑发，比我记忆中的要长一些，而且在太阳穴边的头发已经开始发白。"你想喝点儿什么？饮料？一杯咖啡？"

他摇了摇头："不，我什么都不想喝。谢谢——我不能待太久。"

我靠着厨房桌台，心跳得飞快："那么……你来我这儿有什么事情吗？"

"菲比，"盖伊耐心地回答道，"你很清楚。"

我诧异地看着他："是吗？"

"是的。你知道我来这里，是因为这几个月来我一直想和你好好谈谈，而你却一直无视我所有的信件、电子邮件还有电话。"他开始不停地摆弄我放在大白色蜡烛底座旁边的那盆冬青。"你的态度实在是完全……不留情面。"他看着我。"我不知道该怎么做。我知道如果我想安排一次见面，你一定会拒绝。"确实会。我想了想，我确实会拒绝的。"可是今天晚上，我知道会经过你家附近，我就想看看你是否在家……因为……"盖伊痛苦地叹了口气，"我们之间还有……问题没有解决，菲比。"

"对我而言，一切都已经结束了。"

"但对我不是，"他反驳道，"我想要解决这个问题。"

我觉得自己开始呼吸急促："对不起，盖伊，我们之间没有什么问题要解决的。"

"有，"他坚持道，神情疲惫，"而且，我要在新年开始前彻底解决这个问题。"

我抱住了肩膀。"盖伊，如果你不喜欢 9 个月前我对你说的话，那你为什么不……忘掉它？"

他怔怔地看着我："因为这件事很沉重，无法遗忘，你对此是心知肚明的。尽管我试图好好地生活，但是我无法忍受因为一件如此……可怕的事情而被指责。"突然间，我想到自己还没有清洗洗碗机。"菲比，"当我转身时我听到盖伊说，"我需要讨论那晚上究竟发生了什么。就这一次，以后再也不会讨论了。这就是我来这儿的原因。"

我抽出两个盘子："可是我不想讨论这件事。而且，我待会就要出去。"

"好吧，那你能听我说完吗——就一两分钟。"盖伊在桌子上握紧了双手。看起来就像在祈祷一样，当我将盘子放进橱柜时我这样想到。但是，我不想进行这场谈话。我觉得自己被逼到了困境，不由得心生怒火。"首先，我想说对不起。"我转过身看着盖伊。"我感到非常抱歉，如果那天晚上我的言行导致了艾玛所遭遇的一切，尽管是不经意的，那么请你原谅我，菲比。"这些话出乎我的意料，突然间我觉得自己的怨恨在慢慢消失。"但是我需要你承认，你对我的指责是完全不公平的。"

我从洗碗机中拿出了两个玻璃杯："不，我不会承认，因为这是真的。"

盖伊摇了摇头："菲比，这不是真的，而且你当时就知道这不是真的，就像你现在也知道一样。"我将一个玻璃杯放在了架子上。"很显然，你当时非常伤心……"

"是的。我当时很痛苦。"我将第二个玻璃杯也放在了架子上，用力过猛，差点儿打碎它。

"当人们处于那种状态中时，他们就会说些很糟糕的话。"

如果不是你，她还活着！

"可你将艾玛的死责怪于我，而我不能承受这种指责。这么长时间以来，这件事一直让我寝食难安。你说是我劝你那天晚上不要去看艾玛。"

现在我正面看着他。"你确实是那么做的。你说她是'疯狂做帽子的女人'，还记得吗？她'夸大'一切东西。"我从洗碗机中拿出了餐具篮，开始将刀具一把把丢进抽屉里。

"我确实那么说了，"我听到盖伊说道，"那时我非常讨厌艾玛，这点我不否认，而且她确实会让一切都变得戏剧化。但是我只是说，在你跑过去看她之前，你应该记住这一点。"

我将勺子和叉子扔进了抽屉："然后你说，我们要按原计划去蓝鸟餐厅享用晚餐，因为你已经预订好了，不想错过。"

盖伊点点头："我承认我也了那些话。但是我还说过，如果你真的不想去，那我就会取消那场晚餐。我说由你来决定。"我看着盖伊，耳朵里嗡嗡乱响，然后转身面向洗碗机拿出一个牛奶罐。"菲比，之后你说我们应该出去吃晚饭。你说等我们回来后，你再给艾玛打电话。"

"不，"我将盒子放在柜子上，"那是你的提议，你做出的妥协。"

盖伊在摇头："是你的提议。"那种熟悉的往下滑落的感觉又来了。"我记得自己很吃惊，但是我说艾玛是你的朋友，你认为该怎么办我就怎么办。"

突然间我惊愕了："好吧……我确实说，我们应该去吃晚饭。但这是因为我不想让你失望，因为那天是情人节，理应过得特殊一些。"

"你说我们不会在外面待得太久。"

"嗯，确实如此，"我说，"而且我们也没有待太久。当我们从餐厅回来后，我就给艾玛打电话了。我立刻就给她打了电话，然后我就准备过去看她，这就准备走时……"我盯着盖伊，"你却又劝住了我。你说我或许喝酒过多，已经不能开车了。当我在给艾玛打电话时，你一直在做着那种喝酒的姿势。"

"我确实那样做了，是的，因为我知道你确实已经不能开车了。"

"就是这样！"我将洗碗机狠狠地关上。"你阻止了我去看艾玛。"

盖伊在摇着头。"不是的。因为我当时还说你应该搭乘出租车去看她，而且我会出门去给你叫一辆出租车。我正要这么做时，如果你能记得，我甚至已经打开了前门……"现在，我的感觉已经不再滑动，而是下沉，迅速地跌入深渊。"这时你突然说，你不准备去了。你说你不想去了。"盖伊在看着我。我试图咽下口水，但是我的嘴却是干涩的。"你说，你认为艾玛在明天早上之前应该没事。"这时，我的腿完全酥软了，一下子倒在了椅子上。"你说，在电话里她听起来非常疲倦，或许应该让她好好地睡个长觉。"我瞪着桌子，感觉泪水溢出了眼眶。"菲比，"我听到盖伊轻声说，"很抱歉我又提起这一切。但是如此沉重的事情压在我身上，却没有任何机会来反驳，让我这几个月来烦躁不安。我无法放下这件事情。所以，我只是希望，不，需要你能承认你所说的不是事实。"

我看着盖伊，他的面容模糊一片。在我的脑海中，仿佛能看到蓝鸟餐厅前的大片空地，盖伊的公寓，然后是艾玛房子里那狭窄的楼梯，最后是我推开的艾玛卧室房间的门。我吸了口气。"好吧。"我低沉地说道。"好吧，"我又轻轻地重复。"或许……"我望着窗外，"或许我……"我咬住了嘴唇。

"或许你没有记得很清楚。"我听到盖伊温柔地说。我点点头。

"或许我没有。你知道……我当时非常伤心。"

"是的，所以你……忘记了真正发生的事情，是可以理解的。"

我瞪着盖伊。"不，不仅是这样。"我低下头看着桌面。"我不能承受只责备自己一个人的想法。"

盖伊抓住我的手，紧紧握着："菲比，我觉得你不应该受到责备。你事先不可能知道艾玛病得有多么厉害。你只是做了看起来对你朋友有好处的事情。而且医生也告诉你，即使在那一晚把她送到医院，也有可能救不回来……"

我看着盖伊："但是我们并不能确定。如果我作了不同的选择，她或许就还能活着，这种可能性如此可怕，让我心神不安。"我用手捂住了脸。"我多么希望……希望……希望当时我能去看望她，并且送她去了医院……"

我的心重新回到原处。然后我就听到盖伊推开了他的椅子，过来坐到了我身边。"菲比，那时候，你和我是相爱的。"他轻声说。

我点点头。

"但是，发生的事情却……将一切都击碎了。那天早上你打电话告诉我艾玛去世时，我就知道，我们的爱情无法挺过这个劫难。"

"是的，"我哽咽道，"在那之后，我们怎么还能快乐呢？我不相信我们能做到。这件事会一直是我们生活中的阴影。可我也无法承受在那么糟糕的情况下离开你。"盖伊耸了耸肩："可我多么希望这一切都不曾发生……"

"我也这么希望，"我呆呆地望着前方，"我全身心地希望。"这时，电话铃响了起来，把我从对过去的怀念中拉了回来。我抓起一条厨房毛巾，擦了擦眼睛，然后接通了电话。

"嘿，你在哪里？"丹说道，"电影就要开始了，大家对迟到者会很生气哦。"

"哦，我这就来，丹。"我假装咳嗽了几声，来掩饰自己的哭泣。"或许会来晚一点点，如果没有关系的话。"我抽了抽鼻子。"不……我很好，我想我有点儿感冒。对，我肯定会去。"我扫了一眼盖伊。"但是我不知道能否面对哥斯拉和金刚。"

"那我们就不看这部电影了，"我听到丹说道，"我们不是必须看什么东西。我们也可以听听音乐，或者玩玩牌，或者玩拼字游戏。没关系，你什么时候来都行。"

我将话筒放回到电话机上。

"你现在和谁在交往吗？"盖伊柔声问道。"我希望你是，"他又补充道，"我希望你能快乐。"

"嗯……"我又擦了擦眼睛。"我有个……朋友。目前他只是……一个朋友，但是我喜欢和他在一起。他是个好人，盖伊。像你一样。"

盖伊吸了口气，然后慢慢地叹出气来："我要走了，菲比。能见到你我非常高兴。"

我点点头。

我将他送到了前门。"我希望你圣诞快乐，菲比，"盖伊说道，"我还希望今年会是个好年份。"

"你也是。"当他抱我的时候，我轻声说道。

盖伊抱了我一小会儿，然后就离开了。

我和妈妈一起过圣诞节，我发现她终于把结婚戒指取下来了。她买了份 1 月的《妇女与家庭》杂志，上面有一个"传统戒指"的时尚版面，将我的古董衣浓墨重彩地渲染了一番，我看到时非常高兴。又翻看了几页，我发现一张瑞茜·威瑟斯彭在艾美奖颁奖礼上身着午夜蓝色巴黎世家礼服的照片，这件礼服是我在佳士得拍卖行得到的。那么，辛迪要买这件礼服送给的那位超级巨星就是她。看着这么有名的巨星穿着我选购的礼服，着实让我兴奋不已。

午饭后，爸爸打电话告诉我们，路易斯对妈妈前天送给他的闪亮悦耳牌儿童学步车，还有我送的托马斯坦克玩具都极为着迷。爸爸说他希望我们不久都能再来看看路易斯。当我们在看圣诞特别节目《秘密博士》时，妈妈又修整了一下她给路易斯缝制的那个婴儿车外套，我还给了妈妈一些航空纽扣来搭配。

"谢天谢地，他们终于给路易斯找了个保姆。"妈妈在穿线时说道。

"是的，而且爸爸说他要在远程教育学院做些教学工作，这让他很兴奋。"妈妈同情地点了点头。

12 月 27 日那天，降价销售特卖会开始了，店铺里挤满了人，我也顺便告诉每个人古董衣时装秀将要开始，还问了问那些我留意的顾客是否愿意来做我的时装秀模特儿。卡拉是买蓝绿色蛋糕裙的那位，她说非常乐意。她还说，时装秀是在她婚礼前一周举办，但是这没有关系。凯蒂说她会很高兴穿着那件黄色的舞会裙走秀。通过丹，我与凯莉·马科斯联系上了，她非常高兴能穿着那件被她命名为"思想者铃铛"的裙子来走秀。那位买下粉红色舞会裙的女士也进了店铺。所以我向她说明我要举办一场慈善古董衣时装秀，问她是否乐意穿着那件粉红色蛋糕裙走秀。

听到这里，她的面孔立即焕发光彩。"我很乐意，这有多么有趣啊！什么时候举行？"我告诉了她，她拿出了日记本记了下来。"模特儿……快乐……裙子……"她自言自语道，"只是……不，没关系。"不管她原本想说什么，很显然她似乎又想通了。"2 月 1 号，没有问题。"

1 月 5 日那天，我早上没有去店铺，而是去威尔街的火葬场参加贝尔夫人的葬礼。仪式规模非常小：有两位从布莱克西斯赶来的她的朋友，有家政服务工保拉，贝尔夫人的侄子詹姆斯和他的妻子伊冯娜，两人都已近 50 岁。

"特蕾莎做好了离世的准备。"葬礼结束后我们看着小礼堂边上的花朵，伊冯娜告诉我们。在微风中，她将深灰色的围巾紧紧地裹着肩膀。

"她看起来非常满足，"詹姆斯说，"我见她最后一面时，她告诉我她感到非常平静和……快乐。她用了'快乐'这个词。"

伊冯娜看着一束鸢尾花。"这张卡片上写着'莉娜，爱你'。"她转向了詹姆斯。"我从未听特蕾莎提到过叫莉娜的人。你呢，亲爱的？"他耸耸肩，然后摇了摇头。

"我听她提到过这个名字，"我说，"但是我想这是很久以前的朋友了。"

"菲比，我姑妈有些东西给你。"詹姆斯说。他打开他的文件包，交给我一个小包。"她让我将这个给你，这样你可以记得她。"

"谢谢你，"我将包接了过来，"我永远不会忘记她。"我无法向他们解释原因。

当我到家时，我打开了那个包。里面有个报纸包裹，我发现是一个银色的旅行钟，还有一封信，落款日期是 11 月 10 日，这应该是贝尔夫人颤抖着手写下的。

> 亲爱的菲比：
>
> 　　这个钟是我父母的。我将它送给你，不只是因为这是我最为珍爱的几件东西之一，还因为它能提醒你，它的指针是绕着圈子转的，你一生的小时、天数还有年数都在这些转动中。菲比，我恳求你不要用太多的宝贵时间来后悔你所做和所未做的事情，以及可能或不可能发生的事情。当你感到悲伤时，我希望你能想到你为我做的如此难以估值的事情，来宽慰你自己。
>
> 　　　　　　　　　　　　　　　　　　你的朋友，特蕾莎

我重新设定了钟表，用小钥匙轻轻地旋转指针，然后将它放在了我卧室壁炉的正中央。"我会往前看的，"当钟表开始滴答走时，我说道，"我会往前看的。"

我确实这么做了。首先是参加我妈妈的生日派对，这是在查普斯特酒吧楼上的一间房间里举办的 20 人参加的静坐晚餐。

妈妈在晚餐前简短地说了些话，说她觉得自己已经到了一定"年岁"了。她所有的朋友都在场，还有她的老板约翰，还有一些同事。妈妈还邀请了一位名叫哈米什的文雅男士，她说是在贝蒂和吉姆的圣诞派对上遇见的。

"他看起来很友好。"第二天给妈妈打电话时我这样说道。

"他确实非常友好，"妈妈赞同道，"他今年 58 岁，离异，有两个

成年的儿子。有趣的是，吉姆和贝蒂的派对上人非常多，但是因为我当时穿的那件古董衣，哈米什就和我攀谈起来，他说他喜欢我衣服上的棕榈树图案。我告诉他，这是从我女儿的'古董衣部落'店里买的。之后我们就聊了很多衣服料子的话题，因为他父亲在佩斯利的纺织厂工作。第二天他就打电话约我出去，我们在巴比肯听了场音乐会。下周我们要去科利休姆。"她愉快地说道。

与此同时，凯蒂、她的朋友莎拉、安妮和我正全力以赴地准备时装秀。丹会负责布置灯光及音响，还剪辑了一组音乐。丹的一个朋友负责搭建 T 型台。

周二下午，我们来到了格雷特大厅作了彩排，丹还带了一份当日的《黑与绿》杂志，其中艾丽写了一篇有关这场时装秀的预告。

> 今晚在布莱克西斯大厅即将举办的古董衣时装激情秀还剩下一些门票，每张票价为 10 英镑，可在"古董衣部落"店铺中购物时等值抵价。时装秀所得的全部收入都将捐给防治疟疾基金会，这个慈善基金会在撒哈拉以南非洲分发用杀虫剂处理过的蚊帐，因为那里令人恐惧，每天有 3 000 名儿童因为疟疾而死亡。这些蚊帐每顶花费 2.5 英镑，能保护两个儿童和他们的妈妈。这场时装秀的组织者菲比·斯威夫特希望能筹集到足够买 1 000 顶蚊帐的钱来捐给这个慈善基金会。

在彩排期间，我走到后台的试衣间，模特儿们正在为展示一系列 20 世纪 50 年代的衣服作准备，有人穿着迪奥套装，还有圆形裙和贴身礼服。

妈妈穿着她的套裙，凯蒂、凯莉和卡拉全都身着蛋糕裙，但是红色裙子的主人露西向我招手示意。"我出了点儿小问题。"她细声说道。她转过身去，我看到了裙子上端裂开了一个两寸长的口子。

"我给你配个小披肩。"我说。"很有趣，"我看着她说道，"当时你买这条裙子时完全合身啊。"

"我知道，"露西笑了笑，"你知道，那时我还没有怀孕啊。"

我看着她："你……"

她点点头："4 个月了。"

"天啊！"我抱住了她。"这简直……太棒了！"

露西的眼睛里闪烁着泪光："我现在还有点儿不敢相信。你第一次让我做模特儿时，我没有提起这件事情，因为我还没有作好说出来的准备。但是现在我已经做过了第一次胎儿检查，我就可以说出来了。"

"那么，是这条快乐的裙子为你带来了好运！"我高兴地说道。

露西笑起来。"我不确定。但是我能告诉你，这条裙子确实作出了些贡献。"她压低了声音。"10 月初的时候，我丈夫去过你的店铺。他想给我买些礼物，让我高兴起来，然后他看到了一些迷人的内衣、有着漂亮肩带的漂亮衬裙，还有紧身内衣，这些都是 20 世纪 40 年代的一些衣服。"

"我记得有人买了这些东西，"我说，"但是我不知道他是谁。那么，这些是给你买的？"

露西点点头。"之后不久……"她拍了拍她的肚子，咯咯笑起来。

"啊……"我说，"这……实在太棒了。"

这样，莉迪亚姨妈的内衣已经挽回了逝去的时光了。

凯蒂将要穿上我在佳士得拍卖行 20 世纪 30 年代专场拍到的一件格蕾丝夫人礼服。安妮的身材像男孩般消瘦，将要穿着 20 世纪 20 年代和 60 年代的服装走秀。我的四个老顾客将会穿 20 世纪 40 年代及 80 年代的服装。乐施会的琼在后台带着试穿衣服，搭配配饰，现在把衣服挂在它们各自的衣架上。

彩排结束后，安妮和妈妈拿出玻璃杯来盛酒喝。当她们打开箱子时，我无意间听到安妮向妈妈说起她的戏剧。她快要完成了，而且暂时命名为"蓝色外套"。

"我希望是个美满的结局。"我听到妈妈紧张地说道。

"别担心，"安妮回答道，"是美满的结局。5月我就会在岁月流转中心作为午餐剧上演。那里是一处有50个席位的小剧院，正好适合出演这部戏。"

"听起来太棒了，"妈妈说道，"或许将来你能在更大的地点上演。"

安妮打开一箱酒："我肯定会试试，我会邀请经理及经纪人来观看。科洛·塞维尼那天又去了店铺。她说如果那时她在伦敦，就会过来观看。"

现在丹和我开始布置座席，T型台从舞台中央延伸了7米多长，我们在T型台的两侧设置了200只红色天鹅绒椅子。然后，满意地看着一切准备就绪，我去换上了贝尔夫人的紫色的外套，看起来就像专门为我定做的一样。当我穿上那件外套时，我隐约嗅到了玛姬香水的气味。

下午6点半，大门打开了。一小时后，座位全都坐满了人。当观众安静下来，丹调暗了灯光，向我点了点头。我走上了舞台，从架子上摘下了话筒，紧张地看着场下的人们。

"我是菲比·斯威夫特，"我开场道，"我想欢迎各位，感谢各位今晚来到这里。我们会度过一个愉快的夜晚，除了欣赏这些漂亮的古董衣，还能为一项非常重要的事业贡献力量。我还想说……"我感到自己的手指握紧了话筒，"这场时装秀是为了纪念我一个朋友，艾玛·基茨。"舞台背景乐响起，丹打开灯，第一组模特儿开始出场了……

一直令我担心害怕的日子终于来临。现在就在眼前。当我坐进车里驶往格林尼治公墓时，我才意识到，没有任何一个周年忌日会如此艰难。我沿着碎石小路经过一排排墓碑，有的是最近刚立的，有的则年岁久远，已经很难读出刻在墓碑上的名字。我抬起头，看到了达芙妮和德里克，他们看起来平静镇定。站在他们身边的是艾玛的叔叔和姑姑，还有她的两个表妹，艾玛的摄影师朋友查理在轻声地与她的助手思安聊天，思安手中攥着一方手帕。最后面是教父伯纳德，他主持了艾玛的葬礼。

自那天之后，我就没有来过公墓，我无法面对它。而且，这是我第一次看到艾玛的墓碑，它让我非常吃惊。它沉寂孤单，却又似乎有吸引人心的力量。

艾玛·曼迪莎·基茨，1974.9.8~2008.2.15
我们亲爱的女儿，永存我们心中。

一丛丛的雪花莲在墓碑旁低垂着它们精致的花朵，而番红花的幼芽透过冰冷的地面探出头来，绽放着紫色的花朵。我带来一束郁金香、水仙和风信子的花束。当我把它们放在黑色花岗岩上时，我想起了贝尔夫人的帽盒。直起身时，那早春的阳光刺痛了我的眼睛。

教父伯纳德说了几句欢迎的话，然后就让德里克发言。德里克说，他和达芙妮为艾玛取名"曼迪莎"，因为这在科萨语中的意思是"甜美"，她是一个甜美的人。他谈到了他收集帽子，以及艾玛还是个小孩子时就对那些帽子着迷，这使得她成为一名女帽设计师。达芙妮谈到艾玛的才华、她一向谦虚的态度以及他们多么想念她。我听到助手思安在抽泣，然后看到摄影师查理搂住了她。之后，教父伯纳德进行了祈祷，给予了祝福，这场仪式就结束了。当大家沿着小路慢慢往回走时，我真希望这场周年祭没在周日举办，这样我就能用工作来分心。当我们走到公墓门口时，达芙妮和德里克邀请大家到家里坐坐。

我已经很多年没有去过了。在客厅里，我同思安和查理聊了一会儿，然后和艾玛的叔叔姑姑聊了聊。然后我走到厨房，穿过杂物间，来到了花园里。我站在悬铃木边。

"我真的骗到了你，是吗？"

"是的，你真的骗到我了。"我低声说。

"你以为我死了！"

"不。我以为你是睡着了……"

我抬起头，看见达芙妮站在厨房的窗户边。她抬起手向我打招呼，然后就穿过草地朝我走来。我注意到她的头发已变得灰白。

"菲比，"她握住我的手轻轻说，"我希望你很好。"

我有些哽咽："我……很好，谢谢，达芙妮。我……很好，我让自己过得很忙碌。"

她点点头："这是一件好事。你的店非常成功——我在报纸上看到你的时装秀非常受欢迎。"

"是的。我们募集到了 3 000 多英镑——足够买 1200 顶蚊帐，并且……嗯……"我耸耸肩，"这确实很不错，是不是？"

"是的，我们真的为你感到骄傲，菲比，"达芙妮说道，"艾玛也会这么觉得的。但是，我想告诉你的是，最近德里克和我在整理她的东西。"

我觉得自己的肠胃开始绞在一起。"那你们一定发现了她的日记。"我插话道，急切地想结束这个可怕的时刻。

"我确实找到了，"达芙妮说道，"我知道我应该不打开它就烧掉它的，但是我无法做到剥夺自己认识艾玛的任何机会。所以，我确实读了这本日记。"我看着达芙妮，在她的面孔上寻找着她对我的憎恨。"看到在她人生的最后几个月里是如此不快乐，这令我非常伤心。"

"她是很不快乐，"我轻声地赞同着，"而且，正如你现在所知道的，这是我的错。我爱上了一个人，而艾玛也喜欢他，她对此感到很伤心。无论如何，每次我想到是我让她不快乐，我就感到非常糟糕。我不是故意这样做的。"我将忏悔一股脑儿说完，作好了被达芙妮谴责的准备。

"菲比，"达芙妮说，"在艾玛的日记里，她没有表达一点点对你的愤怒。恰恰相反，她说你没有做错什么，她说这让她觉得更为糟糕，她无法责怪你。我想，她对自己不能在这件事上表现得更……成熟一些而感到非常懊恼。她承认无法控制住低落的情绪，但是也认为早晚会克服这一点的。"

时间，她没有时间。我将双手插进口袋里。"我希望这一切都不曾发生，达芙妮。"

达芙妮在摇着头："但这就像在说你希望'人生'不曾发生一样。这就是人生，菲比。不要责备你自己。你是艾玛的好朋友。"

"不，我并非总是如此。你知道的……"我不会告诉达芙妮我本来可以救艾玛，这种想法会折磨她的。"我觉得自己让艾玛失望了，"我轻声说，"我本来可以做得更多。那天晚上。我……"

"菲比，我们都不知道艾玛病得有多么厉害，"达芙妮插话道，"想象一下，当时我在度假，无法联系到……我会如何感觉。"她的眼眶里充满了泪水。"菲比，艾玛犯了一个糟糕的……错误，这让她付出了生命。但是我们都要继续走下去，你必须要快乐，菲比。否则，被毁掉的就是两个生命。你永远不会忘记艾玛，她是你最好的朋友，而她永远是你生命的一部分，但是你必须好好过自己的生活。"我点点头，从口袋里掏出了我的手帕。"现在，"达芙妮哽咽道，"我想给你艾玛的一些东西作为纪念。跟我来。"我跟着达芙妮回到了厨房，在那里达芙妮拿出一个红色的箱子，里面放着艾玛的克鲁格金币。"艾玛出生时，她祖父母送给她这件东西。我想让你留着它。"

"谢谢你，"我说，"艾玛对它非常珍视，我也会的。"

"还有这件东西。"达芙妮将那块鹦鹉螺化石递给我。

我将它放在手掌上，感觉非常温暖。"艾玛发现这块石头时，我正和她一起在莱姆里吉斯海滩。那是一段非常美好的回忆。谢谢你，达芙妮，但是……"我对她微微一笑，"我想我得走了。"

"可你以后会和我们保持联系，对吗，菲比？我们的家门永远对你敞开，请时不时地过来看看我们，让我们知道你过得如何。"

达芙妮搂住了我，我点点头。"我会的。"

回到家后几分钟，丹就打电话过来。他问了我参加艾玛忌日的情况，他现在已经了解了艾玛的事情了。然后他想知道我是否想看看他另一处可能的电影院场地，那是在刘易舍姆的一个仓库。

"我刚刚在《观察家报》的房地产版面看到它，"他解释道，"我要去看看它的外墙，你想和我一起去吗？20分钟后我去接你怎么样？"

"没问题。"毫无疑问，我极为欢迎这能让我转移注意力的事情。

我和丹已经去看过在查尔顿的一家饼干厂，在基德布鲁克的一家废弃图书馆，还有在卡特福德的一家旧游戏厅。

"地址一定要选好，"半个小时后当我们驱车驶往贝尔蒙特山时，丹说，"我需要找到一个附近两英里之内没有其他电影院的地方。"

"那你希望什么时候开张？"

丹将车转向了左边。

"理想中我希望能够在明年这个时候开张运营。"

"那给它起个什么名字呢？"

"我在想是不是可以叫作'不可或缺电影院'。"

"嗯……这名字不是很大众化。"

"好吧，那么就叫'刘易舍姆力士电影院'。"

丹顺着罗克斯伯勒路行驶，然后在一个棕色砖墙的仓库外停下来。他打开车门。"就是它。"因为我不想穿着丝绸裙跟他翻过上锁的大门，我就告诉他我想去附近散散步。在刘易舍姆大街上走着，我经过了银行、一家窗帘店、一家家具店和一家英国红十字会慈善商店。然后又来到了迪克森电器零售店，橱窗里放着很多等离子电视机。正要走过时，我突然停了下来。在一个最大的屏幕里，通灵师玛吉正站在一大群观众面前，她穿着鲜红的套装和黑色高跟鞋。她将手指按在太阳穴上，不停地来回走动。屏幕上放着字幕，我能看到她在说些什么。"现在我看到了一个军官，身材笔直，喜欢抽雪茄……"她抬起头来。这对谁有意义吗？现场的观众看起来莫名其妙，我冲着屏幕翻了个白眼，然后突然意识到丹已经在我身边了。

"好快，"我说，看了一眼他可爱的侧影，"怎么样？"

"嗯，我喜欢它的外观，所以我要先给经纪人打电话。这个建筑的结构看起来不错，而且面积也合适。"现在，他注意到我一直在盯着玛吉，便顺着我的目光看过去。"你为什么一直盯着她看，亲爱的？"他看着屏幕，问道。"她是个通灵师吗？"

"她说自己是。"

我告诉了丹，我怎么遇见玛吉的。

"那你对招魂术很感兴趣？"

"不。不是的。"当我们走开时，我说道。

"对了，我妈妈刚刚打电话过来，"我们手拉着手走回车上时，丹说道，"她想知道我们下个周日能否去她那儿喝茶。"

"下个周日？"我重复道，"我很想去，但是不行，有些事情我得去做。一些重要的事情。"

在回程中，我向他解释了原因。

"嗯……那确实很重要。"丹说道。

2009 年 2 月 22 日，星期天

　　我走在马利波恩大街上，不是像往常在梦中那样，而是真实地走在这条街上，去见一个素未谋面的女人。我的手里紧紧地攥着一个手提包，仿佛里面装着价值连城的王冠。

　　我幻想着有一天能把这件外套和这条项链一起交给莫妮可……

　　我经过一家缎带饰品店……

　　你能相信吗，我还在这么幻想着。

　　当莉娜给我打电话，告诉我她住的旅馆在马利波恩中心的时候，我心里咯噔了一下。"我找到一家很棒的挨着书店的咖啡店，"她说道，"我觉得我们可以在那里会面——咖啡店名叫'阿米奇'。可以吗？"我正准备脱口说出让我们另找地方吧，因为那个地方会引起我痛苦的回忆，但是突然之间我改变了主意。最后一次去那里的时候，发生了令人难过的事情。现在就让一件积极的事情在那里发生吧……

　　当我推开门的时候，店主卡洛看到了我，若有所思地向我挥了挥手，然后我就看到一个 50 岁左右、身材苗条、衣着时尚的女人离开桌子，向我走来，她踌躇地露出一个微笑。

"菲比？"

"莉娜！"我热情地说道。当我们握手的时候，我一眼注意到了她生动的表情、高高的颧骨和深色的头发。"你长得真像你的母亲。"

她似乎震惊了："你怎么知道？"

"你一会儿就会明白。"我说道。

我要了两杯咖啡，和卡洛交谈了几句，然后端着咖啡走回桌子边。莉娜用柔软的加利福尼亚口音向我讲述了她的伦敦之行，以及第二天她要去马利波恩婚姻登记处参加一个老朋友的婚礼。她说她期待着这场婚礼，但是现在还在倒时差。

随着一些礼节性的愉快交谈，我们逐渐触及这次会面的真正目的。我打开手提袋，将那件外套递给莉娜，关于外套的故事她基本上都了解了。

她抚摩着这件天蓝色的外套，抚摸着上面细细的羊毛、丝绸的内衬和细密的针脚。"太漂亮了。特蕾莎的母亲亲手制作了这件……"她带着讶异的微笑看着我。"她很能干。"

"她很能干。做得精美绝伦。"

莉娜抚摸着衣领："但是真是不可思议，特蕾莎从未放弃要将这件衣服交给我母亲的念头。"

我把这件衣服保存了 65 年，我还会留着它，直到我死去。

"她只是想做到对她的承诺，"我说道，"现在，某种程度上来说，她做到了。"

莉娜的脸上满是悲伤："可怜的女孩——对这些年的事一无所知。也不愿意卸下这个包袱……直到人生尽头。"

我们喝着咖啡，我和莉娜说起更多往事，那个致命的晚上特蕾莎是如何被让·吕克搅得心烦意乱，她永远无法原谅自己泄露莫妮可的藏身之处。

"我的母亲也许无论如何都会被发现，"莉娜放下杯子阴郁地说，"她过去常说，整天待在那个谷仓里，被孤独和寂静包围是多么艰难——她只能靠回忆母亲教她唱的歌来安慰自己——当她被发现的时候，几乎也是一种解脱。当然她根本不知道前方有什么在等待着她。"

"她很幸运。"我喃喃道。

"是的，"莉娜盯着她的咖啡，出神了一会儿，"我母亲的生还……是一个奇迹。这让我的存在也是一个奇迹——我永远忘不了这一点。我时常想起那天救了我母亲的那位德国年轻军官。"

现在我把塞着东西的那个信封交给莉娜。她打开它，取出了一条项链。"真漂亮。"她在灯光下看着这条项链，手指摩挲着红棕色的珠子，称赞道。"我的母亲从没提到这条项链。"她看着我。"这和她们的故事有什么联系？"

我一边向莉娜解释，一边在脑海中想象特蕾莎绝望地在干草堆里搜寻那些珠子的情景。她肯定把每一粒珠子都捡了起来。"我觉得它的搭扣还很好使，"当莉娜展开项链时，我说道，"特蕾莎说，几年前她把这些珠子重新串了一遍。"莉娜戴上项链，珠子在她黑色毛衣的映衬下闪闪发光。"这是最后一件东西了。"我把一个棕色的信封递给她。

莉娜从信封里抽出一张照片，看着上面一张张面孔，然后手指直接指向了莫妮可。她看着我："所以，你就是这样知道我母亲长什么样子的。"

我点点头："这是特蕾莎，就站在她旁边，这儿。"我指出了让·吕克，莉娜的脸阴沉了下来。

"母亲非常痛恨那个男孩，"她说道，"她永远无法释怀，他身为她的同学却背叛了她。"我对她说了让·吕克10年后做的那件救人的好事。她惊叹地摇了摇头。"多么希望我的母亲能够知道。但是她切断了和罗彻迈尔的所有联系，虽然她说她时常梦见那座房子。她在梦中穿过那些房间，寻找着父母和弟弟，向每一个人呼救。"

我感觉身体一阵战栗。

"嗯……"莉娜抱着那件外套，然后将它叠了起来。"我会珍藏它的，菲比，在合适的时候，我会把它传给我的女儿莫妮可。她今年 26 岁了——我母亲去世的时候，她只有 4 岁。她记得她的外婆，有时候会让我和她讲讲外婆的生活，这件外套会让她更加了解这个故事。"

我拿起一张纸巾，上面印有阿米奇咖啡店的标志。"还有其他方式能帮助她了解这个故事，"我说道，然后和莉娜说起安妮和她的戏剧。

莉娜的脸庞亮了起来："这真是太棒了。这么说，你的一个朋友会把这个故事写下来？"

我想起认识安妮以来的 6 个月中，我如何逐渐深深喜欢上了这个女孩。"是的，她是我的好朋友。"

"也许我会回来观看演出，"莉娜说道，"和莫妮可一起——如果可以的话，我们一定会来的。但是现在……"她把外套和照片小心地放入包中。"见到你是多么高兴，菲比，"她笑了，"谢谢你。"

"我也很高兴见到你。"我说道。我们站了起来。

"那么……还有其他的事吗？"莉娜说道。

"就这些了。"我愉快地回答道。"没有其他的事了。"然后我们互道再见，并约定保持联系。当我离开咖啡店的时候，电话响了。是丹。